Kurt Tucholsky
Drei heitere Erzählungen

© 2016 Reader's Digest
– Deutschland, Schweiz, Österreich –
Verlag Das Beste GmbH,
Stuttgart, Zürich, Wien

Alle Rechte, insbesondere das der Übersetzung, Verfilmung und
Funkbearbeitung vorbehalten

Umschlagmotiv: Getty Images/Hans-Peter Merten

Printed in Germany

ISBN 978-3-95619-209-8

Besuchen Sie uns im Internet
www.readersdigest.de | www.readersdigest.ch | www.readersdigest.at

Inhalt

Schloss Gripsholm
Eine Sommergeschichte

Tucholskys berühmtester Roman erzählt heiter-melancholisch und leicht von einer Sommerliebe in Schweden. „Peter" und seine „Prinzessin" verbringen auf Schloss Gripsholm ihre Sommerfrische. Sie genießen die Sonne, die Liebe und die Freundschaft – und retten nebenbei ein kleines unglückliches Mädchen …

Rheinsberg
Ein Bilderbuch für Verliebte

Das junge verliebte Paar Claire und Wolfgang fährt – getarnt als Ehepaar – mit dem Zug ins ländliche Rheinsberg, um dem grauen Berliner Alltag zu entfliehen. Dort erleben sie drei unbeschwerte Tage voller Glück, Leichtigkeit und Poesie. Mit liebenswürdigem Witz und mit viel Charme schildert Kurt Tucholsky die sommerliche Wochenendfahrt zweier Liebenden.

Ein Pyrenäenbuch

Zwei Monate lang reiste Kurt Tucholsky durch die Pyrenäen. Dabei kam er vom Atlantik bis zum Mittelmeer; er war mit dem Zug unterwegs, mit dem Bus, per Taxi, aber auch zu Fuß und mit Pferd und Esel. Er besuchte den berühmten Wallfahrtsort Lourdes, sah sich einen Stierkampf an, erkundete Städte und Natur, Hotels, Gasthöfe und Bäder. All dies dokumentiert er mit seiner berühmten ironischen und amüsanten Feder.

Vorwort

Mit zwei Liebesgeschichten und einer Reiseerzählung vereinigt dieser Band erstmalig die drei längeren Prosatexte Kurt Tucholskys, die zugleich drei Schaffensphasen seines Werkes dokumentieren. Tucholsky schrieb unzählige Gedichte, Satiren und journalistische Texte. Längere Texte sind hingegen rar – doch erweist er sich auch als Meister der heiteren Erzählung.

Die bezaubernde Geschichte „Rheinsberg – Ein Bilderbuch für Verliebte" wurde bereits 1912 veröffentlicht. Diese elegante, von leichter Hand geschriebene Erzählung trägt autobiografische Züge: Im Spätsommer 1911 reiste Tucholsky mit seiner Jugendliebe Else Weil für ein Wochenende nach Rheinsberg, ein Städtchen in der Mark Brandenburg. Tucholsky war 22 Jahre alt, Student der Jurisprudenz, und stand zu diesem Zeitpunkt noch ganz am Anfang seines literarischen Schaffens. Der beschwingt ironische Plauderton der Erzählung, die intelligenten Sprachspiele des Paars sowie der erotische Unterton trafen den Nerv der Zeit. Der Band, anfangs von Tucholsky und dem Illustrator Kurt Szafranski in Berlin mit einem Schnaps pro verkauftem Buch beworben, wurde ein Bestseller, „nach dem", wie Tucholsky schrieb, „später generationsweise vom Blatt geliebt wurde".

Nach Ende des Ersten Weltkriegs wurde Tucholsky zu einem der gefragtesten Journalisten der Weimarer Republik, der schon frühzeitig und außerordentlich hellsichtig vor den Gefahren des Nationalsozialismus warnte. Wie sein erklärtes Vorbild Heinrich Heine lebte Tucholsky seit 1924 im Ausland, bis 1929 als Korrespondent des *Wochenblatts* und der *Vossischen Zeitung* in Paris. Und ähnlich wie Heine verfasste auch er einen Reisebericht. „Das Pyrenäenbuch" entstand auf seiner zweimonatigen Pyrenäentour im Jahr 1927; die 25 Kapitel folgen dem Verlauf der Reise. Mal kommentiert er seine Erlebnisse kritisch, mal belustigt. Mal ist er scharfsinniger Beobachter, dann wieder nimmt er sich ironisch selbst aufs Korn. Und obwohl er diese Reise allein unternahm, endet auch „Das Pyrenäenbuch" mit einer Liebeserklärung – an die Stadt Paris. Zu einer Zeit, in der Frankreich als Erzfeind galt, war dies ein Politikum.

„Schloss Gripsholm – Eine Sommergeschichte" ist die letzte größere Publikation Tucholskys. Der Erstentwurf entstand 1930, zu einem Zeitpunkt, als er seinen Wohnsitz, von der politischen Entwicklung in Deutschland angeekelt, bereits nach Schweden verlegt hatte. Hier verbrachte er einen längeren Urlaub mit seiner damaligen Geliebten Lisa Matthias. Die vorangestellte Widmung „Für IA 47 407" bezieht sich auf sie – denn dies war ihr Berliner Autokennzeichen. Auch wenn die Erzählung nur in groben Zügen autobiografisch war: Die Nennung ihres Namens wäre kompromittierend gewesen. Inhaltlich und formal knüpft „Schloss Gripsholm" an Tucholskys großen Erfolg „Rheinsberg" an: Ein unverheiratetes Paar verbringt den Urlaub miteinander: verliebt, heiter plänkelnd – und unkonventionell. Die Schilderung der *Ménage-à-trois* und der ungezwungenen, freien Liebe des Paares war zur damaligen Zeit noch immer sehr gewagt.

Nur zwei Jahre nach Veröffentlichung dieses sonnig-leichten Kurzromans im Jahr 1931 wurde Tucholsky, als politischer Gegner jüdischer Herkunft, von den Nazis ausgebürgert, seine Bücher fielen der Bücherverbrennung zum Opfer. Die Sprachgewalt des „kleinen dicken Berliners", „der mit der Schreibmaschine eine Katastrophe aufhalten wollte" – so Erich Kästner über Tucholsky –, versiegte, Tucholsky resignierte und schrieb kaum mehr. Am 21. Dezember 1935 verstarb er an einer Überdosis Schlaftabletten, wobei bis heute ungeklärt ist, ob es sich um eine beabsichtigte oder versehentliche Selbsttötung handelte. Tucholsky wurde auf dem Friedhof des Örtchens Mariefred beigesetzt – dem Friedhof, der auch in „Schloss Gripsholm" erwähnt wird.

Schloss Gripsholm

Eine Sommergeschichte

Wir können auch die Trompete blasen
Und schmettern weithin durch das Land;
Doch schreiten wir lieber in Maientagen,
Wenn die Primeln blühn und die Drosseln schlagen,
Still sinnend an des Baches Rand.

Theodor Storm

Für IA 47 407

Erstes Kapitel

1

Ernst Rowohlt Verlag
Berlin W 50
Passauer Straße 8/9

8. Juni

Lieber Herr Tucholsky,

schönen Dank für Ihren Brief vom 2. Juni. Wir haben Ihren Wunsch notiert. Für heute etwas andres.

Wie Sie wissen, habe ich in der letzten Zeit allerhand politische Bücher verlegt, mit denen Sie sich ja hinlänglich beschäftigt haben. Nun möchte ich doch aber wieder einmal die „schöne Literatur" pflegen. Haben Sie gar nichts? Wie wäre es denn mit einer kleinen Liebesgeschichte? Überlegen Sie sich das mal! Das Buch soll nicht teuer werden, und ich drucke Ihnen für den Anfang zehntausend Stück. Die befreundeten Sortimenter sagen mir jedes Mal auf meinen Reisen, wie gern die Leute so etwas lesen. Wie ist es damit?

Sie haben bei uns noch 46 RM gut – wohin sollen wir Ihnen die überweisen?

Mit den besten Grüßen

Ihr
(Riesenschnörkel) Ernst Rowohlt

10. Juni

Lieber Herr Rowohlt,

Dank für Ihren Brief vom 8. 6.

Ja, eine Liebesgeschichte … lieber Meister, wie denken Sie sich das? In der heutigen Zeit Liebe? Lieben Sie? Wer liebt denn heute noch?

Dann schon lieber eine kleine Sommergeschichte.

Die Sache ist nicht leicht. Sie wissen, wie sehr es mir widerstrebt, die Öffentlichkeit mit meinem persönlichen Kram zu behelligen – das fällt also fort. Außerdem betrüge ich jede Frau mit meiner Schreibmaschine und erlebe daher nichts Romantisches. Und soll ich mir die Geschichte vielleicht ausdenken? Fantasie haben doch nur die Geschäftsleute, wenn sie nicht zahlen können. Dann fällt ihnen viel ein. Unsereinem …

Schreibe ich den Leuten nicht ihren Wunschtraum („Die Gräfin raffte ihre Silber-Robe, würdigte den Grafen keines Blickes und fiel die Schlosstreppe hinunter"), dann bleibt nur noch das Problem über die Ehe als Zimmer-Gymnastik, die „menschliche Einstellung" und all das Zeug, das wir nicht mögen. Woher nehmen und nicht bei Villon stehlen?

Da wir grade von Lyrik sprechen:

Wie kommt es, dass Sie in § 9 unseres Verlagsvertrages 15 % honorarfreie Exemplare berechnen. Soviel Rezensionsexemplare schicken Sie doch niemals in die Welt hinaus! So jagen Sie den sauren Schweiß Ihrer Autoren durch die Gurgel – kein Wunder, dass Sie auf Samt saufen, während unsereiner auf harten Bänken dünnes Bier schluckt. Aber so ist alles.

Dass Sie mir gut sind, wusste ich. Dass Sie mir für 46 RM gut sind, erfreut mein Herz. Bitte wie gewöhnlich an die alte Adresse. Übrigens fahre ich nächste Woche in Urlaub.

Mit vielen schönen Grüßen

Ihr
Tucholsky

Schloss Gripsholm

Ernst Rowohlt Verlag
Berlin W 50
Passauer Straße 8/9

12. Juni

Lieber Herr Tucholsky,
vielen Dank für Ihren Brief vom 10. d. M.

Die 15 % honorarfreien Exemplare sind – also das können Sie mir wirklich glauben – meine einzige Verdienstmöglichkeit. Lieber Herr Tucholsky, wenn Sie unsere Bilanz sähen, dann wüssten Sie, dass es ein armer Verleger gar nicht leicht hat. Ohne die 15 % könnte ich überhaupt nicht existieren und würde glatt verhungern. Das werden Sie doch nicht wollen.

Die Sommergeschichte sollten Sie sich durch den Kopf gehen lassen.

Die Leute wollen neben der Politik und dem Aktuellen etwas haben, was sie ihrer Freundin schenken können. Sie glauben gar nicht, wie das fehlt. Ich denke an eine kleine Geschichte, nicht zu umfangreich, etwa 15–16 Bogen, zart im Gefühl, kartoniert, leicht ironisch und mit einem bunten Umschlag. Der Inhalt kann so frei sein, wie Sie wollen. Ich würde Ihnen vielleicht insofern entgegenkommen, dass ich die honorarfreien Exemplare auf 14 % heruntersetze.

Wie gefällt Ihnen unser neuer Verlagskatalog?

Ich wünsche Ihnen einen vergnügten Urlaub und bin mit vielen Grüßen

Ihr
(Riesenschnörkel) Ernst Rowohlt

15. Juni

Lieber Meister Rowohlt,

auf dem neuen Verlagskatalog hat Sie Gulbransson ganz richtig gezeichnet: still sinnend an des Baches Rand sitzen Sie da und angeln die fetten Fische. Der Köder mit 14 % honorarfreier Exemplare ist nicht fett genug – 12 sind auch ganz schön. Denken Sie mal ein bisschen darüber nach und geben Sie Ihrem harten Verlegerherzen einen Stoß. Bei 14 % fällt mir bestimmt nichts ein – ich dichte erst ab 12 %.

Ich schreibe diesen Brief schon mit einem Fuß in der Bahn. In einer Stunde fahre ich ab – nach Schweden. Ich will in diesem Urlaub überhaupt nicht arbeiten, sondern ich möchte in die Bäume gucken und mich mal richtig ausruhn.

Wenn ich zurückkomme, wollen wir den Fall noch einmal bebrüten. Nun aber schwenke ich meinen Hut, grüße Sie recht herzlich und wünsche Ihnen einen guten Sommer! Und vergessen Sie nicht: 12 %!

Mit vielen schönen Grüßen

Ihr getreuer
Tucholsky

Unterschrieben – zugeklebt – frankiert – es war genau acht Uhr zehn Minuten. Um neun Uhr zwanzig ging der Zug von Berlin nach Kopenhagen. Und nun wollten wir ja wohl die Prinzessin abholen.

2

Sie hatte eine Altstimme und hieß Lydia.

Karlchen und Jakopp aber nannten jede Frau, mit der einer von uns dreien zu tun hatte, „die Prinzessin", um den betreffenden Prinzgemahl zu ehren – und dies war nun also die Prinzessin; aber keine andre durfte je mehr so genannt werden.

Sie war keine Prinzessin.

Sie war etwas, was alle Schattierungen umfasst, die nur möglich sind: Sie war Sekretärin. Sie war Sekretärin bei einem unförmig dicken Patron; ich hatte ihn einmal gesehn und fand ihn scheußlich, und zwischen ihm und Lydia ... nein! Das kommt beinah nur in Romanen vor. Zwischen ihm und Lydia bestand jenes merkwürdige Verhältnis von Zuneigung, nervöser Duldung und Vertrauen auf der einen Seite und Zuneigung, Abneigung und duldender Nervosität auf der andern: Sie war seine Sekretärin. Der Mann führte den Titel eines Generalkonsuls und handelte ansonsten mit Seifen. Immer lagen da Pakete im Büro herum, und so hatte der Dicke wenigstens eine Ausrede, wenn seine Hände fettig waren.

Der Generalkonsul hatte ihr in einer Anwandlung fürstlicher Freigebigkeit fünf Wochen Urlaub gewährt; er fuhr nach Abbazia. Gestern Abend war er abgefahren – werde ihm der Schlafwagen leicht! Im Büro saßen sein Schwager und für Lydia eine Stellvertreterin. Was gingen mich denn seine Seifen an – Lydia ging mich an.

Da stand sie schon mit den Koffern vor ihrem Haus –

„Hallo!"

„Du bischa all do?", sagte die Prinzessin – zur grenzenlosen Verwunderung des Taxichauffeurs, der dieses für Ostchinesisch hielt. Es war aber Missingsch.

Missingsch ist das, was herauskommt, wenn ein Plattdeutscher Hochdeutsch sprechen will. Er krabbelt auf der glatt gebohnerten Treppe der deutschen Grammatik empor und rutscht alle Nase lang wieder in sein geliebtes Platt zurück. Lydia stammte aus Rostock, und sie beherrschte dieses Idiom in der Vollendung. Es ist kein bäurisches Platt – es ist viel feiner. Das Hochdeutsch darin nimmt sich aus wie Hohn und Karikatur; es ist, wie wenn ein Bauer in Frack und Zylinder aufs Feld ginge und so ackerte. Der Zylinder ischa en finen statschen Haut, över wen dor nich mit grot worn is, denn rutscht hei ümmer werrer aff, dat deiht he … Und dann ist da im Platt der ganze Humor dieser Norddeutschen; ihr gutmütiger Spott, wenn es einer gar zu toll treibt, ihr fest zupackender Spaß, wenn sie falschen Glanz wittern, und sie wittern ihn, unfehlbar … diese Sprache konnte Lydia bei Gelegenheit sprechen. Hier war eine Gelegenheit.

„Kann mir gahnich gienug wunnern, dasse den Zeit nich verschlafen hass!", sagte sie und ging mit festen, ruhigen Bewegungen daran, mir und dem Chauffeur zu helfen. Wir packten auf. „Hier, nimm den Dackel!" – Der Dackel war eine fette, bis zur Albernheit lang gezogene Handtasche. Und so pünktlich war sie! Auf ihren Nasenflügeln lag ein Hauch von Puder. Wir fuhren.

„Frau Kremser hat gesagt", begann Lydia, „ich soll mir meinen Pelz mitnehmen und viele warme Mäntel – denn in Schweden gibt es überhaupt keinen Sommer, hat Frau Kremser gesagt. Da war immer Winter. Ische woll nich möchlich!" Frau Kremser war die Haushälterin der Prinzessin, Stubenmädchen, Reinmachefrau und Großsiegelbewahrerin. Gegen mich hatte sie noch immer, nach so langer Zeit, ein leise schnüffelndes Misstrauen – die Frau hatte einen guten Instinkt. „Sag mal … ist es wirklich so kalt da oben?"

„Es ist doch merkwürdig", sagte ich. „Wenn die Leute in Deutschland an Schweden denken, dann denken sie: Schwedenpunsch, furchtbar kalt, Ivar Kreuger, Zündhölzer, furchtbar kalt, blonde Frauen und furchtbar kalt. So kalt ist es gar nicht." – „Also wie kalt ist es denn?" – „Alle Frauen sind pedantisch", sagte ich. – „Außer dir!", sagte Lydia. – „Ich bin keine Frau." – „Aber pedantisch!" – „Erlaube mal", sagte ich, „hier liegt ein logischer Fehler vor. Es ist genauestens zu unterscheiden, ob pro primo …" – „Gib mal'n Kuss auf Lydia!", sagte die Dame. Ich tat es, und der Chauffeur nuckelte leicht mit dem Kopf, denn seine Scheibe vorn spiegelte.

Und dann hielt das Auto da, wo alle bessern Geschichten anfangen: am Bahnhof.

3

Es ergab sich, dass der Gepäckträger Nummer 47 aus Warnemünde stammte, und der Freude und des Geredes war kein Ende, bis ich diese landsmännische Idylle, der Zeit wegen, unterbrach. „Fährt der Gepäckträger mit? Dann könnt ihr euch ja vielleicht im Zug weiter unterhalten." – „Olln Döskopp! Heww di man nich so!", sagte die Prinzessin. Und: „Wi hemm noch bannig Tid!" der Gepäckträger. Da schwieg ich überstimmt, und die beiden begannen ein emsiges Palaver darüber, ob Korl Düsig noch am „Strom" wohnte – wissen Sie: Düsig – näää … de Olsch! So, Gott sei Dank, er wohnte noch da! Und hatte wiederum ein Kind hergestellt: Der Mann war achtundsiebzig Jahre und wurde von mir, hier an der Gepäckausgabe, außerordentlich beneidet. Es war sein sechzehntes Kind. Aber nun waren es nur noch acht Minuten bis zum Abgang des Zuges, und … „Willst du Zeitungen haben, Lydia?" – Nein, sie wollte keine. Sie hatte sich etwas zum Lesen mitgebracht – wir unterlagen beide nicht dieser merkwürdigen Krankheit, plötzlich auf den Bahnhöfen zwei Pfund bedrucktes Papier zu kaufen, von dem man vorher ziemlich genau weiß: Makulatur. Also kauften wir Zeitungen.

Und dann fuhren wir – allein im Abteil – über Kopenhagen nach Schweden. Vorläufig waren wir noch in der Mark Brandenburg.

„Finnste die Gegend hier, Peter?", sagte die Prinzessin. Wir hatten uns unter anderm auf Peter geeinigt – Gott weiß, warum.

Die Gegend? Es war ein heller, windiger Junitag – recht frisch, und diese Landschaft sah gut aufgeräumt und gereinigt aus – sie wartete auf den Sommer und sagte: Ich bin karg. „Ja …“, sagte ich. „Die Gegend …“ – „Du könntest für mein Geld wirklich etwas Gescheiteres von dir geben“, sagte sie. „Zum Beispiel: diese Landschaft ist wie erstarrte Dichtkunst, oder sie erinnert mich an Fiume, nur ist da die Flora katholischer – oder so.“ – „Ich bin nicht aus Wien“, sagte ich. „Gott sei Dank“, sagte sie. Und wir fuhren.

Die Prinzessin schlief. Ich denkelte so vor mich hin.

Die Prinzessin behauptete, ich sagte zu jeder von mir geliebten Frau, aber auch zu jeder –: „Wie schön, dass du da bist!“ Das war eine pfundsdicke Lüge – manchmal sagte oder dachte ich doch auch: „Wie schön, dass du da bist … und nicht hier!“ – aber wenn ich die Lydia so neben mir sitzen sah, da sagte ich es nun wirklich. Warum –?

Natürlich deswegen. In erster Linie …? Ich weiß das nicht. Wir wussten nur dieses: Eines der tiefsten Worte der deutschen Sprache sagt von zwei Leuten, dass sie sich nicht riechen können. Wir konnten es, und das ist, wenn es anhält, schon sehr viel. Sie war mir alles in einem: Geliebte, komische Oper, Mutter und Freund. Was ich ihr war, habe ich nie ergründen können.

Und dann die Altstimme. Ich habe sie einmal nachts geweckt, und, als sie aufschrak: „Sag etwas!“, bat ich. „Du Dummer!“, sagte sie. Und schlief lächelnd wieder ein. Aber ich hatte die Stimme gehört, ich hatte ihre tiefe Stimme gehört.

Und das dritte war das Missingsch. Manchen Leuten erscheint die plattdeutsche Sprache grob, und sie mögen sie nicht. Ich habe diese Sprache immer geliebt; mein Vater sprach sie wie hochdeutsch, sie, die „vollkommnere der beiden Schwestern“, wie Klaus Groth sie genannt hat. Es ist die Sprache des Meeres. Das Plattdeutsche kann alles sein: zart und grob, humorvoll und herzlich, klar und nüchtern und vor allem, wenn man will, herrlich besoffen. Die Prinzessin bog sich diese Sprache ins Hochdeutsche um, wie es ihr passte – denn vom Missingschen gibt es hundert und aberhundert Abarten, von Friesland über Hamburg bis nach Pommern; da hat jeder kleine Ort seine Eigenheiten. Philologisch ist dem sehr schwer beizukommen; aber mit dem Herzen ist ihm beizukommen. Das also sprach die Prinzessin – ah, nicht alle Tage! Das wäre ja unerträglich gewesen. Manchmal, zur Erholung, wenn ihr grade so zu Mut war, sprach sie missingsch; sie sagte darin die Dinge, die ihr besonders am Herzen lagen, und daneben hatte sie im Lauf der Zeit schon viel von Berlin angenommen. Wenn sie ganz schnell „Allmächtiger Braten!", sagte, dann wusste man gut Bescheid. Aber mitunter sprach sie doch ihr Platt oder eben jenes halbe Platt: missingsch.

Das weiß ich noch wie heute … Das war, als wir uns kennenlernten. Ich war damals zum Tee bei ihr und bot den diskret lächerlichen Anblick eines Mannes, der balzt. Dabei sind wir ja rechtschaffen komisch … Ich machte Plüschaugen und sprach über Literatur – sie lächelte. Ich erzählte Scherze und beleuchtete alle Schaufenster meines Herzens. Und dann sprachen wir von der Liebe. Das ist wie bei einer bayrischen Rauferei – die raufen auch erst mit Worten.

Und als ich ihr alles auseinandergesetzt hatte, alles, was ich im Augenblick wusste, und das war nicht wenig, und ich war so stolz, was für gewagte Sachen ich da gesagt hatte, und wie ich das alles so genau und brennendrot dargestellt und vorgeführt hatte, in Worten, sodass nun eigentlich der Augenblick gekommen war, zu sagen: „Ja, also dann …" – da sah mich die Prinzessin lange an. Und sprach:

„Einen weltbefohrnen dschungen Mann –!"

Und da war es aus. Und ich fand mich erst viel später bei ihr wieder, immer noch lachend, und mit der erotischen Weihe war es nichts geworden. Aber mit der Liebe war es etwas geworden.

Der Zug hielt.

Die Prinzessin fuhr auf, öffnete die Augen. „Wo sind wir?" –
„Es sieht aus wie Stolp oder Stargard – jedenfalls ist es etwas mit

St", sagte ich. – „Wie sieht es noch aus?", fragte sie. – „Es sieht aus", sagte ich und blickte auf die Backsteinhäuschen und den trübsinnigen Bahnhof, „wie wenn hier die Unteroffiziere geboren werden, die ihre Mannschaften schinden. Möchtest du hier Mittag essen?" Die Prinzessin schloss sofort die Augen. „Lydia", sagte ich, „wir können auch im Speisewagen essen, der Zug hat einen." – „Nein", sagte sie. „Im Speisewagen werden die Kellner immer von der Geschwindigkeit des Zuges angesteckt, und es geht alles so furchtbar eilig – ich habe aber einen langsamen Magen …" – „Gut. Was liest du da übrigens, Alte?" – „Ich schlafe seit zwei Stunden auf einem mondänen Roman. Der einzige Körperteil, mit dem man ihn lesen kann …", und dann machte sie die Augen wieder zu. Und wieder auf. „Guck eins … die Frau da! Die is aber misogyn!" – „Was ist sie?" – „Misogyn … heißt das nicht mickrig? Nein, das habe ich mit den Pygmäen verwechselt; das sind doch diese Leute, die auf Bäumen wohnen … wie?" Und nach dieser Leistung entschlummerte sie aufs Neue, und wir fuhren, lange, lange. Bis Warnemünde.

Da war der „Strom". So heißt hier die Warne – war es die Warne? Peene, Swine, Dievenow … oder hieß der Fluss anders? Es stand nicht dran. Mit Karlchen und Jakopp hatte ich der Einfachheit halber erfunden, jeder Stadt den ihr zugehörigen Fluss zu geben: Gleiwitz an der Gleiwe, Bitterfeld an der Bitter und so fort.

Hier am Strom lagen lauter kleine Häuser, eins beinah wie das andre, windumweht und so gemütlich. Segelboote steckten ihre Masten in die graue Luft, und beladene Kähne ruhten faul im stillen Wasser. „Guck mal, Warnemünde!"

„Diss kenn ich scha denn nu doch wohl bisschen besser als du. Harre Gott, nein … Da ische den Strom, da bin ich sozusagen an groß gieworn! Da wohnt scha Korl Düsig un min oll Wiesendörpsch, un in das nüdliche lütte Haus, da wohnt Tappsier Kroger, den sind solche netten Menschen, as es auf diese ausge-

klürte Welt sons gah nich mehr gibt … Und das is Zenater Eggers
sin Hus, Dree Linden. Un sieh mal: das alte Haus da mit den
schönen Barockgiebel – da spückt es in!" – „Auf Plattdeutsch?",
fragte ich. – „Du büschan ganzen mongkanten Mann; meins,
den Warnemünder Giespenster spüken auf hochdeutsch rum –
nee, allens, was Recht is, Ordnung muss sein, auch inne vierte
Dimenzion …! Und …" Rrrums – der Zug rangierte. Wir fielen
aneinander. Und dann erzählte sie weiter und erklärte mir jedes
Haus am Strom, soweit man sehen konnte.

„Da – da is das Haus, wo die alte Frau Brüshaber in giewohnt
hat, die war eins so fühnsch, dass ich'n bessres Zeugnis gehabt
hab als ihre Großkinder; die waren ümme so verschlichen …
und da hat sie von 'n ollen Wiedow, dem Schulderekter, gesagt:
Wann ick den Kierl inn Mars hat, ick scheet em inne Ostsee! Un
das Haus hat dem alten Laufmüller giehört. Den kennst du nich
auße Weltgeschichte? Der Laufmüller, der lag sich ümme inne
Haaren mit die hohe Obrigkeit, was zu diese Zeit den Landrat
von der Decken war, Landrat Ludwig von der Decken. Und um
ihn zu ägen, kaufte sich der Laufmüller einen alten räudigen
Hund, und den nannte er Lurwich, und wenn nu Landrat von
der Decken in Sicht kam, denn rief Laufmüller seinen Hund:
Lurwich, hinteh mich! Und denn griente Laufmüller so finsch,
und den Landrat ärgerte sich … un davon haben wi auch im
Schohr 1918 keine Revolutschon giehabt. Ja." – „Lebt der Herr
Müller noch?", fragte ich. – „Ach Gott, neien – he is all lang
dod. Er hat sich giewünscht, er wollt an Weg begraben sein, mit
dem Kopf grade an Weg." – „Warum?" – „Dscha … dass er den
Mächens so lange als möchlich untere Röck … Der Zoll!" Der
Zoll.

Europa zollte. Es betrat ein Mann den Raum, der fragte höf-
lichst, ob wir … und wir sagten: nein, wir hätten nicht. Und
dann ging der Mann wieder weg. „Verstehst du das?", fragte
Lydia. – „Ich verstehe es nicht", sagte ich. „Es ist ein Gesell-

schaftsspiel und eine Religion, die Religion der Vaterländer. Auf dem Auge bin ich blind. Sieh mal – sie können das mit den Vaterländern doch nur machen, wenn sie Feinde haben und Grenzen. Sonst wüsste man nie, wo das eine anfängt und wo das andre aufhört. Na, und das ginge doch nicht, wie …?" Die Prinzessin fand, dass es nicht ginge, und dann wurden wir auf die Fähre geschoben.

Da standen wir in einem kleinen eisernen Tunnel, zwischen den Dampferwänden. Rucks – nun wurde der Wagen angebunden. „Wissen möcht ich …", sagte die Prinzessin, „warum ein Schiff eigentlich schwimmt. Es wiegt so viel: Es müsste doch untergehn. Wie ist das! Du bist doch einen studierten Mann!" – „Es ist … der Luftgehalt in den Schotten … also pass mal auf … das spezifische Gewicht des Wassers … es ist nämlich die Verdrängung …" – „Mein Lieber", sagte die Prinzessin, „wenn einer übermäßig viel Fachausdrücke gebraucht, dann stimmt da etwas nicht. Also du weißt es auch nicht. Peter, dass du so entsetzlich dumm bist – das ist schade. Aber man kann ja wohl nicht alles beieinander haben." Wir wandelten an Bord.

Schiffslängs – backbord – steuerbord … ganz leise arbeiteten die Maschinen. Warnemünde blieb zurück, unmerklich lösten wir uns vom Lande. Vorbei an der Mole – da lag die Küste.

Da lag Deutschland. Man sah nur einen flachen, bewaldeten Uferstreifen und Häuser, Hotels, die immer kleiner wurden, immer mehr zurückrückten, und den Strand … War dies eine ganz leise, winzige, eine kaum merkbare Schaukelbewegung? Das wollen wir nicht hoffen. Ich sah die Prinzessin an. Sie spürte sogleich, wohinaus ich wollte. „Wenn du käuzest, min Jung", sagte sie, „das wäre ein Zückzeh fuh!" – „Was ist das?" – „Das ist Französisch" – sie war ganz aufgebracht –, „nu kann der Dschung nich mal Französisch un hat sich do Jahrener fünf in Paris feine Bildung bielernt … Segg mohl, was hasse da eigentlich inne ganze Zeit giemacht? Kann ich mi schon lebhaft vorstelln! Ümme mit die kleinen Dirns umher, nöch? Du bischa einen Wüstling! Wie sind denn nun die Französinnen? Komm, erzähl es mal auf Lydia – wir gehn hier rauf und runter, immer das Schiff entlang, und wenn dir schlecht wird, dann beugst du dich über die Reeling, das ist in den Büchern immer so. Erzähl."

Und ich erzählte ihr, dass die Französinnen sehr vernünftige Wesen seien, mit einer leichten Neigung zu Kapricen, die seien aber vorher einkalkuliert, und sie hätten pro Stück meist nur einen Mann, den Mann, ihren Mann, der auch ein Freund sein kann, natürlich – und dazu vielleicht auch anstandshalber einen Geliebten, und wenn sie untreu seien, dann seien sie es mit leichtsinnigem Bedacht. Beinah jede zweite Frau aber hätte einen Beruf. Und sie regierten das Land ohne Stimmrecht – aber eben nicht mit den Beinen, sondern durch ihre Vernunft. Und sie seien liebenswürdige Mathematik und hätten ein vernünftiges Herz, das manchmal mit ihnen durchginge, doch pfiffen sie es immer wieder zurück. Ich verstände sie nicht ganz. „Es scheinen Frauen zu sein", sagte Lydia.

Die Fähre schaukelte nicht grade – sie deutete das nur an. Auch ich deutete etwas an, und die Prinzessin befahl mich in den Speiseraum. Da saßen sie und aßen, und mir wurde gar nicht gut, als ich das sah – denn sie essen viel Fettes in Dänemark, und dieses war eine dänische Fähre. Die Herrschaften aßen zurzeit: Spickaal und Hering, Heringsfilet, eingemachten Hering, dann etwas, was sie „sild" nannten, ferner vom Baum gefallenen Hering und Hering schlechthin. Auf festem Land eins immer besser als das andre. Und dazu tranken sie jenen herrlichen Schnaps, für den die nordischen Völker, wie sie da sind, ins Himmelreich kommen werden. Die Prinzessin geruhte zu speisen. Ich sah ehrfürchtig zu; sie war essfest. „Du nimmst gar nichts?", fragte sie zwischen zwei Heringen. Ich sah die beiden Heringe an, die beiden Heringe sahen mich an, wir schwiegen alle drei. Erst als die Fähre landete, lebte ich wieder auf. Und die Prinzessin strich mir leise übers Knie und sagte ehrfürchtig: „Du bischa meinen kleinen Klaus Störtebecker!" Und ich schämte mich sehr.

Und dann ruckelten wir durch Laaland, das dalag, flach wie ein Eierkuchen, und wir kramten in unsern Zeitungen, und dann spielten wir das Bücherspiel: Jeder las dem andern abwechselnd einen Satz aus seinem Buch vor, und die Sätze fügten sich gar schön ineinander. Die Prinzessin blätterte die Seiten um, ich sah auf ihre Hände ... sie hatte so zuverlässige Hände. Einmal stand sie im Gang und sah zum Fenster hinaus, und dann ging sie fort, und ich sah sie nicht mehr. Ich tastete nach ihrem Täschchen, es war noch warm von ihrer Hand. Ich streichelte die Wärme. Und dann setzten sie uns wieder über ein Meerwasser, und dann rollten wir weiter, und dann – endlich! endlich! – waren wir in Kopenhagen.

„Wenn wir nach hinten heraus wohnen", sagte ich im Hotel, „dann riecht es nach Küche, und außerdem muss noch vom vorigen Mal ein besoffener Spanier da sein, der komponiert sich seins auf dem Piano, und das macht er zehn Stunden lang täglich. Wenn wir aber nach vorn heraus wohnen, dann klingelt da alle Viertelstunde die Rathausuhr und erinnert uns an die Vergänglichkeit der Zeit."

„Könnten wir nicht in der Mitte ... ich meine ..." Wir wohnten also nach dem Rathausplatz zu, und die Uhr klingelte, und es war alles sehr schön.

Lydia pickte auf ihrem Teller herum, mir sah sie bewundernd zu. „Du frisst ...", sagte sie freundlich. „Ich habe schon Leute gesehen, die viel gegessen haben – und auch Leute, die schnell gegessen haben ... aber so viel und so schnell ..." – „Der reine Neid –", murmelte ich und fiel in die Radieschen ein. Es war kein feines Abendessen, aber es war ein nahrhaftes Abendessen. Und als sie sich zum Schlafen wendete und grade die Rathausuhr geklingelt hatte, da sprach sie leise, wie zu sich selbst:

„Jetzt auf See. Und dann so ein richtig schaukelndes Schiff. Und dann eine Tasse warmes Maschinenöl …" Und da musste ich aufstehen und viel Selterswasser trinken.

4

Ja, Kopenhagen.
„Soll ich dir das Fischrestaurant zeigen, in dem Ludendorff immer zu Mittag gegessen hat, als er noch eine Denkmalsfigur war?" – „Zeig es mir … nein, gehen wir lieber auf Lange Linie!" – Wir sahen uns alles an: den Tivolipark und das schöne Rathaus und das Thorwaldsen-Museum, in dem alles so aussieht, wie wenn es aus Gips wäre. „Lydia!", rief ich, „Lydia! Beinah hätt ich es vergessen! Wir müssen uns das Polysandrion ansehn!" – „Das … was?" – „Das Polysandrion! Das musst du sehn. Komm mit." Es war ein langer Spaziergang, denn dieses kleine Museum lag weit draußen vor der Stadt.
„Was ist das?", fragte die Prinzessin.
„Du wirst ja sehn", sagte ich. „Da haben sich zwei Balten ein Haus gebaut. Und der eine, Polysander von Kuckers zu Tiesenhausen, ein baltischer Baron, vermeint, malen zu können. Das kann er aber nicht." – „Und deshalb gehn wir so weit?" – „Nein, deshalb nicht. Er kann also nicht malen, malt aber doch – und zwar malt er immerzu dasselbe, seine Jugendträume: Jünglinge … und vor allem Schmetterlinge." – „Ja, darf er denn das?", fragte die Prinzessin. „Frag ihn … er wird da sein. Wenn er sich nicht zeigt, dann erklärt uns sein Freund die ganze Historie. Denn erklärt muss sie werden. Es ist wundervoll." – „Ist es denn wenigstens unanständig?" – „Führte ich dich dann hin, mein schwarzes Glück?"
Da stand die kleine Villa – sie war nicht schön und passte auch

gar nicht in den Norden; man hätte sie viel eher im Süden, in Oberitalien oder dort herum vermutet … Wir traten ein.

Die Prinzessin machte große Kulleraugen, und ich sah das Polysandrion zum zweiten Mal.

Hier war ein Traum Wahrheit geworden – Gott behüte uns davor! Der brave Polysander hatte etwa vierzig Quadratkilometer teurer Leinwand vollgemalt, und da standen und ruhten nun die Jünglinge, da schwebten und tanzten sie, und es war immer derselbe, immer derselbe. Blassrosa, blau und gelb; vorn waren die Jünglinge, und hinten war die Perspektive.

„Die Schmetterlinge!", rief Lydia und fasste meine Hand. „Ich flehe dich an", sagte ich, „nicht so laut! Hinter uns kriecht die Aufwärterin herum, und die erzählt nachher alles dem Herrn Maler. Wir wollen ihm doch nicht wehtun." Wirklich: die Schmetterlinge. Sie gaukelten in der gemalten Luft, sie hatten sich auf die runden Schultern der Jünglinge gesetzt, und während wir bisher geglaubt hatten, Schmetterlinge ruhten am liebsten auf Blüten, so erwies sich das nun als ein Irrtum: diese hier saßen den Jünglingen mit Vorliebe auf dem Popo. Es war sehr lyrisch.

„Nun bitte ich dich …", sagte die Prinzessin. – „Still!", sagte ich. „Der Freund!" Es erschien der Freund des Malers, ein ältlicher, sympathisch aussehender Mann; er war brav bürgerlich angezogen, doch schien es, als verachtete er die grauen Kleider unsres grauen Jahrhunderts, und der Anzug vergalt ihm das. Er sah aus wie ein Ephebe a.D. Murmelnd stellte er sich vor und begann zu erklären. Vor einem Jüngling, der stramm mit Schwert und Schmetterling dastand und die Rechte wie zum Gruß an sein Haupt gelegt hatte, sprach der Freund in schönstem baltischem Tonfall, singend und mit allen rollenden Rrrs: „Was Sie hier sehn, ist der völlich verjäistichte Militarrismus!" Ich wendete mich ab – vor Erschütterung. Und wir sahen tanzende Knaben, sie trugen Matrosenanzüge mit Klappkragen, und ihnen zu Häupten hing eine kleine Lampe mit Bommelfransen, solch eine, wie sie in den Korridoren hängen –: ein möbliertes Gefilde der Seligen. Hier war ein Paradies aufgeblüht, von dem so viele Seelenfreunde des Malers ein Eckchen in der Seele trugen; ob es nun die ungerechte Verfolgung war oder was immer: Wenn sie schwärmten, dann schwärmten sie in sanftem Himmelblau, sozusagen blausa. Und taten sich sehr viel darauf zugute. Und an einer Wand hing die Fotografie des Künstlers aus seiner italienischen Zeit; er war nur mit Sandalen und einem Hoihotoho-Speer bekleidet. Man trug also Bauch in Capri.

„Da bleibt einem ja die Luft weg!", sagte die Prinzessin, als wir draußen waren. „Die sind doch keineswegs alle so ...?" – „Nein, die Gattung darf man das nicht entgelten lassen. Das Haus ist ein stehen gebliebenes Plüschsofa aus den neunziger Jahren, keineswegs sind sie alle so. Der Mann hätte seine Schokoladen-bildchen gradesogut mit kleinen Feen und Gnomen bevölkern können ... Aber denk dir nur mal ein ganzes Museum mit solch realisierten Wunschträumen – das müsste schön sein!"

„Und dann ist es so – blutärmlich!", sagte die Prinzessin. „Na, jeder sein eigner Unterleib! Und daraufhin wollen wir wohl einen Schnaps trinken!" Das taten wir.

Stadt und Straßen ... der große Tiergarten, der dem König gehört und in dem die wilden zahmen Hirsche herumlaufen und sich, wenn es ihnen grade passt, am Hals krauen lassen, und so hohe, alte Bäume ...

Abfahrt. „Wie wird das eigentlich mit der Sprache?", fragte die Prinzessin, als wir im Zug nach Helsingör saßen. „Du warst doch schon mal da. Sprichst du denn nun gut schwedisch?" – „Ich mache das so", sagte ich. „Erst spreche ich deutsch, und wenn sie das nicht verstehn, englisch, und wenn sie das nicht verstehn, platt – und wenn das alles nichts hilft, dann hänge ich an die deutschen Wörter die Endung as an, und dieses Sprechas verstehas sie ganz gut." Das hatte grade noch gefehlt. Es gefiel ihr ungemein, und sie nahm es gleich in ihren Sprachschatz auf. „Ja – also nun kommt Schweden. Ob wir etwas in Schweden erlebas? Was meinst du?" – „Ja, was sollten wir wohl auf einem Urlaub erleben …? Ich dich, hoffentlich." – „Weißt du", sagte die Prinzessin, „ich bin noch gar nicht auf Reisen, ich sitze hier neben dir im Coupé; aber in meinem Kopf dröhnt es noch, und … Allmächtiger Braten!" – „Was ist?" – „Ich habe vergessen, an Tichauer zu telefonieren!" – „Wer ist Tichauer?" – „Tichauer ist der Direktor der NSW – der Norddeutschen Seifenwerke. Und der Alte hat gesagt, ich solle ihm abtelefonieren, weil er doch verreist … und da ist die Konferenz am Dienstag … ach du liebes Gottchen, behüte unser Lottchen vor Hunger, Not und Sturm und vor dem bösen Hosenwurm. Amen." – „Also was wird nun?" – „Jetzt werden wir telegrafieren, wenn wir in Helsingör auf die Fähre steigen. Du allmächtiger Braten! Daddy, Berlin läuft doch immer mit. Das dauert mindestens vierzehn Tage, bis man es einigermaßen los ist, und wenn man es glücklich vergessen hat, dann muss man wieder zurück. Das ist ein fröhlicher Beruf …" – „Beruf … Ich hielt es mehr für eine Beschäftigung." – „Du bist ein Schriftsteller – aber recht hast du doch. Lenk mich ab. Steig mal auf die Bank und mach mal einen. Sing was – wozu hab ich dich mitgenommen?" Nur Ruhe und Geduld konnten es machen … „Sieh mal, Hühner auf dem Wasser!", sagte ich. – „Hühner? Was für welche?" – „Gesichtshühner. Der Naturforscher Jakopp unterscheidet zweierlei Sorten von Hühnern: die Gesichtshühner, die man nur sehen, und die Speisehühner, die man auch essen kann. Dies sind Gesichtshühner. Finnste die Natur hier?" – „Etwas dünn, um die Wahrheit zu sagen. Wenn man nicht wüsste, dass es Dänemark ist und wir gleich nach Schweden hinüberfahren –"

Und da hatte sie nun recht. Denn nichts lenkt den Menschen so von seinem gesunden Urteil ab wie geografische Ortsnamen, geladen mit alter Sehnsucht und bepackt mit tausend Gedankenverbindungen, und wenn er dann hinkommt, ist es alles halb so schön. Aber wer traut sich denn, das zu sagen –!

Helsingör. Wir telegrafierten an Tichauer. Wir stiegen auf die kleine Fähre.

Unten im Schiffsrestaurant saßen drei Österreicher; offenbar waren es altadlige Herren, einer hatte eine ganz abregierte Stimme. Er kniff grade die Augen so merkwürdig zu, wie das einer tut, der mit der Zigarre im Mund zahlen muss. Und dann hörte ich ihn murmeln: „Ein g'schäiter Buuursch (mit drei langen u) – aber etwas medioker …“ Ich bin gegen den Anschluss.

Oben standen wir dann am Schiffsgeländer, atmeten die reine Luft und blickten auf die beiden Küsten – die dänische, die zurückblieb, und die schwedische, der wir uns näherten. Ich sah die Prinzessin von der Seite an. Manchmal war sie wie eine fremde Frau, und in diese fremde Frau verliebte ich mich immer aufs Neue und musste sie immer aufs Neue erobern. Wie weit ist es von einem Mann zu einer Frau! Aber das ist schön, in eine Frau wie in ein Meer zu tauchen. Nicht denken … Viele von ihnen haben Brillen auf, sie haben es im eigentlichen Sinne des Wortes verlernt, Frau zu sein – und haben nur noch den dünnen Charme. Hol ihn der Teufel. Ja, wir wollen wohl ein bisschen viel: kluge Gespräche und Logik und gutes Aussehen und ein bisschen Treue und dann dieser nie zu unterdrückende Wunsch, von der Frau wie ein Beefsteak gefressen zu werden, dass die Kinnbacken krachen … „Hast du schwedischen Geldes?“, fragte die Prinzessin träumerisch. Sie führte gern einen gebildeten Genitiv spazieren und war demzufolge sehr stolz darauf, immer „Rats“ zu wissen. „Ja, ich habe schwedische Kronen“, sagte ich. „Das ist ein hübsches Geld – und deshalb werden wir es auch nur vorsichtig ausgeben.“ – „Geizvettel“, sagte die Prinzessin. Wir besaßen eine gemeinsame Reisekasse, an der hatten wir sechs Monate herumgerechnet. Und nun waren wir in Schweden.

Der Zoll zollte. Die Schweden sprechen anders Deutsch als

die Dänen: Die Dänen hauchen es, es klingt bei ihnen feder-leicht, und die Konsonanten liegen etwa einen halben Meter vor dem Mund und vergehen in der Luft, wie ein Gezirp. Bei den Schweden wohnt die Sprache weiter hinten, und dann singen sie so schön dabei … Ich protzte furchtbar mit meinen zehn schwedischen Wörtern, aber sie wurden nicht verstan-den. Die Leute hielten mich sicherlich für einen ganz beson-ders vertrackten Ausländer. Kleines Frühstück. „Die Bouillon“, sagte die Prinzessin, „sieht aus wie Wasser in Halbtrauer!“ – „So schmeckt sie auch.“ Und dann fuhren wir gen Stockholm.

Sie schlief.

Der, der einen Schlafenden beobachtet, fühlt sich ihm über-legen – das ist wohl ein Überbleibsel aus alter Zeit, vielleicht schlummert da noch der Gedanke: er kann mir nichts tun, aber ich ihm. Dieser Frau gab der Schlaf wenigstens kein dümm-liches Aussehen; sie atmete fest und ruhig, mit geschlossenem Mund. So wird sie aussehen, wenn sie tot sein wird. Dann liegt der Kopf auf einem Brett – immer, wenn ich an den Tod denke, sehe ich ein ungehobeltes Brett mit kleinen Holzfäserchen; dann liegt sie da und ist wachsgelb und wie uns andern scheint, sehr Ehrfurcht gebietend. Einmal, als wir über den Tod sprachen, hatte sie gesagt: „Wir müssen alle sterben – du früher, ich spä-ter“ – in diesem Kopf war so viel Mann. Der Rest war, Gott sei's gelobt, eine ganze Frau.

Sie wachte auf. „Wo sind wir?“ – „In Rüdesheim an der Rüde.“ Und da tat sie etwas, wofür ich sie besonders liebte, sie tat es gern in den merkwürdigsten, in den psychologischen Augenblicken: sie legte die Zunge zwischen die Zähne und zog sie rasch zu-rück: sie spuckte blind. Und dafür bekam sie einen Kuss – auf dieser Reise schienen wir immer in leeren Abteilen zu sitzen –, und gleich wandte sie einen frisch gelernten dänischen Fluch an: „Der Teufel soll dich hellrosa besticken!“ und nun fingen wir an zu singen.

„In Kokenhusen
singt eine Nachtigall
wohl an der Düna Strand.
Und die Nachtigall
mit dem süßen Schall
legt ein Kringelchen in mei–ne Hand –!"

Und grade, als wir im besten Singen waren, da tauchten die
ersten Häuser der großen Stadt auf. Weichen knackten, der Zug
schepperte über eine niedrige Brücke, hielt. Komm raus! Die
Koffer. Der Träger. Ein Wagen. Hotel. Guten Tag. Stockholm.

5

W as machen wir nun?", fragte ich, als wir uns gewaschen
hatten. Der Himmel lag blau über vier Schornsteinen –
das war es, was wir zunächst von Stockholm sehn konnten. „Ich
meine so", sagte die Prinzessin, „wir nehmen uns erst mal einen
Dolmetscher – denn du sprichst ja sehr schön schwedisch, sehr
schön ... aber es muss altschwedisch sein, und die Leute sind
hier so ungebildet. Wir nehmen uns einen Dolmetscher, und
mit dem fahren wir über Land und suchen uns eine ganz billige
Hütte, und da sitzen wir still, und dann will ich nie wieder einen
Kilometer reisen."

Wir spazierten durch Stockholm.

Sie haben ein schönes Rathaus und hübsche neue Häuser,
eine Stadt mit Wasser ist immer schön. Auf einem Platz gurr-
ten die Tauben. Der Hafen roch nicht genug nach Teer. Wunderschöne junge Frauen gingen durch die Straßen ... von einem gradezu lockenden Blond. Und Schnaps gab es nur zu
bestimmten Stunden, wodurch wir unbändig gereizt wurden,

welchen zu trinken – er war klar und rein und tat keinem etwas, solange man nüchtern blieb. Und wenn man ihn getrunken hatte, nahm der Kellner das Gläschen rasch wieder fort, wie wenn er etwas Unpassendes begünstigt hätte. In einem Schaufenster der Vasagatan lag eine schwedische Übersetzung des letzten Berliner Schlagers. Eh – und sonst haben Sie nichts von Stockholm gesehn? Was? Der Nationalcharakter … wie? Ach, lieben Freunde! Wie einförmig sind doch unsre Städte geworden! Fahrt nur nach Melbourne – ihr müsst erst lange mit den Kaufleuten konferieren und disputieren; ihr müsst, wenn ihr sie wirklich kennenlernen wollt, ihre Töchter heiraten oder Geschäfte mit ihnen machen oder, noch besser, mit ihnen erben; ihr müsst sie über das aushorchen, was in ihnen ist … sehen könnt ihr das nicht auf den ersten Blick. Was seht ihr? Überall klingeln die Straßenbahnen, heben die Schutzleute ihre weiß behandschuhten Hände, überall prangen die bunten Plakate für Rasierseife und Damenstrümpfe … die Welt hat eine abendländische Uniform mit amerikanischen Aufschlägen angezogen. Man kann sie nicht mehr besichtigen, die Welt – man muss mit ihr leben oder gegen sie.

Der Dolmetscher! Die Prinzessin wusste Rats, und wir gingen zum Bureau einer Touristen-Vereinigung. Ja, einen Dolmetscher hätten sie. Vielleicht. Doch. Ja.

Bedächtig geht das in Schweden zu – sehr bedächtig. In Schweden gibt es zwei Völkerstämme: den gefälligen Schweden, einen freundlichen, stillen Mann – und den ungefälligen. Das ist ein gar stolzer Herr, man kann ihm seinen Eigensinn mit kleinen Hämmern in den Schädel schlagen: er merkt es gar nicht. Wir waren an den gefälligen Typus gekommen. Einen Dolmetscher, den hätten sie also, und sie würden ihn morgen früh ins Hotel schicken. Und dann gingen wir essen.

Die Prinzessin verstand viel vom Essen, und hier in Schweden aßen sie gut, solange es bei den kalten Vorgerichten blieb –

dem Smörgåsbrot. Unübertrefflich. Ihre warme Küche war durchschnittlich, und vom Rotwein verstanden sie gar nichts, was mir vielen Kummer machte. Die Prinzessin trank wenig Rotwein. Dagegen liebte sie als einzige Frau, die ich je getroffen habe – Whisky, von dem die Frauen sonst sagen, er schmecke nach Zahnarzt. Er schmeckt aber, wenn er gut ist, nach Rauch.

Am nächsten Morgen kam der Dolmetscher.

Es erschien ein dicker Mann, ein Berg von einem Mann – und der hieß Bengtsson. Er konnte spanisch sprechen und sehr gut englisch und auch deutsch. Das heißt: ich horchte einmal … ich horchte zweimal … dieses Deutsch musste er wohl in Emerrika gelernt haben, denn es hatte den allerschönsten, den allerfarbigsten, den allerlustigsten amerikanischen Akzent. Er sprach deutsch wie ein Zirkus-Clown. Aber er war das, was die Berliner „richtig" nennen – er verstand sofort, was wir wollten, er versank in Karten, Fahrplänen und Prospekten, und am Nachmittag trollten wir von dannen.

Wir fuhren nach Dalarne. Wir fuhren in die Umgebung Stockholms. Wir warteten auf Zuganschlüsse und rumpelten über staubige Landwege in die abgelegensten Dörfer. Wir sahen verdrossene Fichten und dumme Kiefern und herrliche, alte Laubbäume und einen blauen Sommerhimmel mit vielen weißen Wattewolken, aber was wir suchten, das fanden wir nicht. Was wir denn wollten? Wir wollten ein ganz stilles, ein ganz kleines Häuschen, abgelegen, bequem, friedlich, mit einem kleinen Gärtchen … wir hatten uns da so etwas Schönes ausgedacht. Vielleicht gab es das gar nicht?

Der Dicke war unermüdlich. Während wir herumfuhren und suchten, fragten wir ihn des Nähern nach seinem Beruf. Ja, er führte also die Fremden durch Schweden. Ob er denn alles wüsste, was er ihnen so erzählte. Keine Spur – er hatte lange in Amerika gelebt und kannte seine Amerikaner. Zahlen! Er nannte ihnen vor allem einmal Zahlen: Jahreszahlen und Größenangaben und Preise und Zahlen, Zahlen, Zahlen … Falsch konnten sie sein. Mit uns sprach er von Tag zu Tag fließender deutsch, aber es wurde immer amerikanischer. *„Fourteen days ago"* hieß eben „Virrzehn Tage zerrick", und so war alles. „Drei Wochen zerrick", sagte er, als wir grade wieder von einer ergebnislosen Expedition zurückgekommen waren und zu Abend aßen, „drei Wochen zerrick – da war eine amerikanische Familie in Stockholm. Ich habe zu ihnen gesagt, wenn man nur einmal in Emerrika gewesen ist, dann meint man, die ganze andre Welt ist eine Kolonie von Emmerika. Ja. Danach haben mich die Leute *sehr* gähn gehabt. Prost!" – Prost? Wir waren hier in Schweden, der Mann hatte *„Skål!"* zu sagen. Und „Skål", das ist eigentlich „Schale". Und weil die Prinzessin eine arme Ausländerin war, die uns Schweden nicht so verstand, so sagte ich „Schale auf Ihnen!", und das verstanden wir alle drei. Der Dicke bestellte sich noch einen kleinen Schnaps. Träumerisch sah er ins Glas. „In Göteborg wohnt ein Mann, der hat einen großen Keller – da hat er es alles drin: Whisky und Branntwein und Cognac und Rotwein und Weißwein und Sekt. Und das trinkt der Mann nicht aus – das bewahrt sich der Mann alles auf! Ich finde das ganz grroßartig –!" Sprach's und kippte den seinigen.

Aber nun verging ein Tag nach dem andern, und wir hatten viele Gespräche mit angehört, hatten unzählige Male vernommen, wie die Leute sagten, was die Schweden immer sagen, in allen Lagen des menschlichen Lebens: „Jasso …" und auch ihr „Nedo" und was man so spricht, wenn man nichts zu sagen hat. Und der Dicke hatte uns in viele schöne Gegenden geführt, durch wundervolle, satte Wälder. – „Hier sind schöne Läube!", sagte er, und das war die Mehrzahl von „Laub" – und nun fing die Prinzessin an, aufzumucken. „He lacht sik 'n Stremel", sagte sie. „Meinen lieben guten Daddy! Wi sünd doch keine Rockefellers! Nu ornier doch endlich mal enägisch ne Dispositschon an, dassn weiß, woanz un woso!"

Was nun –? Der Dicke ging nachdenklich, aber mit der Welt soweit ganz zufrieden, vor uns hin; er stapfte mit seinem Stock auf das Pflaster und dachte emsig nach; man konnte an seinem breiten Rücken sehen, wie er dachte. Dann brummte er, denn er hatte etwas gefunden. „Wir fahren nach Mariefred", sagte er. „Das ist ein kleiner Ort … das ist all right! Morgen fahren wir." Die Prinzessin sah mich Unheil verkündend an. „Wenn wir da nichts finden, Daddy, dann stech ich dir inne Kleinkinnerbiewohranstalt und kutschier bei mein Alten nach Abbazia. Dor kannst du man upp aff!"

Aber am nächsten Tag sahen wir etwas.

Mariefred ist eine klitzekleine Stadt am Mälarsee. Es war eine stille und friedliche Natur, Baum und Wiese, Feld und Wald – niemand aber hätte von diesem Ort Notiz genommen, wenn hier nicht eines der ältesten Schlösser Schwedens wäre: das Schloss Gripsholm.

Es war ein strahlend heller Tag. Das Schloss, aus roten Ziegeln erbaut, stand leuchtend da, seine runden Kuppeln knallten in den blauen Himmel – dieses Bauwerk war dick, seigneural, eine bedächtige Festung. Bengtsson winkte dem Führer ab, Führer war er selbst. Und wir gingen in das Schloss.

Viele schöne Gemälde hingen da. Mir sagten sie nichts. Ich kann nicht sehen. Es gibt Augenmenschen, und es gibt Ohrenmenschen, ich kann nur hören. Eine Achtelschwingung im Ton einer Unterhaltung: das weiß ich noch nach vier Jahren. Ein Gemälde? Das ist bunt. Ich weiß nichts vom Stil dieses Schlosses – ich weiß nur: wenn ich mir eins baute, so eins baute ich mir.

Herr Bengtsson erklärte uns das Schloss, wie er es seinen Amerikanern erklärt hätte, der Spiritus sang aus ihm, und nach jeder Jahreszahl sagte er: „Aber so genau weiß ich das nicht", und dann sahen wir im Baedeker nach, und es war alles, alles falsch – und wir freuten uns mächtig. Ein Kerker war da, in dem Gustav der Verstopfte Adolf den Unrasierten jahrelang eingesperrt hatte, und so dicke Mauern hatte das Schloss, und einen runden Käfig für die Gefangenen gab es und ein schauerliches Burgloch oder eine Art Brunnen … Menschen haben immer Menschen gequält, heute sieht das nur anders aus.

Aber am allerschönsten war das Theater. Sie hatten in der Burg ein kleines Theater – vielleicht damit sie sich während der Belagerungen nicht so langweilen mussten. Ich setzte mich auf eines der Bänkchen im Zuschauerraum und führte mir eine Schäferkomödie auf, in der geliebt und gestochen, geschmachtet und zierlich gesoffen wurde – und nun wurde die Prinzessin sehr energisch. „Jetzt oder nie!", sagte sie. „Herr Bengtsson – also!"

Wie alle gutmütigen Männer hatte der Dicke Angst vor Frauen – er beugte seine Seele, wie der Wanderer den Rücken unter den Regenschauern beugt, und er strengte sich gewaltig an und ging gar sehr ins Zeug. Er telefonierte lange und verschwand.

Nach dem Mittagessen kam er fröhlich an, sein Fett wogte vor Zufriedenheit. „Kommen Sie mit!", sagte er.

Das Schloss hatte einen Anbau – auf eine Frage hätte der Dicke sicherlich gesagt: aus dem einundzwanzigsten Jahrhundert … es war ein neuerer Bau, lang gestreckt, glatt in der Fassade, hübsch. Wir gingen hinein. Drinnen empfing uns eine sehr freundliche alte Dame. Es ergab sich, dass hier in diesem Schlossanbau zwei Zimmer und dazu noch ein kleineres zu vermieten waren. Hier im Schloss? Zweifelnd sah ich Herrn Bengtsson an. Hier im Schloss. Und bekochen wollte sie uns auch. Aber würden uns denn nicht die zahllosen Touristen stören, die da kommen und die Gemälde und die Folterkammer sehen mussten? Sie kämen nur sonntags, und sie kämen überhaupt nicht hierher, sondern sie gingen dortherum …

Wir besichtigten die Zimmer. Sie waren groß und schön;

alte Einrichtungsstücke des Schlosses standen darin, in einem schweren behaglichen Stil; ich sah keine Einzelheiten mit meinen blinden Augen – aber es sprach zu mir. Und es sagte: Ja.

Aus einem Fenster blickte man auf das Wasser, aus einem andern in einen stillen kleinen Park. Die Prinzessin, die die Vernunft ihres Geschlechts hatte, sah sich inzwischen an, wo man sich waschen konnte und wie es mit den Lokalitäten bestellt wäre … und kam zufrieden zurück. Der Preis war erstaunlich billig. „Wie kommt das?", fragte ich den Dicken; wir sind selbst dem Glück gegenüber so argwöhnisch. Die Dame im Schloss täte es aus Freundlichkeit für ihn, denn sie kannte ihn, auch kamen selten Leute hierher, die lange bleiben wollten. Mariefred war als kleiner Ausflugsort bekannt; man weiß, wie solche Bezeichnungen den Plätzen anhaften. Da mieteten wir.

Und als wir gemietet hatten, sprach ich die goldenen Worte meines Lebens: „Wir hätten sollen …" und bekam von der Prinzessin einen Backenstreich: „Oll Krittelkopp!" Und dann begossen wir die Mietung mit je einem großen Branntwein, wir alle drei. „Kennen Sie die Frau im Schloss gut? Sie ist doch so nett zu uns?", fragte ich Herrn Bengtsson. – „Wissen Sie", sagte er nachdenklich, „den Affen kennen alle – aber der Affe kennt keinen." Und das sahen wir denn auch ein. Und dann verabschiedete sich der Dicke. Die Koffer kamen, und wir packten aus, stellten die Möbel so lange um, bis sie alle wieder auf demselben Platz standen wie zu Anfang … die Prinzessin badete Probe, und ich musste mich darüber freuen, wie sie nackt durchs Zimmer gehen konnte – wirklich wie eine Prinzessin. Nein, gar nicht wie eine Prinzessin: wie eine Frau, die weiß, dass sie einen schönen Körper hat. „Lydia", sagte ich, „in Paris war einmal eine Holländerin, die hat sich auf ihren Oberschenkel die Stelle tätowieren lassen, auf die sie am liebsten geküsst werden wollte. Darf ich fragen …" Sie antwortete. Und es beginnt nunmehr der Abschnitt

6

Wir lagen auf der Wiese und baumelten mit der Seele. Der Himmel war weiß gefleckt; wenn man von der Sonne recht schön angebraten war, kam eine Wolke, ein leichter Wind lief daher, und es wurde ein wenig kühl. Ein Hund trottete über das Gras, dahinten. „Was ist das für einer?", fragte ich. – „Das ist ein Bulldackel", sagte die Prinzessin. Und dann ließen wir wieder den Wind über uns hingehen und sagten gar nichts. Das ist schön, mit jemand schweigen zu können.

„Junge", sagte sie plötzlich. „Es ist ganz schrecklich aber ich bin noch nicht hier. Gott segne diese Berliner Arbeit. In meinem Kopf macht es noch immer: Burrburr … Der Alte und all das Zeugs …"

„Wie ist der Alte jetzt eigentlich?", fragte ich faul.

„Na … wie immer … Er ist dick, neugierig, feige und schadenfroh. Aber sonst ist er ein ganz netter Mensch. Dick – das wäre ja zu ertragen. Ich habe dicke Männer ganz gern." Ich machte ein Bewegung. „Brauchst dir gar nichts einzubilden … Dein bisschen Fett!"

„Du glaubst wohl, weil du Lydia heißt, du wärst was Besseres! Ich will dir mal was sagen …" Nachdem sich die Unterhaltung wieder gesetzt hatte:

„Also gut, dick. Aber seine Neugier … er hätte am liebsten, ich erzählte ihm jeden Tag einen neuen Klatsch aus der Branche. Er ist ein seelischer Voyeur. Er selbst nimmt an den meisten Dingen gar nicht richtig teil; aber er will ganz genau wissen, was die andern machen und wie sie es machen und mit wem, und wie viel sie wohl verdienen – das vor allem! Und wovon sie leben … Wie? Wie er Geld verdient? Das macht er durch seine rücksichtslose Frechheit. Daddy, das lernen wir ja nie! Ich sehe das nun

schon vier Jahre mit an, wie der Herr Generalkonsul zum Beispiel nicht zahlt, wenn er zahlen soll. Wir könnten das nicht,
deshalb kommen wir ja auch nicht zu Geld. Das muss man mit
ansehen! Da kann aber kommen, wer will; diese eiserne Stirn,
mit der er unterschriebene Verträge verdreht, ableugnet, sich
plötzlich nicht mehr erinnert, wie er sich verleugnen lässt …
nein, Daddy, du lernst es nicht. Du willst es doch immer lernen!
Du lernst es nicht!"

„Lassen die Leute sich denn das gefallen?"

„Was sollen sie denn machen? Wenn es Ihnen nicht passt, sagt
er, dann klagen Sie doch! Aber ich beziehe dann bei Ihnen nichts
mehr! Und das hält er auch eisern durch. Das wissen die Leute
ganz genau – sie geben schließlich nach. Neulich haben wir doch
das ganze Bureau renovieren lassen – was er da mit den Hand-
werkern getrieben hat! Ja, aber auf diese Weise kommt man
nach Abbazia, und die Handwerker fahren mit der Hand übern
Alexanderplatz. So gleicht sich alles im Leben aus."

„Und wieso ist er schadenfroh?"

„Das muss ein Erbfehler sein – an dieser Schadenfreude haben offenbar Generationen mitgearbeitet. Einer allein schafft
das nicht. Ich glaube, wenn ihm sein bester Freund einen Gefallen tun will, dann muss er sich zum Geburtstag vom Chef das
Bein brechen. Ich habe so etwas noch nicht gesehn. Der Mann
sucht gradezu nach Gelegenheiten, wo er sich über das Malheur
eines andern freuen kann … Es ist vielleicht, um sich die eigne
Überlegenheit zu beweisen; wenn er frech wird, hält er sich für
sehr überlegen. Das muss es wohl sein. Er ist so unsicher …"

„Das sind sie beinah alle. Ist dir noch nicht aufgefallen, wie
viel Frechheit durch Unsicherheit zu erklären ist?"

„Ja … Das ist eine vergnügte Stadt! Aber was soll ich machen? Da sagen sie: So eine Frau wie Sie! … Wenn ich das schon
höre! … Irgendeinen Stiesel heiraten … Du lachst. Daddy, ich
kann mit diesen Brüdern nicht leben. Na ja, das Geld. Aber es

ist doch nicht bloß der Schlafwagen und das große Auto; das Schlimmste ist doch, wenn sie dann reden! Und wenn sie erst anfangen, sich gehenzulassen ... Komm, es wird kühl."

Der Uhr nach wurde es nun langsam Abend; hier aber war noch alles hell, es waren die hellen Nächte, und wenn Gripsholm auch nicht gar so nördlich lag, so wurde es dort nur für einige Stunden dunkel, und ganz dunkel wurde es nie. Wir gingen über die Wiesen und blickten auf das Gras.

„Wir wollen zu Abend essas!", sagte die Prinzessin auf Schwedisch.

Wir aßen, und ich trank sehr andächtig Wasser dazu. Wenn man in ein fremdes Land kommt, dann muss man erst einmal das fremde Wasser in sich hineingluckern lassen, das gibt einem den wahren Geschmack der Fremde. Da saßen wir und rauchten. So – und jetzt begannen die Ferien, die richtigen Ferien.

Die Vorhänge des Schlafzimmers waren dicht zugezogen und mit Nadeln zugesteckt. Männer können nur im tiefen Dunkel schlafen; die Prinzessin hielt das gradezu für ein männliches Geschlechtsmerkmal. Ich las. „Raschle nicht so bösartig mit der Zeitung!", sagte sie.

In dieser Nacht drehte sich die Prinzessin um und schlief wie ein Stein. Sie atmete kaum; ich hörte sie nicht. Ich las.

Es ist vorgekommen, dass ich nachts, in wilder Traumfurcht, aufgefahren bin und mich an die Prinzessin angeklammert habe ... wie lächerlich! „Willst du mich retten?", fragte sie dann lachend. Das ist zwei-, dreimal geschehen – oft wusste ich es gar nicht. „Heute Nacht hast du mich wieder gerettet ...", sagte sie dann am nächsten Morgen. Aber nun waren Ferien; heute Nacht würde ich sie bestimmt nicht retten. Ich legte meine Hand hinüber, auf die Schlafende. Sie seufzte leise und veränderte ihre Lage. Schön ist Beisammensein. Die Haut friert nicht. Alles ist leise und gut. Das Herz schlägt ruhig. Gute Nacht, Prinzessin.

Zweites Kapitel

All to min Besten, sä de Jung – dor slögen
se em den Stock upn Buckel entzwei.

1

Das Kind stand am Fenster und dachte so etwas wie: Wann
hört dies auf? Dies hört nie auf? Wann hört dies auf?
Es hatte beide Arme auf das Fensterbrett gestützt, das durfte
es nicht – aber es war für einen Augenblick, für einen winzigen, gestohlenen Augenblick, allein. Gleich würden die andern
kommen; man spürte das zuerst im Rücken, der nun der Tür
zugewendet war, der Rücken kitzelte erwartungsvoll. Wenn die
andern kommen, ist es aus. Denn dann kommt *sie*.
Das kleine Mädchen schüttelte sich: Es war wie die schnelle
leise Bewegung eines Hundes, der Wasser abschüttelt. Das, was
das Kind bedrückte, brauchte es nicht erst zu überdenken: Es saß
inmitten seiner kleinen Leiden wie auf einem Lotosblatt, zwischen
andern Lotosblättern, und alle runden Blätter sahen es an – das
Kind in der Mitte. Und es kannte sie alle, seine Leidensblätter.
Die andern Kinder – sein Spitzname „Das Kind" – dieses Kinderheim in Schweden – der tote Will, und nun stieg die Kurve der
Furcht siedend-rot nach oben: Frau Adriani, die rothaarige Frau
Adriani – und dahinter dann das Traurigste: Mutti in Zürich. Es
war zu viel. Das Kind zählte neun Jahre – es war zu viel für neun
Jahre. Nun weinte es das bitterste Weinen, das Kinder weinen
können: jenes, das innerlich geweint wird und das man nicht hört.
Trappeln. Schurren. Türenklappen. Kein Wort: Eine stumme
Schar näherte sich. Also war sie dabei. Du großer Gott –

Die Tür öffnete sich majestätisch, als habe sie sich allein auf-
getan. Im Rahmen stand die Frau Direktor, der „Teufelsbraten":
die Adriani. Ihren Beinamen hatte sie von ihrem Lieblings-
schimpfwort.

Sie war nicht sehr groß: eine stämmige, untersetzte Person,
mit rötlichem Haar, graugrünlichen Augen und fast unsichtbaren Augenbrauen. Sie sprach schnell und hatte eine Art, die
Leute anzusehn, die keinem guttat …

„Was machst du hier?" Das Kind duckte sich. „Was du hier
machst?" Sie ging dabei auf die Kleine zu und gab ihr eine Art
Knuff gegen den Kopf – es war nicht einmal eine Ohrfeige; der
Schlag ignorierte, dass da ein Kopf war: Er verfügte nur über
das vorhandene Material. Zufällig war es ein Kopf. „Ich habe …
ich … ich bin …" – „Du bist ein Teufelsbraten", sagte die Adriani. „Drückst dich hier oben herum, während unten geturnt
wird! Heute Abend kein Essen. In die Schar!" Das Kind schlich
unter die andern; sie machten ihm hochmütig und mit artigem
Abscheu Platz.

Dies war eine Kinderkolonie, Läggesta, in der viele deutsche
Kinder waren und auch einige schwedische und dänische. Frau
Adriani nützte ihr Besitztum am Mälarsee auf diese Weise gut
aus. Zwei Nichten halfen ihr bei der Arbeit: die eine, wie ein Ab-
leger der Tante, gehasst und gefürchtet wie sie; die andre sanft,
aber unterdrückt und furchtsam; sie versuchte zu mildern, wo
sie konnte – es gelang ihr selten. Wenn die Alte ihre Tage hatte,
waren die beiden Nichten nicht zu sehen. Sie hatte vierzig Kinder. Sie hatte keine Kinder. Und die vierzig hatten es nicht gut.
Die Frau plagte sich viel um die Kinder; aber sie war hart zu
ihnen, sie schlug. Schlug sie gern …? Sie herrschte gern. Jedes
Kind, das die Kolonie vor der Zeit verließ, war in ihren Augen
ein Verräter; sie hätte nicht sagen können, woran; jedes, das hin-
zukam, eine willkommene Bereicherung des Materials, auf dem
sie regierte. Wenn sich auch viele Kinder beklagten und fort-

genommen wurden –: Sie hatte viele Waisen darunter, und es kamen immer neue Mädchen.

Kommandieren … Damit hatte sie es nun sonst nicht leicht. Denn wo sich die Schweden beugen, verbeugen sie sich höflich, weil sie es so wollen. Sie gehorchen nur, wenn sie es eingesehen haben, dass es hier und an dieser Stelle nötig, nützlich oder ehrenvoll ist, zu gehorchen … sonst aber hat einer, der in diesem Lande herrschen will, wenig Gelegenheit dazu. Man verstände ihn gar nicht; man lachte ihn aus und ginge seiner Wege.

Frau Adriani wechselte oft ihr Personal und brachte sich die Angestellten häufig aus Deutschland mit, wohin sie manchmal reiste. Im Winter saß sie hier oben fast allein, nur wenige Kinder blieben dann da – wie zum Beispiel die kleine Ada. Ihr Mann … wenn Frau Adriani an ihren Mann dachte, war es, wie wenn sie eine Fliege verjagen musste. Dieser Mann … sie zuckte nicht einmal mehr die Achseln. Er saß in seinem Zimmer und ordnete Briefmarken. Sie verdiente das Geld. Sie. Und im Winter wartete sie auf den Sommer – denn der Sommer war ihre Zeit. Im Sommer konnte sie durch die langen Korridore des Landhauses donnern und befehlen und verbieten und anordnen, und alles um sie herum fragte sich gegenseitig nach ihrer Stimmung und zitterte vor Furcht, und sie genoss diese Furcht bis in die Haarspitzen. Fremde Willen unter sich fühlen – das war wie … das war das Leben.

„Jetzt bleiben alle hier oben, bis es zum Essen klingelt. Wer spricht, hat Essenentzug. Sonja! Deine Haarschleife!" Ein Mädchen riss sich, puterrot, die Schleife, die sich gelöst hatte, aus den Haaren und band sie von Neuem. Es war so still – man hörte vierzig kleine Mädchen atmen. Frau Adriani genoss mit einem kalten Blick ihrer graugrünen Augen die Situation, dann ging sie hinaus. Hinter ihr zischelte es zwiefach: das waren die, die, ganz leise, sprechen wollten, und die andern, die die Flüsternden mit einem „Pst!" daran zu hindern suchten. Das Kind stand für sich allein. Kleine Mädchen können sehr grausam sein. Es war sonst keine bestraft worden, am heutigen Tage – die Majorität hatte also stillschweigend beschlossen, das Kind fallenzulassen. Das Kind hieß „das Kind", weil es einmal auf die Frage der Adriani: „Was bist du?" geantwortet hatte: „Ich bin ein Kind." Niemand beachtete es jetzt.

Wann hört dies auf?, dachte das Kind. Das hört nie auf. Und dann liefen die Tränen, und nun weinte es, weil es weinte.

2

Die Bäume rauschten vor unsern Fenstern, und sie rauschten mich aus einem Traum, von dem ich schon beim Erwachen nicht mehr sagen konnte, was das gewesen sein mochte. Ich drehte mich in den Kissen; sie waren noch schwer von Traum. Vergessen … Warum war ich aufgewacht?

Es klopfte.

„Die Post! Daddy, die Post! Geh mal an die Tür!" Die Prinzessin, die eben noch geschlafen hatte, war wach – ohne Übergang.

Ich ging. Zwischen Bett und Tür überlegte ich, wie es doch zwischen Mann und Frau Morgen-Augenblicke gibt, da hat es sich mit der Liebe ausgeliebt. Sehr entscheidende Augenblicke – wenn die gut verlaufen, dann geht alles gut. Von dem quäkrigen „Wie viel Uhr ist es denn …?" bis zum „Hua – na, da steh auf!" … da pickt die kleine Uhr auf dem Nachttisch viel Zeit auf, der Tag ist erwacht, nun schläft die Nacht, es schläft die unterirdische Hemisphäre … bei den meisten Frauen wenigstens, leider … Ich war an der Tür. Eine Hand steckte Briefe durch den Schlitz.

Die Prinzessin hatte sich im Bett halb aufgerichtet und warf vor Aufregung alle Kissen durcheinander. „Meine Briefe! Das sind meine Briefe! Du Schabülkenkopp! Gib sie her! Na, da schall doch gliks …" Sie bekam ihren Brief. Er war von ihrer Stellvertreterin aus dem Geschäft, und es stand darin geschrieben, dass es nichts zu schreiben gäbe. Die Sache mit Tichauer wäre in Ordnung. Beim kleinen Inventarbuch wären sie bei G. Das zu hören beruhigte mich ungemein. Was für Sorgen hatten diese Leute! Was für Sorgen sie hatten? Ihre eignen, merkwürdigerweise.

„Geh mal Wasser braten!", sagte die Prinzessin. „Du musst dich rasieren. So, wie du da bist, kannst du keinem Menschen einen Kuss geben. Was hast du für einen Brief bekommen?" – Ich grinste und hielt den Brief hinter meinem Rücken verborgen. Die Prinzessin stritt erbittert mit den Kissen. „Wahrscheinlich von irgendeiner Braut … einer dieser alten Exzellenzen, die du so liebst. Zeig her. Zeig her, sag ich!" Ich zeigte ihn nicht. „Ich zeige ihn nicht!", sagte ich. „Ich werde dir den Anfang vorlesen. Ich schwöre, dass es so dasteht, wie ich lese – ich schwöre es. Dann kannst du ihn sehn." Ein Kissen fiel, erschöpft und zu Tode geschlagen, aus dem Bett. – „Von wem ist er?" – „Er ist von meiner Tante Emmy. Wir sind verzankt. Jetzt will sie etwas von mir. Darum schreibt sie. Sie schreibt:

Mein lieber Junge! Kurz vor meiner Einäscherung ergreife ich die Feder …"

„Das ist nicht wahr!", schrie die Prinzessin. „Das ist … gib her! Es ist ganz grrroßartig, wie Bengtsson sagen würde. Geh dich rasieren und halt die Leute hier nich mit deine eingeäscherten Tantens auf!"

Und dann gingen wir in die Landschaft.

Das Schloss Gripsholm strahlte in den Himmel; es lag beruhigend und dick da und bewachte sich selbst. Der See schaukelte ganz leise und spielte – plitsch, plitsch – am Ufer. Das Schiff nach Stockholm war schon fort; man ahnte nur noch eine Rauchfahne hinter den Bäumen. Wir gingen quer ins Land hinein.

„Die Frau im Schloss", sagte die Prinzessin, „spricht ein privates Deutsch. Eben hat sie mich gefragt, ob wir es nachts auch warm genug hätten – ich wäre wohl gewiss ein Frierküchlein …" – „Das ist schön", sagte ich. „Man weiß bei den nordischen Leuten nie, ob sie sich das wörtlich aus ihren Sprachen übersetzen oder ob sie unbewusst Neues schaffen. In Kopenhagen kannte ich mal eine, die sagte – und sie hatte eine Bassstimme vor Wut: Dieses Kopenhagen ist keine Hauptstadt – das ist ein Hauptloch! Ob sie das wohl erfunden hat?" – „Du kennst so viele Leute, Daddy!", sagte die Prinzessin. „Das muss schön sein …" – „Nein, ich kenne lange nicht mehr so viel Leute wie früher. Wozu auch?" – „Ick will di mal wat seggen, min Jung", sagte die Prinzessin, die es heute mit dem Plattdeutschen hatte. „Wenn du nen Minschen kennenliernst un du weißt nich so recht, wat mit em los ist, dann frag di ierst mal: giwt hei mie Leev oder giwt hei mi Geld? Wenn nix von beid Deil, denn lat em lopen und holl di nich bi em upp! Dessen ungeachtet brauchst du aber nicht in diesen Fladen zu treten!" – „Donnerschlag!" – „Du sollst keines Fluches gebrauchen, Peter!", sagte die Prinzessin salbungsvoll. „Das schickt sich nicht. Und nun legen wir uns woll ein büschen auf düsen Rasenplatz!"

Da lagen wir …

Der Wald rauscht. Der Wind zieht oben durch die Wipfel, und ein ganz feiner Geruch steigt vom Boden auf, ein wenig säuerlich und frisch, moosig, und etwas Harz ist dabei.

„Was hätte Arnold jetzt gesagt?", fragte ich vorsichtig. Arnold war ihr Erster; wenn die Prinzessin sehr guter Laune war, konnte man sie daran erinnern. Jetzt war sie guter Laune. „Er hätte nichts gesagt", antwortete sie. „Er hatte auch nichts zu sagen, aber das habe ich erst sehr spät gemerkt." – „Also nicht klug?" – „In meinem Papierkorb ist mehr Ordnung als in dem seinen Kopf! Er sprach wenig. Im Anfang hielt ich dieses Schweigen für sehr bedeutend; er war eben ein karger Schmuser. Das gibt's!" Schritte auf dem weichen Moos; ein kleiner Junge kam den Waldweg entlanggestolpert, er murmelte etwas vor sich hin … als er uns sah, schwieg er; er blickte zu den Bäumen auf und begann dann zu laufen.

„Das wäre etwas für einen Staatsanwalt", sagte ich. „Der würde in seiner Schläue einen ganzen Tatbestand aufbauen. Wahrscheinlich hat dieser Knabe aber nur Zahlen gebetet und sich geschämt, als er uns gesehn hat …" – „Nein, es war so", sagte die Prinzessin. Sie lag auf dem Rücken und erzählte zu den Wolken:

„Ein Jung sall mal nan Kopmann gahn und Seip un Solt halen. Dor sä hei ümme vor sich hen: Seip un Solt … Seip un Solt … Hei sei över nich nah sin Feut, un so full he övern Bohnenstrang. Dunnersweer! Tran un Teer! sä he – und bleew nu uck bi Tran un Teer un köffte Tran und Teer … Peter! Peter! Wie ist es mit dem Leben! Erzähl schnell, wie es mit dem Leben ist! Nein, jetzt sage nicht wieder deine unanständigen Wörter … die weiß ich allein. Wie ist es? Jetzt gleich will ich es wissen!" – Ich sog den bittern Geschmack aus einem trocknen Zweig mit Fichtennadeln.

„Erst habe ich gemerkt", sagte ich, „wie es ist. Und dann habe ich verstanden, warum es so ist – und dann habe ich begriffen, warum es nicht anders sein kann. Und doch möchte ich, dass es anders wird. Es ist eine Frage der Kraft. Wenn man sich selbst treu bleibt …"

Mit ihrem tiefsten Alt: „Nach den Proben an Treue, die du bei mir abgelegt hast …"

„Ob es wohl möglich ist, mit einer Frau ernsthaft etwas zu bereden. Es ist nicht möglich. Und so was hat nun das Wahlrecht!"

„Das sagt der Chef auch immer. Was der jetzt wohl macht?"

„Er wird sich wahrscheinlich langweilen, aber sehr stolz sein, dass er in Abbazia ist. Dein Generalkonsul …"

„Daddy … dein Literatenstolz ist auch nicht das Richtige. Weißt du – manchmal denke ich so … der Mann ist doch immerhin etwas geworden. Sie haben ihm doch den Generalkonsul und die Seife und den Safe und das alles nicht in die Wiege gelegt – und die Wiege, lieber Daddy … der Mann betont mir viel zu oft, dass er zeit seines Lebens in guten Verhältnissen gelebt hätte – also hat er nicht. Er hat wahrscheinlich allerhand Saures geschluckt, bis sie ihn an das Süße herangelassen haben. Na, nun schmatzt er … Was? Natürlich hat er das vergessen, das mit dem Sauern. Ach, das tun sie ja alle. Erinnerung – Junge, Erinnerung … das ist ein alter Leierkasten. Die Leute haben doch heute ihr Grammofon! Wenn man nur mal rauskriegen könnte, wie so einer langsam was geworden ist – so einer wie der Chef –, wie das so vor sich geht … Verheiratet ist er nicht … und wenn er eine Frau hätte, die könnte es einem ja auch nicht sagen, weil sie nichts gemerkt hat. Sie fände es selbstverständlich, und vom Aufstieg wollen sie ja alle nichts hören, weil sie damit zugeben würden, dass ihre Ahnen noch ohne Visier herumgelaufen sind. Aufstieg … das sagen sie bloß, wenn sie einem keine Gehaltserhöhung geben wollen." Also sprach die kluge Prinzessin Lydia und beendete ihre Rede mit einem herrlichen –

Hier hatte die Prinzessin den Schluckauf.

Dann wollte sie vom Boden hochgezogen werden; dann stand sie allein auf, mit einem schönen gymnastischen Schwung – und dann krochen wir langsam zurück durch den Wald. Wir standen uns nach Haus, an jeder Schneise blieben wir stehn und hielten große Reden; jeder tat so, als ob er dem andern zuhörte, und er hörte ja auch zu, und jeder tat so, als bewunderte er den Wald, und er bewunderte ihn ja auch – aber im allertiefsten Grunde, wenn man uns gefragt hätte: Wir waren nicht mehr in der großen Stadt und noch nicht in Schweden. Aber wir waren beieinander.

Da lag das erste Haus von Mariefred. Ein Grammofon kratzte sich eins. „Es ist hier zur Erholung, das Grammofon", sagte die Prinzessin ehrfürchtig. „Hörst du – es ist noch ganz heiser. Aber die Luft hier wird ihm guttun." – „Hast du Hunger, Lydia?" –

„Ich hätte gern … Peter! Daddy! Allmächtiger Braten! Wie heißt
der Genetiv von *Smörgås* … Ich möchte gern etwas Smörgås-
sens … achgottachgott!" Und dies bewegte uns sehr, bis wir bei
Tisch saßen und die Prinzessin alle vier Fälle des schwedischen
Vorgerichts herunterdeklinierte.

„Was machen wir nach Tisch?" – „Das ist eine Frage! Nach
Tisch gehn wir schlafen. Karlchen sagt auch immer: in den Tag-
hemden ist so viel Müdigkeit … man muss sich völlig ausziehn
und schlafen. Dann schläft man. Und das ist eben Erholung." –
„Sage mal … sitzt dein Freund Karlchen noch immer beim Fi-
nanzamt im Rheinland?" Ich sagte, er säße. „Und woanz ist diesen Mann denn nu eigentlich?" – „Lieber Mann", sagte ich zur
Prinzessin, „das ist vielleicht ein Mann! Aber das darf man ihm
nicht sagen – sonst wachsen ihm vor Stolz Pfauenfedern aus den
Ohren. Das ist ein … Karlchen ist eben Karlchen." – „Keine Erklärung. So schwabbelt mein Konsul auch immer, wenn er was
nicht sagen will. Ich für mein Teil gehe jetzt ins Bett, schlafas."
Ich hörte sie noch nach der Melodie von Tararabumdiä singen:

„Da hat das kleine Pferd
sich plötzlich umgekehrt
und hat mit seinem Stert
die Fliegen ab-ge-wehrt –"

Dann rauschten uns die Bäume in Schlaf.

3

Nachmittags standen wir vor dem Schloss – Touristen kamen
und gingen.

Wir wandelten in den „innern Burggarten"; da war ein zierli-

cher Brunnen in der Mitte, kleine Erker klebten an den Mauern –
man hatte an dem Schloss herumrestauriert ... schade. Aber
vielleicht wäre das Ganze sonst eingefallen; so alt war es schon.

Ein großer Tourenwagen fuhr vor.

Ihm entstieg ein jüngerer Mann, dann folgten zwei Damen,
eine ältere und eine jüngere, und dann wurde ein dicker Herr
aus dem Fond gekratzt. Sie sprachen deutsch und standen etwas ratlos um den Wagen herum, wie wenn sie vom Mond
gefallen wären. Dann sprach der Dicke hastig und laut mit dem
Chauffeur. Der verstand ihn zum Glück nicht.

Sie lösten Karten für das Schloss. Der Führer war schon nach
Hause gegangen, und man ließ sie allein pilgern. „Lydia ...",
sagte ich. Wir gingen nach.

„Was willst du machen?", fragte Lydia, und dabei senkte sie
die Stimme, so gut hatte sie mich verstanden. „Ich weiß noch
nicht", sagte ich. „Es wird mir schon etwas einfallen ... Komm
mit." Die Touristen standen im großen Reichssaal, sie sahen
zur getäfelten Decke auf, und eine der Damen sagte so laut, dass
es hallte: „Ganz nett!" – „Offenbar schwedischer Stil!", sagte
der Dicke. Sie murmelten. „Wenn sie jetzt noch fragen, ob das
alles hier gebaut ist ... Rasch!" – „Wohin?" – „Komm dahin,
wo der große Brunnen ist. Irgendetwas müssen wir da aufführ-
ren ..."

Man hörte sie schlurren und husten – dann waren wir außer
Hörweite. Wir gingen leise und schnell.

Da war ein großer, runder Raum, mit einer Holzgalerie, und
in der Mitte des festgestampften Bodens lag eine kreisrunde
Holzscheibe: der Eingang zum Verlies. Und da fanden wir eine
Leiter. Lydia half, wir setzten die Leiter an – hurra! Sie stand.
Also sehr tief konnte es nicht sein. Ich kletterte hinunter, gefolgt
von den spöttisch bewundernden Blicken der Prinzessin. „Grüß
die Fledermäuse!" – „Hol din Mul!", sagte ich. Ich kletterte –
ein ganzes Endchen ... ein amerikanischer Filmkomiker mimt

den Feuerwehrmann, so sah das aus, und mir war gar nicht komisch zumute, wohin ging das hier? Aber für einen Spaß ist uns nichts zu teuer. Dunkelheit und Staub. Nur der runde Schein von oben ... „Bitte Streichhölzer! Aus deiner Tasche!" Die Schachtel kam herunter und fiel mir auf die Füße. Ich suchte und stieß mir den Kopf an der Leiter – dann hatte ich sie. Ein Flämmchen ... das war also doch ein großer Raum, an der einen Wandseite waren Ringe in die Mauer gelassen; offenbar hatten sie hier ihre Gefangenen nicht in drei Stufen gebessert, sondern gleich in einer einzigen ... Und da war auch ein zweites Brunnenloch.

„Lydia?" – „Ja?" – „Zieh die Leiter auf – kannst du das? Ich werde dir helfen. Ich hebe an – horupp! So ... hast du?" Die Leiter war oben. „Stell sie weg!" Ich hörte, wie die Prinzessin mit der Leiter wirtschaftete. „Setz die runde Scheibe wieder auf, kannst du? Und versteck dich." Nun war es ganz dunkel. Schwarz.

Das ist merkwürdig, wenn man so etwas nicht gewohnt ist. Im Augenblick, wo man in völliger Dunkelheit steckt, belebt sich das Dunkel. Nein, man erwartet, dass es sich belebt; man fürchtet das und sehnt sich nach dem Belebenden. Ich räusperte mich leise, zum Zeichen, dass ich auch noch da wäre, jedoch keine feindlichen Absichten hegte ... Ich tastete mich umher. Da war ein Nagel an der Wand, von dem wollen wir nicht fortgehn ... He? Da waren sie. Man hörte deutlich die Stimmen; die Holzscheibe war nur dünn.

„Hier ist nichts", sagte eine Stimme. „Wahrscheinlich ein Brunnen – für die Belagerung oder so. Sehr interessant. Na, gehn wir weiter. Hier ist nichts."

Hier wird gleich was sein.

„Huuuuuuu –", machte ich.

Oben wurde es totenstill. Die schleppenden Fußschritte waren verstummt. „Was war das?", sagte jemand. „Hast du das gehört?" – „Ja, mir war auch so – wahrscheinlich nur so ein Klang –"

„Huuuuuuu-aa-huuuuuuu –!", machte ich von Neuem.

„Adolf, um Gottes willen – vielleicht ist hier ein Tier eingesperrt, ein Hund – komm weg!" – „Na, erlaube mal, das gibt's doch nicht! Ist – ehö – ist da jemand?" – Ich blieb so still. „Eine Täuschung", sagte eine Männerstimme. „Komm – da war ja nichts", sagte der andre der Männer. Und da dachte ich an die Löwen in den Zoologischen Gärten vor der Fütterung, holte tief Atem und begann zu röhren: „Huuuuuu-brru-aa-huuuuuuuah!" –

Das war zu viel. „Hi!", kreischte oben eine Frau, und dann gab es ein eiliges Gestiefel, einer sagte noch schnell: „Aber das ist doch – das muss doch geklärt werden … werden gleich unten mal fragen … Unerhört – das ist doch …" – „Komm hier weg! Was müssen wir auch in alle Schlösser …" Fort waren sie. Da stand ich in meiner Dunkelheit. Mucksmäuschenstill.

Ganz leise: „Lydia?" … Nichts. Ein wenig Kalk rieselte von der Mauer. Hm … Ein Ton? Hier ist doch alles aus Holz und Stein; das klingt doch nicht. Ich lauschte. Mein Herz klopfte um eine Spur schneller, als ich ihm das erlaubt hatte. Nichts; Man soll keine Leute erschrecken, siehst du, man soll keine Leute erschrecken … „Lydia!" Lauter: „Holla! He! Alte!" Nichts.

Durch mein Gehirn flimmerte: Spaß muss sein. Ist den Burschen ganz recht. Stillstehn, sonst machst du dich schmutzig. Hast Angst. Hast keine Angst. Ist ja Unsinn. Lydia kommt gleich. Wenn sie nun in Ohnmacht gefallen ist oder plötzlich stirbt, dann weiß niemand, dass du hier stehst. Roman, Filmidee. Pathé hat mal so was gemacht. Eine Gemeinheit, Leute in Dunkelarrest zu stecken. Ich habe im Kriege mal einen rauskommen sehen, der taumelte, als er das Licht sah. Dann begann er zu weinen. Er hatte nicht ordentlich Krieg geführt, deshalb hatten sie ihn eingesperrt, das soll man nicht. Die Richter ausprobieren lassen, was sie da verhängen. Geht aber nicht, weil sie ja wissen: Es ist nur eine Probe. Also Wahnwitz der Todesstrafe, deren Wirkung niemand kennt. Nun ging das Herz ganz ruhig, ich hatte nachzudenken und ließ die Gedanken laufen … Die Holzscheibe ruckte an, wurde fortgezogen. Licht. Lydia. Die Leiter.

Ich stieg hinauf. Die Prinzessin lachte über das ganze Gesicht. „Wie ist denn das alles so plötzlich gekommen? Komm mal her – Na, nun aber gleich nach Haus! Allmächtiger, wie siehst du aus!" Ich war grau vor Dreck, behangen mit Spinnweben, die Hände von schwarzen Streifen geziert und der Rest entsprechend. „Wat hebben se seggt? Was hast du getan? Menschenskind, nu sieh dir man blodsen ierst mal in den Speegel!" Ich sah lieber nicht in den Spiegel. „Wo warst du so lange, Alte? Lässt einen da unten schmachten! Das ist Liebe!" – „Ich …", sagte die Prinzessin und steckte den Spiegel wieder ein, „ich habe hier ein Töpfchen gesucht, sie haben aber keins. Die alten Burggrafen haben offenbar an chronischer Verstopfung gelitten!" – „Falsch", lehrte ich, „falsch und ungebildet. Sie setzten sich zu diesem Behufe auf kleine Örtlichkeiten, die es hier natürlich auch gegeben hat, und diese Örtlichkeiten gingen in den Schlossgraben, wenn aber sie belagert wurden, und es kam der böse Feind, dann …" – „Nunmehr ist es wohl an der Zeit, dass wir dich waschen. Du Ferkel!" – Und wir spazierten in unsre Wohnung, vorüber an der maßlos erstaunten Wirtin, die sicherlich dachte, ich wäre in den Branntwein gefallen. Bürstung, Waschung, frischer Kragen, prüfende Blicke der Prinzessin, dreimal zurück, weil immer noch etwas kleben geblieben war. „Wen ärgern wir nun?" – „Schetzt kommst du mich aber raus. Nichs as Dummheiten hat diesen Kierl innen seinen Kopf. Un das will 'n iernsten Mann sein!" – „Will nicht … Muss. Muss." Wir traten ins Freie.

Weiter hinten stand ein kleiner Pavillon; darin saß die Autogesellschaft und trank Kaffee. Wir schlenderten vorüber und sprachen lustig miteinander. Der jüngere Mann stand auf und kam auf uns zu. „Die Herrschaften sind Deutsche …?" – „Ja", sagten wir. – „So … vielleicht … wenn Sie an unserm Tisch Platz nehmen wollten …?" Der Dicke erhob sich. „Teichmann", sagte er. „Direktor Teichmann. Meine Frau. Meine Nichte, Fräulein Papst. Herr Klarierer." Nun musste ich auch etwas sagen, denn dies ist die Sitte unsres Landes. „Sengespeck", sagte ich. „Und meine Frau." Worauf wir uns setzten und die Prinzessin mir unterm Tisch an die Schienbeine trat. Kaffeegeschlürf. Tellergeklapper. Kuchen.

„Sehr hübsch hier – Sie sind wohl auch zur Besichtigung hier?" – „Ja." – „Reizend. Sehr interessant." Pause.

„Sagen Sie … ist das Schloss eigentlich bewohnt?" Die Prinzessin trat heftig. „Nein", sagte ich. „Ich glaube nicht. Nein. Sicher nicht." – „So … wir dachten …" – „Warum fragen Sie?" Die Gesellschaft wechselte untereinander bedeutungsvolle Blicke. „Wir dachten nur … wir hatten da oben in dem einen Raum jemand sprechen hören – aber so eigentümlich, mehr wie ein Hund oder ein wildes Tier …" – „Nein", sagte ich, „nach allem, was ich weiß: Tiere wohnen in dem Schloss gar nicht. Fast gar nicht." Pause.

„Überhaupt …", sagte Herr Direktor Teichmann und sah sich um, „hier ist nichts los! Finden Sie nicht auch?" – Wir bestätigten, dass hier nichts los wäre. „Wissen Sie", sagte der Direktor, „wenn man sich wirklich amüsieren will: Da gibt's ja nur Berlin. Oder Paris. Aber sonst nur Berlin. Is doch 'n andrer Zuch. Was?" – „Hm –", machten wir. „Ich finde es hier auch gar nicht elegant!", sagte Frau Direktor Teichmann. Und Fräulein Papst: „Ich habe mir das ganz anders vorgestellt." Und Herr Klarierer: „Wo gehn wir denn heute Abend in Stockholm hin?" Frau Direktor Teichmann aber wollte nirgends mehr hingehen; sie hätte sich vorhin so aufgeregt, im Schloss … Inzwischen hatte mir die Prinzessin einen Ring abgedreht, einen Manschettenknopf aufgemacht, alles unter dem Tisch und ich fand, es sei nun genug. Denn wer weiß, was sie sonst noch … Und wir verabschiedeten uns, weil wir im Ort eine Verabredung hätten. „Fahren Sie nachher auch nach Stockholm?" – Nein, wir bedauerten.

Wir bedauerten noch, als wir draußen auf den Wiesen standen und uns freuten: dass wir nicht nach Stockholm fahren mussten, dass wir in Schweden waren, dass wir Urlaub hatten … „Was kommt da?", sagte die Prinzessin, die Augen hatte wie ein Luchs. Durch die Wiesen bewegte sich eine dünne Reihe kleiner Gestalten, auf einem schmalen Wege. „Was ist das –?"

Es kam näher.

Kinder waren es, kleine Mädchen, artig aufgereiht, wie Perlchen an der Schnur, immer zwei zu zwei. Eine herrisch aussehende Person ging an ihrer Spitze, sah sich öfter um – keines sprach. Nun waren sie nahe bei uns, wir traten beiseite und ließen den Zug vorüber. Die Führerperson warf uns einen glitzernden Blick zu. Die Kinder trappelten dahin. Wir sprachen nicht, als sie vorbeizogen. Ganz zum Schluss ging ein Kind allein; es ging, wie wenn es von jemandem gezogen würde, es hatte verweinte Augen, schluckte manchmal im Gehen vor sich hin, aber es weinte nicht. Sein Gesicht war auch nicht verschwollen, wie es verheulte Kinder haben … es sah vielmehr leergeweint aus, und in den bräunlichen Haaren lag ein goldner Schimmer. Es sah uns an, so müde und gleichgültig, wie es einen Baum angesehn hätte. In einem Anfall von Übermut und Kinderliebe steckte ihm die Prinzessin zwei kleine Glockenblumen, die wir gepflückt hatten, in die Hand. Das Kind zuckte zusammen, dann sah es auf, seine Lippen bewegten sich; es wollte vielleicht etwas sagen, danken … da drehte sich vorn die Person um, die Kleine beschleunigte ihre Schritte und hoppelte ängstlich der Schar nach. Staub und das Geräusch der marschierenden Kinderfüße. Dann war das Ganze vorüber.

„Merkwürdiges kleines Mädchen", sagte die Prinzessin. „Was
sind denn das für Kinder? Wir wollen nachher einmal fragen ...
Peter, mein Sohn, gibt es hier eigentlich Nordlicht? Ich möchte
so gern mal ein Nordlicht sehn!"

„Nein", sagte ich. „Doch, ja. Aber alles, was man sehn will,
meine Tochter, findet immer grade in dem Monat statt, wo man
nicht da ist ... Das ist so im Leben. Aber das bekommst du erst
in der nächsten Klasse. Nordlicht – ja ..."

„Ich denke es mir wundervoll. Ich habe mal als Kind im Kon-
versationslexikon eins gesehn – das war überhaupt eine Welt für
sich, das Lexikon, mit den kleinen Seidenpapierblättchen ... Und
da waren sie abgebildet, die Nordlichter, ganz bunt und groß, sie
sollen ja über den halben Himmel gehn. Ich glaube, ich hätte eine
ungeheure Angst, wenn ich das mal sähe. Denk mal, große, bunte
Lichter am Himmel! Wenn das nun herunterkommt! Und einem
auf den Kopf fällt! Aber sehn möchte ich es schon mal ..."

Blassblau wölbte sich der Himmel über uns; an einer Stelle des
Horizonts ging er in tiefes Dunkelblau über, und da, wo die Sonne
vorhin untergegangen war, leuchtete es gelbrosig, es schimmerte
und blinkte nur noch ein wenig. „Lydia", sagte ich, „wollen wir
uns ein Nordlicht machen?" – „Na ..." – „Sieh mal", sagte ich
und deutete mit dem Finger nach oben, „siehst du, siehst du –
da – da ist es –!"

Wir sahen beide fest nach oben – wir hielten uns an den Händen, Pulsschlag und Blutstrom gingen von einem zum andern.
In diesem Augenblick hatte ich sie so lieb wie noch nie.

Und da sahen wir unser Nordlicht.

„Ja –", sagte die Prinzessin, leise, damit sie es nicht ver-
scheuchte. „Das ist ja wunderbar. Ganz hellgrün – und da – rosa!
Und Kugelstreifen – und das da, ganz spitzhoch ... Sieh mal,
sieh mal!" Jetzt wagte sie es, schon lauter zu sprechen, denn nun
leuchtete uns das Nordlicht wie wirklich. „Das sieht aus wie eine
kleine Sonne", sagte ich. „Und da, wie geronnene Milch, und

da, weiße Zirruswölkchen … blau … ganz hellblau!" – „Guck, und am Horizont geht es gewiss noch weiter – da ist alles ganz silbergrau. Daddy, ist das schön!"

Wir standen still und sahen nach oben. Ein Wagen klapperte vorüber und schreckte uns auf. Der Bauer, der auf dem Bock saß und freundlich grüßte, sah nun auch nach oben, was es da wohl gäbe. Wir sahen erst ihn an, dann die Wiesen, die ein wenig kalt und grau dalagen. Wir lächelten, wie beschämt. Dann blickten wir wieder zum Himmel auf. Da war nichts. Er lag glatt, blau und halb hell. Da war nichts.

„Peter …", sagte die Prinzessin. „Peter …"

4

Sagen Sie bitte, Frau Andersson", sagte ich zu der Schloss-dame, die uns einen schönen guten Abend bot, und ich sprach ihren Namen „Anderschon" richtig aus, „was mögen das für Kinder sein, denen wir vorhin begegnet sind? Da … da hinten … in den Wiesen?" – „Ja, da sind viele Kinder. Das ist wohl Bauernjungen, die spielen da viele Gängen …" – „Nein, nein. Es waren kleine Mädchen, sie gingen geordnet, wie ein Institut, eine Schule, so etwas …" – „Eine Schule?" Frau Andersson dachte nach. „Ah – das werden die von der Frau Adriani gewesen sein. Von Läggesta." Und sie deutete über den See, wo man weit, weit in einer Lichtung recht undeutlich ein großes Gebäude liegen sah. „Das ist ein Pensionat, das ist eine Kinderkolonie. Ja." Dazu machte sie ein Gesicht, wie ich es noch nie bei ihr gesehen hatte. Ich wurde neugierig. Man soll nie jemand nach dem fragen, was man wissen will, das ist eine alte Weisheit. Dann sagt er's nicht. „Da sind gewiss viele Kinder … wie?" – „Ja, eine heile Masse", sagte Frau Andersson;

man musste oft raten, was sie wohl meinte, denn sie übersetzte sich wahrscheinlich alles wörtlich aus dem Schwedischen. „In diesen Pensionat sind viele Kinder, aber nicht viele schwedische Kinder. Es gescheht Gottlob!" – „Warum Gottlob, Frau Andersson?" – „Jaha", sagte sie und schlug mit der Seele einen Haken, wie ein verfolgter Hase, „da sind nicht viele schwedischen Kinder ne-do!" – „Schade", sagte ich und kam mir mächtig diplomatisch vor. „Da ist es gewiss hübsch …" Frau Andersson schwieg einen Augenblick. Dann nahm sie beherzt einen kleinen Anlauf. Sie senkte die Stimme.

„Das ist … das ist nicht eine liebe Frau, der da ist. Aber ich will nichts Böses sagen … verstehn Sie. Es ist eine deutsche Dame. Aber sie ist keine gute Dame. Das Volk von Deutschland sind so wohnliche Menschen – nicht wahr … Waren Sie so gut, fassen Sie mir das nicht übel!" – „Sie meinen die Vorsteherin von dem Pensionat?" – „Ja", sagte Frau Andersson. „Die Versteherin. Die Versteherin, das ist eine schlimme Person. Das ist … jeder fühlt sie hier. Wir haben nicht an ihr Geschmack. Sie ist nicht gut gegen den Kindern." – „So", sagte ich und sah auf die Bäume, die leise mit den Blättern zitterten, wie wenn sie fröstelten, „so – keine gute Dame? Na … was macht sie denn? Schreit sie mit ihnen?" – „Ich will Sie etwas sagen", sagte Frau Andersson, und nun wandte sie sich zur Prinzessin, als ob diese Sache nur unter Frauen abzuhandeln wäre; „sie ist hart zu den Kindern. Die Versteherin … sie slagt die Kinder." Der Prinzessin gab es einen Ruck. „Sagt denn da niemand was?" – „Jaha …", sagte Frau Andersson. „So schlagt sie sie nicht. Die Polizei kann darein nichts sprechen. Sie schlagt ihnen nicht, so zu krank zu werden. Aber sie ist unrecht dazu, die Kinder ist sehr bange für ihr." Sie deutete auf ein schlossartiges Gebäude, das hinter Mariefred auf einem Hügel lag. „Ich möchte lieber da sein als bei der Kinderfrau." – „Was ist denn das da hinten?", fragte ich. „Das ist eine Irrtumsanstalt", sagte Frau Andersson.

„So – und die Irren haben es besser als diese Kinder da?" – „Ja",
sagte Frau Andersson. „Aber da will ich sehn, ob das Abend-
mahl fertig ist … einen Augenblick!" Und sie ging, eilfertig,
wie wenn sie zu viel gesagt hätte.

Wir sahen uns an. „Komisch, wie?" – „Ja … das gibt's", sagte
ich. „Wahrscheinlich irgend so ein Deubel von Weib, das da mit
der Zuchtrute regiert …" – „Peter – spiel noch ein bisschen
Klavier, bis das Essen fertig ist!"

Und wir gingen ins Musikzimmer der Schlossfrau, das hatte
sie uns erlaubt, und ich setzte mich an das kleine Klavier und
ließ fromme Gesänge ertönen. Ich spielte hauptsächlich auf den
schwarzen Tasten; man kann sich besser daran festhalten. Ich
spielte:

Manchmal denke ich an dich,
das bekommt mich aber nich …
denn am nächsten Tag bin ich so müde –

und:

Wenn die Igel in der Abendstunde
still nach ihren Mäusen gehn,
hing auch ich an deinem Munde –

und dann sangen wir alte Volkslieder und dann amerikanische Lieder, und dann sangen wir ein Reiterlied, das wir selbst
gedichtet hatten, und das ganz und gar blödsinnig war, von der
ersten bis zur letzten Zeile, und dann war das Abendessen fertig.

Wir hatten eine Flasche Whisky aufgetrieben. Das war nicht
einfach gewesen, denn wir hatten kein „Motbok", nicht dieses
kleine Buch, das die Schweden zum Bezug von Schnaps be-
rechtigt. Aber die Flasche hatten wir. Und gar so teuer war sie

auch nicht gewesen. Braun und Blond – *black and white* … ihr sollt leben …!

Wir saßen vor dem Haus an einem Holztischchen und sahen zum Schloss hinüber. Ab und zu tranken wir einen Schluck.

Zehn schlug es von dem alten Kirchturm – zehn Uhr. Die Luft stand still; die Bäume rührten kein Blatt – alles ruhte. Helle Nächte. Es war eine starre Ruhe, wie wenn sich etwas staute und die Natur den Atem anhielte. Hell? Es war nicht hell. Es war nur nicht dunkel. Die Äste drohten so schwärzlich, sie warteten. Wie wenn man allem die Haut abgerissen hätte: schamlos, ohne Dunkel, stand es herum, der Schwärze beraubt. Man hätte das schwarze Kleid der Nacht herbeizaubern und alles zudecken mögen, damit nichts mehr sichtbar wäre. Das Schloss hatte sein brennendes Rot eingebüßt und sah fahlbraun aus, dann düster. Der Himmel war grau. Es war Nacht, ohne Nacht zu sein.

„So still, wie es jetzt ist, so sollte es überall und immer sein, Lydia – warum ist es so laut im menschlichen Leben?" – „Meinen lieben Dschung, das findest du heute nicht mehr – ich weiß schon, was du meinst. Nein, das ische woll ein für alle Mal verlöscht …" – „Warum gibt es das nicht", beharrte ich. „Immer ist etwas. Immer klopfen sie, oder sie machen Musik, immer bellt ein Hund, marschiert dir jemand über deiner Wohnung auf dem Kopf herum, klappen Fenster, schrillt ein Telefon – Gott schenke uns Ohrenlider. Wir sind unzweckmäßig eingerichtet." – „Schwatz nicht", sagte die Prinzessin. „Hör lieber auf die Stille!"

Es war so still, dass man die Kohlensäure in den Gläsern singen hörte. Bräunlich standen sie da, ganz leise setzte sich der Alkohol ins Blut. Whisky macht sorgenfrei. Ich kann mir schon denken, dass sich damit einer zugrunde richtet.

Weit in der Ferne läutete eine Glocke, wie aus dem Schlaf geschreckt, dann war alles wieder still. Weißgrau lag unser Haus;

alle Lichter waren dort erloschen. Die Stille wölbte sich über uns wie eine unendliche Kugel.

In diesem Augenblick war jeder ganz allein, sie saß auf ihrem Frauenstern, und ich auf einem Männerplaneten. Nicht feindselig … aber weit, weit voneinander fort.

Mir stiegen aus dem braunen Whisky drei, vier rote Gedanken durchs Blut … unanständige, rohe, gemeine. Das kam, huschte vorbei, dann war es wieder fort. Mit dem Verstand zeichnete ich nach, was das Gefühl vorgemalt hatte. Du altes Schwein, sagte ich zu mir. Da hast du nun diese wundervolle Frau … du bist ein altes Schwein. Kein Haus ohne Keller, sagte das Schwein. Mach dir doch nichts vor! Du sollst das nicht, sagte ich zu dem Schwein. Du hast mir schon so viel Kummer und Elend gemacht, so viel böse Stunden … von der Angst, dass ich mir etwas geholt hätte, ganz zu schweigen. Lass doch diese unterirdischen Abenteuer! So schön ist das gar nicht – das bildest du dir nur ein! Höhö, grunzte das Schwein, das ist also nicht schön. Stell dir mal vor … Still!, sagte ich, still! Ich will nicht. *Oui, oui,* sagte das Schwein und wühlte schadenfroh; stell dir vor, du hättest jetzt … Ich schlug es tot. Für dieses Mal schlug ich es tot – sagen wir: ich schloss den Koben ab. Ich hörte es noch zornig rummeln … dann sangen wieder die Gläser, ganz, ganz leise, wie wenn eine Mücke summte. „Daddy", sagte die Prinzessin, „kann man hier eigentlich das blaue Kostüm tragen, das ich mitgenommen habe?"

Ich war wieder bei ihr; wir saßen wieder auf demselben Trabanten und rollten gemeinsam durch das Weltall. „Ja …", sagte ich. „Das kannst du." – „Passt es?" – „Natürlich. Es ist doch diskret und leise in der Farbe, das passt schön." – „Du sollst nicht so viel rauchen", sagte ihre tiefe Stimme; „dann wird dir wieder übel, und wer hat's nachher? Ich. Tu mal die Pfeife weg."

Ich, Sohn, tat die Pfeife weg, weil die Mutter es so wollte.

Leise legte ich meine Hand auf die ihre.

5

Maurer hatten das große Haus in Läggesta gebaut – wer denn sonst. Handwerker; ruhige bedächtige Männer, die sich erst dreimal umsahen, bevor sie eine Bewegung machten, das ist auf der ganzen Welt so. Als alles fertig war, hatten sie die Wände mit Kalk beworfen, manche Zimmer hatten sie gestrichen, viele tapeziert, ganz unterschiedlich und alles nach Angabe. Dann waren sie gleichmütig weggegangen, das Haus war fertig, nun konnte darin geschehen, was wollte. Das war nicht mehr ihre Sache, sie waren nur Handwerker. Die Gerichtsstube, in der einer gefoltert wird, war, als sie geboren wurde, ein ziegelgemauertes Viereck, glatt und geweißt, oben hatte der Maler fröhlich pfeifend auf seiner Leiter gestanden und hatte den bestellten grauen Streifen rings an die Wände gemalt; es war ein Handwerksstück, das er da vollführte ... und nun war es auf einmal eine Gerichtsstube. So unbeteiligt bauen Menschen den Schauplatz zukünftiger Szenen; sie errichten die Kulissen und das Gerüst, sie stellen das ganze Theater auf, und dann kommen andre und spielen dort ihre traurigen Komödien.

Das Kind lag im Bett und dachte.

Denken ... Vor langen Zeiten, als es noch einen Vater gehabt hatte, da hatte es mit ihm immer „Denken" gespielt. Und der Vater hatte dabei so gelacht, er konnte so wundervoll lachen ... „Was tust du?", hatte das Kind gefragt. „Ich denke", hatte der Vater gesagt. „Ich will auch denken." – „Gut ... denke auch!" Und er war ernsthaft in der Stube auf und ab gegangen, das Kind immer hinterher, es ahmte genau die Haltung des Vaters nach, würdeschwer hielt es die Hände auf dem Rücken, runzelte die Stirn wie er ... „Was denkst du?", hatte der Vater gefragt. „Ich denke: Löwe –", hatte das Kind geantwortet. Und der Vater hatte gelacht ...

Nebenan schnaufte Inga und warf sich hin und her. Das Kind war plötzlich wieder da, wo es wirklich war: in Schweden. In Läggesta. Mutti war in der Schweiz, so weit fort ... das Kind fühlte es heiß in sich hochsteigen. Es hatte so viel flehentliche Briefe geschrieben, drei, eigentlich nur drei – dann war der Teufelsbraten dahintergekommen, dass eines der Dienstmädchen die Briefe heimlich zur Post getragen hatte. Das Mädchen wurde entlassen, das Kind an den Haaren gezogen, und die Briefe, die nun nach der Schweiz gingen, waren musterhaft. Ja, vielleicht musste das alles so sein. Vielleicht hatte die Mutter kein Geld, um das Kind bei sich zu behalten, und hier oben war es eben billiger. So hatte es ihm die Mutter erklärt.

Es war hier so allein. Es war unter den neununddreißig kleinen Mädchen ganz allein – und es hatte Angst. Sein Leben bestand eigentlich nur aus Angst. Angst vor dem Teufelsbraten und Angst vor den ältern Mädchen, die es anschwärzten, wo sie nur konnten, Angst vor dem nächsten Tag und Angst vor dem Vortag, was von dem nun wieder ans Licht kommen könnte, Angst vor allem, vor allem. Das Kind schlief nicht – es bohrte mit seinen Augen Löcher in das Dunkel.

Dass die Mutter es hierhergegeben hatte! Hier waren sie einmal gewesen, vor Jahren, vor drei, vier Jahren – und damals war der Bruder Will gestorben. Er lag da begraben auf dem Kirchhof in Mariefred, und das Kind durfte manchmal das Grab besuchen, wenn der Teufelsbraten das erlaubte oder befahl. Meist befahl er es. Dann stand es an dem kleinen Kindergrab, rechts, die vierzehnte Reihe, das mit dem grauen Steinchen, an dem die Buchstaben noch so neu schimmerten. Aber dort hatte es nie geweint. Es weinte nur manchmal zu Hause um Will – um den dicken, kleinen Will, der jünger gewesen war als das Kind, jünger, toller im Spiel und ein guter Junge. Hier und da bekam er einen Klaps, aber die Mutter tat ihm nicht weh, und er lachte unter seinen Kindertränen und war dann wieder ein guter, kleiner Spieljunge.

Wie aus Wolle. Und dann wurde er krank. Eine Grippe, sagten die Leute, und nach vier Tagen war er tot. Das Kind roch noch den Arztgeruch, das war nicht hier gewesen, das war in Taxinge-Näsby, nie würde es den Namen vergessen. Den säuerlichen Arztgeruch, das „Psst!" – alles ging leise, auf Zehenspitzen, und dann war er gestorben. Wie das war, hatte das Kind vergessen. Will war nicht mehr da.

Der Bruder nicht. Mutti nicht. Vater weggegangen, wohin … Niemand war da. Das Kind war allein. Es dachte das Wort nicht – viel schlimmer: Es fühlte die Einsamkeit, wie nur Kinder sie fühlen können.

Die kleinen Mädchen raschelten in den Kissen. Eins flüsterte im Schlaf. Das war jetzt der zweite Sommer hier oben. Es würde nie anders werden. Nie. Mutti soll kommen, dachte das Kind. Aber sie müsste es hier fortnehmen, denn gegen Frau Adriani kam auch Mutti nicht auf. Niemand kam gegen sie auf. Schritte? Wenn sie jetzt käme? Einmal war Gertie krank gewesen; da war Frau Adriani fünfmal in der Nacht heraufgekommen – fünfmal hatte sie nach dem kranken Kind gesehen, sie hatte fast eifersüchtig mit der Krankheit gekämpft. Und zum Schluss hatte sie das Fieber besiegt. Wenn sie jetzt käme? Nichts – eins der acht Betten hatte geknarrt. Das war Lisa Wedigen, die schlief immer so unruhig. Wenn doch einer – wenn doch einer – wenn doch einer … Morgen war Baden im See. Da spritzen einen die Mädchen immer so mit Wasser. Wenn doch einer –

Die Hände des Kindes tasteten vorsichtig unter das Kopfkissen, suchten im Laken, verschoben alles. Fort? Nein. Sie waren noch da.

Unter dem Kopfkissen lagen, verwelkt und zerdrückt, zwei kleine Glockenblumen.

Drittes Kapitel

Ei ist Ei, sagte jener – und nahm das größte.

1

Wir beugten uns beide über den Brief und lasen gemein-schaftlich:

Lieber Freund!
Ich habe in diesem Jahr noch acht Tage Urlaub gut und würde die gern mit Dir und Deiner lieben Frau Freundin verleben. Wie ich höre, seid Ihr in Schweden. Lieber Freund, würdest Du wohl Deinen alten Kriegskameraden, der Dir in so manchem Granat-trichter den Steigbügel gehalten hat, bei Euch aufnehmen? Lie-ber Freund, ich zahle auch das Reisegeld für mich allein; es ist mir sehr schmerzlich, für mich allein etwas bezahlen zu müssen; es ist dies sonst nicht meine Art, wie Du weißt. Schreibe mir bitte, wie ich zu Euch fahre, lieber Freund.

Kann ich da wohnen? Wohnt Ihr? Sind da viele Mädchen? Soll ich lieber nicht kommen? Wollen wir uns gleich den ersten Abend besaufen? Liebst Du mich?

Ich sende Dir beigebogen in der Falte das Bild meines Fräulein Tochter. Sie wird so schön wie ich.

Lieber Freund, ich freue mich sehr, Euch zu sehen, und bin
Euer gutes
Karlchen

Darunter stand, mit Rotstift, wie ein Aktenvermerk:
Sofort! Noch gestern! Eilt unbeschreiblich!

„So", sagte ich. „Da hätten wir ihn. Soll er kommen?"

Braun war die Prinzessin und frisch. „Ja", sagte sie. „jetzt kann er kommen. Ich bin ausgeruht, und wenn er überhaupt nach acht Tagen wieder wegfährt? Abwechslung ist immer gut." Demgemäß schrieb ich.

Wir waren in der Mitte der Ferien.

Baden im See; nackt am Ufer liegen, an einer versteckten Stelle, sich voll Sonne saugen, dass man mittags herrlich verdöst und trunken von Licht, Luft und Wasser nach Hause rollt; Stille; Essen; Trinken; Schlaf; Ruhe – Urlaub.

Dann war es soweit. „Wollen wir ihn abholen?" – „Halen wi em aff."

Es war ein strahlender Tag – ein Wetter, wie die Prinzessin sagte, ein Wetter zum Eierlegen. Wir gingen auf den Bahnhof. So ein winziger Bahnhof war das; eigentlich war es nur ein kleines Haus, das aber furchtbar ernst tat und vor lauter Bahnhof vergessen hatte, dass es Haus war. Da lagen auch zwei Schienenpaare, weil die ja zu einem Bahnhof gehören, und hinten kam der Waggon angeschnauft. Einen Zug gab es hier nicht – nur einen Motorwagen. Er hatte sich einen kleinen Schornstein angesteckt, damit man es ihm auch glaubte. Einfahrt. Gezisch. Karlchen.

Wie immer, wenn wir uns lange nicht gesehen hatten, machte er eine gleichmütig-freundlich-dümmliche Miene, so: „Na ... da bist du ja ..." Er kam auf uns zu, der Schatten der kommenden Begrüßung lag schon auf seinem Gesicht, in der Hand trug er ein kleines Köfferchen. Der Bursche war gut gewachsen, und sein leicht zerhacktes Gesicht sah „jung und alert" aus, wie er das nannte.

Guten Tag – und dies ist ... und das ist ... gebt euch mal die Hand ... und: Wo hast du denn das große Gepäck? – Als die Präliminarien vorbei waren:

„Na, Karlchen, wie war denn die Reise?"

Er war nach Stockholm in einem Flugzeug geflattert, und heute Mittag war er angekommen ... „War es schön?" – „Na ...", sagte Karlchen und fletschte nach alter Gewohnheit das Gebiss – „da war eine alte Dame, die hatte Luftbeschwerden. Gib mir mal'n Zigarettchen. Danke. Und da haben sie doch diese kleinen Tüten ... Zwei Tüten hatte sie schon verbraucht, und dann bekam sie nicht rasch genug die dritte, und der Mann neben ihr muss sich nun einen neuen Sommerüberzieher kaufen oder den alten reinigen lassen. Ich saß leider nicht neben ihr. Die sonstige Aussicht war sehr schön. Und wie gefällt es denn der Gnädigsten hier?"

Wenn Karlchen „Gnädigste" sagte, woran er selbst nicht glaubte, dann machte er sich ganz steif und beugte den Oberkörper fein nach vorn; dazu hatte er eine bezaubernde Bewegung, den Unterarm mit einem Ruck zu strecken und ihn dann mit spitzem Ellenbogen wieder einzuziehen, wie wenn er nach seinen Manschetten sehen wollte ...

Wie es der Gnädigsten gefiele? „Wenn der hier nicht dabei wäre", sagte die Gnädigste, „dann würde ich mich sehr gut erholen. Aber Sie kennen ihn ja – er schwabbelt so viel und lässt einen nicht in Ruhe ..." – „Ja, das hat er immer getan. Wie schön", sagte er plötzlich, „dass ich meinen Schirm in der Bahn habe stehn lassen." Und wir gingen zurück und holten ihn. In Schweden kommt nichts fort. Die beiden waren sich sofort und sogleich einig – merkwürdig, wie bei Menschen oft die ersten Minuten über ihre gesamten spätern Beziehungen entscheiden. Hier war augenblicklich zu spüren, dass sich beide auf Anhieb verstanden:

das Ganze wurde nicht recht ernst genommen. Und ich schon gar nicht.

Karlchen war noch genauso wie vor einem Jahr, wie vor zwei Jahren, wie vor drei Jahren: so wie er immer gewesen war. Er hob grade den Kopf und schnupperte leicht misstrauisch in der

Luft umher. „Hier ist … irgendwas … Irgendwas ist hier … wie?" Das sagte er so hin, sprach dabei die Konsonanten scharf aus und trübte auch wohl manchmal das a, wie sie es im Hannöverschen zu tun pflegen. Genauso waren wir damals im Krieg am Ufer der Donau entlangspaziert und hatten gefunden, dass da irgendetwas sein müsse … Es war aber nichts.

Ich hoppelte neben den beiden her, die in ein angeregtes Gespräch über Schweden und über die Landschaft, über die Fliegerei und über Stockholm vertieft waren, die Prinzessin hatten wir in die Mitte genommen, manchmal sprachen wir über sie hinweg, und ich badete in einer tiefen Badewanne von Freundschaft.

Sich auf jemand verlassen können! Einmal mit jemand zusammen sein, der einen nicht misstrauisch von der Seite ansieht, wenn irgendein Wort fällt, das vielleicht die als Berufsinteressen verkleidete Eitelkeit verletzen könnte, einer, der nicht jede Minute bereit ist, das Visier herunterzulassen und anzutreten auf Tod und Leben … ach, darauf treten die Leute gar nicht an – sie zanken sich schon um eine Mark fünfzig … um einen alten Hut … um Klatsch … Zwei Männer kenne ich auf der Welt; wenn ich bei denen nachts anklopfte und sagte: Herrschaften, so und so … ich muss nach Amerika – was nun? Sie würden mir helfen. Zwei – einer davon war Karlchen. Freundschaft, das ist wie Heimat. Darüber wurde nie gesprochen, und leichte Anwandlungen von Gefühl wurden, wenn nicht ernste Nachtgespräche stattfanden, in einem kalten Guss bunter Schimpfwörter erstickt. Es war sehr schön.

Wir hatten ihn im Hotel untergebracht, weil es in diesen Tagen bei uns keinen Platz mehr gab. Er sah sein Zimmer an, behauptete, es röche darin wie im Schlafzimmer Ludwigs des Anrüchigen, es wäre überhaupt „etwas dünn" … das sagte er von allem, und ich hatte es schon von ihm angenommen; dann musste er sich waschen, und dann saßen wir unter den Bäumen und tranken Kaffee.

„Na, Fritzchen …?", sagte er zu mir. Niemand wird je ergründen können, warum er mich Fritzchen nannte. „Kann man denn bei euch baden? Wie ist der See?" – „Es sind gewöhnlich sechzehn Grad Celsius oder zwanzig Remius", sagte ich. „Das macht die Valuta." Das sah er ein. „Und was tun wir heute Abend?" – „Ja …", sagte die Prinzessin, „heute wollen wir einen ganz stillen Abend abziehen …" – „Kann man hier Rotwein bekommen?" – Ich berichtete die betrübliche Tatsache mit dem Rotwein und erzählte davon, dass in der „Sprit-Zentrale" ein junger Mann Chablis unter den Rotweinen gesucht habe. Karlchen schloss wehmütig die Augen. „Aber du darfst den Wein bezahlen, Karlchen – das ist der sogenannte Einstand, den die Fremden hier geben." Das hörte er leider nicht. Ein Mädchen ging vorüber – nicht einmal ein besonders hübsches. „Na …?", sagte Karlchen, „was …?" Und sprach weiter, als ob gar nichts gewesen wäre. Es war auch nichts. Aber er musste das sagen – sonst wäre er wohl geplatzt. Und nun fingen wir langsam an, uns wie vernünftige Menschen zu gebärden.

Wir waren ein ganzes Stück Zeit miteinander gefahren und sprachen unter uns einen Cable-Code, der vieles abkürzte. Die Prinzessin fand sich überraschend schnell darein – es war ja auch nichts Geheimnisvolles, es war eben nur die Übereinstimmung in den Grundfragen des Daseins. Wir wussten beide, dass es „alles nicht so doll" sei … und wir hatten uns aus Skepsis, Einsicht, Unvermögen und gut angelegter Kraft eine Haltung zusammengekocht, die uns in vielem schweigen ließ, wo andre wild umhersurrten. Die größten Vorzüge dieses Mannes lagen, neben seiner Zuverlässigkeit, im Negativen: was er alles nicht sagte, was er nicht tat, nicht anstellte … Da gab es keine fein gebildeten Verdauungsgespräche, in denen die Herren dem „Geist ihrer Zeit" einen scheußlichen Tribut darbringen, ohne übrigens ihr Leben auch nur um einen Deut zu ändern. Da wurde nicht literarische Bildung verzapft, und es gab keine Wiener Aphorismen über Tod, Liebe, Leben und Musik wie bei den Journalisten aus Österreich und den ihnen Anverwandten … es wird einem himmelangst, wenn man das hört, und beim ersten Male glaubt man das druckfertige Gerede auch, und es ist alles, alles nicht wahr. Was Karlchen anging, so war das ein Stiller. Er rauchte die Welt an, wunderte sich über gar nichts mehr, war ein braver Arbeiter im Aktengarten des Herrn und zog zu Hause zwei Kinder auf, ohne dabei ein Trockenmieter seiner selbst zu werden. Hier und da fiel er in Liebe und Sünde, und wenn man ihn fragte, was er nun wieder angestellt hätte, dann fletschte er die Zähne und sagte: „Sie hat mich über die Schwelle der Jugend geführt!" und dann ging es wieder eine Weile.

Jetzt saß er da und rauchte und dachte nach.

„Wir müssen an Jakopp schreiben", sagte er. Jakopp war der andre – wir waren drei. Mit der Prinzessin vier. „Was wollen wir ihm denn schreiben?", fragte ich. „Hast du ihn gesehn? Du bist doch über Hamburg gefahren?" Ja, Karlchen war über Hamburg gefahren, und er hatte ihn gesehn. Jakopp war der Verschrullteste von uns, am Hamburger Wasserwerk sich betätigend, ein Ordentlicher, der deshalb auch die Georginen über alles liebte – „Georgine, die ordentliche Blume", sagte er – ein Kerl von bunter Verspieltheit und mit vierhundertundvierundvierzig fixen Ideen im Kopf. Wir passten gut zueinander.

„Wo ist denn auf einmal die Prinzessin?", fragte Karlchen. Die Prinzessin war ins Städtchen gegangen, „Knöpfchen kaufen". Wir kauften nie zusammen Knöpfchen, womit jede Art Einkauf gemeint war – wenn wir es aber doch taten, dann zankten wir uns dabei. Nun war sie fort. Wir schwiegen eine Weile.

„Na, und sonst, Karlchen?" – „Sonst hat sich Jakopp Pastillen gekauft, weil er doch so viel raucht. Und wenn er raucht, dann hustet er doch so. Du kennst das ja – es ist ein ziemlich scheußlicher Anblick. Und jetzt hat er sich gegen das Rauchen ein Mittel besorgt: Fumasolan heißen die Dinger. Hm." – „Na und? Helfen sie?" – „Nein, natürlich nicht. Aber er sagt: Seit er das nimmt, verspürt er eine merkwürdige Steigerung seiner Manneskräfte. Das stört ihn sehr. Ob sie ihm die falschen Pastillen eingepackt haben?" – So ging alles in Jakopps Leben zu, und wir hatten viel Freude daran.

„Gib mal eine Karte. Was wollen wir ihm denn …?" Endlich hatte ich es heraus. Wir wollten ihm eine Telegrammkarte schicken, weil das tägliche Telegramm, das ihn gestört und herrlich aufgebracht hätte, zu teuer gewesen wäre. Wir telegrafierten also fortab auf Karten entsetzlich eilige Sachen – heute diese:

HERGEFLOGENES KARLCHEN SOEBEN FAST ZUR GÄNZE EINGETROFFEN
DRAHTET SOFORT, OB SOFORT DRAHTEN WOLLT STOPP GROSSMUTTI
LEIDER AUS SCHAUKEL GEFALLEN
GROSSVATI

Diese schwere Arbeit hatten wir hinter uns … nun ruhten wir aus und sagten erst mal gar nichts. Da kam die Prinzessin.

Sie hatte vielerlei Knöpfchen eingekauft; es ist rätselhaft, was für eine Fülle von Waren Frauen noch in den kleinsten Ortschaften entdecken. Und Geld hatte sie auch nicht mehr, und ich zog mit gefurchter Stirn die Brieftasche und tat mich sehr dick. Dann legten wir uns ins Gras.

„Geht euch das eigentlich auch so", sagte Karlchen, der hier schon völlig zu Hause war, „dass ihr euch so schwer erholt? Erholung ist eine Arbeit, finde ich. Man macht und tut, auch wenn man gar nichts tut – und man merkt es erst hinterher, wie …?" – „Hm", machten wir; wir waren zu faul, zu antworten. Es knisterte. „Steck die Zeitungen weg!", sagte ich. „Habt ihr gelesen …?", sagte er. Und da war es.

Da war die Zeit.

Wir hatten geglaubt, der Zeit entrinnen zu können. Man kann das nicht, sie kommt nach. Ich sah die Prinzessin an und zeigte

auf die Zeitung, und sie nickte: Wir hatten heute Nacht davon
gesprochen, davon und von der Zeit und von dieser Zeit ... Man
denkt oft, die Liebe sei stärker als die Zeit. Aber immer ist die
Zeit stärker als die Liebe.

„Gelesen ... gelesen ...", sagte ich. „Karlchen, was liest du
jetzt eigentlich für eine Zeitung? – Er nannte den Namen. „Man
soll nicht nur eine lesen", lehrte ich weise. „Das ist gar nichts.
Man muss mindestens vier Zeitungen lesen und eine große englische oder französische dazu; von draußen sieht das alles ganz
anders aus." – „Ich muss mich immer wundern", sagte die Prinzessin, „was unsereiner da so vorgesetzt bekommt. Seht mal –
Zeitungen für uns gibt es eigentlich gar nicht. Sie tun immer alle
so, als ob wir wer weiß wie viel Geld hätten – nein, als ob es gar
kein Geld auf der Welt gäbe ... dabei wissen sie genau: Wir haben
nur wenig – aber sie tun so. Was sie uns da alles erzählen ... und
was sie alles abbilden!" – „Geronnene Wunschträume. Du sollst
schlafen, du sollst schlafen, du sollst schlafen, liebes Kind!" –
„Nein, das meine ich nicht", sagte die Prinzessin. „Ich meine, sie
sind alle so furchtbar fein. Noch wenn sie den Dalles schildern,
ist es ein feiner Dalles. Sie schweben eine Handbreit über dem
Boden. Ob mal ein Blatt sagt, wie es nun wirklich ist: dass man
am Zwanzigsten zu knapsen anfängt und dass es mitunter recht
jämmerlich und klein ist und dass man sich gar nicht so oft ein
Auto leisten kann, von Autos kaufen überhaupt nicht zu reden,
und mit ihrer lächerlichen Wohnungskultur ... haben wir vielleicht anständige Wohnungen?"

„Die Leute fressen einen auf", sagte ich. „Das Schlimmste ist:
sie stellen die Fragen und sie ziehen die Kreise und sie spannen
die Schnüre – und du hast zu antworten, du hast nachzuziehen,
du hast zu springen ... du kannst dir nichts aussuchen. Wir sind
nicht hinieden, um auszusuchen, sondern um vorliebzuneh-
men – ich weiß schon. Aber dass man lauter Kreuzworträtsel
aufbekommt: Rom gibt dir eins auf und Russland eins und Ame-

rika und die Mode und die Gesellschaft und die Literatur – es ist ein bisschen viel für einen einzelnen Herrn. Finde ich."

„Wenn man sich das recht überlegt", sagte Karlchen, „sind wir eigentlich seit neunzehnhundertundvierzehn nicht mehr zur Ruhe gekommen. Spießerwunsch? Ich weiß nicht. Man gedeiht besser, wenn man seinen Frieden hat. Und es kommt alles nach – es wirkt so nach … Weißt du noch: der allgemeine Irrsinn in den Augen, als uns das Geld zerrann und man ganz Deutschland für tausend Dollar kaufen konnte? Damals wollten wir alle Cowboys werden. Eine schöne Zeit!"

„Lieber Mann, wir haben das Pech, nicht an das zu glauben, was die Kaffern Proppleme nennen – damit trösten sie sich. Es ist ein Gesellschaftsspiel."

„Arbeiten. Arbeit hilft", sagte die Prinzessin.

„Liebe Prinzessin", sagte Karlchen, „ihr Frauen nehmt das ja ernst, was ihr tut – das ist euer unbestrittener Vorzug vor uns andern. Wenn man das aber nicht kann … Immerhin: eine so schöne junge Frau …"

„Sie werden ausgewiesen, wenn Sie so reden", sagte die Prinzessin. „Vestahn Sei Plattdütsch?" – Karlchen strahlte: Er sprach Platt wie ein hannöverscher Bauer, und jetzt schnackten sie eine ganze Weile in fremden Zungen. Was sagte sie da? Ich horchte auf. „Das hast du mir doch noch gar nicht erzählt?"

„Nein …? Habe ich das nicht?" Die Prinzessin tat furchtbar unschuldig. Sie log sonst gut – aber jetzt log sie ganz miserabel. „Also?"

Der Generalkonsul hatte es mit ihr treiben wollen. Wann? Vor zwei Monaten. „Bitte erzähl."

„Er hat gewollt. Na, ihr wollt doch alle. Verzeihen Sie, Karlchen, außer Ihnen natürlich. Er hat eines Abends … also das war so. Eines Abends hat er mich gefragt, ob ich länger bleiben könnte, er hätte noch ein langes Exposé zu diktieren. Das kommt manchmal vor – ich habe mir nichts dabei gedacht; natürlich bin ich geblieben." – „Natürlich …", sagte ich. „Ihr habt ja sonst den Achtstundentag." – „Quackel nicht, Daddy – wir haben ihn natürlich nicht, ich habe ihn nicht. Das ist eben in meiner Position …" – „Darüber werden wir uns nie einigen, Alte. Ihr habt ihn nicht, weil ihr ihn euch nicht erkämpft. Und ihr kämpft nicht – ach, ich habe jetzt Ferien." – „Gibt es dafür Ferien?", fragte Karlchen. „Also", fuhr die Prinzessin fort. „Exposé. Wie das fertig ist, bleibt er mitten im Zimmer stehn – wissen Sie, Karlchen, mein Chef ist nämlich furchtbar dick – bleibt mitten im Zimmer stehn, sieht mich mit so ganz komischen Augen an und sagt: Haben Sie eigentlich einen Freund? Ja, sage ich. Ach, sagt er, sehn Sie mal an – und ich hatte gedacht, Sie hätten gar keinen. Warum nicht?, sage ich. Sie sehn nicht so aus, also ich meine … Na, und dann kam er langsam damit heraus. Er wäre doch so allein, das sähe ich doch … zurzeit hätte er überhaupt keinen Menschen, und er hätte mal eine langjährige Freundin gehabt, die hätte ihn aber betrogen –" Karlchen schüttelte bekümmert den Kopf, wie so etwas wohl möglich wäre. „Na, und was hast du gesagt?"– „Du alter Affe – ich habe Nein gesagt." – „Ach?" – „Ach! Hätte ich vielleicht ja sagen sollen?" – „Na, wer weiß! Eine gute Position … Hör mal, ich habe da einen Film gesehn –" – „Da bezieht er nämlich seine Bildung her, Karlchen. Würden Sie mit Ihrem Chef was anfangen?" – Karlchen sagte, er würde mit seinem Chef nie etwas anfangen. „Das ist ja alles Unsinn", sagte die Prinzessin. „Männer verstehen das nicht. Was hat man denn davon? Ich müsste seine Sorgen teilen wie seine Frau, arbeiten wie seine Sekretärin, und wenn die Börse fest ist, dann bleibt er eines Abends bei einer andern mitten im Zimmer stehn und fragt die, ob sie vielleicht einen Freund … Ach, geht mir doch los!" – „Und an mich hast du gar nicht gedacht?", sagte ich. „Nein", sagte die Prinzessin. „An dich denke ich erst, wenn der Mann infrage kommt." Und dann standen wir auf und gingen an das Seeufer.

Das Schloss schlief dick und still; überall roch es nach Wasser und nach Holz, das lange in der Sonne gelegen hatte, nach Fischen und nach Enten. Wir gingen am See entlang.

Und ich genoss diese beiden; dies war ein Freund, nein, es waren zwei Freunde – und ich verriet die Frau nicht an den Mann, wie ich es fast immer getan hatte; denn wenn da ein Mann war, mit dem es etwas zu erzählen gab, dann ließ ich die Frau liegen, als ob ich nicht noch eben mit ihr geschlafen hätte; ich gab sie auf, kümmerte mich nicht mehr um sie und verriet sie voller Feigheit an den ersten besten. Dann ließ sie los. Und dann wunderte ich mich.

Die zwei sprachen sich in ihren Dialekten über ihre Heimat aus. Sie sagten, wo man das r aussprechen müsse und wo nicht; sie ergänzten ihre Schimpfwörterverzeichnisse; sie wussten beide, was das ist, niederdeutsch. Es ist jener Weg, den die deutsche Sprache leider nicht gegangen ist, wie viel kraftvoller ist da alles, wie viel bildhafter, einfacher, klarer – und die schönsten Liebesgedichte, die der Deutsche hat, stehen auf diesen Blättern. Und die Menschen … was es da im alten Niederdeutschland, besonders an der Ostsee, für Häuser gegeben hat, eine Traumwelt von Absonderlichkeit, Güte und Musik, eine Käfersammlung von Leuten, die alle nur einmal vorkommen … Vieles davon ist nun in die Hände dummer Heimatdichter gefallen, die der Teufel holen möge – scheinbar gutmütige Bürger, unter deren rauchgeschwängerten Barten der Grog dampft und die die kraftvolle Männlichkeit ihrer alten Sprache in einen fatalen Brei von Gemütlichkeit umgelogen haben –: Oberförster des Meeres. Manche haben sich den Bart abrasieren lassen und glauben nun, wie alte Holzschnitte auszusehen – aber es hilft ihnen nichts; kein Wald rauscht ihnen, kein Meer rauscht ihnen, ihnen rauscht der Bart. Ihre Gutmütigkeit verschwindet im Augenblick, wo sie etwas verwirrt in die neue Zeit starren und auf den politischen Gegner stoßen; dann krabbelt aus ihnen ans Licht, was in ihnen ist: der Kleinbürger. Unter ihren Netzhemden schlägt ein Herz, im Parademarsch.

Das ist nicht unser Plattdeutsch, das nicht.

Niederdeutschland aber geht nicht ein – es lebt und wird ewig leben, solange dieses Land steht. Dergleichen hat es außerhalb Deutschlands nur noch einmal gegeben, aber da auf dem Rücken einer dienenden, nicht gut behandelten Kaste: in Kurland. Doch der Niederdeutsche ist anders. Seine Worte setzt er bedächtig, und sie sind gut. Und darüber sprachen die beiden. Und ich wusste: Das Beste an der Prinzessin stammte aus diesem Boden. Und ich liebte in ihr einen Teil dieses Landes, das einem so sehr schwer macht, es zu lieben. Dessen ratlose Seelen es für eine Auszeichnung halten, gehasst zu werden. Da war die Zeit, da war sie wieder. Nein, für uns gibt es wohl keine Ferien.

Die beiden aber schnackten unentwegt. Jeder pries sein Plattdeutsch als das allein wahre und schöne, das des andern wäre ganz falsch. Jetzt waren sie bei den Geschichten angelangt.

Die Prinzessin erzählte die vom Schuster Hagen, dem der Amtsverwalter sein Prost Neujahr zugerufen hatte: „Ick wünsch See uck veel Glück taut niege Johr, Meisting!" – Und der andre hatte dann verehrungsvoll über den ganzen Marktplatz zurückgebrüllt: „Ins Gegenteil! Ins Gegenteil, Herr Amtsverwalter!" Und jene vom Schulzen Hacher, der seinen Ochsen auf die Ausstellung brachte und dazu sprach: „Ick dau dat nicht för Geld. Ick dau dat blodsen för de Blamasch!"

Und dann wieder Karlchen: wie Dörten, Mathilde und Zophie, die neugierigsten Mädchen in ganz Celle, ihn gefragt hatten, wer denn der junge Mann wäre, der jetzt immer morgens durch die Straßen ginge. Er konnte es ihnen nicht sagen. Und dann hatte er sie nachts geweckt, das ging gut, denn sie wohnten parterre – und als sie ganz erschreckt ans Fenster kamen, alle drei: „Ich wollte den Damen nur sagen: Der Herr von heute Morgen hat fromme Bücher verkauft."

Und dann sangen sie schöne Lieder, immer eines nach dem andern. Die Prinzessin:

„Auf dem Berge Sinai, da sitzt die Mutter Pietschen,
und wenn sie nichts zu essen hat, dann …

Karlchen, wie ist das mit einem Lullerchen Schlaf, heute Nachmittag?", fragte sie plötzlich. Karlchen sang grade:

„Sie trug ein bunt kariertes Kleid,
mir tut mein Geld noch heute leid –

Nein", sagte er. „Heute Nachmittag tun wir einen schönen Spaziergang. Das ist gut für den Dicken, und wir schlafen dann nachts besser." Der Dicke war ich. Wohlwollend musterte mich sein Blick. „Wenn man euch junges Volk so sieht … gut erholt seid ihr –!"

Und so fühlten wir uns auch. Ich wackelte schweigend neben den beiden her, denn junges Glück soll man nicht stören.

Begehrte er sie –?

Natürlich begehrte er sie. Aber dies war ungeschriebenes Gesetz zwischen uns: Totem und Tabu … Unter welchem Tier wir geboren waren, wussten wir nicht; aber es musste wohl das gleiche sein. Und die Frauen des andern: nie. Rational gemacht hatten wir das so: „Deine Bräute … also wenn man die schon sieht – herzlichen Glückwunsch!" Und wieder fühlte ich, zum hundertsten Male in so vielen Jahren, das Unausgesprochene dieser Freundschaft, das Fundament, auf dem sie ruhte. Ich kannte den Urgrund seiner Haltung. Ich wusste, weil ich es mit angesehen hatte: Was der Mann alles erlebt hatte („Über mich ist ein bisschen viel hinweggebraust!", pflegte er zu sagen); ich sah seine unbedingte Selbstbeherrschung; wenn's schiefging, der konnte die Ohren steifhalten. Oft, wenn ich nicht weiter wusste, dachte ich: Was täte Karlchen jetzt? Und dann ging es wieder eine Weile. Eine richtige Männerfreundschaft ... das ist wie ein Eisberg: Nur das letzte Viertel sieht aus dem Wasser. Der Rest schwimmt unten; man kann ihn nicht sehn. Klamauk – Klamauk ist nur schön, wenn er auf Ernst beruht.

„Plattdeutsch predigen", hörte ich Karlchen grade sagen, „nein – nein." – „Das ist doch Unfug, Herr Karlchen", sagte die Prinzessin. „Warum denn nich? Den Bauern verstehn es doch viel besser. Natürlich euern Platt ... aber unsen Plattdeutsch ..." – „Schöne junge Frau", sagte Karlchen, „das ist es nicht. Die Bauern verstünden es schon – und eben deswegen mögen sie es nicht. In der Kirche wollen sie nicht die Sprache ihres Alltags; vor der haben sie keine Achtung – was kann an dem sein, was sie im Stall sprechen? Sie wollen das andre, das Ungewöhnliche, das Feierliche. Sonst sind sie enttäuscht und nehmen den Pastor nicht für voll. Na, und nun gehn wir ja wohl im Chantant ... Fritzchen, weißt du noch?"

Und ob ich es wusste! Das stammte von Herrn Petkoff aus Rumänien, vom rumänischen Kriegsschauplatz, den wir gemeinsam bevölkert hatten. Herr Petkoff pflegte Geschichten zu erzählen, die sich durch besondere Pointenlosigkeit auszeichneten, aber sie endeten alle im Puff. „Sagt er zu mir: Petkoff, du Schwain, komm, gehn wir in Chantant!" Und was da nun war, wollte die Prinzessin gern wissen. Karlchen machte vor: „Petkoff sagte und schlug sich dabei auf die Oberschenkel: Hier ein Mättchän und da ein Mättchän ..." – „Aber Karlchen", sagte die Prinzessin, „da muss ich ja ganz rot werden!" – „Er hatte eine Freundin, der Petkoff. Die hatte vor seiner Zeit dreizehn Geliebte gehabt." – „Dreizehn Geliebte", lobte die Prinzessin. „Und wie viel schnelle Männer –?"

So schritten wir selbander dahin.

Da blieb die Prinzessin stehn, um sich zu pudern. „Ich begreife nicht, wie man sich in Gottes freier Natur pudern kann",

sagte ich. „Die Luft hat doch … der Teint ist …" – „Du gewinn
den Nobelpreis und halt den Schnabel", sagte sie. „Hör mal,
ich sage dir das wirklich …" – „Daddy, das verstehn die Männer
nie – und wir verstehn uns doch wirklich gut. Jeder seins, lieber
Daddy. Du schminkst dich nicht, und ich genieße des Puders.
So ist das!" Nun setzten wir uns auf eine Bank. Ich brummte:
They are all the same …", dieser Satz Byrons machte meinen
halben englischen Sprachschatz aus. „Sei mal nett zu ihr!", sagte
Karlchen, und die Prinzessin war begeistert und nickte ihm fröhlich zu: „Nicht wahr?" – „Wer seine Braut zu seinem Weibe
macht", sagte Karlchen, „der soll auch das Weib zu seiner Braut
machen!" – „Nun gebt euch einen Kuss!", sagte ich. Das taten
sie. „Sei wirklich nett zu ihr!", sagte Karlchen noch einmal. Er
war ein Vorübergehender. Der Vorübergehende ist stets milde
und weise, hat für alles gute und kluge Worte und geht vorüber.
Wir, die wir bleiben … Aber gleich war diese kleine Wolke vorbei. Weil Karlchen das gescheite Wort sprach: „Bei uns zu Hause
sagen sie immer: Zur Heirat gehört mehr als nur vier nackte
Beine ins Bett."

„Karlchen", sagte ich unvermittelt, „was wird aus uns mal?
Ich meine … so später … im Alter …?"

Er antwortete nicht gleich. Dafür die Prinzessin: „Daddy,
weißt du noch, was auf der alten Uhr stand, die wir in Lübeck
zusammen gesehen haben und die wir damals nicht kaufen
konnten?" – „Ja", sagte ich. „Es stand drauf: LASSET DIE JAHRE
REDEN."

Ich sah sie an, und sie gab den Blick zurück: Wir fassten uns
mit den Augen bei den Händen. Sie war bei mir. Sie gehörte
dazu. Sie sorgte für mich.

Als wir aber nach Hause kamen, lag da für die Prinzessin ein
großer Strauß aus Mohrrüben, Petersilie und Sellerie. Der war
von Karlchen, denn so liebte er, wenn er liebte.

2

Das lasst man Frau Direktor sehn!", sagte das Stubenmädchen Emma. „Die ist heute grade in der richtigen Laune!"
Das Gelächter der vier kleinen Mädchen verstummte jäh.
Eine bückte sich scheu nach den Büchern, mit denen sie sich
eben geworfen hatten. Hanne, die dicke Hanne aus Ostpreußen,
setzte zu einer Frage an. „Was ist denn? Ist Frau Direktor …?" –
„Na, macht nur!", sagte das Mädchen und lachte schadenfroh.
„Ihr werdt ja sehn!" Und ging eilig davon. Die vier standen noch
einen Augenblick zusammen, dann verteilten sie sich rasch im
Korridor. Hanne war die Letzte.

Sie hatte grade die Tür des Schlafzimmers aufgemacht, in
dem die andern schon standen und ihre Badesachen zusammensuchten, als man die schrille Stimme der Frau Adriani aus
dem untern Stockwerk vernahm – wie laut musste sie sprechen, dass man das so deutlich hören konnte! Die Mädchen
standen wie die Wachspuppen.

„So? Ach! Das hast du nicht gewusst! Das hat das gute
Lieschen nicht gewusst! Habe ich dir nicht schon tausendmal gesagt, dass man seinen Schrank nicht offen stehn lässt?
Was? Wie?" – Man hörte, wie aus einer Watteschachtel, ein
ganz leises Weinen. Oben sahen sie sich an und atmeten, sie
schauerten vor Angst zusammen. „Du bist eine Schlumpe!",
sagte die ferne Stimme. „Eine dreckige Schlumpe! Was? Der
Schrank ist allein aufgegangen? Na, da hört doch … Und –
was ist denn das hier? Wie? Seit wann bewahrst du dir denn
Essen in der Wäsche auf? Wie? Du Teufelsbraten! Ich werde
dir –"

Nun wurde das Weinen lauter, so laut, dass man es deutlich
hören konnte. Schläge konnten sie nicht hören –: Frau Ad-

riani pflegte nicht zu schlagen, sie knuffte. „Hier – und da – und jetzt ... Ich werde euch überhaupt mal alle ..." Fortissimo: „Alle runterkommen! In den Esssaal!"

In die Wachspuppen oben kam Leben; sie warfen ihre Badesachen auf die Betten, sie hatten plötzlich hochrote Köpfe, und einer, der ewig blassen Gerti, standen Tränen in den Augen. Man hörte, rasch hervorgestoßen: „Macht doch! Fix!", dann gingen sie hinunter, sie liefen fast, schweigend.

Aus allen Türen kamen die Mädchen; sie hatten erschrockene Gesichter, eine fragte leise: „Was ist denn ..." und wurde gleich zur Ruhe verwiesen; wenn es gewittert, soll man lieber nicht sprechen. Auf den Treppen trappelte es, Schritte, Poltern, Türenklappen ... nun war der Esssaal voll. Als Letzte kam Frau Adriani, eine rote Wolke, mit der weinenden Lisa Wedigen an der Hand.

Das Gesicht der Frau war gerötet, ihr Lebensmotor lief auf Touren; sie lebte doppelt, wenn sie in solcher Erregung war. „Alle da –?" Sie sah über die Mädchen hin, mit jenem Blick, von dem jede glaubte, er hätte sie, grade sie gemeint. Hart: „Lisa Wedigen hat Essen gestohlen!" – „Ich ...", was die Kleine sagen wollte, erstickte in Geschluchz. „Lisa Wedigen stiehlt. Sie hat von unserm Essen gestohlen", sagte Frau Adriani mit Nachdruck, „gestohlen, und sie hat es in ihrem Schrank versteckt. Der Schrank war natürlich in einer scheußlichen Unordnung, wie immer bei Dieben; die Wäsche vom Essen beschmutzt, die Schranktür war offen. Wer nicht hören will, muss fühlen. Ihr wisst, wie ich es euch gleich am Anfang gesagt habe: Wenn hier eine was falsch macht, dann büßen alle. Das ist Gerechtigkeit. Ich werde euch ...! Also:

Lisa hat heute Abend Essenentzug. Sie darf die nächsten acht Tage nicht mit uns spazieren gehen, sondern bleibt zu Hause auf dem Zimmer. Morgen bekommt sie nur das halbe Essen. Das Baden fällt heute aus. Ihr macht alle Schreibübungen. Lisa schreibt besonders vier Kapitel aus der Bibel ab. Ihr seid eine ganz verlotterte Bande! Marsch – auf die Zimmer!"

Schweigend und beklommen tropfte die Schar aus den beiden Türen; manche sahen sich bedeutungsvoll an, die Abgehärteteren schlenkerten mit den Armen und taten unbekümmert-trotzig; zwei weinten. Lisa Wedigen schluchzte, sie sah niemand an und wurde von niemand angesehn. Das Kind blickte auf –

Der große Abreißkalender an der Wand zeigte eine 27, eine schwarze 27. Als sich das Kind mit den andern durch die Tür schob, blätterte der Zugwind im Kalender ... so viele Blätter waren das, so viele Blätter. Und wenn dieser Kalender verbraucht war, dann hängte Frau Adriani einen neuen auf. Der Blick des Kindes fiel auf das Bildnis Gustav Adolfs, das im Korridor hing. Der hatte es gut. Er war hier, und er war doch nicht hier. Dem taten sie nichts. Merkwürdig, dass die Menschen den Sachen nichts tun. Das Kind dachte: Noch einmal so, und ich laufe fort, ich laufe aus dem Haus ...

In den Stuben herrschte eine stille Geschäftigkeit. Die Badeanzüge und die Handtücher wurden fortgelegt, zitternde Hände rissen Schubladen auf und kramten hastig darin umher, ein Flüsterwort unterbrach diese Geräusche.

Unten im Esssaal stand die Adriani, allein.

Ihr Atem ging rasch, sie hatte sich, anfangs kalt, in eine Wut hineingesteigert – wie sie meinte: zu pädagogischen Zwecken, und jetzt war sie wütend, weil sie wirklich wütend war. Ihr beißender Ärger besänftigte sich erst, als sie an die Vorstellung dachte, in der sie soeben aufgetreten war. Sie hatte so ein aufmerksames Publikum gehabt ... alles kam darauf an, ein Publikum zu haben. Sie sah sich um. Hier war alles, bis zum Bewurf an der Mauer, dem Kitt in den Ritzen der Fensterscheiben, dem Linoleumbelag und den Türangeln – alles war gezählt, kontrolliert, aufgeschrieben und beaufsichtigt. Hier gab es nichts, das nicht ihrer Herrschaft unterstand. Sie fühlte: wenn sie den brennenden Herd scharf anblickte – er würde leiser brennen. Hier war ihr Reich. Deshalb ging auch Frau Adriani mit den Kindern nicht gern aus; sie vergällte ihnen die Spaziergänge, wo sie nur konnte, denn die Natur stand nicht stramm vor ihr. Ihr Wille tobte durch das geräumige Landhaus, das sie längst nicht mehr als gewöhnliches Haus ansah – es war ein souveränes Reich, eine kleine Welt für sich. Ihre Welt. Sie knetete die Kinder. Sie formte täglich an vierzig Kindern, den Dienstboten und ihren Nichten – der Mann zählte nicht; mit so vielen Figuren spielte sie ein lebendiges, ein schmerzvolles, ein lustvolles Spiel. Und setzte immer die andern matt. Und siegte immer. Das Geheimnis ihres Erfolges war keines: sie glaubte an diesen Sieg, konnte arbeiten wie ein Bauernpferd und sparte ihre Gefühle für sich selbst.

Sie kam sich sehr einmalig vor, die Frau Adriani. Und hatte doch viele Geschwister.

3

Es war ein bunter Sommertag – und wir waren sehr froh. Morgens hatten sich die Wolken rasch verzogen; nun legte sich der Wind, und große, weiße Wattebäusche leuchteten hoch am blauen Himmel, sie ließen die gute Hälfte unbedeckt und dunkelblau – und da stand die Sonne und freute sich.

„Wir gehn heute auch nicht in die Heija", sagte Karlchen, der merkwürdigerweise nach dem Essen nicht schlafen wollte. „Sondern wir gehen nicht schlafen, und vielmehr gehn wir in die Felder. Hoppla!"

Auf und davon. Bauern kamen vorüber, wir grüßten, und sie sagten etwas, was wir nicht verstanden. „Bielern dich man blodsen nich ins Schwedsche!", sagte die Prinzessin. „Wenn

man ierst die Landessprache päffekt kann, denn is das nich mehr
so schoin. Denn den Baum des Wissens is nich ümme den des
Lebens." – „Lydia", sagte ich, „wir wollen doch mal bei dem
Kinderheim längsgehn!" Und wir gingen.

Um den See herum, an den Chausseen entlang; einmal kam
uns ein Auto entgegengetorkelt, man kann es nicht anders nennen, so sehr fuhr es im Zickzack. Ein junger Herr saß am Steuer,
mit jenem dämlich-angespannten Gesicht, wie es Neulinge am
Steuerrad haben. Er war ganz Aufmerksamkeit, Krampf und
Angst. Sein Lehrer saß neben ihm. Wir sprangen beiseite, denn
der junge Herr hätte sicherlich lieber uns drei überfahren als
eine Ameise, die er wohl grade sah … Dann gingen wir von der
Chaussee ab, in den Wald.

Die Wege in Schweden führen manchmal grade durch kleine
Anwesen, die Zauntür ist offen, und man geht über den Hof hinweg. Da standen kleine Häuschen, still und sauber … „Guck –
das wird das Kinderheim sein!", sagte Karlchen.

Auf einem kleinen Hügel lag ein lang gestrecktes Haus; das
war es sicherlich. Wir gingen langsam näher. Es war ganz still.
Wir blieben stehn. „Müde?" – Und wir lagerten uns auf dem
Moos und ruhten. Lange, lange.

Plötzlich knallte drin im Haus eine Tür – es war wie ein
Schuss. Stille. Die Prinzessin hob den Kopf.

„Ob wir wohl die strenge Leiterin zu sehen be…", ich sprach
nicht zu Ende. Eine kleine Tür an der Querseite des Hauses hatte
sich geöffnet, und heraus stürzte ein kleines Mädchen. Es lief
wie ein blinder Mensch, nein, wie ein Tier: Es hatte nicht nötig,
zu sehen, wohin die Füße traten – ein Instinkt trieb es. Es lief
erst ein kleines Stück ganz gradeaus, dann blickte es auf, und
mit einer blitzschnellen Bewegung schlug es einen Haken und
lief uns grade in die Arme. „Na … na", machte ich. Das Kind sah
auf: wie wenn es aus einem langen Schlaf erwachte. Sein Mund
öffnete sich, schloss sich wieder, die Lippen zitterten, es sagte

nichts. Nun erkannte ich es: Wir hatten es auf unserm Spaziergang mit den andern getroffen. „Na ...?", sagte die Prinzessin.
„Du hast es aber eilig ... wo willst du denn hin? Spielen?"

Da ließ das kleine Mädchen den Kopf sinken und fing an
zu weinen ... ich hatte so etwas noch niemals gehört. Frauen
sind, wenn der Schmerz kommt, weniger lyrisch als wir Männer – sie helfen also besser. Die Prinzessin beugte sich hinunter.
„Was ... was ist denn –" und wischte der Kleinen die Tränen ab.
„Was hast du denn? Wer hat dir denn etwas getan?" Das Kind
schluchzte. „Ich ... Direktor ... Lisa Wedigen hat gestohlen, sie
will mich hauen, sie will uns alle hauen, ich bekomme heute
nichts zu essen – ich will zu Mutti! Ich will zu Mutti!" – „Wo ist
denn deine Mutti?", fragte die Prinzessin. Die Kleine antwortete
nicht; sie starrte ängstlich auf das Haus und machte eine Bewegung, als wollte sie fortlaufen. „Nun bleib mal da – wie heißt du
denn?" – „Ich heiße Ada", sagte die Kleine. „Und wie noch?" –
„Ada Collin." – „Und wo ist deine Mutti?" – „Mutti ...", sagte
das Kind, und dann etwas, was man nicht verstand. „Wohnt deine
Mutti sonst auch hier?" Das Kind schüttelte den Kopf. „Wo
denn?" – „In der Schweiz. In Zürich ..." – „Na und?", fragte ich.
So dumm können nur Männer fragen. Das Kind sah nicht hoch;
es hatte die Frage gar nicht begriffen. Wir standen herum, etwas
ratlos. „Warum bist du denn weggelaufen – nun erzähl das mal
ganz richtig. Erzähl mal alles –", fing die Prinzessin wieder an.

„Die Frau Adriani haut uns ... sie hat uns heute kein Essen
gegeben ... ich will zu Mutti ... ich will zu Mutti ...!" Karlchen
dachte wie stets scharf und schnell. „Lass uns doch mal aufschreiben, wo die Mutter wohnt", sagte er. „Sag", fragte die Prinzessin,
„wo wohnt denn deine Mutti?" – Das Kind schluckste. „In Zürich." – „Na ja, aber wo da ...?" – „Hott ... Hott ... Sie kommt,
sie kommt!", schrie das Kind und riss sich los. Wir hielten es fest
und sahen auf.

Im Hause hatte sich die Haupttür geöffnet, und aus ihr trat

schnell und energisch eine rothaarige Frau. Sie kam rasch auf uns zu. „Was machen Sie da mit dem Kind?", fragte sie, ohne Begrüßung.

Ich nahm den Hut ab. „Guten Tag!", sagte ich höflich. Die Frau sah mich nicht einmal an. „Was haben Sie mit dem Kind! Was tut das Kind bei Ihnen?" – „Es ist hier aus dem Haus gelaufen und hat geweint", sagte Karlchen.

„Das Kind ist ein Ausreißer und ein Tunichtgut. Es ist heute schon einmal weggelaufen. Geben Sie das Kind her und kümmern Sie sich nicht um Sachen, die Sie nichts angehn!" – „Langsam, langsam", sagte ich. „Das Kind hat so furchtbar geweint; es behauptet, Sie hätten es geschlagen." Die Frau sah mir fest ins Gesicht, kampfbereit. „Ich? Ich habe es nicht geschlagen. Hier werden keine Kinder geschlagen. Ich habe die elterliche Gewalt über das Kind, ich habe das schriftlich. Was fällt Ihnen denn ein? Bei mir herrscht Zucht und Ordnung ... hetzen Sie mir hier nicht die Kinder auf! – Das ist *mein* Haus!", schrie sie plötzlich laut und deutete auf das Gebäude. „Das mag sein", sagte ich. „Aber hier stimmt doch etwas nicht – das Kind kommt in Todesangst da herausgelaufen und ..." Die Frau riss das Kind an der Hand und blitzte mich böse an; in ihren grünen Augen stand ein Flämmchen.

„Du kommst jetzt mit", sagte sie zum Kind. „Sofort! Und Sie gehen! Los!" – „Es wäre hübsch", sagte Karlchen langsam, „wenn Sie etwas höflicher mit uns sprechen wollten." – „Mit Ihnen spreche ich überhaupt nicht", sagte die Frau. Die Prinzessin hatte sich niedergebeugt, sie wischte dem Kind, das bleich geworden war, die Tränen ab. „Was tuscheln Sie da mit dem Kind?", schrie die Frau. „Sie haben gar nichts zu flüstern! Sie sind nicht für das Kind verantwortlich – ich bin es! Ich bin hier die Leiterin – ich bin das! Ich!" In den Augen das Flämmchen ... Hitze strahlte von der Person aus.

„Ich glaube, wir lassen die Dame –", sagte Karlchen. Die Frau riss abermals an dem Kind; sie riss wie an einer Sache, ich fühlte: Sie meinte nicht das Mädchen, sie meinte ihre Herrschaft über das Mädchen. Das Kind war grün vor Angst, sie zog es hinter sich her; niemand sprach. Jetzt war sie am Haus. Ich machte eine halbe Bewegung, als wollte ich etwas aufhalten … nun verschwanden die beiden durch die große Tür, die Tür schloss sich, ein Schlüssel knirschte. Aus.

Da standen wir. „Ganz hübsch …", sagte Karlchen. Die Prinzessin steckte ihr Taschentuch fort. „Ihr seid alle beide kolossale Esel", sagte sie energisch. „Gut", sagte ich, „aber warum?" – „Kommt mit."

Wir gingen ein Stück in den Wald hinein. „Ihr …", sagte die Prinzessin. „Krieg können wir hier nicht machen, das sehe ich ja ein. Aber wir wollen doch dem Kind helfen, nicht wahr? Na, und wie heißt die Mama?" – „Collin. Frau Collin", sagte ich sehr stolz. „Gut – und wie willst du helfen?" Ja, das war richtig. Wir wussten ja die Adresse nicht. Zürich … Zürich … was hatte das Kind da gesagt?

„Ich habe ihr leise gesagt", fuhr die Prinzessin fort, „wir kämen nach einer halben Stunde an das Haus – sie soll versuchen, uns auf einem Zettel die Adresse herauszuschmuggeln. Ich kann mi nich denken, dass den klappen wird – das ahme Kind is szu un szu verängstigt. Na … wir könn sche ma sehn … Nein, is das ein Drachen! De is aber wedderböstig! Sie spuckt gliks Füer ut!"

„Eine famose Frau", sagte Karlchen. „Die möchte man heiraten. Also ich muss ja sagen … ich muss ja schon sagen …" – „Legen wir uns ein bisschen auf die Wiese", sagte die Prinzessin. Wir legten uns.

„Hast du das gesehn, Karlchen", sagte ich; „der Alten haben sich richtig die Haare gesträubt! Ich habe so etwas noch nie gesehn …" – „Man kann den Hintern schminken, wie man will", sagte Karlchen, „es wird kein ordentliches Gesicht daraus; Die Frau …" – „Still!", sagte die Prinzessin. Wir lauschten. Aus dem

Haus, das ein Stück zurücklag, drang eine Stimme, eine hohe, keifende Stimme. Man konnte nicht verstehn, was da gesagt wurde – man konnte nur hören, dass jemand erregt schrie. Mir wurde heiß. Vielleicht schlug sie das Kind –

„Äh", machte Karlchen. Die Wiese verschwand, wie durch einen Nebel noch die Altstimme der Prinzessin: „Wir gehn nachher gleich an das Haus – wir müssen das" ... ein riesiges ovales Rund, oben, unter der steinernen Wölbung, ausgespannte rote Tücher; unten die Arena, dann eine hohe Steinmauer, darüber die ersten Reihen der Zuschauer, Ränge über Ränge, Tausende von Köpfen, bis sie sich oben verloren im braunen Licht. Unten, in der Mitte, hing einer an einem Kreuz; ein Panther sprang an ihm hoch und riss ein Stück Fleisch nach dem andern ... Der Mann schrie nicht, sein Kopf lag seitlich auf der linken Schulter, er war wohl schon bewusstlos. Staub und das Gedröhn der Masse ... Eine kleine vergitterte Tür öffnete sich; ein paar Kerle mit Lederschürzen stießen zitternde Menschen, vier Männer und eine Frau, vor sich her in das große Rund. Drei von ihnen waren mit Fetzen bekleidet; die Frau war halbnackt, und einen hatten sie geschminkt, er trug, was schrecklich anzusehen war, eine Maske und eine Krone aus Goldschaum: ein Schauspieler seines eigenen Todes. Das Gittertürchen schloss sich von innen. Die Kerle blieben dahinter stehen, Zuschauer ihres Berufs. An der Seite hatten noch ein paar Tiere im Sande gelegen, ein Tiger, ein Löwe. Als sie die Menschen sahen, die da hereingetrieben wurden, erhoben sie sich, faul und böse. Eins der vier Opfer trug eine Waffe – ein gekrümmtes Schwert. Der Panther am Kreuz hatte von dem da oben abgelassen; er lag und kaute an einem abgerissenen Arm. Das Blut troff.

Und da hatte der Löwe plötzlich zum Sprung angesetzt; nun war er wütend, denn heimtückisch hatte ihm jemand von geschütztem Platz oberhalb der Mauer ein brennendes Holzscheit auf den Kopf geworfen. Das Tier brüllte. Der Gladiator trat vor,

mit einer Bewegung, die heldisch sein sollte und recht jämmerlich ausfiel. Eine Tuba gellte; ihr Klang war rot. Der Löwe sprang.
Er sprang grade über den Gladiator hinweg, auf den Geschmink-
ten. Er fasste ihn, die Maske zeigte denselben unveränderten
idiotischen Ausdruck – dann schleifte er den Kreischenden die
Arena entlang. Den Gladiator hatten zwei Tiger angefallen. Er
wehrte sich kräftig, mit dem Mut der Verzweiflung; er schlug
um sich, erst nach irgendeinem angelernten Plan, dann sinnlos
und ohne Verstand. Eines der Tiere umschlich ihn, es ging auf
leisen Pfoten zurück, dann waren beide über ihm. Wie ein Schlag
ging es durch den Zirkus. „Rrrrhach –!", machte die Menge – es
war *ein* Stöhnen. Die Menschen waren von ihren Sitzen aufge-
sprungen, sie starrten verzückt nach unten, um nur ja keine Einzelheit zu verlieren, hierhin sahen sie und dorthin; wohin sie
blickten: Blut, Verzweiflung, Ächzen und Gebrüll – Menschen
litten da, lebendes Fleisch zuckte, sich im Sande zu Tode zap-
pelnd, sie oben in Sicherheit – es war herrlich! Der ganze Zirkus
badete in Grausamkeit und Entzücken. Nur die untersten Reihen saßen still und ein wenig hochmütig da, sie zeigten keinerlei
Bewegung. Es waren die Senatoren und ihre Frauen, Vestalin-
nen, der Hof, höhere Heerführer und reiche Herren … gelassen
reichten sie einander Konfekt aus kleinen Dosen, und einer ordnete seine Toga. Schreie feuerten die Tiere an, sie noch wütender
zu machen; Schreie gellten auf den feigen Kämpfer hinunter,
der sich so gar nicht zu wehren gewusst hatte … Ausdünstung
und Geheul, das Tier Masse wälzte sich in einem Orgasmus von
Lust. Es gebar Grausamkeit. Was hier vor sich ging, war ein einziger großer schamloser Zeugungsakt der Vernichtung. Es war
die Wollust des Negativen – das süße Abgleiten in den Tod, der
andern. Dafür Tag um Tag Sandalen geflochten, Pergamente be-
schrieben, Mörtel geschleppt, den Adligen Besuche gemacht und
die langen Morgen im Atrium verwartet; Tücher gewebt und
Leinen gewaschen, Terrakotten bepinselt und stinkende Fische

verkauft … um endlich, endlich diesen großen Festtag zu genießen: den im Amphitheater. Alles, aber auch alles, was der Tag an
Geducktheit, an Unterdrückung, an Wunschträumen und nicht
auszuübender Wollust in diese Bürger und Proletarier hinein-
gepresst hatte: Hier konnte es sich austoben. Es war wie Liebeserfüllung, nur noch ungestümer, noch heißer, noch zischender.
Wie eine spitze Stichflamme stieg die Lust aus den viertausend
Menschen – sie waren *ein* Leib, der sich ganz verausgabte, sie
waren die Raubtiere, die die Menschen da unten zerfleischten,
und sie waren die Zerfleischten. Die Grausamkeit schlug ihre
Augen auf – sie hat schon so viele Namen gehabt, in jedem Jahrhundert einen andern. Sie atmeten hastig, der wildeste Strom
war aus ihnen heraus, nun ergoss sich der Rest in lauten, lär-
menden Gesprächen, in Zurufen und in Zeichen, die sie über die
Köpfe hinweg einander gaben, die Daumen nach unten gesenkt;
tausend Stimmen, sprechende und rufende, ertönten, und nur
hier und da stieg aus der Arena ein Schrei auf wie ein Signal-
pfiff des Schmerzes. Hier floss ab, was an verbrecherischer Lust
in den Menschen war – nun würden sie so bald keinen mehr ermorden; die Tiere hatten es für sie getan. Nachher gingen sie in
die Tempel, um zu beten. Nein: um zu bitten. Unten betraten die
ersten Wärter den Sand und machten sich mit heißen Eisen an
die Körper, die da lagen – waren sie auch wirklich tot? Hatten sie
die Massen auch nicht um ein Quäntchen Schmerz betrogen?
In einer Ecke kämpfte einer um seine verzuckenden Minuten,
die Tiere verschwanden fauchend und aufgeregt-satt durch die
kleinen Gittertüren, der Sand wurde gefegt, und oben, in den
höchsten Rängen, verbrodelte die letzte Lust, die das Leben am
Leiden gefunden hatte. „Was hast du?", fragte die Prinzessin.
„Nichts", sagte ich.

„Ihr meint, wir gehn nachher noch mal an das Haus?", fragte
Karlchen zweifelnd.

„Natürlich gehn wir", sagte die Prinzessin. „Das Kind muss

gieholfen werden – wir müssen helfen." Und da stieg in mir etwas auf, es war eine so dumpfe Wut, dass ich aufstehen und tief einatmen musste – verwundert sahen mich die beiden an. Plötzlich spürte ich dieselbe Lust an der Zerstörung, am Leiden der andern; diese Frau leiden machen zu können ... O Wonne des guten und gerechten Kreuzzuges, du Laxier der Unmoral! Mit einem kalten Wasserstrahl löschte ich das aus, während ich ausatmete. Ich kannte den Mechanismus dieser Lust: sie war doppelt gefährlich, weil sie ethisch unterbaut war; quälen, um ein gutes Werk zu tun ... das ist ein sehr verbreitetes Ideal. „Gehn wir?" Wir gingen.

Als wir das Haus wiedersahen, waren wir wie auf Kommando still. „Einer links, einer hinten herum", sagte Karlchen. „Es muss aber einer bei der Prinzessin bleiben", sagte ich. „Das Weib ist imstande und haut." – „Dann geht ihr da", sagte er. „Ich will es von links versuchen." Wir schlichen näher.

Das Haus lag still, ganz still. Ob sie uns durch ein Fenster beobachtete? Wenn sie nun einen Hund hatte? Immerhin: Es war ein fremdes Grundstück; wir hatten hier nichts zu suchen. Die Frau war im Haus. Welch eine preußische Überlegung! Ein Kind litt. Los.

Still war alles. Weit sah man von hier hinaus, am Haus vorbei, ins Land. Da lag der Mälarsee, da das Schloss Gripsholm, rot, mit den dicken Kuppeln, und der Mischwald. Tannen und Birken.

„Pst!", machte die Prinzessin. Nichts. Karlchen war nicht zu sehen. Fragend sah ich sie an. Wir gingen langsam weiter und traten vorsichtig auf, als gingen wir auf Eis. War das ein Gesicht hinter einem Fenster – eine kreisrunde Scheibe ...? Täuschung, es war ein Widerschein. Wir gingen nah am Haus vorbei. Die Prinzessin blickte überall umher. Plötzlich ging sie vorwärts – „Rasch!", sagte sie – sie lief auf einen weißen Fleck zu, der unweit des Hauses im Grase war ... da lag ein kleines Stück Papier. Hinten wandelte Karlchen langsam am Zaun vorbei. Die Prinzessin bückte sich, sah das Papier an, hob es auf und schritt rasch weiter.

Wir beeilten uns, bis wir aus der Umgatterung heraus waren.

„Na?", sagte Karlchen.

Die Prinzessin blieb stehn und las vom Papier:

Collin Zürich Hottingerstrase 104.

Die Rückseite eines Kalenderblatts, und eine kraklige Kinderhandschrift. „Strase" war mit einem s geschrieben. „Dat harrn wi hinner uns!", sagte die Prinzessin. „Auf in den Kampf" – pfiff Karlchen.

Zurück nach Gripsholm.

4

W ir liefen durcheinander wie die Indianer, wenn sie sich auf den Kriegspfad begeben. Alle drei redeten mit einem Mal. „Mal langsam –", sagte das kluge Karlchen. „Telegrafieren … ihr seid ja verdreht. Wir schreiben jetzt erst mal an die Frau einen vernünftigen Brief. Und da muss drin stehn …"

Was sich nun begab … das möchte ich nicht noch einmal durchmachen. Es war eine Schlacht. Es wurde nicht *ein* Brief geschrieben – es wurden vierzehn Briefe geschrieben, immer einer nach dem andern, dann drei zu gleicher Zeit, und während ich auf meiner Maschine herumhackte, bis sie heiß wurde, schrieben die beiden andern emsig ihre Bogen voll. Es war wie eins dieser altmodischen Gesellschaftsspiele („Was tut er? – Was tut sie? – Wo lernten sie sich kennen?"), und jeder wollte zuerst seins vorlesen, und jeder fand seinen Schrieb am allerschönsten und am allerfeinsten und die der andern von oben bis unten unmöglich. „Unmöglich!", sagte die Prinzessin. „Dat is ja Kinnerkram is dat ja!" – Ich wollte etwas erwidern. „Du bischa so klug", sagte sie. „Du schast ock mit na Pudel sin Hochtid! Nu do mi dat to Leev …", und dann fing alles wieder von vorn an. Schließlich blieben drei Entwürfe übrig – zur engern Wahl. Karlchen hatte einen juristischen Brief geschrieben, ich einen feinen und die Prinzessin einen klugen. Und den nahmen wir.

Darin war knapp und klar erzählt, was wir gesehen hatten, und dass wir uns nicht in die Collinschen Familienangelegenheiten einmischen wollten und dass sie nur ja nicht an die Frau schreiben sollte, das gäbe bestimmt ein Unglück, und sie brauchte sich nicht zu beunruhigen, wir würden inzwischen sehen, was sich machen ließe – aber sie möchte uns erlauben, einmal mit ihr zu telefonieren. „So", sagte die Prinzessin und klebte zu. „Das hätten wir. Gleich weg mit ihm. Auf die Post –!" Als der Brief in den Kasten plumpste, fiel uns je ein Stein vom Herzen. „So ein Kind …", sagte ich. „So ein kleiner Gegenstand –!" Und da lachten mich die beiden heftig aus.

„Gib mir mal 'n Zigarettchen!", sagte Karlchen, der gern andrer Leute Zigaretten rauchte und ihre Zahnpasten benutzte. („Freundschaft muss man ausnutzen", pflegte er zu sagen.) „Wisst ihr auch", sagte er in die abendliche Stille, während wir langsam durch die Straßen von Mariefred gingen und uns die Schaufenster ansahen, „dass ich morgen Abend fahre?" Bumm – das hatten wir vergessen. Die acht Tage waren um – ja –

„Wollen Sie nich noch 'n büschen bei uns bleiben, Karling?", fragte die Prinzessin. „Gnädigste", sagte der lange Lümmel und streckte den Arm aus, „leider läuft mein Urlaub ab – ich muss. Ich muss. Herrschaften, das war aber eine anstrengende Konferenz!" Er blieb stehen. „Na, du bist doch Experte in Konferenzen … du Beamter!" – „Ich schimpfe dich auch nicht Literat, du Buffke. Der alte Eugen Ernst sagte immer: Wenn einer nichts zu tun hat, dann holt er die andern, und dann machen sie eine Konferenz. Und zum Schluss, wenn alle geredet haben, dann konstatiert er. Und dann ist es aus. Und jetzt setz dich noch mal

an deinen Schreibpflug und schreibe für Jakopp ein Kartentele-
gramm!" Das tat ich.

„Ich finde", sagte ich zu Karlchen, „es muss ein Einwort-
Telegramm sein. Es wird sonst zu teuer. Da:

Drahtetsofortobhiesigenmälarsee-
zwecksbewässerungkäuflicherwerben-
wolltwassergarantiertechtallerdingsnur-
zuschwimmzweckengeeignetfasthoch-
achtungsvollfritzchenundkarlchenwasser-
oberkommissäre."

„Na, da wollen wir ihm den Abschiedstrunk rüsten, was?",
sagte Lydia. Wir rüsteten. Wir krochen umher und plagten die
gute Schlossdame, auf dass wir etwas zu trinken bekämen; wir
kauften ein und fanden es alles nicht schön genug; wir stellten
auf und packten aus, und ... „Was gibt es zu essen?", erkundigte
sich Karlchen. „Was möchten Sie denn?", fragte die Prinzessin. –
„Ich möchte am liebsten Murmeltierschwanzsuppe." – „Wie
bitte?" – „Kennt ihr das nicht? Die jungen Leute! Zu meiner
Zeit ... Also Murmeltierschwanzsuppe wird im hohen Norden
von den Eskimos gewonnen. Sie jagen das Murmeltier so lange,
bis es vor Schreck den Schwanz verliert, und auf diese Weise –"
Worauf wir ihm zwei Kissen an den Kopf warfen, und dann gingen wir hinunter und aßen.

„Ich möchte eigentlich noch über Ulm fahren", sagte Karlchen. „Da habe ich eine Braut zu stehn – die hätte ich gern überhört." – „Sie sollten sich was schämen!", sagte die Prinzessin.
„Ist sie hübsch?", fragte ich. „Na, wie wird sie schon sein ...
deine Weiber ..." Er grinste, und: Deine vielleicht ... konnte er
ja jetzt nicht sagen. „Wie willst du über Ulm fahren?", fragte ich.
„Da kommst du doch gar nicht hin!" – „Ich fahre auch nicht",
sagte Karlchen. „Ich möchte bloß mal ..." – „Er ist ein gespro-

chener Casanova", sagte die Prinzessin. „Du, Alte –", sagte ich, „manchmal lässt er seinen lieben Worten auch Taten folgen, und dann geht es gar heiter zu." Karlchen lächelte, wie wenn von einem ganz andern wilden Mann gesprochen würde, und wir entkorkten mit einem weithin hörbaren Flupp den Whisky, woraufhin Karlchen zum ‚Herrn Fluppke' ernannt wurde, und dann saßen wir und tranken gar nicht viel. Wir redeten uns besoffen. Die vier Windlichter bewegten sich in dem schwachen Luftzug.

„Rauch nur deine Pfeife!", sagte Karlchen. „Rauch nur! Er verträgt doch kein Nikotin, Prinzessin! Ist die Pfeife etwa neu?" – „Das ist es ja eben", sagte ich. „Ich muss sie anrauchen. Mensch, Pfeifen anrauchen ..." – „Kann man das nicht mit Maschinen?", fragte die Prinzessin. „Ich habe mal so was gehört." – „Man kann es mit Maschinen", sagte Karlchen. „Ich hatte einen Schulfreund, in der Oberprima, der hatte erfunden, Pfeifen mit der Luftpumpe anzurauchen. Ich weiß nicht mehr, wie er das gemacht hat – aber er machte es. Ich hatte ihm meine neue Pfeife gegeben, eine wundervolle neue Pfeife. Und da muss er wohl zu stark mit der Pumpe gearbeitet haben ... und da hat sich die Pfeife selbst ausgeraucht, und es blieb überhaupt nichts weiter von ihr übrig als ein Häufchen Asche. Er hat mir eine neue kaufen müssen. Mir ist diese Pfeifengeschichte immer sehr symbolisch vorgekommen ... Ja. Aber wofür symbolisch: Das habe ich vergessen." Wir schwiegen, tief sinnend.

„Ein Esel", sagte die Prinzessin. Wir wollten protestieren – aber sie meinte einen richtigen, der da hinter den Bäumen hervorkam. Er wollte wohl auch einen Whisky haben. Wir standen gleich auf und streichelten ihn, aber Esel wollen nicht gestreichelt werden; ein weiser Mann hat herausgefunden, es sei das Unglück der Esel, Esel zu heißen – denn nur deshalb würden sie so schlecht behandelt. Diesen behandelten wir gut und nannten ihn Joachim. Und wir spielten ihm Grammofon vor ... „Spiel mal büschen was aus Kaahmen –", sagte die Prinzessin. „Nein!

Spiel das mit die kleinen Gnomens …!" Da war ein Musikstück, das hatte so einen kleinen, hüpfenden Marschrhythmus, und die Prinzessin behauptete, dazu müsste eine Pantomime vonstatten-gehn, in der kleine Zwerglein mit Laternlein über die Bühne huschten. Ich drehte die Platte mit den Gnomen an, der Apparat lief, der Esel fraß Gras dazu, wir tranken Whisky, und: – „Mir auch noch einen Zahn voll!", sagte Karlchen. Und die Prinzes-sin aß zum Nachtisch Käse mit Sellerie, das hatte ihr ein großer Gourmet empfohlen. „Wie schmeckt es?", fragte Karlchen. „Es schmeckt –", die Prinzessin probierte langsam und sorgfältig – „es schmeckt wie schmutzige Wäsche." Missbilligend schlug selbst Joachim mit dem Schweife.

Und dann sangen wir ihm alles vor, was wir wussten, und das war eine ganze Menge.

„King Salomon has three hundred wives
and that's the reason why
he always missed his morning train
kissing them all good-bye!"

– „Muh!", machte der Esel und wurde verwarnt, denn er war doch keine Kuh, Karlchen blies stille Weisen auf einem Kamm mit Seidenpapier und begehrte stürmisch, im Chantant zu gehen … die Prinzessin lachte viel und manchmal würdelos laut, und ich war, wie jeder von uns, der einzig Nüchterne in diesem Hallo.

Bevor wir zu Bett gingen: „Lydia – er soll nicht wieder Post-karten schreiben! Immer schreibt er Karten." – „Was für …?", fragte sie. – „Wenn er abreist, dann kommen am nächsten Tag ganz wahnwitzige Postkarten an, die schreibt er im Zug – das ist so seine Art, Abschied zu nehmen. Er soll das nicht; es regt mich so auf!" – „Herr Karlchen, schwören Sie, dass Sie uns diesmal keine Karten schreiben werden?" – Er gab sein kleines Gießener Ehrenwort. Wir trollten in die Heija.

Und brachten ihn am nächsten Abend an den Bahnhof, zu dem kleinen Schnaufewagen, und die beiden gaben sich einen Abschiedskuss, der mir reichlich lang erschien. Und dann musste er einsteigen, und wir standen am Wagen und gaben ihm durch das Fenster kluge Ratschläge auf den Weg, und er fletschte uns an, und als der Wagen anfuhr, sprach er freundlich: „Fritzchen, ich habe deine Zahnpaste mitgenommen!", und ich warf vor Aufregung meinen Hut nach ihm, und der trudelte beinahe unter die Räder, und dann winkte er, und dann verschwand das Bähnlein um die Ecke, und dann sahen wir gar nichts mehr.

Und am nächsten Mittag trafen vier Postkarten ein: von jeder größeren Station eine – bis nach Stockholm. Auf der letzten stand Folgendes:

Liebe Toni!

Lass dich auf keinen Fall auf die Polizei bestellen wegen der falschen Eintragung im Hotel – vom 15.! Bleibe eventuell fest und steif dabei, dass Du meine Tochter wärst!

Lieber Freund, ehe ich heute Abend fortfuhr, habe ich Dich noch einmal von der Seite angesehn und muss sagen, dass ich aufrichtig erschrocken war. Ich glaube, Dir fallen die Haare aus. Lieber Freund! Das ist mehr als ein Anzeichen – das ist ein Symptom!

Sucht nicht vergeblich nach dem zweiten Kanarienvogel – ich habe ihn für meine lieben Kinderchen mitgenommen. Wo ist der Esel?

Liebe Marie, sieh doch bitte sofort nach, wo mein Siegelring geblieben ist – er muss unter Deinem Kopfkissen liegen. Ich weiß es bestimmt.

Schade um meinen vertanen Urlaub!

Ich bin immerdar

Euer liebes

Karlchen

Viertes Kapitel

Wennt unse Paster man nich süht,
mit unsen Herrgott will ick woll färdig werden,
sä de Bur – dor makt he sin Heu an Sünndag.

1

„Wie ist denn das alles so plötzlich gekommen?", fragte die Prinzessin, als ich aus der Kerze seitlich umfiel.

Wir turnten. Lydia turnte, ich turnte – und hinten unter den Bäumen kugelte sich Billie umher. Billie war kein Mann, sondern hieß Sibylle und war eine Mädchenfrau. „Junge, ja ...", sagte die Prinzessin und ließ sich hochatmend zu Boden fallen, „wenn wir davon nicht klug und schön werden ..." – „Und dünn", sagte ich und setzte mich neben sie. „Wie findest du sie?", fragte die Prinzessin und deutete mit dem Kopf nach den Bäumen hinüber.

„Gut", sagte ich. „Das ist mal ein nettes Mädchen: lustig; verspielt; ernst, wenn sie will – komm an mein Herz!" – „Wer?" – „Sie." – „Daddy, mit dem Herzen ... diese Dame hat sich eben ierst von ihren Freund gietrennt, abers ganz akrat un edel und in alle Freundlichkeit." – „Wer war das doch gleich?" – „Der Maler. Ein anständiger Junge – aber es ging nicht mehr. Frag sie nicht danach, sie mag nicht davon sprechen. Solche Suppen soll man allein auslöffeln." – „Wie lange kennt ihr euch eigentlich?" – „Na, gut und gern zehn Jahre. Billie ... das ist eben mein Karlchen, weißt du? Ich mag sie. Und zwischen uns hat noch nie ein Mann gestanden – das kann ich mir überhaupt nicht vorstellen. Sieh mal, wie sie läuft! Se löpt, as wenn er de Büx brennt!"

Sibylle kam herüber.

Es war schön, sie laufen zu sehn; sie hatte lange Beine, einen gestrafften Oberkörper, und ihr dunkelblaues Schwimmkostüm leuchtete auf dem rasigen Grün.

„Na, ihr Affen", sagte Billie und ließ sich neben uns nieder. „Wie war's?" – „Gedeihlich", sagte die Prinzessin. „Der Dicke hat geturnt, gleich kommen ihm die Knie zum Halse heraus ... er ist sehr brav. Wie lange springst du jetzt Seilchen?" – „Drei Minuten", sagte ich und war furchtbar stolz. „Wie haben Sie geschlafen, Billie?"

„Ganz gut. Wir dachten doch erst, als uns die Frau das kleine Zimmer ausgeräumt hatte, es wäre zu heiß wegen der Sonne, die da den ganzen Tag drin ist ... Aber so heiß ist das hier gar nicht. Nein, ich habe ganz gut geschlafen." Wir sahen alle aufmerksam vor uns hin und wippten hin und her.

„Hübsch, dass du hergekommen bist", sagte die Prinzessin und kitzelte Billie mit einem langen Halm am Nacken, ganz leise. „Wir hatten vor, hier wie die Einsiedler zu leben – aber dann war erst sein Freund Karlchen da, und jetzt du – aber es ist doch so schön still und friedlich ... nein ... wirklich ..." – „Sie sind sehr gütig, mein Frollein", sagte Billie und lachte. Ich liebte sie wegen dieses Lachens; manchmal war es silbern, aber manchmal kam es aus einer Taubenkehle – dann gurrte sie, wenn sie lachte. „Was haben Sie da für einen hübschen Ring, Billie", sagte ich. „Nichts ... das ist ein kleiner Vormittagsring ..." – „Zeigen Sie mal ... ein Opal? Der bringt ... das wissen Sie doch ... Opale bringen Unglück!" – „Mir nicht, Herr Peter, mir nicht. Soll ich vielleicht einen Diamanten tragen?" – „Natürlich. Und mit dem müssen Sie dann im Schambah Zepareh Ihren Namen in den Spiegel kratzen. Das tun die großen Kokotten alle." – „Danke. Übrigens hat mir Walter erzählt: Da ist er in Paris in einem *cabinet particulier* gewesen, und da hat auch eine etwas an den Spiegel gekratzt. Raten Sie, was da gestanden hat!" – „Na?" – „*Vive l'anarchie!* Ich fand das sehr schön." Wir freuten uns.

„Gymnastizieren wir noch ein bisschen?", fragte ich. „Nein, meine Herrschaften, was ich bün, ick hätt somit gienug", sagte die Prinzessin und reckte sich. „Mein Pensum ist erledigt. Billie, deine Badehose geht auf!" Sie knöpfte ihr das Trikot zu.

Billies Körper war braun, von Natur oder von der Sonne der See, woher sie grade kam. Sie hatte zu dieser getönten Haut rehbraune Augen und merkwürdigerweise blondes Haar – echtes blondes Haar ... es passte eigentlich gar nicht zu ihr. Billies Mama war eine ... eine was? Aus Pernambuco. Nein, so war das nicht. Die Mama war eine Deutsche, sie hatte lange mit ihrem deutschen Mann in Pernambuco gelebt, und da muss einmal irgendetwas gewesen sein ... Billie war, vorsichtig geschätzt, ein Halbblut, ein Viertelblut ... irgend so etwas war es. Eine fremde Süße ging von ihr aus; wenn sie so dasaß, die Beine angezogen, die Hände unter den Knien, dann war sie wie eine schöne Katze. Man konnte sie immerzu ansehen.

„Was war das gestern Abend für ein Schnaps, den wir getrunken haben?", fragte Billie langsam und verwandte kein Auge von dem, was in einer nur ihr erreichbaren Ferne vor sich ging. Die Frage war ganz in Ordnung – aber sie machte ein falsches Gesicht dazu, in leis verträumter Starre, und dann diese Erkundigung nach dem Schnaps ... Wir lachten. Sie wachte auf. „Na ...", machte sie.

„Es war der Schnaps Labommelschnaps", sagte ich sehr ernsthaft. – „Nein, wirklich ... was war das?" – „Es war schwedischer Kornbranntwein. Wenn man so wie wir nur ein Glas trinkt, erfrischt er und ist angenehm." – „Ja, sehr angenehm ..." Wir schwiegen wieder und ließen uns von der Sonne bescheinen. Der Wind atmete über uns her, fächelte die Haut und spülte durch die Poren, in denen das Blut sang. Ich war in der Minderheit, aber es war schön. Meist bildeten die beiden eine Einheit – nicht etwa gegen mich ... aber ein bisschen ohne mich. Bei aller Zuneigung: Wenn ich dann neben ihnen ging, fühlte ich plötzlich jenes ganz alte Kindergefühl, das die kleinen Jungen manchmal haben: Frauen sind fremde, andre Wesen, die du nie verstehen wirst. Was haben sie da alles, wie sind sie unter ihren Röcken ... wie ist das mit ihnen! Meine Jugend fiel in eine Zeit, wo die Takelage der Frau eine sehr komplizierte Sache war – zu denken, was sie da alles zu haken und zu knöpfen hatten, wenn sie sich anzogen! Ein Ehebruch muss damals eine verwickelte Sache gewesen sein. Heute knöpfen die Männer weit mehr als die Damen; wenn die klug sind, können sie sich wie einen Reißverschluss aufmachen. Und manchmal, wenn ich Frauen miteinander sprechen höre, dann denke ich: Sie wissen das „Das" voneinander; sie sind denselben Manipulationen und Schwankungen in ihrem Dasein unterworfen, sie bekommen Kinder auf dieselbe Weise ... Man sagt immer: Frauen hassen einander. Vielleicht, weil sie sich so gut kennen? Sie wissen zu viel, eine von der andern – nämlich das Wesentliche. Und das ist bei vielen gleich. Wir andern haben es da wohl schwieriger.

Da saßen sie in der Sonne und schwatzten, und ich fühlte mich wohl. Es war so etwas wie ein Eunuchenwohlsein dabei; wäre ich stolz gewesen, hätte ich auch sagen können: Pascha – aber das war es gar nicht. Ich fühlte mich nur so geborgen bei ihnen. Nun war Billie vier Tage bei uns, und in diesen vier Tagen hatten wir miteinander keine schiefe Minute gehabt ... es war alles so leicht und fröhlich.

„Wie war er?", hörte ich die Prinzessin fragen. „Er war ein Kavalier am Scheitel und an der Sohle", sagte Sibylle, „dazwischen ..." Ich wusste nicht, von wem sie sprachen – ich hatte es überhört. „Ach wat, Jüppel-Jappel!", sagte die Prinzessin. „Wenn einen nichts taugt, denn solln sofordsten von ihm aff gehn. Was diese Frau is, diese Frau ischa soo dumm, dass sie so lange – na ja. Seht mal! Pst! Ganz stille sitzen – dann kommt er näher ... Und wie er mit dem Schwänzchen wippt!" Ein kleiner Vogel hüpfte heran, legte den Kopf schief und flog dann auf, von etwas erschreckt, das in seinem Gehirn vor sich gegangen war – wir hatten uns nicht geregt. „Was mag das für einer gewesen sein?", fragte Billie. „Das war ein Amselbulle", sagte die Prinzessin. „Ah – dumm – das war doch keine Amsel ...", sagte Billie. „Ich will euch was sagen", sprach ich gelehrt, „bei solchen Antworten kommt es gar nicht darauf an, ob's auch stimmt. Nur stramm antworten! Jakopp hat mal erzählt, wenn sie mit ihrem Korps einen Ausflug gemacht haben, dann war da immer einer, das war der Auskunftshirsch. Der musste es alles wissen. Und wenn er gefragt wurde: Was ist das für ein Gebäude? – dann sagte er a tempo: Das ist die Niedersächsische Kreissparkasse! Er hatte keinen Schimmer, aber alle Welt war beruhigt: Eine Lücke war ausgefüllt. So ist das." Die Mädchen lächelten höflich, ich war auf einmal allein mit meinem Spaß. Nur ein Sekündlein, dann war es vorbei. Sie standen auf.

„Wir wollen noch laufen", sagte Billie. „Einmal rund um die Wiese! Eins, zwei, drei – los!" Wir liefen. Billie führte, sie lief regelmäßig, gut geschult, der Körper funktionierte wie eine kleine exakte Maschine ... es war eine Freude, mit ihr zu laufen. Hinter mir die Prinzessin japste zuweilen. „Ruhig laufen!", sagte ich vor mich hin, „du musst durch die Nase atmen – mit dem ganzen Fuß auftreten – nicht zu sehr federn!" und dann liefen wir weiter. Mit einem langen Atemzug blieb Billie stehn; wir waren beinah einmal um die große Wiese herumgekommen. „Uffla!" – Wir waren ganz warm. „Ins Schloss unter die Brause!" Wir nahmen unsere Bademäntel und gingen langsam über die Wiese; ich trug meine Turnschuhe in der Hand, und das Gras kitzelte meine Füße. Das ist schön, mit den Mädchen zusammen zu sein, ohne Spannung. Ohne Spannung?

2

W as nehmen wir denn dem Kind nun mit?"
„Bonbons", schlug Billie vor. „Nein", sagte ich, „das wird
ihr die Alte verbieten – oder sie muss sie an die ganze Belegschaft
austeilen." – „Wir gehn Knöpfchen kaufen", sagte die Prinzessin.
„Ich werde schon was finden. Kommt – ach was, Hut! Aber Billie!" Wir gingen.

Frau Collin hatte geschrieben. Sie wäre uns sehr dankbar, und
wir möchten zu der Frau Adriani hingehn und mit ihr sprechen,
und dann sollten wir sie anrufen. Die Auslagen würde sie gern ...
„Nicht huddan! Ladi!", rief die Prinzessin. Billie sah sie entgeistert an, und ich musste ihr erklären, dass das „rechts" und
„links" bedeute – so trieb man in manchen plattdeutschen Ecken
die Esel an. Gott weiß, woher diese alten Rufe stammen mochten.

Ja, das Kind, der „kleine Gegenstand ..." Ich dachte mit Kraft
daran, dass es geplagt und geschlagen würde, denn hier stand
nun etwas bevor ... Als Junge hatte ich immer an Portal-Angst
gelitten, an jener rasenden Furcht, in ein fremdes, in ein ganz
fremdes Haus hineinzugehn – geduckt ging ich dann schließlich
und fiel natürlich auf die moralische Nase. Tiere wittern Furcht.
Menschen wittern Furcht. Seitdem ich aber gelernt habe, dass
sie alle sterben müssen, geht es schon besser. Zwanzig Jahre hat
das gedauert. Der Plattdeutsche drückt die Sache kürzer und un-
pathetischer aus: „Wat is he denn? Sin Mors hat man ook bloß
twee Hälften!" Ja, das ist wahr.

Und nun sollte ich da als fremder Mann zu einer bösen, fremden Frau gehn – ich spielte einen Augenblick alle Phasen: Hän-
sel bei der Knusperhexe, dann: ich geniere mich doch aber so ...
und dann war es vorbei. Es ging viel schneller vor sich, als man
es schreiben kann. Vorbei. „Man muss", hat ein kluger Inder ge-

sagt, „den Tiger vor der Jagd in Gedanken töten – der Rest ist dann nur noch eine Formalität." Die Frau Adriani …? Ich dachte an meinen Feldwebel, an das geprügelte, weinende Kind … in Ordnung.

„Sei still!", rief die Prinzessin in ein Fenster hinein, an dem ein Papagei in seinem Käfig krächzte. „Sei still! Sonst wirst du ausgestopft!" Das Tier musste wohl deutsch verstehn – denn nun schwieg es. Billie lachte. „Ihr wolltet doch noch englische Sauce kaufen", sagte sie in einer jener Ideenverbindungen, derer nur Frauen fähig sind. „Tun wir auch – komm, wir gehen in die Fruktaffär, die haben alles." Die Schweden schreiben manche Fremdwörter phonetisch, das macht viel Spaß. Wir kauften also englische Sauce, die Prinzessin beroch misstrauisch die verstöpselte Flasche und machte mit Händen und Füßen dem Verkäufer das Leben schwer; Billie warf ein Glas mit Senfgurken herunter, die solches aber gut überstanden, sie kamen mit dem Schreck davon und schäumten nur noch eine Weile in ihrem Essig …

„Sieh mal, so viel Salz!", sagte ich. Die Prinzessin sah das Fass an: „Als Kind habe ich immer gedacht: wenn in ein Salzmagazin ein Tropfen Wasser fällt, dann verzehrt er das ganze Lager." Darüber musste ich scharf nachdenken und vergaß beinah, hinter den beiden herzugehn, sie standen schon auf der Straße und knabberten Rosinen. „Und dem Kind nehmen wir eine Puppe mit", sagte die Prinzessin. „Komm mal rüber! Ach, bleibt da – ich werde schon … nein, Billie kommt mit!" Einen winzigen Augenblick lang tat mir das leid; ich hätte gern mit Billie allein auf der Straße gestanden. Was hätten wir uns dann erzählt? Nichts, natürlich.

„Habt ihr?" – „Wir haben!", rief Billie. „Zeigt mal", bat ich. „Doch nicht hier auf der Straße!", sagte sie. „Meinst, die Puppe wird sich verkühlen?", sagte die Prinzessin und wickelte an dem Paket herum. Ich guckte hinein. Da lag ein Schwedenmädchen, in der Landestracht von Dalarne, bunt und lustig. Sie wurde

wieder zugedeckt. „Einpacken ist seliger denn nehmen", sagte
die Prinzessin und band die Schnur zu. „Ja, dann wollen wir
mal … Ob sie schießt, die liebe Dame?" – „Lass mich nur …!" –
„Nein, Daddy, ich lass dich gar nicht. Du greifst erst zu, wenn
sie frech wird und alles drunter und drüber geht. Sag du die Ein-
leitung, und dass wir den Brief bekommen haben und alles, und
dann werde ich mal mit ihr." – „Und ich?", fragte Billie. „Du
legst dich derweil in den Wald, Billie; wir können unmöglich zu
der Frau wie ein rächender Heerhaufe geströmt kommen. Dann
ist gleich alles verloren. Es ist schon dumm – hier geht's lang –
schon dumm, dass wir zwei sind. Zwei gegen einen – da knurrt
der ja schon von vornherein …" – „Na, mehr als die kann man
nicht gut knurren. Ist das ein Deubel!" Ich hatte Billies Arm
genommen. „Arbeiten Sie hier eigentlich?", fragte Billie. „Ich
werde meiner Arbeit was blasen!", sagte ich. „Nein – hier legen
wir eine schöpferische Pause ein … Billie, Sie sind ein netter
Mann", sagte ich ganz unvermittelt. „Na, junges Volk", sagte
die Prinzessin und machte ein Gesicht wie eine wohlmeinende
Tante, die eine Verlobung in die Wege leitet, „das ist hübsch,
wenn ihr euch gern habt!" Ich hörte die Untertöne, in diesem
Augenblick fühlte ich, dass es echte Freundinnen waren – hier
war keine Spur von Eifersucht; wir hatten uns übers Kreuz
wirklich gern, alle drei.

Jetzt kam mir der Weg bekannt vor, da war das Gatter, und
da lag das Kinderheim.

Billie war langsam weitergegangen, wir kamen an die Tür.
Keine Klingel. Hier sollte wohl nicht geklingelt werden. Wir
klopften.

Nach langer Zeit näherten sich Schritte, ein Mädchen öffnete.
„*Kan Ni tala tyska?*", fragte ich. „Guten Tag … ja, ja … was
wollen Sie denn?", sagte sie lächelnd. Sie freute sich offenbar,
mit uns deutsch sprechen zu können. „Wir möchten zu der Frau
Adriani", sagte ich. „Ja … ich weiß nicht, ob sie Zeit hat. Frau

Adriani hält grade Appell ab, das heißt also … sie sieht den Kindern die Sachen nach. Ich werde … einen Augenblick mal …"

Wir standen in einer grau gekalkten Halle, die Fenster waren durch Holzleisten in kleine Vierecke abgeteilt; wie Gitter, dachte ich. An der Wand ein paar schwedische Königsbilder. Jemand kam die Treppe herunter. Die Frau.

„Guten Tag", sagten wir. „Guten Tag", sagte sie, ruhig. „Wir kommen im Auftrag der Frau Collin in Zürich und möchten gern einmal mit Ihnen wegen der Kleinen sprechen." – „Haben Sie … einen Brief?", fragte sie lauernd. „Jawohl." – „Bitte."

Sie ging voran und ließ uns in ein großes Zimmer, eine Art Saal, hier aßen wohl die Mädchen. Lange Tische und viele, viele Stühle. In einer Ecke ein kleinerer Tisch, an den setzten wir uns. Wir nannten unsere Namen. Sie sah uns fragend und kalt an.

„Da hat uns die Frau Collin geschrieben, wir möchten nach ihrem Kind sehn – sie könnte diesen Sommer leider nicht nach Schweden kommen, hätte es aber gern, wenn sich von Zeit zu Zeit jemand um das Kind kümmerte." – „Um das Kind kümmere ich mich", sagte Frau Adriani. „Sind Sie mit Frau Collin … bekannt?" – „Nun wäre es vielleicht vorteilhaft, wenn wir die Kleine sprechen könnten; da sind auch Grüße von der Mama zu bestellen und ein Auftrag auszurichten." – „Was für ein Auftrag?" – „Ich werde ihn der Kleinen selber ausrichten – selbstverständlich in Ihrer Gegenwart. Dürfen wir sie sprechen?" – Frau Adriani stand auf, rief etwas auf Schwedisch zur Tür hinaus und kam zurück.

„Ich finde Ihr Verhalten mehr als merkwürdig, das muss ich schon sagen. Neulich konspirieren Sie mit dem Kind, mischen sich in meine Erziehungsmethoden … Was ist das? Wer sind Sie eigentlich?" – „Unsre Namen haben wir Ihnen gesagt. Übrigens …" – „Frau Adriani", sagte die Prinzessin, „niemand will Sie hier kontrollieren oder sich in Ihre Arbeit einmischen. Sie haben sicherlich viel Mühe mit den Kindern – das ist ja klar. Aber

wir möchten doch die Mama in jeder Weise informieren ..." –
„Das besorge ich schon", sagte Frau Adriani. – „Gewiss. Wir
möchten ihr bestellen, dass wir die Kleine wohl und munter angetroffen haben ... und wie es ihr geht, und ... da kommt sie ja."

Das Kind näherte sich schüchtern dem Tisch, an dem wir saßen; es ging unsicher und trippelnd und kam nicht ganz nah
heran. Wir sahen es an; das Kind sah uns an ...

„Na, Ada", sagte die Prinzessin, „wie geht es dir denn?" – Die
Stimme der Adriani: „Sag mal guten Tag!", und das Kind zuckte zusammen und stotterte etwas wie guten Tag. „Wie geht's
dir denn?" – Die Frau Adriani ließ kein Auge von dem Kind.
Das kleine Mädchen sprach wie hinter einer Mauer. „Danke ...
gut ..."

„Ich soll dir auch einen schönen Gruß von deiner Mama bestellen", sagte die Prinzessin. „Sie lässt dich grüßen und dann
fragt sie hier in diesem Brief" – die Prinzessin kramte in ihrem
Täschchen – „ob das Grab von Will auch gut in Ordnung ist.
Das war wohl dein kleiner Bruder?" – Das Kind wollte Ja sagen –
aber es kam nicht dazu. „Das Grab ist in Ordnung", sagte Frau
Adriani, „dafür sorge ich schon. Wir gehn alle paar Wochen
auf den Friedhof, das ist Pflicht, natürlich. Und das Grab wird
dort gut gepflegt, ich überwache das, ich trage die Verantwor-
tung." – „So, so ...", sagte die Prinzessin. „Und hier habe ich
dir auch etwas mitgebracht, eine Puppe! Da! Spielst du denn
auch schön mit den andern Mädchen?" Das Kind sah angstvoll
hoch und nahm die Puppe; seine Augen verdunkelten sich; es
schluckte, schluckte noch einmal, ließ dann plötzlich den Kopf
sinken und fing an zu weinen. Es war so jämmerlich. Das Weinen warf alles um. Frau Adriani sprang auf und nahm das Kind
bei der Hand.

„Du kommst jetzt heraus und gehst nach oben ... das ist
nichts für dich! Den Gruß hast du ja nun gehört, und ..." – „Einen Augenblick", sagte ich. „Ada, wenn du einmal etwas Wich-

tiges an deine Mutti zu bestellen hast: Wir wohnen im Schloss Gripsholm!" – „Hier wird gar nichts Wichtiges bestellt", sagte die Frau Adriani recht laut und ging mit der Kleinen schnell zur Tür. „Was hier – da geh doch schon! – was hier zu bestellen ist, das wird durch mich bestellt – und du merk dir das ..." Sie sprach draußen weiter, wir hörten sie schelten, konnten aber nichts mehr verstehn. „Soll ich ..." – „Keinen Krach", sagte die Prinzessin. „Das hat nur das Kind auszubaden. Wir werden mit Zürich telefonieren und dann weiter sehn!" Wir standen auf.

Frau Adriani kam zurück, sehr rot im Gesicht.

„Nun will ich Ihnen mal was sagen", rief sie. „Wenn Sie sich unterstehn, sich hier noch einmal blicken zu lassen, dann werde ich die Polizei benachrichtigen! Sie haben hier gar nichts zu suchen – verstehn Sie mich! Das ist unerhört! Auf der Stelle verlassen Sie mein Haus! Sie betreten mir nicht mehr meine Schwelle! Und probieren Sie es ja nicht noch einmal, hier herumzuspionieren – ich werde ... Ich muss mir doch einen Hund anschaffen", sagte sie wie zu sich selbst. „Ich werde der Frau Collin schreiben, wen sie sich da ausgesucht hat – wo ist überhaupt der Brief?"

Ich winkte der Prinzessin mit den Augen ab, niemand antwortete, wir gingen langsam auf die Haustür zu. Ich fühlte, wie die Frau eine Winzigkeit unsicher wurde. „Wo ... wo der Brief ist?" – Wir sprachen nicht, wir verabschiedeten uns nicht, das hatte sie ja schon besorgt, wir gingen stumm hinaus. Drohen? Wer droht, ist schwach. Wir hatten noch nicht mit Zürich telefoniert.

Als die Frau sah, dass wir schon an der Haustür standen, verfiel sie in hemmungsloses Gebrüll; man hörte eilige Schritte auf dem Steinfußboden unten im Keller, also liefen dort die Hausmädchen zusammen und horchten. „Ich verbitte ... ich verbitte mir ein für alle Mal Ihre Besuche! Scheren Sie sich raus! Und kommen Sie ja nicht wieder! Wer sind Sie überhaupt ... zwei

verschiedene Namen! – Heiraten Sie lieber!", schrie sie ganz
laut. Und dann waren wir draußen. Die Tür schloss sich mit
einem Knall. Bumm. Da standen wir.

„Hm –", machte ich. „Das war ein großer Sieg."

„Na, Daddy, da ist nichts zu machen. Das ist ja eine Megäre –
was haben wir nun?" – „Jetzt haben wir ein bleiches Nein erhalten, wie wir Schweden sagen. Also werden wir telefonieren." –
„Sowie wir nach Hause kommen. Aber wenn du das der Frau
Collin nicht richtig sagst, was hier los ist … wie der kleine Gegenstand ausgesehen hat! So vermiekert – und verprügelt! Sei
schümpt un schümpt ümmerlos … De is aber steelhaarig! Gotts
Blix, die müsst man ja in Öl kochen –!" Das fand ich zu teuer.

Wir gingen auf das Wäldchen zu, in dem Billie sein musste.
Und schimpften furchtbar auf die Frau Adriani. Und suchten Billie. „Billie! Billie!" Kein nichts und kein gar nichts. „Ob dieses
rothaarige Luder glücklich ist?" – „Daddy, du stellst manchmal
komische Fragen! Ob sie glücklich ist …! Das Kind ist unglücklich! Donnerhagel was machen wir denn da? Wir müssen dem
Kind helfen! Das kann man ja nicht mit ansehn! Und nicht mit
anfühlen! Herrgott von Bentheim! Billie!"

Wir stolperten beinah über sie.

Sie lag hinter einer kleinen moosigen Erhöhung, in einer
Erdfalte; auf dem Bauch lag sie, die langen Beine nach oben gestreckt, sie las und schlug von Zeit zu Zeit ihre Füße zusammen. „Ja? Na, was habt ihr … was war?" Wir erzählten, beide
zu gleicher Zeit, und nun war aus Frau Adriani bereits ein feuer-
speiender Berg geworden, eine ganze Hölle von kleinen und
großen Teufeln, die Vorsteherin einer Affentanz-Schule und ein
Scheusal schlechthin. Nun, die Frau war ja wirklich eine starke
Nummer.

Ich sah auf die beiden, während sie sich besprachen. Wie verschieden sie doch waren! Die Prinzessin Feuer und Flamme; das
Kinderleid hatte sie aufgebracht, ihr Herz sprühte. Billie bedau-

erte das Kind, aber es war, wie wenn ein Fremder in der Untergrundbahn „Verzeihung!", sagte … sie bedauerte es artig und
wohlerzogen und ganz unbeteiligt. Vielleicht, weil sie das alles
nicht so miterlebt hatte. Die Gleichgültigkeit so vieler Menschen
beruht auf ihrem Mangel an Fantasie.

„Wir wollen noch ein wenig spazieras", sagte die Prinzessin. –
„Wohin?" – „Kommt ihr mit …? Ich möchte mir mal das Grab
ansehen. So ein Scheusal …" Das Gewitter gegen die Rothaarige
vergrollte langsam. Wir gingen und machten einen weiten Um-
weg um das Kinderheim. „Gleich, wenn wir nach Hause kommen – aber gleich", sagte die Prinzessin, „melden wir Zürich
an. Wir müssen un müssen dem Kind da rauskriegen! Die Frau
Adriani entbehrt nicht einer gewissen Charmanz!"

Billie pfiff leise vor sich hin. Ich starrte in eine dunkle Baum-
gruppe und las aus den Blättern ab: Ich hatte Billie haben wollen,
ich fühlte, dass ich sie nicht bekommen würde, und jetzt hatte ich
einen sittlichen Grund, sie niedriger zu stellen als Lydia. Billie
hatte kein Herz. Hast du ihr Herz geliebt, du Lügner? Sie hat so
lange Beine … Ja, aber sie hat kein Herz.

Wir gingen langsam durch den Wald, die beiden unterhielten
sich – nun ruddelten sie. „Ruddeln", das ist so ein Wort für: klatschen, über jemand herziehen. Man konnte gar nicht folgen, so
schnell ging es. Hopphopphopp … schade, dass man nicht dabei
sein kann, wenn die andern über uns sprechen – man bekäme
dann einigermaßen die richtige Meinung von sich. Denn niemand glaubt, dass es möglich sei, so unfeierlich, so schnell, so
gleichgültig-nichtachtend Etiketten auf Menschenflaschen zu
kleben, wie es doch überall geschieht. Auf die andern vielleicht –
aber auf uns selbst?

Billie: „… hat er ihr versprochen, und wie es soweit war,
nichts". – „Ihre Dummheit", sagte Lydia. „Bei Empfang: die
Ware – das Geld, wie mein Papa immer sagt. Vertrauen! Vertrauen! Es gibt doch nur eine Sicherheit: Fußangeln. Wie?"

Merkwürdig, woher sie das hatte. So schlechte Erfahrungen hatte sie doch gar nicht hinter sich ...

Billie ging wie eine Tanzende: Es federte alles an ihr. Sie trug eigentümliche Kleiderstoffe – ich wusste nicht, wie das hieß; es war buntes und grob gewebtes Zeug, heute zum Beispiel sah sie aus wie eine Indianerin, die sich aus ihrem Hochzeitszelt einen Rock geschneidert hatte – und so viele Armbänder! Gleich, dachte ich, wird sie die Arme in die Luft werfen, die schöne Wilde, und mit einem Liebesruf in den Wald stürzen, zu den andern ... Schade, dass sie kein Herz hat.

„Seht ihr, da hinten liegt der Friedhof! Doch, wir schaffen das noch bis zum Abendbrot – also!" Wir gingen rascher. Ein leichter Wind hatte sich erhoben, dann wurden die Windstöße stärker, ein hauchzarter Regen fiel. Manchmal trug der Wind etwas wie Meeresatem herüber, von der See, von der Ostsee.

Nun waren wir angelangt, da war eine kleine Holztür, und über die niedrige Steinmauer ragten alte Bäume.

Es war ein alter Friedhof; man sah das an den verwitterten, ein wenig zerfallenen Gräbern auf der einen Seite. Auf der andern standen die Gräber hübsch ordentlich in Reih und Glied ... gut gepflegt. Es war ganz still; wir waren die Einzigen, die die Toten heute Nachmittag besuchten – die wen besuchten? Man besucht ja nur sich selbst, wenn man zu den Toten geht.

„Welche Reihe ...? Warte mal, das hat sie hier im Brief aufgeschrieben. Achtzehnte ... nein, vierzehnte ... eins, zwei ... vier, fünf ..." Wir suchten. „Hier", sagte Billie.

Da war das Grab. So ein kleines Grab.

WILHELM COLLIN
GEBOREN ... GESTORBEN ...

und ein paar windverwehte Blumen. Wir standen. Niemand sprach. Ob das nun der Auftritt von vorhin war oder die Tatsache, dass es so ein winzig kleines Grab war, dieser Gegensatz zwischen der Inschrift WILHELM COLLIN und dem Hügelchen – das war doch in Wahrheit noch gar kein Wilhelm gewesen, sondern ein wehrloses Bündelchen Fleisch, das man hätte beschützen sollen … Eine Träne fing ich nicht mehr, sie rollte. „Heul nicht", sagte die Prinzessin, die zwinkerte, „heul nicht! Die Sache ist viel zu ernst zum Weinen!" Ich schämte mich vor Billie, die uns mitleidsvoll ansah. Ihre Augen blickten warm. Sie sagte leise etwas zur Prinzessin, und als nun beide zu mir herübersahen, fühlte ich, dass es etwas Freundliches gewesen sein musste. Ich vergaß, dass ich Billie begehrt hatte, und flüchtete zu der Prinzessin.

In Gripsholm meldeten wir Zürich an.

3

„Da liegt sozusagen die Sittlichkeit mit der Moral im Streite", sagte die Prinzessin, und wir lachten noch, als wir uns an den großen Tisch in unserm Zimmer setzten. Die Schlossfrau hatte Billie auseinandergesetzt, es wäre gar nicht wahr, dass „alle Schweden immer nackt badeten", wie man so oft sagen hörte. Gewiss, manchmal, in den Klippen, wenn sie unter sich wären … aber im Übrigen wären es Leute wie alle andern auch, wenig wild nach irgendeiner Richtung, es sei denn, dass sie gern Geld ausgäben, wenn einer zusähe.

Draußen fiel der Regen in perlenden Schnüren.

„Das ist aber ein fröhlicher Regen", sagte Billie. Das war er auch. Er rauschte kräftig, oben am Himmel zogen schwarzbraune Wolken rasch dahin, vielleicht waren nur wir es, die so fröhlich waren, trotz alledem. Das war schön, hier in der trockenen Stube zu sitzen und zu sprechen. Was hatte Billie für ein Parfüm? „Billie, was haben Sie für ein Parfüm?" Die Prinzessin

schnupperte. „Sie hat sich etwas zusammengegossen", sagte sie.
Billie wurde eine Spur rot – schien mir das nur so? „Ja, ich habe
gepanscht. Ich mache mir da immer so etwas zurecht …", aber
sie sagte die Namen nicht.

„Billie, hilf mir mal – kannst du das? Guck mal!" Die Prinzessin löste seit gestern an einem schweren Silbenrätsel herum.
„Ich habe hier: Hochland in Asien … doch, das habe ich. Aber
hier: orientalischer Männername … Wendriner? Nein, das kann
ja wohl nicht stimmen – Katzenellenbogen …? Auch nicht …
Fritzchen! Sag du!" – „Wie heißt er denn nun eigentlich?", fragte
Billie entrüstet. „Mal sagst du Peter zu ihm und mal Daddy
und jetzt wieder Fritzchen …!" – „Er heißt Ku-ert …", sagte
die Prinzessin. „Ku-ert … Dascha gah kein Nomen – wenn hei
noch Fänenand oder Ullrich heiten deer, as Bürgermeister si-
nen!" Verachtung auf der ganzen Linie. Aber nun war Billies
Bildungsdrang gereizt; die beiden Köpfe beugten sich über das
Zeitungsblatt. Ich saß faul daneben und sah zu. Und da, so vor
den beiden … Kikeriki – machte es in mir ganz leise, Kikeriki …
Sie tuschelten und kuderten vor Lachen. Ich zog an der neuen
Pfeife, die nun schon ein wenig angeraucht war, und saß mit
einer Miene da, die gutmütige Männerüberlegenheit andeuten
sollte. Eben hatte Billie etwas gesagt, was man bei einigermaßen
ausschweifender Fantasie auch sehr zweideutig nehmen konnte,
die Prinzessin sandte mir blitzschnell einen Blick herüber: Es war
wie Einverständnis zwischen Verschworenen. Nachtverschwo-
rene … Am Tage wurde fast nie von der Nacht gesprochen – aber
die Nacht war im Tag, und der Tag war in der Nacht. „Liebst
du mich noch?" steht in den alten Geschichten. Erst dann – erst
dann!

Sie warfen das Rätsel hin. „Wir wollen es nach dem Abendbrot noch einmal versuchen", sagte Billie. „Schlaft ihr hier eigentlich gut ein? Ich muss mich sonst immer in Schlaf lesen –
aber hier geht es so schnell …" – „Du musst es machen wie die

Baronin Firks", sagte die Prinzessin. „Die Baronin Firks war na-
türlich aus Kurland, und die Kurländer, das sind die Apotheker
Europas –: Sie haben alle einen leichten Klaps. Und wenn die alte
Dame nachts nicht einschlafen konnte, dann setzte sie sich auf
ein Schaukelpferd und schaukelte so lange, bis … Ja? Was ist?"
Es hatte geklopft. Ein Kopf in der Tür. „Das Telefon? Zürich!"
Wir liefen alle drei.

Kleiner Kampf am Apparat. „Lass mich … kannste da nich mal
weggehn … Harre Gott … Lass mich doch mal!" Ich.

„Hallo!" Nichts. Wie immer bei Ferngesprächen: erst nichts.
Man hörte es in der Membrane leise surren. Diese Geräusche
sind je nach den Ländern, in die man telefoniert, verschieden; aus
Frankreich zum Beispiel läuft ein silberhelles Gewässer durch
die Drähte, und man bekommt solche Sehnsucht nach Paris …
Hier surrte es. Sie hatten wohl wegen der politischen Konferenzen neue Kupferdrähte nach der Schweiz … „Mariefred? Bitte
melden Sie sich!" – Und dann deutlich, aber leise eine klagende
Stimme. Frau Collin.

„Hier ist Frau Collin. Sie haben mir geschrieben? Wie geht es
denn Ada?" – „Ich will Sie nicht beunruhigen – aber sie muss
da heraus." – „Ja, warum denn? Um Gottes –" – „Nein, mit der
Gesundheit ist das Kind in Ordnung. Aber ich schreibe Ihnen
heute Abend noch einmal ausführlich – diese Frau Adriani ist
eine unmögliche Erzieherin. Das Kind macht einen so verängs-
tigten Eindruck, es …" Und ich packte aus. Ich schmetterte es
alles aus mir heraus, die ganze Wut und das ganze Mitleid und
die Ranküne wegen der Niederlage heute Nachmittag und meinen Abscheu vor solchen Herrschweibern … alles packte ich aus.
Und die Prinzessin wackelte wild hetzend mit der Faust. Frau
Collin blieb einen Augenblick still. „Hallo?" – „Ja, was machen
wir denn da …?" Die Prinzessin stieß mich und zischelte etwas.
Ich wehrte mit dem Kopf ab: Lass!

„Ich schlage Ihnen vor, dass Sie uns einen Brief schreiben, mit dem wir das Kind abholen können. Schicken Sie uns bitte einen Scheck über das, was Sie dort mutmaßlich schuldig sind ... wenn's mehr ist, will ich das gern auslegen. Und schreiben Sie es nicht der Frau: sonst wird sie das Kind nicht gleich entlassen, sondern sie wird es noch quälen – schreiben Sie also uns. Ihre Schrift kennt die Frau Adriani ja. Also, einverstanden?"

Pause der Unentschlossenheit. Ich gab eine Berliner Referenz. „Ja, wenn Sie meinen ... Ach ... aber wo soll ich denn dann mit dem Kind hin?" – „Ich habe in der Schweiz zu tun – ich bringe Ada zu Ihnen, und wir werden schon anderswo etwas für sie finden; aber da muss sie heraus. Wirklich – das geht nicht. Einverstanden?"

Die Stimme klagte, klang aber ein wenig fester. „Es ist so nett, wie Sie mir helfen. Sie kennen mich doch gar nicht!" – „Ich habe das da gesehen, wissen Sie ... das geht nicht. Also gemacht?" – „Jawohl. Wir wollen das so machen." Und noch einiges verbindliche Hin und Her. Knack. Abgehängt. Aus. Die beiden tanzten einen wilden Tanz, einmal ums ganze Zimmer. Ich behielt den Hörer noch einen Augenblick in der Hand. „Gott sei Dank ...", sagte ich. – „Ob sie es nun auch tut?", fragte die Prinzessin, noch ein wenig atemlos. „Was hat sie gesagt?", fragte Billie. Nun war sie schon etwas mehr bei der Sache – gar nicht mehr so höflich-teilnehmend wie heute Nachmittag. Feldzugskamerad Billie ... Ich berichtete. Und dann tanzten wir alle drei.

„Dascha wunnerbor!", sagte Lydia. „Wann kann ihr Brief hier sein? Heute ist Dienstag. Mittwoch ... Donnerstag ... In drei Tagen, wie?" Wir schrien alle durcheinander und waren so vergnügt. In mir war so etwas wie: Wohltun schmeckt süß, Rache trägt Zinsen, und liebe deinen Nächsten wie der Hammer den Amboss. „Darf ich die jungen Damen auf die Weide treiben?" Wir gingen zum Essen.

„Billie!", sagte ich, „wenn das der alte Geheimrat Goethe sähe! Wasser in den Wein! Wo haben Sie denn diese abscheu-

liche Angewohnheit her!, sagte er zu Grillparzer, als der das tat.
Oder hat er es zu einem andern gesagt? Aber gesagt hat er es." –
„Ich vertrage nichts", sagte Billie, und ihre Stimme klang, wie
wenn ein silberner Ring in einen Becher fällt ... „Verträgt Margot vielleicht mehr?", fragte die Prinzessin. „Margot ...", sagte
Billie und lachte. „Ich habe sie mal gefragt, was sie wohl täte,
wenn sie beschwipst wäre. Sie war es nämlich noch nie. Sie hat
gesagt: Wenn ich betrunken bin, das stelle ich mir so vor – ich
liege unter dem Tisch, habe den Hut schief auf und sage immerzu Miau!" Das wurde mit einem sanften Rotwein begossen; Billie schluckte tapfer, die Prinzessin sah mich an, schmeckte und
sprach: „Ich mache mir ja nichts aus Rotwein. Aber wenn das
der selige Herr Bordeaux wüsste ...", und dann sprachen wir
wieder von Zürich und von dem kleinen Gegenstand, und Billie
wurde munter, wohl weil sie uns Rotwein trinken sah. Die Prinzessin blickte sie wohlgefällig von der Seite an.

Ich gähnte verstohlen. „Na, schickst all een to Bett?", fragte
die Prinzessin. „Ich schreibe noch den Brief an die Frau. Löst ihr
nur euer Rätsel!" Sie lösten. Ich schrieb.

Was die Schreibmaschine heute nur hatte! Manchmal hat sie
ihre Nücken und Tücken, das Luder; dann verheddern sich die
Hebel, nichts klappt, das Farbband bleibt hocken, gleich schlage
ich mit der Faust ... „Hö-he-he!", rief die Prinzessin herüber.
Sie kannte das, und ich schrieb beschämt und ruhiger weiter.
So, das war fertig. Vielleicht ist der Brief zu schwer ... Ha-
ben wir hier keine Briefschaukel? „Ich bringe ihn noch auf die
Post!"

Es regnete. Schön ist das, durch so einen frischen Regen zu
gehn ... Wie heißt der alte Spruch? Es gibt kein schlechtes Wetter, es gibt nur gute Kleider. Nun, es gibt schon schlechtes Wetter;
es gibt missratenes Wetter, es gibt leeres Wetter, und manchmal
ist überhaupt kein Wetter. Der Regen befeuchtete mir die Lippen;
ich schmeckte ihn und atmete tief: Es ist doch hier weiter gar

nichts. Ferien, Schweden, die Prinzessin und Billie – aber dies ist einer jener Augenblicke, an die du dich später einmal erinnern wirst: Ja, damals, damals warst du glücklich. Und ich war es und dankbar dazu.

Zurück.

„Na, habt ihr gelöst?" – Nein, sie lösten noch und waren grade in eine erbitterte Streiterei geraten. „Vater der Kirchengeschichte …", sie mussten da irgendeinen Unsinn gemacht haben, denn für dieses eine Wort hatten sie noch acht Silben übrig, darunter: e-di-son, und obgleich der ja nun viel in seinem Leben getan und seine ganze Zeit umgestaltet hat: Kirchengeschichte hatte er doch wohl nicht … „Löst das nachher!", sagte ich. „Wann nachher?", fragte Billie. „Da schlafen wir." – „Billie schläft überhaupt heute bei mir", sagte die Prinzessin. „Du kannst nebenan in der Kemenate schlafen!" – „Hurra!", riefen die beiden. „Macht es Ihnen etwas?", fragte mich Billie. „Aber …!" Und sie lief davon und holte ihre Sachen, jene Kleinigkeiten, die jede Frau braucht, um glücklich zu sein. „Du gefällst ihr, mein Sohn", sagte die Prinzessin. „Ich kenne sie. Ist sie nicht wirklich nett?" Und die Prinzessin begann umzuräumen und Billies Zimmer nachzusehn, und es gab eine furchtbare Aufregung. „Wohin soll ich die Blumen stellen?" – „Stell sie auf den Toilettentisch!"

Es war kein alter Bordeaux – aber es war ein schwerer Bordeaux. Das Zimmer lag im abgeblendeten Schein der Lampen, es war so warm und heimlich, und wir kuschelten uns.

„Schon?", fragte ich. Die Damen wollten schlafen gehn. „Aber wenn ihr im Bett seid", sagte ich, „dann lasst die Tür noch offen – damit ich höre, was ihr euch da erzählt!" Ich ging und zog mich aus. Dann klopfte ich. „Willst du …!", sagte die Stimme der Prinzessin. „Wird hier ehrsame Damens bei der Toilette stören! Mädchenschänder! Wüstling! Blaubart! Ein albernes Geschlecht –!" Wo aber war mein Eau de Cologne? Mein Eau de

Cologne war da drin – so ging das nicht! Man ist doch ein feiner Mann. Ich klopfte wieder. Geraschel. „Ja?" Ich trat ein.

Sie lagen im Bett, Billie in meinem: Sie hatte einen knallbunten Pyjama an, auf dem hundert Blumen blühten, jetzt sah sie aus, wie die wilde Lieblingsfrau eines Maharadschas … sie lächelte ruhig in ihr Rätselblatt. Sie war beinah schön. „Was willst du?", fragte die Prinzessin. „Mein Eau …" – „Haben wir all ausgebraucht!", sagte sie. „Nu wein man nicht – ich kauf dir morgen neues!" Ich brummte. „Habt ihr denn fertig gelöst?" – „Wenn wir dich brauchen, rufen wir dich … Gute Nacht darfst du auch sagen!" Ich ging an sie heran und sagte artig zu jeder Gute Nacht, mit zwei tiefen Verbeugungen. „Billie, was haben Sie für ein schönes Parfüm!" Sie sagte nichts; ich wusste, was es war. Das Parfüm „arbeitete" auf ihrer Haut – es war nicht das Parfüm allein, es war sie. Und sie hatte für sich das richtige ausgewählt. Die Prinzessin bekam einen Kuss, einen ganz leise bedauernden Kuss. Dann ging ich. Die Tür blieb offen.

„Halbedelstein –", hörte ich Billie sagen. „Halbedelstein … Lass mal: Saphir … nein. Rubin … nein. Opal … auch nicht. Lydia!" – „Topas!", rief ich aus meinem Zimmer. „Ja – Topas! Du bist ein kluges Kind!", sagte die Prinzessin. „Nun – nein, so geht das nicht – lass doch mal –" Jetzt rauften sie, die Betten rauschten, Papier knatterte … „Hiii –!", rief Billie in einem ganz hohen Ton. Etwas zerriss. „Du dumme Person!", sagte die Prinzessin. „Komm – jetzt schreiben wir das noch mal auf dies Papier … da stimmt doch was nicht! Wir haben eben falsch ausgestrichen …" – „Der Doktor Pergament kann Silbenrätsel ohne Bleistift lösen!", rief ich. Sie hörten gar nicht zu. Sie waren wohl sehr eifrig bei der Arbeit. Pause.

Die Prinzessin: „Hauch … Hast du so was gesehn? Was ist Hauch?" – „Atem!", sagten Billie und ich gleichzeitig. Es war wie ein Einverständnis. Wieder raschelten sie. „Das ist ja ganz falsch! Der Inbegriff alles sinnlich Wahrnehmbaren – sinnlich

Wahrnehmbaren …" Jetzt waren sie offenbar am Ende ihres Lateins, denn nun wurde es ganz still – man hörte gar nichts mehr. „Ich weiß nicht …", sagte die Prinzessin. „Das ist bestimmt ein Druckfehler!" – „Druckfehler bei Silbenrätseln gibt es nicht!", rief ich. – „Du halt deinen Schnabel, du alte Unke!" – „Lass doch mal …" – „Gib mal her …" – „Weißt du Rats?" Beide: „Wir wissen nichts." – „Es muss ein Erwachsener kommen", sagte ich. „Da lasst mich mal ran." Und ich stand auf und ging hinein.

Ich nahm einen Stuhl und setzte mich zur Prinzessin. Einen Augenblick lang hatte der Stuhl in meiner Hand geschwankt; er wollte zu Billie, der Stuhl. „Also – gebt mal her!" Ich las, warf das Papier herunter, hob es wieder auf und probierte mit dem Bleistift auf einem neuen Blatt. Die beiden sahen spöttisch zu. „Na?" – „So schnell geht das nicht!" – „Er weiß ja auch nicht!", sagte Billie. „Wir wollen erst mal alle in den Rotwein steigen!", sagte ich. Das geschah.

„Sehr hübsch", sagte die Prinzessin. „Rotweinflecke haben Hausfrauen gern, besonders auf Bettwäsche. Du altes Ferkel!" Das galt mir. „Die gehn doch raus", maulte ich. „Salzflecke werden gereinigt, indem man Rotwein darüber gießt", lehrte die Prinzessin. Und dann lagen sie wieder beide bäuchlings an ihrem Blatt und lösten. Und es ging nicht vorwärts, Billie hatte die Haare aus der Stirn gestrichen und sah wie ein Baby aus. Wie ein Babybild von Billie. Wie rund ihr Gesicht war, wie rund. „Ge … Geweihe –!", schrie Billie. „Geweihe! Für Jagdtrophäen! Siehst du, das haben wir vorhin nicht gewusst! Aber wohin gehört chrys – chrys …" – „Ich auch!" Nun lag ich halb auf dem Bett, bei der Prinzessin, und starrte angestrengt auf die Bleistiftschreiberei. „Chrysopras!", sagte ich plötzlich. „Chrysopras! Gebt mal her!" Die beiden schwiegen bewundernd, und ich genoss meine lexikalische Bildung. Wir horchten. Ein Windstoß fuhr gegen die Scheiben, draußen trommelte der Nachtregen.

„Kalt ist das …", sagte ich. „Komm zu mir!", sagte die Prinzessin. „Du erlaubst doch, Billie?" Billie erlaubte. Ganz still lag ich neben der Prinzessin.

„Gestalt aus Shakespeares *Sturm* ..." Allmählich rann die Wärme Lydias zu mir herüber. Mir lief etwas leise den Rücken hinunter. Billie rauchte und sah an die Decke. Ich legte meine Hand hinüber – sie nahm sie und streichelte mich sanft. Ihr Ring blitzte matt. Noch lagen wir beieinander wie junge Tiere – wohlig im Zusammensein und froh, dass wir beisammen waren: ich in der Mitte, wie geborgen. Billie fing an, in der Kehle zu knurren. „Was knurrst du da?", sagte Lydia. „Ich knurre", sagte Billie, Gestalt aus Shakespeares *Sturm* ... War es das Wort? Das Wort Sturm? Wenn Bienen andre Bienen zornig summen hören, werden sie selbst zornig. War es das Wort Sturm? Oben in den Schulterblättern begann es, ich dehnte mich ein ganz klein wenig, und die Prinzessin sah mich an. „Was hast du?" Niemand sagte etwas. Billie knackte mit meinen Nägeln. Wir hatten das Blatt sinken lassen. Es war ganz still.

„Gib mal Billie einen Kuss!", sagte die Prinzessin halblaut. Mein Zwerchfell hob sich – ist das der Sitz der Seele? Ich richtete mich auf und küsste Billie. Erst ließ sie mich nur gewähren, dann war es, wie wenn sie aus mir tränke. Lange, lange ... Dann küsste ich die Prinzessin. Das war wie Heimkehr aus fremden Ländern.

Sturm!

Als Zephir begann es – wir waren „außer uns", denn jeder war beim andern. Es war ein Spiel, kindliche Neugier, die Freude an einer fremden Brust ... Ich war doppelt, und ich verglich; drei Augenpaare sahen. Sie entfalteten den Fächer: Frau. Und Billie war eine andre Billie. Ich sah es mit Staunen.

Ihre Züge, diese immer ein wenig fremdartigen Züge, lösten sich; die Augen waren feucht, ihre Gespanntheit wich, und sie dehnte sich ... Der Pyjama erblühte bunt. Nichts war verabredet, alles war wie gewohnt – als müsste es so sein. Und da verloren wir uns.

Es war, wie wenn jemand lange mit seinem Bobsleigh am Start gestanden hatte, und nun wurde losgelassen – da sauste der Schlitten zu Tal! Wir gaben uns jenem, der die Menschen niederdrückt und aufhebt, zum tiefsten und höchsten Punkt zugleich ... ich wusste nichts mehr. Lust steigerte sich an Lust, dann wurde der Traum klarer, und ich versank in ihnen, sie in mir – wir flüchteten aus der Einsamkeit der Welt zueinander. Ein Gran Böses war dabei, ein Löffelchen Ironie, nichts Schmachtendes, sehr viel Wille, sehr viel Erfahrung und sehr viel Unschuld. Wir flüsterten; wir sprachen erst übereinander, dann über das, was wir taten, dann nichts mehr. Und keinen Augenblick ließ die Kraft nach, die uns zueinander trieb; keinen Augenblick gab es einen Sprung, es hielt an, eine starke Süße erfüllte uns ganz, nun waren wir bewusst geworden, ganz und gar bewusst. Vieles habe ich von dieser Stunde vergessen – aber eins weiß ich noch heute: Wir liebten uns am meisten mit den Augen.

„Mach das Licht aus!", sagte Lydia. Das Licht erlosch, erst die große Krone im Zimmer, dann das Lämpchen auf dem Nachttisch.

Wir lagen ganz still. Am Fenster war ein schwacher Schein. Billies Herz klopfte, sie atmete stark, die Prinzessin neben mir rührte sich nicht. Aus den Haaren der Frauen stieg ein Duft auf und mischte sich mit etwas Schwachem, was die Blumen sein mochten oder das Parfüm. Sanft löste sich Billies Hand aus der meinen. „Geh", sagte die Prinzessin, fast unhörbar.

Da stand ich nebenan im Zimmer Billies und sah vor mich hin. Kikeriki – machte es ganz leise in mir, aber das war gleich vorbei, und ein starkes Gefühl der Zärtlichkeit wehte zu denen da hinüber. Ich legte mich nieder.

Sprachen sie? Ich konnte es nicht hören. Ich stand wieder auf und kroch unter die Dusche. Eine süße Müdigkeit befiel mich – und ein fast zwanghafter Trieb, hinzugehn und ihnen Rosen auf

die Decke … wo bekommt man denn jetzt nachts Rosen her …
das ist ja – Jemand war an der Tür.

„Du kannst Gute Nacht sagen!", sagte die Prinzessin. Ich ging
hinein.

Billie sah mich lächelnd an; das Lächeln war sauber. Die Prinzessin lag neben ihr, so still. Zu jeder ging ich, und jede küsste
ich leise auf den Mund. „Gute Nacht …" und „Gute Nacht …"
Kräftig rauschten draußen die Bäume. Eine Sekunde stand ich
noch am Bett.

„Wie ist denn das alles so plötzlich gekommen?", sagte die
Prinzessin leise.

Fünftes Kapitel

Das war ein Wurf!, sagte
Hans – da warf er seine Frau
zum Dachfenster hinaus.

1

Einer von den Tagen, wie sie sonst nur im Spätsommer vorkommen: bunt, gesättigt und windstill. Wir lagen am Seeufer.

Ein paar Meter vor uns schaukelte ein Boot, unser Badeboot –
das Wasser gluckste leise gegen das Holz, auf und ab, auf und
ab ... Wenn man die Hand ins Wasser hielt, gab das ein winziges
Kältegefühl, dann zog man sie wieder heraus, und dann trock-
neten die Tropfen in der Luft. Ich rauchte einen Grashalm, die
Prinzessin hielt die Augen geschlossen.

„Heute ist vorgestern", sagte sie. Das war so ihre Art der Zeit-
rechnung; da wir übermorgen fortfahren wollten, so war heute
vorgestern.

„Wo mag sie jetzt sein?", fragte ich. Die Prinzessin sah auf die
Uhr:

„Jetzt ist sie zwischen Malmö und Trälleborg", sagte sie; „in
einer Stunde steigt sie auf die Fähre." Dann schwiegen wir wieder. Billie – dachte ich – Billie ...

Sie war abgefahren: leise, heiter, froh – und es war nichts gewesen, es war nichts gewesen. Ich war glücklich; es hatte keinen Schatten gegeben. Gott sei Dank nein. Ich sah zur Prinzessin
hinüber. Sie musste den Blick gespürt haben; sie öffnete die
Augen.

„Wo bleibt die Frau Collin? Watt seggst to det Ei? Hett de Katt leggt!"

Die Frau Collin hatte nicht geschrieben – und wir wollten doch fort. Wir mussten fort; unser Urlaub war abgelaufen. Noch einmal telefonieren? Schließlich und endlich … „Diese dämliche Person", schimpfte ich vor mich hin. „Man muss doch das Gör da herauskriegen! Himmelhergottdonner …" – „Daddy, du repräsentierst ein Volk!", sagte die Prinzessin würdevoll, als ob uns die schwedischen Bäume hören könnten. „Du sollst des Anstands gedenk sein!" Ich sagte ein zweisilbiges Wort. Woraufhin mich die Prinzessin mit etwas Mälarsee anspritzte. Und da wollte ich sie in den See werfen. Und da lag ich drin.

Ich pustete sie mit Wasser voll wie ein Elefant, sie warf mir Hölzchen an den Kopf … dann legte sich das alles. Ich kroch heran, und wieder saßen wir friedlich zusammen.

„Was machen wir aber wirklich?", fragte ich triefend. „Warten? Wir können nun nicht mehr warten! Du musst am Dienstag zu Hause sein, und auf mich lauern sie auch. Mal muss der Mensch doch wieder arbeiten! Hier vertue ich meine kostbare Zeit mit dir …" Sie hob drohend den Arm. Ich rückte ein Stückchen weg. „Ich meinte nur. Aber wollen wir telefonieren? Ja?"

„Nun wollen wir erst mal zu Ende baden", sagte die Prinzessin. „Wenn wir nachher nach Gripsholm kommen, werde ich dir alles sagen. Holla – hopp!" Und wir schwammen.

„Pass auf –", pustete ich dazwischen, „sie wird es nicht tun, die Frau Collin. Wahrscheinlich hat sie sich das überlegt – ich hatte so den Eindruck, dass sie den kleinen Gegenstand gar nicht bei sich haben will – vielleicht führt sie ein uhrenhaftes Leben …" Die Prinzessin kniff mich ins Bein. „Oder sie traut uns nicht und denkt, wir werden das Kind entführen. Aber der Frau Adriani hat sie getraut. Na, du wirst es sehen! Diese Weiber! Aber das sage ich dir, Alte: wenn sie heute nicht schreibt! Nie wieder in meinem Leben kümmere ich mich um fremde Kinder. Um fremde

nicht! Um deine auch nicht! Um meine auch nicht! Himmel-
kreuzund …" – „Daddy", sagte die Prinzessin. „Solang äs ich dir
kenn, hältst du ümme weise Redens über das, wasse tun wirst,
und mehrstenteils kommt nachher allens ganz anners. Aber dascha so bei die Männers. Bischa mallrig!" – „Ich werde …" – „Ja,
du wirst. Wenn sie dir das Futurum wegnehmen, dann bleibt da
aber nicht viel." – „Person!" – „Selber!" Huburr – der ganze
See fing an zu schaukeln, weil wir eine wilde Seeschlacht veran-
stalteten. Dann schwammen wir ans Ufer.

Auf dem Wege zum Schloss: „Mein Alter hat gar nicht geschrie-
ben … sie werden ihn doch nicht in Abbazia an ein öffentliches
Haus verkauft haben?" – „Na, ob da Bedarf für ist …" – „Daddy,
wo ist eigentlich der Dackel?" – „Dein Kofferdackel?" – „Ja." –
„Der steht doch … der steht unter meinem Bett. Nachts bellt er."
Wir gingen ins Haus.

Die Prinzessin pfiff wie ein Lockvogel. Was gab's?

Der Brief war da – ein dicker Brief. Sie riss ihn auf, und ich
nahm ihn ihr fort, dann flatterten die Bogen auf den Boden, wir
sammelten sie auf und brachen in ein fröhliches Geschrei aus.
Da war alles, alles, was wir brauchten.

„Das ist fein. Na – aber nun! Wie nun?"

„Das Beste is", sagte die Prinzessin, „wir gehn gliks mal eins
hin un holen uns dem Kinde her von diese alte Giftnudel. Auf
was wolln wi nu noch warten?"

„Jetzt essen wir erst mal Mittag, und dann gleich nach Tisch …
Krach ist gut für die Verdauung."

Wir saßen grade bei den Preiselbeeren, diesem mild brennenden Kompott, da hörten wir draußen vor der Tür ein Getöse,
das Ungewöhnliches anzeigte. Wir ließen die Löffel sinken und
horchten. Nun –?

Die Schlossfrau kam herein; sie sah aus wie ein Extrablatt.

„Da ist ein Kind draußen", sagte sie und sah uns ganz leicht
misstrauisch an, „ein kleines Mädchen – sie weiß nicht, was

Sie heißen, aber sie sagt, sie will zu den Mann und der Frau, die ihr eine Puppe gegeben hat, und sie weinten die ganze Zeit und sie bin so rot im Gesicht ... Kennen Sie das Kind?" Wir standen gleich auf. „O ja – das Kind kennen wir schon." Hinaus.

Da stand der kleine Gegenstand.

Sie sah recht zerrupft aus, verweint, die Haare hingen ihr ins Gesicht, vielleicht war sie schnell gelaufen. Das Kind war nicht recht bei sich. Als es Lydia sah, lief es rasch auf sie zu und versteckte sein Gesicht an ihrem Kleid. „Was hast du denn? Was ist denn?" Die Prinzessin beugte sich nieder und verwandelte sich aus dem Sportmädchen von heute Morgen in eine Mama; nein, sie war beides. Die Schlossfrau stand dabei, ein Schwamm der Neugierde – sie saugte es alles auf. Also?

Das rote Weib hatte das Kind geprügelt und geknufft und so laut geschrien; das Kind war fortgelaufen. Es war wohl nicht mehr auszuhalten gewesen. Und nun zitterte das Kind und zitterte und sah nach der Tür. Kam sie –? Frau Adriani würde sie holen. Frau Adriani würde sie holen. Es war nur bruchstückweise aus ihr herauszubekommen, was es gegeben hatte. Schließlich wussten wir alles.

Wir standen herum. „Ich gebe sie nicht mehr heraus", sagte ich. „Nein ... natürlich nicht", sagte die Prinzessin. Die Schlossfrau: „Senden Sie nicht das Kind zurück?" Der kleine Gegenstand begann laut zu weinen: „Ich will nicht zurück. Ich will zu meiner Mutti!" – „Noch einen schwarzen Kaffee", sagte ich zur Prinzessin, „und dann geht's los." Wir nahmen das Kind mit hinein und bauten vor ihm Cakes auf. Es nahm keine Cakes. Wir tranken still; wenn es wild zugeht, soll man immer erst einmal bis hundert zählen oder einen Kaffee trinken.

„So, Lydia – jetzt wisch mal dem Kind das Geheul ab und beruhige es ein bisschen, und ich werde mit dem süßen Schatz telefonieren! Würden Sie mich bitte mit dem Kinderheim verbinden?" Die Schlossfrau stellte viele Fragen, ich beantwortete sie sehr kursorisch, sie sagte etwas Schwedisches in das Telefon, und dann saß ich da und wartete.

Jemand meldete sich, auf Schwedisch. Ich sprach aufs Geratewohl deutsch. „Kann ich Frau Adriani sprechen?" Lange Pause. Dann eine harte, gelbe Stimme. „Hier Frau Direktor Adriani!" Ich meldete mich. Und da brach es drüben los.

„Das Kind ist wohl bei Ihnen? Ja?" – „Ja." – „Sie geben es sofort … Sie schicken mir sofort das Kind! Ich werde es abholen lassen – nein: Sie schicken es mir sofort … Sie bringen mir auf der Stelle das Kind zurück! Ich zeige Sie an! Wegen Kindesentführung! Das haben Sie dem Kind in den Kopf gesetzt! Sie! Was? Wenn das Kind nicht in einer halben Stunde … nicht in einer halben Stunde bei mir … Haben Sie mich verstanden?" In mir schnappte das Regulativ ein, das die Feder zurückhält. Ich hatte mich fest an der Leine. „Wir sind in einer halben Stunde bei Ihnen!" Ein Knack – es wurde abgehängt.

„Lydia", sagte ich. „Was nun? Ich werde mit der Alten schon reden – diesmal ist sie dran. Aber die Sachen von dem Kind … Es hilft nichts: Wir müssen das Kind mitnehmen, sonst bekommen wir nicht alles!" – „Hm." – „Und wenn wir es hier in Gripsholm lassen, dann ist die Alte imstande und nimmt es von hier fort, und das ganze Theater fängt von vorn an. Erklär das mal dem kleinen Gegenstand!" Das dauerte zehn lange Minuten; ich hörte die Kleine nebenan weinen und immer wieder weinen, dann wurde sie ruhiger, und als nun auch die Schlossfrau auf sie einsprach, wurde sie still. „Nehmen Sie mich auch gewiss … nehmen Sie mich auch ganz gewiss wieder mit?", fragte sie immer wieder. Wir redeten ihr gut zu. „Sie weinete, Er tröstete den Trost aus voller Brust –", sagte die Prinzessin leise. Und dann gingen wir.

Wir sprachen, damit das Kind uns nicht verstände, französisch. „Du springst ihr doch hoffentlich gleich mit dem Brief und mit dem Scheck ins Gesicht?" – „Lydia", sagte ich. „Lassen wir sie ein kleines Weilchen toben. Ein Hälmchen … Ich möchte noch mal sehn, wie das ist. Nur ein Weilchen!" Die Prinzessin fiel murrend aus dem Französischen in ihr geliebtes Plattdeutsch. „Ick schall mi von Schap Beeten laten, wenn ick 'n Hund in de Tasch hebb?" Und nun wandten wir uns wieder zu der Kleinen, die unruhiger wurde mit jedem Schritt, der uns dem Kinderheim näher brachte. „Darf ich auch wieder heraus? Aber sie lässt mich ja nicht – sie lässt mich ja nicht!" – „Wir müssen doch deine Sachen holen, und du brauchst keine Angst zu haben …" Als wir das Kinderheim sahen, sagten wir gar nichts mehr. Ich legte der Kleinen leise meinen Arm um die Schultern. „Komm – das geht gut aus!" Sie ließ sich ein bisschen ziehen, aber sie ging still mit. Wir brauchten nicht zu klopfen – die Tür war offen.

Frau Adriani stand unten in der Halle, sie war über eine Truhe gebeugt und wandte uns den Rücken zu. Als sie unsre Schritte hörte, drehte sie sich blitzschnell um. „Ah – da sind Sie ja! Na, das ist Ihr Glück! Sind Sie meinem Mädchen nicht begegnet? Nein? Na, es ist schon jemand unterwegs, falls Sie nicht gekommen wären … Wo bist du hingelaufen, du Teufelsbraten!", schrie sie das Kind an: „Wir sprechen uns nachher! Nachher sprechen wir uns! Los jetzt!" Das Kind verkroch sich hinter die Prinzessin. „Einen Augenblick", sagte ich. „So schnell geht das nicht. Warum ist das Kind von Ihnen fortgelaufen?" – „Das geht Sie gar nichts an!", schrie Frau Adriani. „Gar nichts geht Sie das an! – Komm her, mein Kind!" Sie ging auf das Kind zu, das ängstlich zusammenzuckte. Sie legte der Kleinen die Hand auf den Kopf. „Was sind denn das für Dummheiten! Wozu läufst du denn vor mir fort? Hast du Angst vor mir? Du musst vor mir keine Angst haben! Ich will doch dein Bestes! Da läufst du nun zu fremden Leuten … stehen dir denn diese fremden Menschen näher als ich? Ich habe dir doch erzählt: Die sind nicht mal richtig verheiratet …" Sie sprach so falscheindringlich in das Kind hinein, aber ihre Stimme wusste sich gehört; sie sprach gewissermaßen im Profil. „Läufst hier fort …!" Das Kind schauerte zusammen.

„Kann ich Sie wohl mal sprechen?", sagte ich sanft. – „Was ...
wir haben uns nichts zu sagen!" – „Vielleicht doch." Wir gingen
alle in den Esssaal.

„Also das Kind ist zu Ihnen gelaufen! Das ist ja reizend! Ihr
Glück, dass Sie es auf meine Weisung sofort wiedergebracht haben! Sie wird nicht mehr weglaufen – das kann ich Ihnen versprechen. So ein Geschöpf! Na warte ..." – „Das Kind muss doch
einen Grund gehabt haben, wegzulaufen!", sagte ich. „Nein. Das
hat es gar nicht gehabt. Es hat keinen Grund gehabt." – „Hm.
Und was werden Sie nun mit ihm machen?" – „Ich werde es bestrafen", sagte Frau Adriani satt und hungrig zugleich. Sie reckte
sich in ihrem Stuhl. „Erlauben Sie mir bitte eine Frage: Wie
werden Sie es bestrafen?" – „Ich brauchte Ihnen darauf keine
Antwort zu geben – ich muss das nicht. Aber ich sage es Ihnen,
denn es ist im Sinne von Frau Collin, im Sinne von Frau Collin,
dass das Kind streng gehalten wird. Sie wird also Zimmerarrest
bekommen, die kleinen Hausstrafen, Arbeiten, es darf nicht mit
den andern spazieren gehn – so wird das hier gemacht." – „Und
wenn wir Sie bitten, dem Kind die Strafe zu erlassen ... täten
Sie das?" – „Nein. Dazu könnte ich mich nicht entschließen.
Da könnten Sie bitten ... Das wollten Sie mir sagen?", fügte
sie höhnisch hinzu. „Nun ... behandeln Sie denn alle Kinder
so? Man muss manchmal streng sein, gewiss, aber die Kinder so
zur Verzweiflung treiben ..." – „Wer treibt hier die Kinder zur
Verzweiflung! Erziehen Sie Ihre Kinder, verstehn Sie! Wenn Sie
mit der Dame da welche haben! Dieses hier erziehe ich!" – „Ga
hen und fleut die Hühner und verget den Hahn nich!", murmelte die Prinzessin. „Was sagten Sie?", fragte Frau Adriani. –
„Nichts." – „Ich habe meine Grundsätze. Solange ich die Macht
über das Kind habe ..."

Ich sah ihr fest in die Augen ... einen Augenblick lang noch
ließ ich sie zappeln in ihrer wahnwitzigen und ungeduldigen
Wut. Immer liefen ihre flinken Augen von uns zu dem Kind und

wieder zurück, sie wartete auf das Kind. Ich überlegte, wie viel Menschen auf der Welt in der Gewalt solcher da sein mochten, und wie das nun wäre, wenn wir ihr das Kind wirklich überlassen müssten, und was die andern Kinder hier auszustehen hätten ... „Also – jetzt werde ich das Nötige in die Wege leiten ...‟ Frau Adriani stand auf. Da packte ich zu.

„Das Kind wird nicht bei Ihnen bleiben‟, sagte ich.

„Waaas –?‟, brüllte sie und stemmte die Arme in die Seite.

„Wir nehmen das Kind zu seiner Mutter zurück. Hier ist ein Brief von Frau Collin, hier ist ein Scheck ... wir werden gleich bezahlen ...‟

Über das Gesicht der Frau lief wie eine Welle überkochende Milch ein Schreck; man sah, wie es in ihr dachte; man hörte sie denken, sie glaubte nicht. „Das ist nicht wahr!‟ – „Doch, das ist wahr. Nun kommen Sie nur – setzen Sie sich wieder hin ... ich werde Ihnen das alles hübsch der Reihe nach übergeben.‟ – „Du gehst nach oben!‟, herrschte sie das Kind an. „Das Kind bleibt hier‟, sagte ich. „Das ist der Brief. Die Unterschrift ist beglaubigt.‟ Frau Adriani riss ihn mir aus der Hand.

Dann warf sie ihn der Prinzessin vor die Füße. „Das ist der Dank!‟, schrie sie. „Das ist der Dank! Dafür habe ich mich um diesen verwahrlosten Balg gekümmert! Dafür habe ich für sie gesorgt! Aber das ... das haben Sie der Frau Collin eingeredet! Sie haben sie aufgehetzt! Sie haben mich verleumdet! Das werde ich ... Raus! Sie ...!‟ – „Wir nehmen also das Kind gleich mit. Sie werden augenblicklich die Sachen packen lassen und mir die Rechnung übergeben. Dafür bekommen Sie gegen Quittung diesen Scheck. Er ist auf Stockholm ausgestellt.‟ Geld! Geld war im Spiel! Die Frau blendete über und wechselte sofort die Tonlage. Sie sprach viel ruhiger, kälter – sehr fest.

„Die Rechnung kann ich Ihnen im Augenblick nicht machen. Das Kind hat mir vieles zerbrochen, da sind Schadenersatzansprüche. Selbstverständlich muss bis zum Quartalsende gezahlt werden – das ist so ausgemacht. Selbstverständlich. Und dann muss ich erst zusammenstellen lassen, was hier alles im Haus durch die Schuld dieses Mädchens entzweigegangen ist. Das dauert mindestens eine Woche." – „Sie schreiben mir jetzt eine Quittung über den Scheck aus; er deckt die Kosten bis zum Vierteljahrsschluss, dann bleiben noch zweiundfünfzig Kronen übrig ... über den Rest werden Sie sich mit Frau Collin einigen. Das Kind kommt mit uns mit." Das Kind hatte aufgehört zu weinen, es sah fortwährend von einem zum andern und ließ die Prinzessin keinen Augenblick los, keinen Augenblick.

Frau Adriani sah auf den Scheck, den ich in der Hand hielt. „Mit Geld allein ist die Sache nicht abgetan!", sagte sie. „Immerhin ... Warten Sie." Sie ging. Die Prinzessin nickte befriedigt. Die Frau kam wieder.

„Sie hat einen Schrank ruiniert ... sie hat ein Fenster kaputtgemacht; das Fenster war von innen abgeriegelt, sie muss da etwas hinausgeworfen haben ... das macht ... ich habe auch noch eine Wäscherechnung ..." – „Nun ist es genug", sagte ich. „Sie bekommen nun gar nichts, und dann nehmen wir das Kind mit, auch ohne seine Sachen oder aber Sie schreiben mir eine Quittung über den Scheck aus, und dann liefern Sie uns alle Sachen aus, die dem Kind gehören" – Frau Adriani machte eine Bewegung –, „alle Sachen, und dann bekommen Sie ihr Geld. Nun?"

Sie ringelte sich; man fühlte, wie es in ihr gärte und wallte ... aber da war der Scheck! Da war der Scheck! Psychologie ist manchmal sehr einfach. Nein, so einfach war sie doch nicht. Wie viel Stimmlagen hatte diese Frau! Nun legte sie die letzte Platte auf.

Sie begann zu weinen. Die Prinzessin starrte sie an, als hätte sie ein exotisches Fabeltier vor sich.

Frau Adriani weinte. Es klang, wie wenn jemand auf einer kleinen Kindertrompete blies, es war mehr eine Art Quäken, was da herauskam, ganz leise, bei völlig trockenen Augen – so machen die kleinen Gummischweinchen, wenn sie die Luft von sich geben und verrunzelnd zusammenfallen. Großaufnahme: „Ich bin eine Frau, die sich ihr Leben erarbeitet hat", sang die Kindertrompete. „Ich habe viele Reisen gemacht und mir Bildung erworben. Ich habe einen kranken Mann; ich habe niemanden, der mir hilft. Ich stehe diesem Hause seit acht Jahren vor – ich bin den Kindern wie eine Mutter, wie eine Mutter ... das Kind ist mir ans Herz gewachsen ... ich habe für dieses Kind ... Scheißbande!", brüllte sie plötzlich.

Es war wie eine Erlösung. Die Vorstellung des Stücks „Das gerührte Mutterherz" war so dumm gewesen, es waren die gangbaren Mittel einer Provinz-Hysterika ... dass wir wie von einem Albdruck befreit waren, als sie mit dem Kraftwort abschloss und in die Realität zurückkehrte, in ihre Wirklichkeit. „So", sagte ich. „Nun gehn wir und packen ein!" Ihr letzter Widerstand flackerte auf. „Ich packe nicht. Gehn Sie selber nach oben und suchen Sie sich ihre Lumpen zusammen. Liegt wahrscheinlich alles durcheinander. Ich suche nicht." Sie knallte auf einen Stuhl. Und sprang gleich wieder auf. „Natürlich lasse ich Sie nicht allein hinaufgehn! Senta! Anna!" Es erschienen zwei Mädchen. Sie sagte zu ihnen etwas auf Schwedisch, das wir nicht verstanden. Wir gingen hinauf.

Aus allen Türen sahen Mädchenköpfe, verängstigte, neugierige, aufgeregte Gesichter. Keines sprach; ein Mädchen knickste verlegen, dann andre. Wir standen oben im Schlafzimmer Adas; die vier kleinen Mädchen, die darin waren, drückten sich scheu in einer Ecke zusammen. Wir öffneten den Schrank, und die Prinzessin fragte nach einem Koffer. Ja, das Kind hatte einen mitgebracht, aber der stände auf dem Boden. „Wollen Sie ihn bitte ..." Ein Mädchen ging. Die Prinzessin räumte den Schrank aus. „Das? Das auch?" Mit einem Schwung öffnete sich die Tür, Frau Adriani preschte ins Zimmer. „Ich will genau sehn, was sie mitnimmt! Am Ende eignen Sie sich noch fremde Sachen an!"

Eine schlechte Verliererin war sie – wer bleibt anständig, wenn
er seine Partie verloren hat? „Sie können alles genau sehn, und
im Übrigen – Holla!" Sie war auf das Kind zugegangen, das sich
duckte. Ich trat mit einem raschen Satz dazwischen. Wir sahen
uns einen Augenblick an, die Frau Adriani und ich; in diesem
Blick war so viel körperliche Intimität, dass mir graute. Dieser
Kampf war der Gegenpol der Liebe – wie jeder Kampf. Und in
diesem Blick der Augen öffnete sich mir eine tiefe Schlucht:
Diese Frau war niemals befriedigt worden, niemals. Durch mein
Gehirn flitzte jenes zynische Rezept:

Rp.
Penis normalis
dosim
Repetatur!

Aber das allein konnte es nicht sein. Hier tobte der Urdrang
der Menschheit: der nach Macht, Macht, Macht. Und nichts
trifft solch ein Wesen mehr als ein unerwarteter Aufstand. Dann
stürzt eine Welt ein. Spartakus … So viele Kinder litten hier. Ich
hätte geschlagen. Sie wich zurück.

Das Mädchen kam mit dem Koffer; wir packten, schweigend.
Einmal riss die Frau ein Hemdchen an sich und warf es wieder
hin. Das Kind hielt die Hand der Prinzessin. Die Mädchen in ihrer Ecke atmeten kaum. Frau Adriani sah zu ihnen hinüber und
ruckte mit dem Kopf, da gingen sie schlurfend zur Tür hinaus.
Der Koffer wurde geschlossen. Wir trugen ihn hinunter. Ein
Mädchen wollte uns helfen – Frau Adriani verbot es mit einer
Handbewegung. Der Koffer war nicht schwer. Das Kind ging eilig mit; es weinte nicht mehr. Ich hörte es einmal tief aufatmen.

„Die Quittung?" Frau Adriani ging auf ihren Tisch zu, schrieb
etwas auf ein Blatt und reichte es mir, wie mit der Feuerzange.
Um ein Haar hätte sie mir leidgetan, aber ich wusste, wie gefähr-

lich dieses Mitleid war und wie verschwendet. Es hätte ihr nicht einmal gutgetan, denn von diesem Seelenhonorar kauft sie sich neue Kulissen, und alles fängt wieder von vorn an. Ich gab ihr den Scheck. Ich sah auf ihr Gesicht. Der Vorhang war heruntergelassen – jetzt wurde nicht mehr gespielt. Das Stück war aus.

Langsam gingen wir aus dem Hause, in dem das Kind so viel gelitten hatte.

Keiner von uns sah mehr zurück. Die Haustür wurde geschlossen.

2

Der letzte Urlaubstag ...
Ich bin schon für die Reise angezogen, zwischen mir und dem Mälarsee ist eine leise Fremdheit, wir sagen wieder Sie zueinander.

Die langen Stunden, in denen nichts geschah; nur der Wind fächelte über meinen Körper – die Sonne beschien mich ... Die langen Stunden, in denen der verschleierte Blick ins Wasser sah, die Blätter zischelten, und der See plitschte ans Ufer; leere Stunden, in denen sich Energie, Verstand, Kraft und Gesundheit aus dem Reservoir des Nichts, aus jenem geheimnisvollen Lager ergänzten, das eines Tages leer sein wird. „Ja", wird dann der Lagermeister sagen, „nun haben wir gar nichts mehr ..." Und dann werde ich mich wohl hinlegen müssen.

Da steht Gripsholm. Warum bleiben wir eigentlich nicht immer hier? Man könnte sich zum Beispiel für lange Zeit hier einmieten, einen Vertrag mit der Schlossdame machen, das wäre bestimmt gar nicht so teuer, und dann für immer: blaue Luft, graue Luft, Sonne, Meeresatem, Fische und Grog – ewiger, ewiger Urlaub.

Nein, damit ist es nichts. Wenn man umzieht, ziehen die Sorgen nach. Ist man vier Wochen da, lacht man über alles – auch über die kleinen Unannehmlichkeiten. Sie gehen dich so schön nichts an. Ist man aber für immer da, dann muss man teilnehmen. „Schön habt ihr es hier", sagte einst Karl der Fünfte zu einem Prior, dessen Kloster er besuchte. *„Transeuntibus!"*, erwiderte der Prior. „Schön? Ja, für die Vorübergehenden."

Letzter Tag. So erfrischend ist das Bad in allen den Wochen nicht gewesen. So lau hat der Wind nie geweht. So hell hat die Sonne nie geschienen. Nicht wie an diesem letzten Tag. Letzter Tag des Urlaubs – letzter Tag in der Sommerfrische! Letzter Schluck vom roten Wein, letzter Tag der Liebe! Noch einen Tag, noch einen Schluck, noch eine Stunde! Noch eine halbe …! Wenn es am besten schmeckt, soll man aufhören.

„Heute ist heute", sagte die Prinzessin – denn nun stand alles zur Abfahrt bereit: Koffer, Handtaschen, der Dackel, der kleine Gegenstand und wir. „Du siehst aus!", sagte Lydia, während wir gingen, um uns von der Schlossfrau zu verabschieden, „du hast dir je woll mitn Reibeisen rasiert? Keinen Momang kann man den Jung allein lassen!" Ich rieb verschämt mein Kinn, zog den Spiegel und steckte ihn schnell wieder weg.

Großes Palaver mit der Schlossfrau. *„Tack … danke …"* und: „Herzlichen Dank! … *Tack so mycket …"* und „Alles Gute!" – es war ein bewegtes und freundliches Hin und Her. Und dann nahmen wir Ada an die Hand, jeder griff nach einer Tasche, da stand der kleine Motorwagen … Ab.

„Urlaub *jok*", sagte ich. Jok ist türkisch und heißt: weg. „Du merkst auch alles", sagte die Prinzessin und kämmte das Kind. „Lydia, ich hätte nie geglaubt, dass du so eine nette Kindermama abgeben kannst! Sieh mal an – was alles in dir steckt!" – „Ich bin Sie nämlich eine Zwiebel!", sagte die Prinzessin und enthüllte damit, vielleicht ohne es zu wissen, das Wesen aller ihrer Geschlechtsgenossinnen.

Und dann fing das Kind langsam, ganz langsam und stockend, an zu erzählen – wir drängten es nicht, erst wollte es überhaupt nicht sprechen, dann aber sprach es sich frei, man merkte, es wollte erzählen, es wollte alles sagen, und es sagte alles:

Den Krach mit Lisa Wedigen und das Blatt vom Kalender; die dauernden Strafen und die Glockenblumen unter dem Kopfkissen und sein Spitzname „Das Kind"; der kleine Will und Mutti und was der Teufelsbraten sich alles ausgedacht hatte, um die Mädchen zu tyrannisieren, und Hanne und Gertie und das Essen im Schrank und alles.

Es ging ein bisschen durcheinander, aber man verstand doch, worauf es ankam. Und ich nannte den kleinen Gegenstand nunmehr Ada Durcheinander, und die Prinzessin bemutterte und bevaterte das Kind zu gleicher Zeit, und ich schlug vor, sie solle dem Kind die Brust geben, und dann brach ein wilder Streit darüber aus, welche: die linke oder die rechte. Und so kamen wir nach Stockholm.

Und fuhren zurück nach Deutschland.

Berlin streckte die Riesenarme und langte über die See ... „Wir müssen der Frau Kremser telegrafieren", sagte die Prinzessin, „sicher ist sicher. Junge, haben wir uns gut erholt! Was möchtest du denn?" Das Kind hatte ein paarmal vor sich hingedruckst, hatte angesetzt und wieder abgesetzt. „Na?" – Nein, aufs Töpfchen musste sie nicht. Sie wollte etwas fragen. Und tat es.

„Sind Sie Landstreicher?" Wir sahen uns entgeistert an. „Die Frau Adriani hat gesagt ..." Es stellte sich heraus, dass die Frau Adriani uns dem Kind als passionierte, ja als professionelle Landstreicher hingestellt hatte – „diese Landstreicher da draußen, die nicht mal verheiratet sind!" –, und das Kind, das jetzt völlig aufgetaut war, wollte nun alles wissen: Ob wir Landstreicher wären, und was wir denn da anstrichen ... und ob wir schon mal verheiratet gewesen wären und warum nun nicht mehr, und dann musste es aufs Töpfchen, und dann brachten wir es zu Bett. Ich ertappte mich dabei, ein wenig eifersüchtig auf das Kind gewesen zu sein. Wer war hier Kind? Ich war hier Kind. Nun aber schlief es, und Lydia gehörte mir wieder allein.

„Bist du verheiratet?", fragte die Prinzessin. „Na, das hat noch gefehlt!" – „Alte", sagte ich. „Nein, wir Landstreicher, wir sind ja nicht verheiratet. Und wenn wir es wären ... Fünf Wochen, das ginge gut, wie? Ohne ein Wölkchen. Kein Krach, keine Proppleme, keine Geschichten. Fünf Wochen sind nicht fünf Jahre. Wo sind unsre Kümmernisse?" – „Wir haben sie in der Gepäckaufbewahrungsstelle abgegeben ... das kann man machen", sagte die Prinzessin. „Für fünf Wochen", sagte ich. „Für fünf Wochen geht manches gut, da geht alles gut." Ja ... vertraut, aber nicht gelangweilt; neu und doch nicht zu neu – frisch und doch nicht ungewohnt: scheinbar unverändert lief das Leben dahin ... Die Hitze der ersten Tage war vorbei, und die Lauheit der langen Jahre war noch nicht da. Haben wir Angst vor dem Gefühl? Manchmal, vor seiner Form. Kurzes Glück kann jeder. Und kurzes Glück: Es ist wohl kein andres denkbar, hienieden.

Wir rollten in Trälleborg ein. Es war spät abends; die weißen Bogenlampen schaukelten im Winde, und wir sahen zu, wie der Wagen auf die Fähre geschoben wurde. Das Kind schlief schon.

Ein großer Passagierdampfer rauschte durch das Wasser in den Hafen. Alle Lichter funkelten: vorn die Schiffslaternen, oben an den Masten kleine Pünktchen, alle Kammern, alle Kajüten waren hell erleuchtet. Er fuhr dahin. Musik wehte herüber.

Whatever you do –
my heart will still belong to you –

Eine Welle Sehnsucht schlug in unsre Herzen. Fremdes erleuchtetes Glück – da fuhr es hin. Und wir wussten: säßen wir auf jenem Dampfer und sähen den erleuchteten Zug auf der

Fähre, wir dächten wiederum –: da fährt es hin, das Glück. Bunt und glitzernd fuhr das große Schiff an uns vorüber, mit den Lichtpünktchen an seinen Masten. Die schwitzenden Stewards sahen wir nicht, nicht die Reeder in ihren Büros, nicht den zänkischen Kapitän und den magenkranken Zahlmeister … natürlich wussten wir, dass es so etwas gibt – aber wir wollten es jetzt, in diesem einen Augenblick, nicht wissen.

Whatever you do –
my heart will still belong to you –

Unsre Herzen fuhren ein Stückchen mit.

Dann stand unser Wagen auf der Fähre. Das Schiff erzitterte leise. Die Lichter an der Küste wurden immer kleiner und kleiner, dann versanken sie in der blauen Nachtluft.

Wir standen an Deck. Die Prinzessin sog den salzigen Atem des Meeres ein. „Daddy – ich bedanke mich auch schön für diesen Sommer!" – „Nein, Alte – ich bedanke mich bei dir!" Sie sah über die dunkle See. „Das Meer …", sagte sie leise, „das Meer …" Hinter uns lag Schweden, Schweden und ein Sommer.

Später saßen wir im Speisesaal in einer Ecke und aßen und tranken. „Auf den Urlaub, Alte!" – „Auf was noch?"

„Auf Karlchen!" – „Hoch!"

„Auf Billie!" – „Hoch!"

„Auf die Adriani!" – „Nieder!"

„Auf deinen Generalkonsul!" – „Mittelhoch!"

„Das sind alles keine Trinksprüche, Daddy. Weißt du keinen andern? Du weißt einen andern. Na?"

Ich wusste, was sie meinte.

„Martje Flor", sagte ich. „Martje Flor!"

Das war jene friesische Bauerntochter gewesen, die im Dreißigjährigen Kriege von den Landsknechten an den Tisch gezerrt wurde; sie hatten alles ausgeräubert, den Weinkeller und die

Räucherkammer, die Obstbretter und den Wäscheschrank, und der Bauer stand daneben und rang die Hände. Roh hatten sie das Mädchen herbeigeholt – he! da stand sie, trotzig und gar nicht verängstigt. Sie sollte einen Trinkspruch ausbringen! Und warfen dem Bauern eine Flasche an den Kopf und drückten ihr ein volles Glas in die Hand.

Da hob Martje Flor Stimme und Glas, und es wurde ganz still in dem kleinen Zimmer, als sie ihre Worte sagte, und alle Niederdeutschen kennen sie.

„Up dat et uns wohl goh up unsre ohlen Dage –!", sagte sie.

Rheinsberg

Ein Bilderbuch für Verliebte

Vorrede zum fünfzigsten Tausend

Ach, es war doch eine schöne Zeit, als der Himmel noch so übertrieben blau und die Erde so sehr grün war und jeglicher Farbentopf übervoll! – Beim Anubis, Gevattern, wir wollen uns bestreben, auf dem Wege zu einem würdigen, ehrenfesten und verständigen Alter weiterzukommen; aber der Undankbarkeit gegen die guten, närrischen, lustigen und weinerlichen Tage der Jugend wollen wir uns doch auch nicht bezichtigen lassen. Im Gegenteil, es soll uns dereinst in unserm Sorgenstuhl eine Ehre und ein Vergnügen sein, dass auch wir einmal mitten im Grünen auf dem Kopfe standen und uns nicht schämeten! –

Schluss der Vorrede Wilhelm Raabes zu „Ein Frühling"

„UND HAT ES denn keine Fortsetzung –?"
– „Nein – solche Dinge haben keine Fortsetzung. Oder glaubten Sie, wir wollten nun Reihenbändchen herausgeben: ‚Rheinsberg – III./IV. Teil' oder ‚Die Claire als Großmama'? Lieber nicht, wie? Aber erinnern – eine Erinnerung muss wohl erlaubt sein."

Es war doch das, dass damals trotz Dienstpflicht, Katasterkontrolle und Einwohnermeldepflicht immer noch genügend grüne Plätzchen übrig blieben, auf denen du dich – ungestört vom Staat – tummeln konntest. Die Eisenbahnen fuhren im Lande umher, auch Müßiggänger benutzten sie – und kaum einer sah sie scheel an. Keine bestimmte Ration Haferkleie, tierische Fette, Fleisch, Wohnungskubikmeter und Öfen standen dir zu – nicht einmal die Lebensfreude war rationiert, und du durftest für preußische Verhältnisse schon eine ganze Menge. Vielleicht war es das –?

Oder war es die Unbeschwertheit des Alltags, das kleine billige Glück und die Möglichkeit, überall mit wenig Geld durchzukommen? So eingeengt es auch alles war, so klein im Ausmaß – an russisches Essen, an französische Flusslandschaften, an englische Rasenfelder durfte man gar nicht denken –: Es hatte doch eine gewisse sorglose Atmosphäre.

Erlebnis und Schreiben waren ja – wie immer – zweierlei, und was in den drei Tagen leicht und grün vorübergeglitten war, wurde an der See in ebenso viel Wochen würgend langsam in kleine Notizbücher geschrieben. Es wollte gar nicht vom Fleck – es wäre viel lustiger gewesen, zur Claire ins Nebenzimmer zu gehen, ihr ein paar alte Socken um den Hals zu binden und ein bisschen „Arzt und krankes Kind" zu spielen, anstatt an dem Salat da herumzuschreiben ... Aber es wurde doch durchgebissen, und in einem September kam ich mit den Bücherchen müde zu Hause an. Ich weiß noch, wie ich den Kram zuerst dem Szafranski vorlas – er sprang alle Nase lang auf, feixte fürchterlich und erklärte schließlich, das Ganze sei ja ganz nett, aber er müsse es leider völlig umarbeiten ... (Aber dass einer nicht zeichnen kann, ist doch kein Grund, sich das Schreiben zuzutrauen.) Und dann tranken wir viele Schnäpse und einigten uns auf die Hälfte.

War es die Zeit, dass es in jeder Beziehung so klappte? Heute sind die Worte schwer geworden, und wenn einer „Blut" oder „Tod" sagt, dann ist das alles nahegerückt und verdammt real. Und wir sind doch abgestumpft dagegen und hören kaum noch hin, wenn eine neue große Umwälzung herankommt. Von uns aus –! Eine fette Überschrift in der Zeitung mehr.

Da hat es denn die Erotik nicht leicht. Sie muss sich verkrampfen, wenn sie von diesen Menschen etwas will, oder verkitschen oder verkriechen. Man unterschätzt sie, wenn man sie so überschätzt ...

Und damals ...? Vielleicht war es nur einfach das, dass wir jung waren ...

So soll denn das fünfzigste Tausend des kleinen Abenteuers hinausgehen und den Leuten ein bisschen Spaß machen.

Ich habe den Wortlaut des ersten Manuskripts wiederherge-
stellt.

Die Privatsprache, die da in dem Buch geredet wird, hat sich
allerdings längst gewandelt. Das sind ihre Uranfänge, und den
fertig ausgebildeten Dialekt würdet ihr gar nicht verstehen. „Nuh
deh alleliebsse Pumbusch es bikenke, weil sölm bifundsteint" – Ja,
da staunst du! Ich staune auch, wie sich erwachsene Menschen
mit solchem Klimbim die Zeit vertreiben können. Ich bitte Sie,
der Ernst des Lehms …!

Was der Satz da oben heißt –? Das ist beinahe so problema-
tisch wie der Inhalt jenes Pakets im Hotel, der mich schon so
viele Briefe gekostet hat. Was war in dem Paket –?

Möchte ein gerecht und ernsthaft wägender Philologe des einundzwanzigsten Jahrhunderts diese Kernfrage der unsterblichen
Claire zum Thema einer Doktorarbeit machen. Ich weiß es nicht.

Aber was in dem Buch da ist: das weiß ich schon.

Eine bessere Zeit, und meine ganze Jugend.

Berlin, den 25. Dezember 1920

Vorrede aus der Weltbühne

Im *Börsenblatt für den Deutschen Buchhandel* finde ich eine Anzeige: „Rheinsberg, ein Bilderbuch für Verliebte" erscheine zu seinem fünfzigsten Tausend in einer feierlichen und vom Verfasser abgezogenen Luxusausgabe. Die Vorrede, steht da, schrieb Kurt Tucholsky. Aber das ist nicht das Richtige. Wo werde ich in einen signierten Büttenband etwas Gescheites hineinschreiben! Die richtige Vorrede soll hier stehen.

Rheinsberg … *Et hoc meminisse iuvabit* … Die Sache war damals so, dass ich das Buch, nach dem später generationsweise vom Blatt geliebt wurde, an der See schrieb, auf die Postille gebückt, zur Seite die wärmende Claire, und es, nach Berlin zurückgekehrt, Herrn Kunstmaler Szafranski vorlas. Das war eine Freude –! Der Dicke sagte, einen solchen Bockmist hätte er wohl alle seine Lebtage noch nicht vernommen, aber wenn ich es ein bisschen umarbeitete, und wenn er es illustrierte, dann würde es schon gehen. Ich arbeitete um, ließ die hübschen Stellen weg, walzte die mäßigen etwas aus, und inzwischen illustrierte jener, denn was ein richtiger Plagiatmaler ist, der ist fleißig. Während er abzeichnete, ging ich zu Herrn Verlegermeister Axel Juncker.

Verleger sind keine Menschen. Sie tun nur so. Dieser warf mich mit Buch hinaus.

Nun ist das weiter keine Schande. R. Tagore ist, wie Hans Reimann berichtet, auch erst bei Kurt Wolff abgewiesen worden, und nur der plötzlich bekomme Nobelpreis rettete ihn davor, bei Ullstein verlegt zu werden. Ich erhielt den Nobelpreis nicht – Rosegger stand damals in der engeren Wahl –; aber nachdem mir Verlegermeister Juncker noch rasch mitgeteilt hatte, dass Liebespaare niemals so miteinander redeten, nahm er es doch. Das war ihm ganz recht.

Inzwischen war Szafranski nicht müßig gewesen. Unter Zugrundelegung der Lipperheidischen Kostümbibliothek, seines reich ausgestatteten fotografischen Archivs und einiger anderer Vorlagen entspross seinen dicken Händen langsam ein Werk, das man ruhig unter die besten Arbeiten Paul Scheurichs einreihen darf. Aber er wurde und wurde nicht fertig. Wir telefonierten damals recht lange und recht unfreundlich miteinander – schließlich bestellte er mich in die selige Queen-Bar und zeigte mir, was er angerichtet hatte. Ich trank vier Whiskys hintereinander. Dann sagte ich schüchtern, es sei sehr schön. Szafranski, leichtgläubig wie er nun einmal ist, glaubte das. Das Werk ging unter die Presse.

Es wurde ein Bombengeschäft. Über meine Verdienste will ich gar nicht erst reden; Szafranski kaufte sich jedenfalls von den seinen etwas, das er in befreundeten Kreisen als Häuschen ausgibt, und gehört heute zu den geachtetsten Mitbürgern Zehlendorfs. Der Verleger tat das, was Verleger immer tun: Er setzte zu.

Nun hatten wir damals auf dem Kurfürstendamm die „Bücherbar" aufgemacht, einen richtigen Studikerunfug, über den sich die Leute halb krankärgerten, weil wir ein polyglottes Schild am Laden hatten, darauf in allen lebenden und toten Sprachen – auch auf gemauschelt – zu lesen war, dass es darinnen billige Bücher zu kaufen gäbe. (Wir haben noch unser Goldenes Buch, in das sich die illüstren Gäste eintragen mussten: Carl Meinhard war da und Hardekopf und Ludmilla Hell und Schriftsteller, die überhaupt nicht schreiben konnten und sich doch eintrugen … Die feinern Herrschaften kriegten einen Schnaps.) Die Presse brachte sich um. Die *Breslauer Zeitung* war dagegen, die *Vossische* dafür, Prag und Riga verhielten sich neutral – die Ausschnitte sind noch da – und der *Sankt Petersburger Herold* vom achtzehnten Dezember 1912 schrieb, wer einen Wilde erstehe, der bekäme Whisky Soda, und wer Ibsen kaufte, einen nordischen Korn. Das stimmte aber nicht – wir tranken selbst. Und verkauften schrecklich viele Rheinsbergs.

Also gut, wir gaben die Bücherbar wieder auf, weil ein guter Ulk immer ephemer ist, und die Zeiten gingen dahin. Was Axel Juncker inzwischen mit dem Buche machte, ist nie ruchbar geworden. Er schien es nicht gern herzugeben – denn man bekam es nirgends zu kaufen. Szafranski behauptete, das würde wie folgt gehandhabt: Trete jemand in den Buchladen und verlange das Werk, dann lächle Juncker süffisant und frage bekümmert: „Muss es denn sein?" Und nur, wenn der sonderbare Käufer auf seinem Verlangen bestand, kroch der Verleger in den Keller und holte aus einer wohlbehüteten Ecke den kleinen Band, nicht, ohne ihn vorher sorgfältig abgestaubt zu haben. Aber schon aus dieser letzten Einzelheit geht ja klar hervor, dass die Geschichte nicht wahr sein kann.

Was Wilhelm den Zweiten anging, so ließ es selben nicht ruhn, und er entrierte ein Unternehmen, das später unter dem Namen „Große Zeit" so berühmt geworden ist. Ich immer mit.

Und in Radsiwilischki – wir ließen gerade am deutschen Wesen die Welt genesen – in Radsiwilischki lief ein Schreiben des Verlegers ein, die erste Auflage sei vergriffen, und – was muss der gelitten haben, der Arme! – nun wolle er eine zweite drucken. Ich erwartete, vor die Front gerufen und belobigt zu werden. Das geschah nicht. Unser Hauptmann, der gegen die zivilische Heimat eine ähnliche Antipathie hatte wie mein Nebenmann, den sie zu Hause suchten, unser Hauptmann wurde auf einer Art Pferd angebracht, ein kurzes Kommando, und die kräftigen Tritte der wackern Feldgrauen erdröhnten auf dem welschen Pflaster. Das Nähere siehe unter Lissauer.

Als ich, von hinten erdolcht, wieder nach Hause kam, waren viele Tausend Stück „Rheinsberg" verkauft. Der Verlag hatte sein Mögliches getan: Ganze halbe Jahre war das schädliche Buch, geeignet, die Stimmung der Heimat zu untergraben, vergriffen gewesen, weil ja auch alles Papier für die 1001 Heeresberichte gebraucht wurde – aber zum größten Bedauern Junckers hatte sich der Verschleiß doch nicht ganz vermeiden lassen. Wir wussten uns vor Honoraren gar nicht zu lassen. Ich zeigte damals meinen Vertrag, den ersten, den ich in meinem Leben gemacht hatte, dem damaligen Vorsitzenden des Schutzverbandes Deutscher Schriftsteller. Der weinte eine halbe Stunde vor Freude und streichelte mir dann leise den Kopf. Ich weiß bis heute nicht, was er damit hat sagen wollen. Und Juncker setzte inzwischen immerzu …

Natürlich ist die Geschichte von „Rheinsberg" wahr. Auch die Claire existiert noch. Sie lebt als eine wacklige, etwas tropfnasige Alte in Ducherow, unweit Pasewalk, wo sie neugierigen Fremden vom Rathauskastellan gegen ein Entgelt von fünfundzwanzig Pfennigen gezeigt wird; vormittags von elf bis eins und nachmittags von drei bis fünf. Sonntags ist sie zu. Ihr Lebensunterhalt wird in freundlicher Weise von unserm Verleger bestritten, sie ist also völlig verarmt.

Dieses da ist auch nicht die erste Luxusausgabe. Wir haben schon einmal eine gemacht, ganz privat, damals, als das Buch herauskam. Es waren dreißig Exemplare – und weil wir es unseren Damen schenken mussten, die im Verhältnis 29:1 unter uns aufgeteilt waren, malten wir in alle Exemplare, damit es keinen Ärger gäbe, eine schöne 1.

Bei den Rezensenten fand das Buch eine recht freundliche Aufnahme. Die netteste beim Dr. Owlglass, dem alten Mitarbeiter des *Simplicissimus*, auf dessen Lob ich am meisten stolz gewesen bin.

Nun sind wir alt geworden und nur wenig schöner. Szafranski ist verheiratet, ich habe auch viel Unglück im Leben gehabt, und nur der Verleger setzt noch zu. Aber eines Tages werden auch wir dahin müssen, – denn das Schöne stirbt –, Szafranski wird zu Grabe getragen werden, seine Chefs, bei denen er arbeitet, werden ihm was blasen, sein Bruder wird ihm eine Rede halten und im Zylinder geradezu nett aussehen, ich werde auf sein Grab etwas Sellerie und kleine Erdbeeren pflanzen, die hat der

Verstorbene immer so gern gegessen; und dann gehe auch ich und folge ihm nach. Und der Verleger wird in den Himmel kommen – doch, das kommt vor, man muss da nicht so rigoros sein, das Fegefeuer ist überfüllt – und die noch vorhandenen Exemplare von „Rheinsberg" werden versickern, das Papier wird zerbröckeln, und dann gibt es gar keine mehr.

Wenn aber im Jahre 1985 ein neugieriger und verliebter junger Herr den Bücherschrank seiner Großmama durchstöbert, wird er von ganz hinten einen „auf Bütten abgezogenen und in rotes Bockleder gebundenen" Band herausklauben – Nummer 18, vom Verfasser signiert. „Was ist das?", wird der junge Herr fragen.

Und die Großmama wird sich den Band geben lassen, ihn ganz nahe an die Augen halten und dann leise lächeln. „Das", wird sie sagen, „hat mir mal dein Großvater selig geschenkt, als wir uns verlobten. Aber du darfst es behalten und für deine Lydia mitnehmen." Das tut der junge Herr. Er packt den Bocklederband mit einigen Dingen, die zu schenken in dieser Zeit schick sein wird, zusammen und sendet alles an Lydia. Und Lydia wird die schicken Dinge sehr bewundern, sich an ihnen und am zukünftigen Neid ihrer Freundinnen erfreuen und schließlich einen Blick in das Buch hineintun. Und ein bisschen darin blättern.

Weil aber die Zeit läuft und sich das, was zwischen den Zeilen eines Buches ausgedrückt ist, niemals länger als fünfzig Jahre hält und mit den Menschen, von denen es und für die es geschrieben ist, dahingeht – deshalb wird die Dame Lydia mit den Achseln zucken und sagen: „Reizend" Und dann wird die Geschichte mit ihr und dem jungen Herrn ihren Fortgang nehmen.

Oben im Himmel aber, in einer besonders bevorzugten Ecke, gleich neben Cotta und Rowohlt, sitzt der Verleger und setzt zu.

Diese Vorrede erschien am 8.12.1921 in der Weltbühne *unter dem Namen Kurt Tucholsky.*

Vorwort zum hundertsten Tausend

Natürlich kommt das nie mehr wieder.
Allein: es war einmal.
Ich war ein Star und pfiff die bunten Lieder;
ich war Johann, der muntre Seifensieder –
und Claire war real.

Das ist schon lange her.
Und heute –?
Jetzt sind die andern dran.
Nach unsrer Sprache plaudern Liebesleute,
Zahntechniker und ihre jungen Bräute ...
Das hört sich also an:

„Du sock nisch imme nach die annern Mättschen blickn!
Isch eiffesüschtisch, olle Bums-Roué!
Du imme mit die kleinen Dickn!
Nu isch ins Bett bigehn bimickn,
weil müdischlisch biwé!"

So liebt euch denn (in allen Ehren)!
Die Liebe währet ewiglich.
Und folgt ihr dieses Büchleins Lehren
und küsst ihr euch, ihr Wölfchen und ihr Clairen –:
dann denkt an mich.

Ein Bilderbuch für Verliebte

Unsern lieben Frauen
M. W.
K. F.
C. P.

… das beginnt nach der Liebeserfüllung; nicht vorher. Da entfalten die Seelen ihre volle Stärke, nicht vorher. Da geht der Kampf in voller Rüstung, nicht vorher. Da stehen die Charaktere auf gleichem Feld, nicht vorher. Da sind die Schranken zwischen zwei Menschen dahin, da erst, nicht vorher.

Alfred Kerr

Müde und bekränzt streckt sich der Sommer im Gras.

Heinrich Mann

Seinen eigentlichen Anfang nahm das Abenteuer erst, als sie in Löwenberg ausstiegen. Der D-Zug ruhte lang und dunkel in der Halle unter dem Holzdach – sie durchschritten einen Tunnel, oben, in hellem Sonnenlicht, stand die Kleinbahn, wie aus Holz gefügt, steif und verspielt.

Sie stiegen ein.

„Claire?"

„Wolfgang?"

„Diese Bahn scheint noch lange hier zu stehen … machen wir einen kleinen Spaziergang?"

„Setz dich und falte die Hände! Sie geht gleich ab."

Der Zug ruckte und ruckelte sich gemächlich durch Salatgär-

ten, Hofmauern. Der Horizont flimmerte blendend weiß … War
es eine Schönheit, diese Landschaft? – Nein: da standen Baum-
gruppen, durch nichts ausgezeichnet, das Land wurde wellig in der
Ferne, versteckte ein Wäldchen und zeigte ein anderes – man freute
sich im Grunde, dass alles da war … Das Maschinchen schnob und
klingelte zornig, durch den staubigen Rauch hindurch klingelte es
melodisch, wie eine läutende Kirchturmsglocke bei Sturm.

„Wolf, den Reiseführer!"

Sie hatten ihn im D-Zug liegen lassen – er hatte ihn im D-Zug
liegen lassen.

Sie hielten, mitten im Walde, auf der Strecke. Die Köpfe heraus;
die Beamten waren zurückgelaufen, hatten Schaufeln mitgenommen: Die Lokomotive musste Funken ausgeworfen haben, ein
kleiner Brand war entstanden …

„Ich will mitlöschen!"

Er kugelte den sandigen Abhang herunter; die Reisenden lachten. Oben stand Claire und verdrehte die Augen.

„Du musst ja …!"

Er kam zurück, ganz bestaubt, lächelnd, glücklich. Er hatte sich
wieder einmal betätigt. Die Beamten kamen, stiegen auf, der Zug
ruckte an …

„Eigentlich …"

„Na?"

„Ich finde es heiter. Denk mal, mein Papa und mein' Mama
sitzen jetzt im Kontor, fahren in der Stadt herum und glauben
ihr Töchterchen wohlgeborgen im Schoße der treusorgenden
Freundin. Hingegen …"

„Hingegen …"

„Na, ja, treusorgen sorgst du ja für mich …"

Der Jäger von nebenan hatte schon lange in sich hineinge-
lacht. Er saß da, grün, bepackt, schwer und braungebrannt. Man
hatte, wenn man ihn sah, die Empfindung von ganz frühen,
feuchten Morgen, ein Mann tappt durch den halbdunklen Wald,

es riecht kräftig und gut … Das kleine, runde Loch der Büchse guckte Unheil verkündend, schwarz und dunkel in die Luft: Kleine Kugeln werden herausfliegen, das Reh, auf das es morgen gerichtet wird, lief vielleicht jetzt gerade mit seinen Gefährten zur Quelle, trank und war zierlich im Walde verschwunden … Der Jäger stand auf, stopfte sich eine Pfeife und sagte beim Herausgehen: „Schonzeit, junger Mann, Schonzeit" – und trampfte lachend davon.

Das Coupé war erfüllt von ihrem Schreien, das die rumpelnden und klirrenden Geräusche übertönen sollte.

Man verständigte sich nur schwer:

„… Sonne weit über das Land …"

„… wie? Sonne reit über das Land? …"

„… nein … Sonne weeiit … Land … Seh mal: 'ne Akazie! 'ne blühende Akazie, lauter blühende Akazien."

„Is gar keine, is 'ne Magnolie!"

„Hach! Also wer weiß denn von uns beiden in der Botanik Bescheid? Ich oder ich?"

„'ne Magnolie is es."

„Meine Liebe, ich müsste bedauern, es mit einem kräftig geführten Schlag gegen Sie nicht bewenden lassen zu können. Alle Wesensmerkmale der Akazie deuten auch bei diesen Bäumen auf eine solche hin."

„Is aber 'ne Magnolie!"

„Herr Gott, Claire! Siehst du denn nicht diese typisch ovalen Blätter, die weißen, kleinen, traubenförmigen Blütenstiele! – Mädchen!"

„Aber … Wölfchen … wo es doch 'ne Magnolie is …"

Sie erstickte in Küssen.

Dann galt es noch eine Bauersfrau nachzuahmen, die auf der letzten Station hochgeschürzt und breitbeinig stehen geblieben war, um sich vermittels ihres zweiten Unterrocks zu schnäuzen. Claire erwies sich hierbei als geschickt und brauchbar.

Endlich kamen sie aber doch an.

Es zeigte sich, dass das Hotel, das sich schon durch einen Anschlag im Zuge als altbekannt und mit einer gepflegten Küche versehen angepriesen hatte, durch einen Wagen, zwei Pferde und einen Bediensteten vertreten war. Dieser Mann musste die Gepäckstücke holen, die man in Berlin sorgfältig aufgegeben hatte: zwei winzig kleine Köfferchen. Sie wurden verladen; die Reisenden stiegen ein. Sie rutschten auf den schwarzen, hier und da ein wenig aufgeplatzten Wachstuchkissen der Sitze herum; die Fenster klirrten, die beiden machten sich durch weitausladende Handbewegungen verständlich. Der Wagen war leer, die Chaussee staubig und öde. Einige Hundert Meter saßen sie manierlich, aber schon an der Ecke, die das Anwesen des Gütlers Johannes Lauterbach und das der Post bilden, lagen sie in lautem Hader, wessen Koffer durch seine Kleinheit am meisten Verdacht erregen werde. Sie nannten diese Reisegegenstände „Segelschweine", und die Claire rang die Hände, Wolf sei ein Schandfleck. Sie, ihrerseits, wahre das Dekorum. Sie schwatzten fortwährend, die Claire am heftigsten. Ihr Deutsch war ein wenig aus der Art geschlagen. Sie hatte sich da eine Sprache zurechtgemacht, die im Prinzip an das Idiom erinnerte, in dem kleine Kinder ihre ersten lautlichen Verbindungen mit der Außenwelt herzustellen suchen; sie wirbelte die Worte so lange herum, bis sie halb unkenntlich geworden waren, ließ hier ein „T" aus, fügte da ein „S" ein, vertauschte alle Artikel, und man wusste nie, ob es ihr beliebte, sich über die Unzulänglichkeit einer Phrase oder über die andern lustig zu machen. Dass sie Medizinerin war, wie sie zu sein vorgab, war kaum glaubhaft, jedoch mit der Wahrheit übereinstimmend. Sie spielte immer, gab stets irgendeiner lebenden oder erdachten Gestalt für einige Augenblicke Wirklichkeit.

Der Wagen hielt. Während sie ausstiegen:

„Pass auf, Frauchen, wo ist der Koffer mit dem falschen Geld? – Ah da …"

Der Hausknecht ließ den Mund weit offen stehen, sperrte die Augen auf ...

Freundlich geleitete sie der alte Wirt in ein Zimmer des ersten Stockwerks. Es war kahl, einfach, blumig tapeziert. Holzbetten standen darin, ein großer Waschtisch, eine Vase mit einem künstlichen Blumenstrauß – an der Wand hingen zwei Pendants: „Eroberung Englands durch die Normannen", und in gleichartigem Rahmen und symmetrisch aufgehängt „Großpapachens 70. Geburtstag". Die Tür schloss sich, sie waren allein.

„Claire?"

„Wolfgang?"

„Jetzt weiß ich nicht, sollte ich den Kofferschlüssel zu Hause vergessen haben ...?"

„*My honey-suckle*", und sie drückte ihm einen heftigen Kuss auf den Mund, während ihr Gesicht rachsüchtig und boshaft erglänzte, und stieß ihn von sich:

„Och, der kleine Jungchen muss ja alles vergess – psch, psch, psch ..." Und man wusste nicht, ob diese Töne eine wiegende Mutter nachahmten oder ganz etwas anderes.

„Pack aus, mein Hulle-Pulle" –

Schwer seufzend packten sie aus, räumten ein.

„Ja, ich bin nu so weit. Jetzt frisiere ich mich, un dann gehe ich spaziers. Un du?"

„Das überlasse du nur mir; es wird dir dann seinerzeit das Nötige mitgeteilt werden."

Der Stil war im Großen und Ganzen einheitlich verzerrt. Sie sagten sich häufig Dinge, die nicht recht zueinanderpassten, nur um diese oder jene Redewendung anbringen zu können, den andern zu irritieren, sein Gleichgewicht zu erschüttern ... Sie gingen herunter ...

DA WAR der Marktplatz, der mit alten, sehr niedrigen Bäumen bepflanzt war, schattig und still lag er da. Sie schritten durch ein schmiedeeisernes Tor in den Park. Hier war es ruhig. In dem einfachen weißen Bau des Schlosses klopfte ein Handwerker. Sie gingen durch den Hof wieder in den Park, wieder in die Stille …

Noch brausten und dröhnten in ihnen die Geräusche der großen Stadt, der Straßenbahnen, Gespräche waren noch nicht verhallt, der Lärm der Herfahrt … der Lärm ihres täglichen Lebens, den sie nicht mehr hörten, den die Nerven aber doch zu überwinden hatten, der eine bestimmte Menge Lebensenergie wegnahm, ohne dass man es merkte … Aber hier war es nun still, die Ruhe wirkte lähmend, wie wenn ein regelmäßiges, lang gewohntes Geräusch plötzlich abgestellt wird. Lange sprachen sie nicht, ließen sich beruhigen von den schattigen Wegen der stillen Fläche des Sees, den Bäumen … Wie alle Großstädter bewunderten sie maßlos einen einfachen Strauch, überschätzten seine Schönheit und ohne das Praktische aller sie umgebenden ländlichen Verhältnisse zu ahnen, sahen sie die Dinge vielleicht ebenso einseitig an wie der Bauer – nur von der andern Seite. Nun, hier in Rheinsberg erforderten die Gegenstände nicht allzu viel praktische Kenntnis, man war ja nicht auf einem Gut, das bewirtschaftet werden sollte. – Sie kamen an den Rand eines zweiten Sees, an eine Bank. Stille.

„Wolfgang?"

„Claire?"

„Glaubssu, dass es hier Bärens gibs? Eine alte Tante von mir is beinah mal von einem …"

„… von einem Bären zerrissen worden?"

„Nein." Sie war ganz empört. „Habe ich das gesagt? – Ich meine nur … Aber, du – beschützs mich doch, ja?"

„Ich schwöre dir …"

„Hm."

Wieder war es sehr still. Die Claire saß da und sah sehr bestimmt in das schmutzig-grüne Wasser.

„Also pass mal auf. Warum ist hier nicht überall der zweite

Friedrich? So wie er in Sanssouci überall ist. Auf jedem geharkten Weg, an jedem Boskett, hinter jeder Statue? – Hier hat er gelebt. Gut. Wüsstest du es nicht, würdest du es merken?"

„Nein. Vielleicht muss man älter, machtvoller sein, um die Welt sich zu formen nach seinem Ebenbilde … Wer ist heute so wie der Alte war? – Sehen unsere Wohnungen aus, wie wenn sie nur und ausschließlich dem Besitzer gehören könnten? … Ein Specht, siehst du ein Specht!"

„Wölfchen, es ist kein Specht. Es ist eine Schleiereule."

Er stand auf. Mit Betonung:

„Ich habe ein außerordentlich feines Empfinden dafür, ich vermute, du bist gewillt, dich über mich lustig zu machen. Wird diese Vermutung zur Gewissheit, so schlage ich dich nieder."

Ihr Gelächter klang weit durch die Fichten.

DAS SCHLOSS! – Das Schloss musste besichtigt werden. Man schritt hallend in den Hof und zog an einer Messingstange mit weißem Porzellangriff. Eine kleine Glocke schepperte. Ein Fenster klappte: „Gleich!" – Eine Tür oberhalb der kleinen Stiege öffnete sich, und es kam nichts, und dann tappte es, und dann schob sich der massige Kastellan in den Hof. Als er der Herrschaften ansichtig wurde, tat er etwas Überraschendes. Er stellte sich vor. „Mein Name ist Herr Adler. Ich bin hier der Kastellan." Man dankte geehrt und präsentierte sich als Ehepaar Gambetta aus Lindenau. Historische Erinnerungen schienen den dicken Mann zu bewegen, seine Lippen zuckten, aber er schwieg. Dann: „Nu kommen Sie man hier hinten rum, – da ist es am nächsten." – Und schloss eine bohlene Tür auf, die in einen dunklen Steinaufgang hineinführte. Sie kletterten eine steile Treppe mühsam herauf. Oben, in einem ehemaligen Vorzimmer, lagen braune Filzschuhe auf dem Boden, verstreut, in allen Größen für Groß und Klein, zwanzig, dreißig – man mochte an irgendein Märchen denken, vielleicht hatte sie eine Fee hierher verschüttet, oder ein Wunschtopf hatte wieder einmal versagt und war übergelaufen …

Die Claire behauptete: *So* kleine gäbe es gar nicht. –

„Ih", sagte Herr Adler, „immer da rein; wenn sie auch ein bisschen kippeln, das tut nichts."

Er aber war nicht genötigt, solche Schuhe anzuziehen, weil er von Natur Filzpantoffeln trug.

Die Zimmer, durch die er sie führte, waren karg und enthaltsam eingerichtet. Steif und ausgerichtet standen Stühle an den Wänden aufgebaut. Es fehlte jene leise Unregelmäßigkeit, die einen Raum erst wohnlich erscheinen lässt, hier stand alles in rechtem Winkel zueinander … Herr Adler erklärte:

„… und düs hier sei das sogenannte Prinzenzimmer, und in diesem Korbe habe das Windspiel geschlafen. Das Windspiel – man wisse doch hoffentlich …?"

„Zu denken, Claire, dass auch durch deine Räume einst Liebende der Führer mit beredtem Munde leitet …"

„Gott sei Dank! Konnt er ja! Bei uns war es pikfein."

Und dann sagte Herr Adler, dies seien chinesische Vasen, und dieselben hätte der junge Graf Schleuben von seiner Asienreise mitgebracht.

Aber hier – man trat in ein anderes höheres Zimmer – hier sei der Gemäldesaal. Die Bilder habe der berühmte Kunstmaler Pesne gemalen, und die Bilder seien so vorzüglich gemalen, dass sie den geehrten Besucher überall hin mit den Augen folgten. Man solle nur einmal die Probe machen! Herr Adler gab diese Fakten stückweis, wie ein Geheimnis, preis. Es war, als wundere er sich immer, dass seine Worte auf die Besucher keine größere Wirkung machten. – Herrgott, die Claire! – Sie begann den Kastellan zu fragen. Wolfgang wollte sie hindern, aber es war schon zu spät. –

„Sagen Sie mal, Herr Adler, woher wissen Sie denn das alles, das mit dem Schloss und so?"

Herr Adler leitete sein Wissen von seinem Vorgänger, dem

Herrn Breitriese, her, der es seinerseits wieder von dem damaligen Archivar Brackrock habe. –

„Und dann, was ich noch fragen wollte, Herr Adler, hat es hier wohl früher ein Badezimmer gegeben?"

„Nein, aber *wir* haben eins unten, wenn es Sie interessiert …"

Sie dankten. Herr Adler, der noch zum Schluss auf eine Miniatur, ein Geschenk der Großfürstin Sofie von Russland, hingewiesen hatte, verfiel plötzlich in abruptes Schweigen. Und erst nachdem das Trinkgeld in seiner Hand klingelte, blickte er zum Fenster hinaus und sagte, ein wenig geistesabwesend: „Dies ist ein ehrwürdiges Schloss. Sie werden die Erinnerung daran Ihr ganzes Leben bewahren. Im Garten ist auch noch die Sonnenuhr sehenswert."

Claire unterließ es nicht, Wolf ein wenig zu kneifen, und an der blumenkohlduftenden Kastellanswohnung vorbei schritten sie hinaus, ins Freie.

AM NACHMITTAG fuhren sie auf dem See herum. Er ruderte, und sie saß am Steuer, während sie dann und wann drohte, sie werde ihre graue, alte Familie unglücklich machen, sie habe es nunmehr satt und stürze sich ins Wasser. Er werde sowieso bald umwerfen. Nein – sie landeten an einer kleinen Insel. Ein paar Bäume standen darauf. Sie lagerten sich ins Gras … Ein kühler Wind strich vom See herüber. Die Uferlinien waren unendlich fein geschwungen, die hellblaue Fläche glänzte matt …

„Sehssu, mein Affgen, das is nu deine Heimat. Sag mal: Würdest du für dieselbe in den Tod gehen?"

„Du hast es schriftlich, liebes Weib, dass ich nur für dich in den Tod gehe. Verwirre die Begriffe nicht. *Amor patriae* ist nicht gleichzusetzen mit der ‚Amor' als solcher. Die Gefühle sind andere."

„Nun, ich bescheide mich."

Und, nach einem langen Träumen in den hellen Himmel –, er

war so hell, so hell, dass die blitzenden Funken vor den Augen tanzten, sah man lange hinein –:

„Wölfchen, du hast doch niemalen eine andere geliebt, vor mir?"

„Nie!"

Es prickelte, so über die Sehnsucht der Bürger zu spotten, über das, was sie Liebe nannten, über ihre Gier, stets der Erste zu sein … Sie waren beide nicht unerfahren.

Stimmen kamen, Ruderboote, Familien, die hier zu einem Picknick landen wollten. Riesige, blecherne Vorratskörbe bedrohten wie Geschütze das Lager der Friedlichen … Auf und davon! –

Mitten im See: „Söh mal, du muss mir auch ma rudern gelass gehabt haben –! Mich möcht diss auch mal – buh."

„Bitte, rudere!"

Sie wechselten, das Boot schwankte.

Die Claire ruderte. Es war eine Freude. Einmal verlor sie beide Ruder. Er musste mit dem Stock rudern. Endlich fingen sie die Hölzer wieder, die weitab auf dem Wasser getrieben hatten.

„Ich kann es sehr schön. Ich konnt ja auch mal ohne Ruder – ja, konnt ich! Lach nich, du Limmel! Hab ich fürleichs nicht recht, na!"

Und ruderte, dass sie prusten und keuchen musste, wie eine kleine asthmatische Dampfmaschine. Die Sonne ging schon unter, als sie anlegten.

Er bezahlte. Die Claire schwätzte mit der Bootsverleiherin. Er hörte gerade: „So – also ein kräftiger Menschenschlag ist hier, wie?"

„Tje Fröln, *wir* vertobaken uns Jungen ja nich schlecht!"

Sie lachten noch, als sie am Hotel waren.

Wie friedlich dieser Abend war; sie saßen unter den niedrigen dunklen Bäumen und warteten auf das Essen.

„Claire?"

„Wolfgang?"

„Mir ist so …"

„Gut so, mein Junge."

„Nein! Spaß beiseite, mir ist mit dem Magen nicht recht."

„Das ist Cholera. Wart, bis du was zu essen bekommst."

„Nein, hör doch, ich hab so ein Gefühl, so leer, so …"

„Typisch. Das ist geradezu – bezeichnend ist das. Du stirbs, Wölfchen."

„Die richtige Liebe deinerseits ist das auch nicht! Erst lasse ich dich auf Medizin studieren, und jetzt willst du nich mal durch dein Hörrohr kucken."

„Ach Gott, nicht wahr, was heißt denn hier überhaupt! – Nicht wahr? – Wer denn schließlich …"

Aber sie ging doch mit zur Apotheke, die hellbraun und ganz modern sachlich eingerichtet war; weiße Büchsen und Töpfe aus Porzellan reihten sich auf Borden, ein leichter Baldriangeruch durchzog die Räumlichkeiten. Hier händigte man dem Kranken nach eingehender Rücksprache und leutseligem Reden an den Provisor eine kleine Flasche mit einer dunkelbraunen Flüssigkeit ein. Sie half. Gott sei Dank.

Dann aßen sie, und nach Tisch rauchte die Claire. Drüben am Haus saßen die Herren, die jeder Zugereiste als Honoratioren zu bezeichnen pflegt. Juristen, Beamte, der Apotheker, der durch Bruch des Berufsgeheimnisses mit Hinweis auf die beiden der kleinen Runde fettes Gelächter entlockte.

„Prost, Wolf, auf die Alten!"

„Auf die Alten!"

Die Gläser klangen, und drüben die Gäste, die in langer Tischreihe am beleuchteten Haus speisten, blickten herüber. Die Claire blies Ringe.

„Es ist eine maßlose Frechheit", entschied sie.

„Hm?"

„Hierher zu fahren. Wenn das niemand merkt! Aber es merks niemands – pass mal auf, es merks niemand."

„*Ne quis animadvertat!* Prost."

„Weißt du, lieber reise ich mit einem Flohzirkus wie mit dir."

„Als, Claire, als mit dir."

„Ach Gott, konnste auch besser mir nicht zu bekorrigieren zu gebrauchs gehabs habs! Ich spreche dir das schiere Hochdeutsch!"

„Hm. – Eingeweihte wissen davon Kantaten zu singen. Trinkst du noch was?"

„Ob ich noch wen trinke? – Nö."

„Ich finde, wir gehen noch ein bisschen, hä?"

Sie schlenderten durch den dunklen Ort. Nach langen, schwarzen Häuserstrecken kam eine Bogenlampe, umschwirrt von surrenden braunen Flecken. Insekten, die durchaus in das Licht gelangen wollten.

„Claire?"

„Wölfchen?"

„Die Tiere da oben, siehst du?"

„Ja."

„So auch der Mensch."

Sie blieb stehen.

„Wieso … bitte?"

„Wie jene Lebewes …"

„Bitte – was hier zu symbolisieren is, symbolisier ich mir alleine. Überhaupt musst du schlafen gehen. Du sprichst ja schon ganz … anders. Soll ich dir aufs Aam nehmen?"

„Buhle!"

An dunklen Fensterläden kamen sie vorbei und an langen Mauern; hinter rötlich beleuchteten Gardinen saßen Familien und spielten Karten … Einmal traten sie in einen Hof, stolperten über Pflastersteine und blickten durch ein Fenster in einen Saal.

Drinnen spielten sie Theater.

Von der Bühne sah man nur einen kleinen, gelben, hellen Winkel; aber man hörte alles. „Hoho", sagte eine überlaute Frauen-

stimme im Alt, „da werden wir meinen Schwager fragen müssen. Ah, da kommt er ja …"

Das Publikum schnaufte und zuckte wie eine vielköpfige Bes-
tie im Dunkel. Man sah Schultern sich bewegen, Köpfe sich hin-
und herwenden …

„Himmel, der Fritz!", kreischte jemand auf der Bühne, und
die Menge der Theaterbesucher lachte, ihre Körper tauchten auf
und nieder, man murmelte …

„Wie merkwürdig", sagte Wolfgang, „draußen ist es totenstill,
der Mond scheint, und hier drinnen spielen sie ein Scheinleben.
Und wir kommen hinzu, wissen nichts von den Voraussetzungen
des ersten Akts und bleiben ernst."

Es war still, der hell erleuchtete Winkel der Bühne blieb leer;
einer musste wohl eine zum Lachen reizende Geste gemacht
haben, denn jetzt lachten die Frauen hell kreischend, während
die Männer beifällig grunzten. Sie beugten sich weiter vor, man
konnte undeutlich und durch das Fensterglas verschoben den
übrigen Teil der Bühne erkennen, der eine Zimmereinrichtung
mit gelber Tapete und gemalten Einrichtungsgegenständen dar-
stellte; ein Mann in grüner Schürze hielt dort oben Zwiesprache
mit einer robusten Weibsperson in den Vierzigern. Als Souff-
leurkasten diente ein alter Strandkorb. Sie hörten die beiden
sagen:

„So. Er soll hier reinemachen (in der Tat hielt der Mann einen Besen in der Hand), und stattdessen scharwenzt Er mit den
Mädels! Pass Er nur auf, Er Liederjahn." – Hier kicherte das
Publikum. – „Ich werde Ihm die Suppe schon versalzen. Hier
und hier und da und da!"

Das Publikum lachte: „Hoho!" und oben bekam der Mann,
der bis dahin mit gut gespielter Teppenhaftigkeit den Kopf be-
flissen-horchend geneigt hielt, einige patschende Schläge ins
Gesicht … In diesem Augenblick trat ein junges Mädchen auf
die Bühne, und hier nahm die Heiterkeit des Publikums einen

so beängstigenden Grad an, dass die beiden unwillkürlich vom Fenster zurückfuhren.

„Der erste Akt!", seufzte er. „Uns fehlt der erste Akt!"

„So ein kleiner Junge, will sich das Theater besehens! Marsch zu Bett!"

Und sie gingen.

Als sie die Treppe hinaufkletterten, hörten sie noch das lachende Lärmen der angeregten Honoratioren.

„Claire, belustigen sich die Ackerbau treibenden Bürger über uns? – Ich bin fürchterlich in meiner Wut."

„Ja, mein Jungchen. Nu geh man zu Bett."

Ihre großen, breitschultrigen Schatten tanzten an der Wand, weil die Kerzenflamme tanzte … Die Claire stand vor dem Spiegel und löste ihre Haare auf.

„Wölfchen, pass ma auf; da war ich noch 'n kleiner Mädchen, un da bin ich bei meine Freundin, die Alice, gegangen – heb mir doch mal die Nadel auf! – und da war ein Herr, wie er hieß, weiß ich nicht mehr, und der hat gesagt, mein Haar ist wie aus Seide gesponnen. Ja."

„Na – und –?"

„Nüchs."

Die Claire liebte es, Geschichten zu erzählen, die, ohne Pointe, kleine, anspruchslose Begebenheiten ihrer Kindheit enthielten. Sie verlangte, dass man sie sich oft anhöre, und wurde zornig erregt bei dem Einwand, man kenne dies.

„Du bist gar nicht freundlich zu mir. Du liebst mich nicht mehr."

Einem seelischen Chamäleon gleich, bot sie nun den Anblick einer Liebeskranken. Der Mund war schmerzlich verschoben, der Oberkörper leicht geneigt, die Hände krampften sich.

„Ich meinerseits liege im Bett", sagte er. Die Kerzenflamme verlosch …

Unten schwatzte das Wirtshauspublikum. Man hörte, wie der Wirt seinen Rundgang bei den Tischen veranstaltete:

„Nun, auch die Frau Schwester wieder gesund? – Ja, ja, so geht's. Hat es den Herrschaften geschmeckt? Ja …"

Oben aber sagte Claire gedankenvoll, langsam:

„Ich möcht dir nu nehmen und einem in sein Gulasch werfen. Seh mal, er wundert sich bestimmt, Wie –?"

Aber dann schwieg sie.

IN DER NACHT wachte er auf. Vorsichtig bauschte er den Vorhang, der weiß und fältig am Fenster leise vom Nachtwind bewegt war. Der Mond gespensterte in den Bäumen, ein Obelisk stand seitwärts drohend da und warf einen scharfen Schatten. Das Laub rauschte auf. Warum reagieren wir darauf wie auf etwas Schönes, fühlte er. Es ist doch nur ein durch Schallwellen fortgepflanztes Geräusch … Und überließ sich gleich darauf willenlos diesem ruhigen Rauschen, das ein wenig traurig war, aber Hohes ahnen ließ und die Brust weiter machte … Er fuhr herum. Eine ganz verschlafene Kinderstimme sagte unter einem Wasserfall von Haaren:

„Is niemand in mein klein Bettchen, und soll aber jemand da sein, und Klein-Clärchen is ganz allein …"

Er trug sie zurück.

ALS ER früh am Morgen vom Friseur zurückkam, war die Claire am Aufstehen. Es war das so eine Sache: die erste Viertelstunde pflegte sie mit feiner Stimme ein entzückend klingendes Gemurmel zu stammeln, unzusammenhängende Silben hervorzubringen und in den verschiedensten Nachahmungen von Tierstimmen zu paradieren. Kaum hatte er die Tür hinter sich zugezogen, so begrüßte ihn das Winseln und Mauen einer neugeborenen Katze.

„Aufstehen! Claire! Aufstehen! Alle Leute sind schon nach Tisch."

Man musste ein wenig übertreiben – es half sonst nichts.

„Buh!"

„Ja, ich weiß. Komm!"

Und zog ihr die Bettdecke fort.

Später:

„Wölfchen, zieh ich nu das Grüne oder das Weiße an?"

„Hm, welches möchtest du denn gerne anziehen?"

„Das … das weiß ich nicht. *C'est pourquoi* ich dich frage."

„So zieh denn das Weiße an."

„Schön. Was *dieser* Junge mich tyrannisiert, das ist nicht zu sagen. Haach!"

Pause.

„Wolfgang?"

„Claire?"

„Meinst du würklich, dass ich das Weiße anziehen soll? Seh mal … ich meine, mit den Fleckens un so …"

„Also: das Grüne."

„Schön."

Nach einer kleinen Weile:

„Ja, haber – ich möchte doch aber gern …"

„Was möchst du gern?"

„Das Grüne –"

„Aber ich sage dir ja, zieh's an!"

„Ja … aber … wenn du's mir sagst, macht's mir gar keinen Spaß. Du musst sagen: Zieh's nich an, musst du sagen, oder: zieh das Weiße an, tja."

Und bevor er sich noch erholt hatte, fing sie an, ein wundervolles Gezänk von sich zu geben, nach Art gewisser Frauen, die sich beleidigt glauben und ihren Gefühlen auch dem Dienstmädchen gegenüber keinen Hehl zu machen pflegen. Das Ganze passte nicht recht her, aber sie war im Zuge, da war nichts zu machen.

„So? – Also in *meinem* Hause lasse ich mir das nicht sagen, ich nicht! Sie stauben meine kostbaren Seidenmöbel nicht ab, Sie … Geschöpf! – Aber mein Mann, der Bergassessor …"

Er floh. Noch auf dem Korridor hörte er sie wie einen Schusterjungen pfeifen.

Auf den Kaffeetisch schien die Sonne: Hier roch es stark und ländlich nach Milch, Butter und einer frischgewaschenen Decke. Bienen und dicke Fliegen schwammen in einem alten Honigglas, das der vorsorgliche Wirt mit Zuckerwasser gefüllt hatte.

Sie kam herunter, eine Weile sprachen sie nichts. Sie aß. Mein Gott, sie aß und hatte Hunger, den richtigen Morgenhunger des Langschläfers.

„Claire?"

„Wolf?"

„Ich denke, wir fahren heute Morgen ein wenig spazieren."

„So, und ich? – Mich nimmt er gar nicht mit! – Ich will auch mit!"

„Ich sagte: wir."

„Buh, buh!"

„Ja, du kannst auch mit. Nu weine man nich und ess."

„Wolfgang, ein so wunderschönes Deutsch sprichst du ja auch nicht, nein, das kann man nicht sagen. Aber keine Sorge: Meine Bemühungen werden mich das Ziel schon erreichen lassen."

Sie konnte ganz gewählt sprechen, wie es wohl alte Erzieherinnen manchmal tun, mit übermäßig stark betonten Endsilben und weit nach hinten gerutschten Gaumen-„R"s.

„Mein Papa sagt immer, Wölfschen, ich spräche keinen guten Deutsch. Wie? – Ja, er ist ein erfahrener Greis, aber wie steht es ihm an zu sprechen ,Stoße nicht in das Horn des Leichtsinns, mein Kind, und witzele nicht über so schwerwiegende Dinge!' Ich frage dich: Hat er unrecht oder hat er unrecht? Zwei Möglichkeiten kommen nur in Betracht."

„Er hat recht. Da kommt der Wagen."

Es war sein Glück. Denn schon hatte sie sich hoch aufgerichtet und stand da, die Hände fest auf den Tisch gedrückt und schielte …

LEICHT und schnell rollte der Wagen durch die grüne Allee.

„Wolfgang?"

„Claire?"

„Merks du nichs?"

„Wie bitte?"

„Obs du nichs merks?"

„Nein."

„Na, aber süh mir mal an!"

„Bei Gott, nichts. Zuckt die Achseln."

„Du musst das nicht mitsprechen, was in Klammern steht. Zuckt die Achseln, das steht in Klammern, weißt du? – Aber rnerkst du nichts?"

„Du hast dich gewaschen."

„P! – Aber ... ein blaues Band hatt ich gestern durch mein Hemd gezogs, un nu nich mehr. Du erlaubs mirs ja nich. Du ja nich."

Bot sie nicht das Aussehen einer sichtlich Gekränkten, die schmollend die bessern Gefühle des Geliebten anrief?

„Du hast ja 'n Freund, der wo sagt, bunte Bänders in der Wäsche tragen nur Kellnerinnen! Konnst deinem Freund gesagt haben, er konnt bei mir gegangen gewesen sein, ob ich vielleicht 'ne Kellnerin war."

Ja, er wolle das bestellen.

Aber nun mussten sie in das Grüne sehen, das sich an ihnen vorüberbewegte. Nicht, als ob dieser Wald jene gerühmte Schönheit besessen hätte, wie wir sie auf Bildern und Postkarten zu sehen Gelegenheit haben. Er wies keine „Partien" auf, keine Durchblicke. Aber er machte sie froh. Es war wohl mehr ihre allgemeine Freude, am Leben zu sein. Zwischen den Vergangenen und denen, die noch kommen würden – jetzt waren *sie* an der Reihe – hurra! –

An einer Biegung der Chaussee machte der Kutscher halt, murmelte und verschwand im Gebüsch. Die Claire begleitete seinen Weggang mit frommen Reden ... Und dann fuhren sie weiter, und an einem Wirtshaus am See wurde Rast gemacht, und dort gab es zu essen.

Und dann fuhren sie wieder auf langen Umwegen nach Hause, nach Rheinsberg. Fußgänger begegneten ihnen, schwitzende Familienväter, die ihre Spazierstöcke mit den baumelnden Jacken am Ende Gewehr über trugen und schweigend der nächsten Bierquelle zustrebten, Verliebte, die mit verkrampften Händen selig daher stolperten, einmal hörten sie das Bruchstück eines Gespräches zweier spitzmäuliger Damen.

„Ja", sagte die eine, „und denken Sie, sie ist eine Berlinerin, aber wissen Sie, im guten Sinne des Wortes ..."

Der Wagen juckelte und knarrte, bald gehen die Pferde im Trab, bald trotten sie langsam mit gesenkten, nickenden Köpfen ... Und immer konnte man, wenn es einem beliebte, den Kopf nach hinten legen, „auf den Verdeck", wie Claire das nannte, und dann sah man in die Wolken, immer in die Wolken, während der Körper im Rhythmus des Fahrens angenehm bewegt wurde ...

Am Spätnachmittag kamen sie an; es war heiß, vielleicht würde es abends ein Gewitter geben, sagte der Wirt. Sie gingen in den Park. An einem kleinen Rondell schimmerten weiße Figuren aus dem Blätterwerk. Ein Satyr lehnte an einem Baumstumpf, mit gesenkter Flöte, ein Faun stach eine fliehende Nymphe ... Das Schloss leuchtete weiß, violett funkelten die Fensterscheiben in hellen Rahmen, von staubigen Lichtern rosig betupft, alles spiegelte sich im glatten Wasser. Bauerngruppen standen da, rötlichgelb beschienen mit schwärzlichen Schatten, sie warfen lange, dunkle Flächen auf den Rasen. Träge schob sich der See in kleinen Wellchen an die schilfigen Ufer ...

„Brühheiß. Kann man eigentlich so den Hitzschlag bekommen, Claire?"

Sie lag am Boden und kaute einen Halm, der schwankend ihrem Munde entwuchs.

„Das kommt ganz auf die Innentemperatur an, mein Junge. Du – bei deiner Hitze – ja, du kannst wohl einen kriegen! Zeig mal die Zunge – hm …"

„Du tätest auch besser daran, mehr in den Kollegs aufzupassen, anstatt Herzen mit meinen Initialen in die Bänke zu schneiden. Überhaupt das Frauenstudium …"

„Bitte, nehmen Sie Platz." Sie war ganz Würde, und obgleich sie im Gras saß, konnte man glauben, was den Ausdruck ihres Gesichts anbetraf, einen viel beschäftigten, an seinen Patienten interessierten Arzt vor sich zu sehen.

„Einen Weg zur Heilung werden wir schon finden … schon finden …"

Sie kraute sich einen imaginären Bart. „Wissen Sie, ob Ihr Herr Großpapa jemals an einem *icterus katarrhalis* litt? Oder an einer *angina vincentis*? Nun, wir werden das Übel schon beheben. Darf ich bitten, den Mund zu öffnen, weiter, weiter – so …" Und sie warf den Aufhorchenden mit einem starken Stoß nach hinten, ins Gras …

Die Luft lag unbeweglich, drückend, sie schritten über eine Brücke, darunter das Wasser grün und schleimig abfloss. Sie blickten hinunter. Blätter schwommen vorbei, kleine Zweige, Hölzchen …

„Wolfgang?"

„Claire?"

„Erlaubsus mir? Ja? Nur einmal! Bitte! Bitte!"

Sie drängte sich an ihn, umkoste ihn, ging ihm um den Bart, sozusagen …

„Was denn, was denn, Kind?" Er machte sich frei.

„Erlaubs mir doch! Nie nich erlaubsu mir wen! Ich möcht doch soo gern …"

„Aber was denn?"

Sie schwieg. Sie sahen wieder von der Brücke in das dahinschleichende Wasser.

„Wolfgang", sagte die Claire träumerisch, „ich möcht' *einmal*

in das Wasser spucken ..." Und in den höchsten Tönen: „Erlaubs
du mir?" Und piepsend: „Ja?"
Er erlaubte es ihr.

SIE GINGEN durch die Straßen der Stadt. Schaufenster boten
lockend ihre Einlagen an, kunstreich geordnet. Oh, man war
hier durchaus auf der Höhe, wie man mit Stolz sagen durfte,
und hatte sich die Errungenschaften der neuen Zeit zunutze gemacht: Ein moderner Wind wehte auch hier. Nach künstlerischen
Prinzipien hatte zum Beispiel Herr Krummhaar, der Kolonial-
warenhändler an der Ecke des Marktes, sein Schaufenster arran-
giert. Blickte man durch die blank polierten Scheiben, so tat sich
dem Beschauer eine schlaraffenhafte Landschaft auf: Auf einem
Hügel von Paniermehl stand ein Zuckerhut mit einem roten Ge-
latinekreuz, und sah man näher hin, war es eine Windmühle.
Pflaumenwege führten an mit Preisen versehenen Korinthen-
beeten vorbei, und auf einem Spiegelglas schwamm eine Brigg,
die Herrn Krummhaar aus dem fernen Indien bauchige Flaschen
Danziger Goldwassers und Salzbrezeln heranschleppte ... Vor der
Ladentür waren Fässer aufgebaut, die bis oben hin mit köstlichen
Erbsen und allerhand getrocknetem, nun aber längst verstaub-
tem Obst gefüllt zu sein schienen; nur der Kundige konnte ahnen,
dass es sich um eine geschickte Täuschung handle. Lange stand
die Claire vor der bunten Pracht, dann zitierte sie mit Ausdruck:

„Und einen Ochsen, ganz bepackt,
Mit Fleischextrakt ..."

Überall blieb sie stehen, alles wollte sie kaufen, und sie wirbelte herum, schwatzte, lachte, und war nacheinander: ein Frauchen, das ihren Mann zu Einkäufen bewegen will, ein unfolg-
sames Kind, das sich meckernd von der Hand der Bonne durch
die Straßen schleppen lässt, ein kleiner Hund, – und zehn Schritte

lang bot sie sogar die Kopie eines durchaus nicht einwandfreien Geschöpfes …

Vor der Tür eines kleinen Lädchens, dessen Schaufenster dem Käufer Posamentier- und Weißwaren versprachen, standen die Fräulein Luft, zwei gutmütige ältliche Wesen, die ein wenig muffig rochen …

Sie schöpften die Abendluft, einen Käufer gab es jetzt nicht. Die beiden drängten sie in ihren Laden.

„Ich möchte, bitte, Wäscheknöpfe." Die Claire war geschäftig, ganz bei der Sache.

„Tje …"

„Aber bitte, geben Sie mir doch, bitte, weiße Wäscheknöpfe … zum Annähen …"

„Tje … Gewiss."

Aber die Fräulein Luft rührten sich nicht, sondern sahen sich und die beiden Besucher, die ihren Laden nahezu ausfüllten, ratlos, verlegen an. Eine von ihnen holte tief Atem …

„Mochte der schunge Härr nicht so lang rausgehen …"

Welch treue Seele, dachte er. Und ging heraus.

„Ein Kinematograf? Hier in Rheinsberg? Wölfchen, nach dem Souper? Ja?"

Wirklich, es gab einen, und sie gingen hin.

Auf dem Wege schon murrte es in den Wolken, die langsam aufzogen. Wind schüttelte Laub von den rauschenden Bäumen, Staub wirbelte auf.

Aber noch trocken kamen sie in dem Saal des Wirtshauses an. Richtig, ein kleines Orchester war da, es verdunkelte sich der Saal …

„Natur! Malerische Fluss-
fahrt durch die Bretagne."
Koloriert

Der Apparat schnatterte und warf einen rauchigen Licht-
kegel durch den Saal. Eine bunte Landschaft erschien, bunt, far-
benprächtig, heiter. Die Kolorierung war der Natur getreulich
nachgebildet: Die Bäume waren spinatgrün, der Himmel, wie
in einem ewigen Sonnenuntergang, in Rosa und Blau schwim-
mend ... Während die Flusslandschaft hell vorbeizog, schwankte
dauernd ein schwarzer Schatten, in Form einer Stange, durch das
Bild, was vermuten ließ, dass die Aufnahme von einem Dampf-
boot aus gemacht worden war. Dies bestätigte sich; denn nach
einer kleinen Weile drehte sich der hellbraun gebohlte Teil eines
Schiffes in das Bild, das nun das Nahe und Ferne zugleich erkennen ließ: eine rosagekleidete Dame, mit weißem Spitzenschirm,
anscheinend zu diesem Zwecke hinbeordert, erzeugte vermittels
freundlichen Lächelns, Winkens und eifrigen Auf- und Abspa-
zierens geschickt den Eindruck sommerlichen Glückes; hinten
glitten die kolorierten Bestandteile der Bretagne vorbei, Trauer-
weiden, die Zweige ins Wasser hängen ließen, kleine ockergelbe
Häuschen, die anscheinend auf ihre Umgebung abgefärbt hatten, ein vorüberziehender Fischdampfer ...

Die Claire saß erschüttert.

„Wolfgang, es ist zu traurig! Glaubsu, dass der sterbende Krie-
ger seine Heimat erreicht?"

Er glaubte es nicht. Umso weniger, als jetzt der eben eingetre-
tene Klavierspieler geräuschvoll drei kräftige Akkorde erschallen
ließ, sein Bierglas herunterwarf, aber hierdurch unbeirrt sich an-
schickte, den nunmehr folgenden Film: „Moritz lernt kochen" in
angemessener Weise zu begleiten. Die Musik tobte: der Nachbar
streckt den Kopf zur Tür herein, Moritz steht am Kochherd,
packt den andern, wirft ihn in den Topf, dass die Beine heraus-
sehen. Schwanken, Fallen, Töpfe kippen, Sintflut, man schwimmt
gemeinschaftlich die Treppe herunter, schüttelt sich unten die
Hände, nimmt das triefende Mobiliar unter den Arm und verschwindet ...

Die Claire konnte sich nicht beruhigen: sie fragte, wollte alles wissen. Ob er denn nun kochen könne, ob der Nachbar gut durchgekocht sei, sie könne übrigens kochen, perfekt, möchte sie nur sagen …

Und schwieg erst, als helle Buchstaben auf dunklem Grund ankündigten:

„DAS RETTENDE LICHTSIGNAL."
IN DER TITELROLLE HERR VIOLO.
VON DER GREIZER HOFOPER.

Aufgrund einer freundlichen, stillen Übereinkunft zwischen Filmfabrik und Publikum bedeutet die blaue Farbe Nacht, während die rote die Katastrophe einer Feuersbrunst anzeigt, sodass es allen klar wurde, wie man in solch gefährlichen Stunden eines rettenden Lichtsignales des Bräutigams bedurfte. Mochte die Handlung durchsichtig sein, hier war das Leben, aber konzentriert. Wenn das Meer, wenn die Brandung an Felsen schlug, wenn der Vorplatz eines Hauses einen Augenblick frei blieb und wenn man an den Zweigen sehen konnte, wie der Wind geweht hatte, *der* Augenblick war dahin, unwiederbringlich dahin … Wie beängstigend schön war es, wenn Eisenbahnzüge, lautlos, wie große Schatten erschienen, immer näher, größer – ein Kopf sah aus dem Fenster …

Aber als die leuchtenden Lichtgestalten zu weinen begannen und ein Harmonium in Aktion gesetzt wurde, schnupfte die Claire tief auf und äußerte schluchzend den Wunsch, nach Hause zu gehen …

Sie kämpften sich durch Wind und Regen ins Hotel.

AM MORGEN gingen sie in die Felder. Das Gewitter von gestern hatte abgekühlt, die ersten herbstlichen Tage kamen. Der Wind wehte stark. Als sie gegen ihn angingen, sang er wie klagend …

An den Wegen schäumten die Laubmassen. Milchigweißes Licht beglänzte gleichmäßig die Felder. Die Sonne steckte hinter den stürmenden Wolken; manchmal kam sie hervor, dann war sie rot und fror in der rauen, kräftigen Herbstluft. Ein leerer Pfad lag vor ihnen, reingefegt vom Wind – und es war Seligkeit, darüber hinwegzuschreiten; junge Linden reihten sich endlos, und es war Glück, immer wieder den ächzenden Stamm zur Seite zu haben. Tief ging der Atem, und die Schultern hoben sich. Sie gingen im Gleichschritt.

Sehnsucht – Sehnsucht nach der Erfüllung! Hier war alles (fühlte er), Herbst, der klärende, klare Herbst, Claire, alles – und doch zog es weiter, der Fuß strebte vorwärts, irgendwo lag ein Ziel, nie zu erreichen!

Viel, fast alles auf der Welt war zu befriedigen, beinahe jede Sehnsucht war zu erfüllen – nur diese nicht. Was war, von oben betrachtet, ein Liebender? – Ein Narr. Wenn sich ihm das geliebte Herz eröffnete, schwieg er, satt und zufrieden. Ganze Literaturen wären nicht, riegelten die Mädchen ihre Türen auf … Ein Amoroso war zu befriedigen, gebt ihm das Weib, das er begehrt, und der tönende Mund schweigt. Was gibt es, *uns* zum Schweigen zu bringen? Wir haben nichts mehr zu verschleiern, wir wissen um alle Heimlichkeiten der Körper … Auch um alle der Seele? – Es gibt Worte, die nie gesagt werden dürfen, sonst sterben sie … Aber wir wollen nicht in diese Tiefen der Schatzkammern, wir haben einander ganz und doch sehnen wir uns. Was ist das, das uns forttreibt, weiter, höher, vorwärts? – Der Frühling ist es nicht; denn es ist ja zu allen Jahreszeiten, die Jugendzeit ist es nicht; denn wir spüren es in allen Altern, die Claire ist es nicht, wir fühlen es ohnehin.

Jetzt kamen sie durch einen windstillen Hain junger Birken.

Glücklich sein, aber nie zufrieden. Das Feuer nicht auslöschen lassen, nie, nie! In einem runden Loch kreiste träge schwarzes, fauliges Wasser. Alles andere ist ein Vorspiel: die Werbung, die

Gewährung, das Genießen. Dann fängt es an und höret nimmer auf. Was kann vorher sein? Beschäftigt mit der simplen Frage: Ja? – Nein? – sehen sie nicht das Wesentliche, nicht das Eigentliche. Entkleide die deinige von deinen Begierden, sie zu besitzen, setze sie in dein Zimmer, wunschlos, allein, denk, du habest alles, was du wolltest ... Bliebe sie? Kann sie mehr als locken, versprechen? – Kann sie *geben*? Nicht jede hält die Belastungsprobe aus. Man behütet nicht umsonst ängstlich das Letzte, wenn man nicht weiß, dass es das Kostbarste ist, was man zu geben hat. Eroberungen, bei denen der Reiz nur im Erobern besteht. Wir aber wollen besitzen.

Und es gibt keine tiefere Sehnsucht als diese: die Sehnsucht nach der Erfüllung. Sie kann nicht befriedigt werden ...

„WÖLFCHEN! Hallo!" Sie war weit voraufgelaufen und pflückte im Gebüsch weiße Eisbeeren, legte sie im Kreis auf den Boden und knackte sie mit dem Fuß entzwei.

„Warum tust du es?"

„Hast du keinen Sinn für Schönheit? *Fühlst* du nicht, dass das befriedigt, erlöst, wie von einem Druck befreit, wenn die Beere – endlich – aufknackt? – Banause!"

Die Gräser glänzten im Licht, ein dicker Käfer zog über die Chaussee, flog auf, ein Wind strich über den Weg, führte ihn mit sich fort, wollte er dorthin? – Nun, er würde auch da glücklich sein ...

Eine Schafherde trappelte durch die gestoppelten Felder; sie wollten ausweichen, aber es war zu spät, der Schäferhund hatte eine lange Reihe zurechtgebellt, sie waren mitten unter ihnen, die Schafe umwogten sie, die Claire schwankte lachend in dem Meer hin und her.

„Wölfchen, wenn mir die Tieren nu fressens?"

„Ihnen nicht, Fräulein, es dürfte sich nicht lohnen."

Endlich krochen sie heraus, staubbedeckt, lachend.

„Dass du dir da rausgefunden hast, Wölfchen!"

Sie waren auf freiem Feld, glänzend wehten grüne Gräser im Wind, die Luft war in starker Bewegung, aber das Land lag ruhig, mochte es wehen und darüber hinfahren, die Erde blieb fest.

Sie standen auf einem kleinen Hügel, das Land wellte sich weit fort, spielend riss die starke Luft an den Haaren. Dies alles umarmen können, nicht, weil es gut oder schön ist, sondern weil es da ist, weil sich die Wolkenbänke weiß und wattig lagern, weil wir leben! Kraft! Kraft der Jugend! ...

„Claire?"

„Na?"

Und wurde gepackt und wie ein Wickelkind davongetragen, den Abhang herunter bis tief in die blumige Mulde.

UND WIEDER kamen sie nach Rheinsberg, und weil es der letzte Tag war, verschwand Wolf und kam kurz vor dem Mittagessen mit einem großen weißen Paket wieder. Oben angelangt, legte er es auf den Tisch. Die Claire zupfte vor dem Spiegel an ihrem Haar. Wandte sich um.

„Wolfgang?"

„Claire?"

„Was isn diss?"

„Nüchs, wie du dich auszudrücken beliebst."

„Na, haber ..."

„Um allen so gearteten Debatten aus dem Wege zu gehen, mein liebes Weib, erkläre ich hiermit, dass in dem Paket mit erhobener Stimme zwar etwas darin ist, aber du dasselbe mit Bedeutung nicht vor dem Abend öffnen darfst. Um zehn geht der Zug, um dreiviertel zehn darfst du, Punkt."

„Hm."

Pause.

„Wolfgang?"

„Claire?"

„Sagssu mir, was da drün is? Seh mal …"

„Schweig. Ich habe gesprochen."

„Aba, Wölfchen, ich fand, du konnst mir doch den Anfangsbuchstaben sagen und den hintern auch, ich meine den Endbuch-
staben, ja?"

„Ich zertrümmere dich. Nein."

„Nur den Anfang, tje? – Bitte, bitte! …"

„Schluss. Wir essen!"

Es gab „schöne Sachens" – „Suppens gibs", erörterte Claire, die
alles wusste, „un Hühnegens mit Gemüsen und Hops (Hops? –
Obst, Wölfchen, Obst) un denn gübs … Willstu das gern wissen,
Wölfchen?"

„Ja."

„Hm, ich sag dirs auch. Aber du musssss mir sagen, was in dem
Paket …"

„Ich wills nicht wissen."

„Buh!"

Sie „muckschte" wie ein kleines Kind und ließ eine habsbur-
gische Unterlippe hängen, bis das Essen kam.

„Wölfchen, ess man Suppens mitm Messer?"

„Wa –?"

„Na, ich hab mal einen gesehen, der hat mitm Messer ge-
essen."

„Suppe?"

„Neieinn …"

Aber da kam eine alte Dame an ihrem Tisch vorüberge-
schlurcht, schielte krumm und murmelte etwas von „unerhört"
und „Person" und so.

„Wölfchen, die meint mir. Konnste ihr nich gefordert gehabt
habs? – Söh mal, ich bin doch 'ne Feine, nich wahr? Oder glaubssu, ich bin eine Prostitierte? Nei–n. Ich ja nich. Ich nich. Hä?"

„Lass das Alter gewähren, mein Kind. Vielleicht hat sie nicht
so hübsche Jugenderinnerungen … Wie schrieb der große Fried-

rich an den Rand seiner Akten? – ,Mein lieber Geheimrat', schrieb er, ,wir sind alt und können nicht mehr, wir wollen uns über die freuen, die noch können.'"

Und dann aßen sie, und als es zu Ende war:

„Wölfchen, die Sonne scheint gerade so schön, wir wollen fotografieren."

Sie holte den Apparat, den sie umständlich herrichtete. Eine Zeitaufnahme war beabsichtigt, unter dem Blätterdach der alten Bäume, die gesprenkeltes Licht zum Boden durchließen.

„Stell dir man hin, Wölfchen. Nun pass auf: Wir machens einen langen Aufnahmen. Du musst nu ümmessu ruhig stehen, weißtu, ganz stille, ich geh so lange fort, auf dass es dir nicht lächere …"

Er stand regungslos, nur gegen die Sonnenstreifen anblinzelnd, fühlte sein Herz klopfen, der Atem ging taktmäßig ein und aus. Wie lange es dauerte? Die Claire wandelte unter den Linden, weiter hinten. Es sah aus, als hätte sie vergessen …

Ohne die Lippen weit zu öffnen: „Claire!"

Immer noch erging sie sich unter den schattigen Bäumen, aber sie antwortete: „Ja?"

„Noch lange?"

„Nein."

Wieder Schweigen. Wieder summten die Insekten. Teller klapperten im Haus.

„… lange?"

„Wolfgang?"

„Hm?"

Und von ganz fern: „Du kannst kommen! – Ich habe gar nicht eingestellt!" Und helles Lachen.

„So ein –"

„Aber schön still hast du gehalts!"

Hoho! Wie aus einem Schallbecken platzte Lachen aus ihrem Mund, heftig, lärmend.

Aber er fing sie.

NACH DEM ESSEN musste die Claire schlafen gelegt werden. Sie waren im Sonnenglast hingestreckt, auf einer Wiese, über der die Luft in der Mittagswärme zittrig schwebte. Schweigen.

„Wölfchen?"

„Claire?"

„Sagssus mirs?"

„Was denn?"

„Was in den Paket …"

„Schlaf!"

Sie schnarchte, dass die Grillen vor Schreck verstummten.

„Pst!"

„Du sagst ja, ich soll. Nie nich is es richtig. Buh!"

Wieder Schweigen.

Wie im Selbstgespräch: „Ich fand, wenn dus mir sagtest, gefiels mir hier besser. Wie? Ich bin neugierig, alle Frauen sind …? Ich will dir mal was sagen, ich wills gar nicht wissen, überhaupt ist es mir egal, es lässt mich kalt."

„Das kannst du brauchen."

„Wie?"

„Ich meinte nur."

„Wölfchen?"

„Claire?"

„Is'n zu essens drin oder …?"

Aber er antwortete nun nicht mehr. Sie schliefen. Und als sie aufwachten – sie hatte ihn wachgekitzelt –, stand die Claire auf, strich sich den Rock glatt, und ihre ersten Worte waren: „Neugierig bün ich ga-nich. Aber wissen möcht ich *bloß*, was da in is", und dachte heftig nach, ohne es herauszubekommen. (Sie hat es nie erfahren, das Paket wurde im Hotel vergessen.)

NACHMITTAGS lagen sie im Boot. Der Himmel war klar, noch einmal gab der Sommer seine Wärme.

Dies ist der letzte der drei Tage! Aber ich bin so froh wie am ersten. Jung sein, voller Kraft sein, eine Reihe leuchtender Tage – das kommt nie wieder! Heiter Glück verbreiten! – Wir wollen uns Erinnerungen machen, die Funken sprühen! Wir haben alles voraus – heute! Mögen die in den Gräbern die Fäuste schütteln, mögen die Ungeborenen lächeln – wir *sind!* Alle sollen freudig sein! Kämpfen – aber mit Freuden! – Dreinhauen – aber mit Lachen! Mädchen, was zieht ihr mit Ketten schwer beladen einher? – Schüttelt sie ab. Sie sind leicht! – Sie sind hohl! – Tanzt, tanzt! –

Vom Ufer her rief sie jemand an, ein Mädchen mit einer Schneckenfrisur und ernsten, schwarzen Augen. Sie trug sich irgendwie in Blau und Grau. Sie ruderten heran. Wo es hier nach dem Forsthaus ginge? Ob es noch weit sei? – Sie beabsichtigten dorthin zu fahren, wenn sie wolle …? Sie dankte, nahm an.

Es ergab sich, dass sie gleichfalls die Heilwissenschaft studiere und sich auch sonst geistig fleißig rege. Sie lud arme Kinder zu sich zu Tisch, um an abgemessenen Gewichtsportionen die Wirkungen gewisser Hydrate festzustellen, auch in andern Beziehungen nahm sie sich dieser Opfer der kapitalistischen Wirtschaftsordnung an und förderte sie durch gute Ratschläge. Das brachte sie ruhig und selbstverständlich vor, bescheiden, aber fest. Das Gespräch glitt weiter. Nein – heiraten wollte sie vorläufig nicht; sie habe noch keinen gefunden, der Mann gewesen wäre, ohne ein Sexualtier zu sein. Sie hatte einen schlechten Teint, und es sah aus, als bade sie selten. – Ob sie denn nie verliebt gewesen sei? – Oh, sie besäße, wie sie, ohne unbescheiden zu sein, mitteilen könne, Temperaments genug. So habe sie neulich auf einem Vereinsfest sogar etwas getrunken, was dem Geschmack nach schwedischer Punsch gewesen sein mochte. Aber das seien doch Nebendinge. Für sie – hier schaukelte das Boot ein wenig – für sie gäbe es nur die Pflicht. Die Pflicht, ihrem Berufe als Wissenschaftlerin und soziales Glied voll und ganz Genüge zu tun.

185

Dies, was sie anginge. Und die Herrschaften? Mit wem habe sie das Vergnügen? Sie sei stud. med. Aachner, Lissy Aachner. Und die Freundlichen, die sie hier mitnähmen? – Claire ergriff das Wort (Wolfgang graute): – Nun, sie hätten hier ein kleines Besitztum in der Nähe, nicht sehr bedeutend, 300 Morgen etwa, ja, und das sei ihr Bruder, sie seien noch nie in einer großen Stadt gewesen, die Eltern erlaubten es nicht, nein – wie es denn so in Berlin aussähe? – Sie hätten so bunte Vorstellungen davon, aber, nicht wahr? – aus den Büchern könne man das nicht so …

Die Studentin Aachner bestätigte dies. Nein, aus den Büchern könne man dies nicht so. – Man müsse wirklich einmal … Sie könne das den Herrschaften nur empfehlen! – Diese verschiedenartigen Kreise, diese Anregungen, man müsse ordentlich auf dem Posten sein, um all den Anforderungen Genüge zu tun! Nun, – sie, Lilly Aachner, sei auf dem Posten, das könne sie wohl sagen. Und es erwies sich, dass dieses begabte Mädchen über alles, so die Liebe und das Leben, ihre klaren festen Begriffe hatte, an denen nicht zu rütteln war. Sie sei Monistin. Was das sei? Gesellschaftliche Artigkeit trug über ein leichtes Lächeln den Sieg davon. Sie sei erfüllt von dem Glauben, dass alles sich auf natürlicher Grundlage nach Maßgabe der betreffenden Umstände aufbaue. Auf die Umstände lege sie besonderes Gewicht, auf die käme es an … Aus ihnen ließe sich *alles* herleiten. Sie, Lissy Aachner, wäre nimmermehr das geworden, was sie sei, wenn nicht die Umstände und das, was man wohl Milieu nenne, sie zu einem Produkt der neuen Zeit gemacht hätten. Und diese Umstände zu erkennen, das sei es, fuhr stud. med. Aachner fort, worauf es ankäme … *Erkenntnis*, das sei das Wort! – Wohin sollte es führen, wenn wir auf der Stufe alter Barbarenvölker ständen und den Regen zum Beispiel noch als etwas Göttliches empfänden? Der Regen sei einfach ein Niederschlag atmosphärischen Wassers in Form von Tropfen oder Wasserstrahlen. Dagegen war nichts zu sagen. Der Regen war in der Tat ein Niederschlag at-

mosphärischen Wassers in Form von Tropfen oder Wasserstrahlen. Und habe es nicht mit den geistigen Dingen eine ebensolche Bewandtnis? – Sei nicht auch hier Erkenntnis das Element alles Lebens? – Wie wolle man sich denn vor Liebesschmerz hüten, ohne die Elemente dieses Affekts, die Liebe und den Schmerz, analysieren zu können? – Sie gäbe ja Ausnahmen zu, bemerkte die Sprecherin, aber wenn wir auch heute noch nicht so weit wären, alles zu erkennen, so läge dies eben an einer Mangelhaftigkeit unserer Apparate beziehungsweise Organe. Es würde schon noch werden. Seien nicht auch die Religion, die Kunst Dinge, die restlos in ihre Bestandteile aufzulösen nur einem Orthodoxen als kühn erscheinen könne? – Ja, das gesamte Leben als solches …
Aber hier lief der Kahn auf den Sand, dass es knirschte. Man war angelangt. Die stud. med. Aachner bedankte sich und schritt durch das Grün auf das Forsthaus zu, männlichen Schrittes, geradeaus, und irgendwie in Blau und Grau gekleidet …

Die beiden trieben ab, das Boot schwankte, bewegt durch das Schaukeln der Lachenden. Und wieder trug sie die Strömung dahin, der fächelnde Wind kräuselte das Wasser, brachte frischere Lüfte … Einmal legte die Claire die Hand auf den Bootrand: diese ein wenig knochige und männliche Hand, auf deren Rücken blassblaue Adern sich strafften; sah man aber die holzgeschnitzten, langen Finger, so ahnte man, es war eine erfahrene Hand. Diese Fingerspitzen wussten um die Wirkung ihrer Zärtlichkeiten, kräftig und sicher spielten die Gelenke … Die Hand hing im Wasser und zog einen quirlenden Streif. Dunkelgrün und klar lagen die Ufer weit zurück.

Leuchtender, leuchtender Tag! – Da-sein, voraussetzungsloses Da-sein und immerfort wissen, dass eine ist, die gleich fühlt, gleich denkt … (Denkt, fühlt sie wirklich? Aber ist das nicht einerlei, wenn wir nur glauben?) Nun, wir *glauben* eben einmal, dass wir uns nur deshalb nicht begegnen, weil wir nebeneinander demselben Ziele zulaufen, gleich strebend, parallel – … Dies zu

wissen – das ist Glück. Ein Seitenblick genügt: All deine Emp-
findungen sind hier noch einmal, aber umkleidet mit dem Reiz
des Fremden. Wozu noch sprechen? – Wir wissen ohnehin. Wozu
versichern, betonen? – Wir wissen, wir wissen. Und das Erlebnis
und ich und sie – das gibt einen Klang, einen guten Dreiklang.

ABER NUN waren nur noch zwei Stunden bis zur Abfahrt.
 „Wolfgang?"
 „Claire?"
 „Gehen wir noch ein bisschen spazieren? Komm, in die böh-
mischen Wälder!"
Und sie gingen durch den dämmrigen Park, in dem die Baum-
gruppen erdunkelten, sich schwärzlich auseinanderschoben …
Der Himmel war am Nachmittag schimmernd klar gewesen –
noch spannte er sich wie ein ungeheurer Bogen von Osten nach
Westen, aber nun hatte er eine dunkle Färbung angenommen, er
war fast schwarz, und weiße Wolkenflecken zogen rasch unter
ihm dahin.
 Gewiss blies hier der Wind immer so in die Baumwipfel, dass
sie aufrauschten, strich durch die Stämme, raschelte schleifend
im Laub … *Sie* empfanden: Abschied. *Sie* mussten fort. Leises
Trauern … noch einmal zogen sie die reine Luft ein. Abschied.
Eine neue Etappe. Aber diese haben wir gelebt.
 Der Weg führte auf einen Hügel, durch Wiesen und an schwärzlichen Sträuchern vorbei. Sie sprachen nichts. In der Höhe glänzten helle Fenster einer Villa. Töne? … Da oben gab es Musik. Sie
schritten aufwärts. Blieben im Dunkel stehen. Das gelbe Licht
traf sie nicht: Es bestrahlte einige Zweige der Linden, die am
Haus gepflanzt waren. War es ein Ball? –
 Ein Walzer kam. – Die Geigen – es musste eine stark besetzte
Kapelle sein – zogen süß dahin, sie sangen das Thema, ein ein-
faches, liebliches, in langen Bogenstrichen. Verstummten. Aber
nun nahmen es alle Instrumente auf, forte, und es war, wie wenn

zarte Heimlichkeiten ans Licht gezogen würden. Mit Wehmut dachte man an die Pianopassagen. Aber auch so machte es einen schweben, und der Rhythmus, dieser wiegende, schleifende Rhythmus zuckte und warb. Sie standen unruhig, hatten sich bei den Händen gefasst, reckten sich … Und da brach die Lustigkeit prasselnd durch: in tausend kleinen Achteln, die klirrten, wie wenn glitzernde Glasstückchen auf Metall fielen, brach sie durch, die Geigen jubelten und kicherten, die Bässe rummelten fett und amüsiert in der Tiefe, und auch der Zinkenist machte kein Hehl daraus, dass ihn das Ganze aufs Höchste erfreute. Der Teil wiederholte sich, wieder kletterten die Geigen in die schwindelnde Höhe, guckten von ihrem hohen Sopran in die Welt, und schließlich lösten sich die Töne auf zierliche, spielerische Weise in nichts auf. Dröhnten nicht drei Paukenschläge? – Ein Dominantakkord erklang: ein Lauf, von der Flöte gepfiffen, machte neugierig, gespannt … Und wieder ein Lauf, die Geigen folgten, die Melodie blieb auf einem neuen Dominantakkord stehen … Pause … Und das alte, süße Thema kehrte in den Geigen wieder, hier war Erinnerung, heimliche Freuden und alles verliebte Flüstern der Welt! – Und da packte es die zwei, und sie drehten sich langsam, schwebend, und sie tanzten auf dem struppigen Rasen, schweigend, ruhig anfangs, dann schneller und schneller … Noch einmal bliesen Fanfaren königlich und stolz, kaum wiederzuerkennen, das Thema, dann wirbelten die beiden tanzend den Abhang herunter.

UND KEHRTEN ZURÜCK und packten ein, fuhren in dem rumpligen Hotelwagen zur Bahn, bestiegen in Löwenberg den D-Zug und fuhren durch die Nacht, brausend, aufgewühlt, nach Berlin.

In die große Stadt, in der es wieder Mühen für sie gab, graue Tage und sehnsüchtige Telefongespräche, verschwiegene Nachmittage, Arbeit und das ganze Glück ihrer großen Liebe.

Ein
Pyrenäenbuch

Dem Andenken Siegfried Jacobsohns

– Shanghai? La ville la plus riche du monde. Le cercle français?
Le plus beau ... Leur bar? Le plus grand ... Leurs hôtels? Les
plus confortables ... Leurs banques? Les plus puissantes ...
Savez-vous ce qu'on attend du voyageur? Qu'il mente. Le
mensonge, c'est le cachet d'authenticité. Vous voyez-vous ra-
contant à votre retour que le ciel des tropiques est gris? Jamais
de la vie! Il est admis qu'on doit le voir bleu, bleu comme la Côte
d'Azur, bleu comme une boule de blanchisseuse, et tout ce que
vous écrirez là-dessus n'y changera rien. Croyez-vous qu'on
vous prendra au sérieux si vous prétendez qu'il y a au Japon
plus de morts par les accidents de tramways que par le harakiri?
Pas du tout ... La tâche du voyageur n'est pas de détruire des
légendes, c'est d'en créer. Il faudra que vos Hindous soient ma-
jestueux, vos Chinois impénétrables, vos nègres lubriques, vos
Nippons courtois. Ça n'est pas vrai! Tant pis! La réalité, c'est la
monnaie de ceux qui ne savent pas mentir.

Roland Dorgelès, „Partir"

Und Inger war freundlich und gutherzig. Sie erzählte von der
Domkirche in Drontheim und begann: „Ihr habt wohl die Domkirche in Drontheim nicht gesehen? Nein, seid ja nicht in Drontheim gewesen!"
Diese Domkirche war gleichsam Ingers eigene Domäne, sie
verteidigte sie, prahlte mit ihr, gab Höhe und Breite an, sie sei
wie ein Märchen!

Knut Hamsun, „Segen der Erde"

Der Beichtzettel

Geografie hatten wir beim roten Gierke. Der Mann war ein Lehrbeamter mit vielen kleinen Äderchen im Gesicht, die ihm ein kupferrotes Aussehen gaben; wegen seines Spitznamens hatte er sich anstandshalber einen roten Bart umgebunden. Er mochte uns nicht, und wir mochten ihn nicht. Er galt für falsch und rachsüchtig, Klassenurteile sind immer richtig – es wird schon gestimmt haben.

„Hast du Geografie gemacht?" – „Ich habe keine Ahnung!" – Wovon sollte ich auch eine Ahnung haben? Das kümmerliche Geografiebuch verzeichnete ein paar Namen und stotterte in holprigem Deutsch etwas von „Bodenbeschaffenheit" und „Sardinenhandel", der Rote hatte dazu mit einem Rohrstock an der Karte entlanggestrichen, und die Klasse hatte korrekt geschlafen.

„Wir kommen nunmehr zu den Pyrenäen", sagte der Rote. Ich weiß nicht, ob er heute noch dazu kommt – aber bis auf das schöne Wort „Maladetta", was kein Fluch, sondern ein Berg ist, habe ich nichts behalten. Es ist alles wie ausgelöscht. Das gute Schulgeld –! Die schöne verlorne Zeit –!

„Pyrenäen" – das war so eine rostbraune Sache auf der sonst grünen und schwarzen Karte, darin standen ein paar Bergkleckse, rechts und links gefiel sich die Karte in Blau, das war das Meer … Ja, und sie trennten Spanien und Frankreich. Auch musste man jedes Mal ein kleines bisschen nachdenken, bevor man den Namen schrieb.

Dies waren die wissenschaftlichen Kenntnisse, die mir die deutsche Schule in Bezug auf die Pyrenäen mitgegeben hatte.

ABER DER ROTE lehrte nicht nur Geografie, sondern auch Geschichte, und da ging es wesentlich muntrer her. Es war eine

Mordsgeschichte, in der es nichts wie Schlachten, Fürsten und Staaten gab. Was ein Staat war, hatte er uns nie erklärt, aber das Leben holte das rasch ein. Wenn man zum Beispiel in die Pyrenäen fahren will, braucht man einen Pass.

Viele europäische Staaten fordern zurzeit noch Eintrittsgeld, und das kann ihnen niemand verdenken. Autorität übt man am besten dem Schwachen gegenüber aus – dem, der keinen Fußtritt zurückgibt, wenn der armselige verschuldete Popanz die Fahne hebt ... Bauern, die für ihren ganzen Besitz so viel Steuern bezahlen wie ein Schreibmaschinenfräulein, Aktiengesellschaften, die, wenn es ans Zahlen geht, nur mit ihrer französischen Bezeichnung *sociétés anonymes* auftreten ... das arme Luder muss sich doch einmal, ein einziges Mal fühlen! Der Ausländer ist eine schöne Gelegenheit.

Über die Kuppen und Grate der Pyrenäen hinweg läuft jene kleine gekreuzelte Linie: die Grenze. Der Fall lag wunderschön kompliziert; ich wohne in Paris, und es waren drei Mächte zu bemühen: Deutschland, Frankreich und Spanien. Ich bemühte sie.

Es kostete vier Arbeitstage sowie zweihundertachtunddreißig Francs. Die Sache spielte sich in Liebe und Freundschaft ab: Niemand benahm sich irrsinniger, als seine Vorschrift ihm das vorschrieb, es wurden nicht Kniebeugen noch Freiübungen verlangt, auch vom Einzelvorbeimarsch wurde allgemein abgesehen. Regiert wurde ich bei den Deutschen von einem sehr wohlschmeckenden großen Mädchen, bei den Franzosen von einem höflichen, staubigen Mann, bei den Spaniern von einem Botschaftssekretär und zwei dunkelgetönten Konsularbeamten. Jeder stempelte, trug in Bücher ein, schrieb und fertigte aus, ließ von unbekannten Mächten, die hinter geschlossenen Türen thronten, unterschreiben ...

Das Ministerium des Innern ordnet an, das Ministerium des Äußern mischt sich ein, die Grenzüberwachung weiß von allen beiden nichts und macht ihre Dummheiten selbstständig.

So, genauso, war einst die Herrschaft der Kirche.

Ein Mann ohne Beichtzettel war ein verlorner Mann, ein ausgestoßner Mann, eine unmögliche Erscheinung, ein Auswurf. Der Geist war von Jugend an in das Eisenkorsett des Glaubens eingezwängt worden, sodass er gar nicht anders denken konnte. „Hat er den richtigen Glauben?" Allenfalls verstand man noch, dass er den falschen hatte – aber gar keinen? Davor bekreuzigte der Gläubige erst sich und verbrannte dann den andern.

Und die Hexenrichter waren keine schwarzen schleichenden Schufte, wie der aufgeklärte Liberalismus sie so oft abgebildet hat – es waren anständige reputierliche Leute, mit einem ordentlichen Studium hinter sich, einem festen Pflichtenkreis um sich, einer geachteten Laufbahn vor sich ... Trommelten die Trommeln, brodelte das Volk auf den großen Plätzen, surrten die Gebete der Mönche um die Verurteilten? Sie sahen das mit ruhigen Augen an. Die Feuer brannten, die Schreie stiegen zum Himmel auf, wie hätte das anders sein können? Das musste so sein.

Es musste so sein, weil das mittelalterliche Europa an einer Sache hing, die es von Natur aus nicht gab, sondern die sich der Mensch erst gemacht hatte: an der Kirche. Wer hing am Kreuz? Der Gläubige selbst: röchelnd, mit herausgequollnen Augen, in seiner Bewegung gehemmt, an die Hölzer gebunden, glücklich, gestützt, nicht allein – so hing er da.

Und steht heute auf, sieht das Kreuz mit langem Blick an, schüttelt sich und geht ...?

Er ist von einem Kreuz zu einem andern gelaufen.

Er stiert auf die Fahnen wie ein Huhn, das man mit der Nase vor den Kreidestrich gehalten hat, unbeweglichen Auges, er sieht nur das. Hat er die richtige Staatsangehörigkeit? Allenfalls versteht man noch, dass er die falsche hat, aber gar keine –? Davor schrickt der Polizeimann zurück und jagt den andern davon.

Und sie sind so stolz auf ihre Beichtzettel!

Von den Reichen beachtet und benutzt, von den Angestellten

als Krippe geliebt, tausendmal verkauft an die wahren Gewalten der Erde, deren Grenzen ganz, ganz anders laufen als es die Geografiebücher angeben, machtlos, wo wahre Macht ihm gegenübersteht: So bläst sich der Staat auf und hat das Scheußlichste getan, das es gibt, er hat dem praktischen Zweck eine sittliche Idee angekleistert.

Heimlich zugebend, dass die Bergpredigt für ihn nicht gelte, dass die vom Individuum geforderte Moral für ihn nicht gelte, dass die einfachsten, altruistischen Gebote für ihn nicht gelten, will er Gott verdrängen und sich an seine Stelle setzen. Und glückt das nicht, so stellt er sich hinter das noch aufrechte Kruzifix, und der Betende weiß nicht, vor wem er kniet. Drücke die Schwachen – aber schwenke die Fahnen! Bestrafe die Kranken – aber liebe den Präsidentensitz! Schände die Heimat – aber achte den Staat! Und keiner, keiner ist ohne Beichtzettel.

Gibt es denn nicht wenigstens ein paar Tausend in Europa, die unberührt davon bleiben, wenn sich die Unteroffiziere ihrer Länder in die fettigen Haare geraten? Muss uns das berühren, dass die Stahlindustrie des einen Landes die Kohlen des andern braucht? Dass man dafür Kriegslieder geheult, Menschen geblendet, Tiere zerrissen, Häuser zerknallt, Gebete gebetet, bekannte Soldaten geprügelt und unbekannte Soldaten beerdigt, Generale sauber rasiert und Arbeiter mit Artillerie beschossen hat – muss uns der Fibelvorwand berühren? Geht uns der fingierte Grund etwas an? „Über die Köpfe hinweg, Bruder, reich mir die Hand –!" Ich will keinen Beichtzettel haben, ich will nicht zur Beichte gehen, ich will nicht.

François, Gaston, René – ich liebe euch, nicht obgleich ihr Franzosen seid; ich liebe euch, nicht weil ihr Franzosen seid – ich liebe euch, weil ihr François, Gaston, René seid. Mich interessiert es nicht, zu wissen, an wen ihr eure Steuern zahlt, wer bei euch an den Denkmälern die Reden im Gehrock hält, wer an euren Straßenecken den Verkehr behindert …

Die Feuerwehr ist ein nützliches Instrument im Leben der Gesellschaft. Ich bete nicht zur Feuerwehr.

UND DA habe ich nun meinen Pass, den Beichtzettel.

Ich sehe die blauen und roten Stempel an, blättre voller Bewunderung in unlesbaren Unterschriften und vielsprachigen Tintenklecksen, falte fromm die Hände … Dann stecke ich den Pass in die hintere Gesäßtasche und begebe mich auf die Reise in die Pyrenäen.

Stierkampf in Bayonne

Auf den weiten Feldern der Ganaderia, der Zucht, schweift er: der König der Herde. Er weiß nicht, dass er sechstausend Francs kostet – aber dass er der unumschränkte Kaiser ist, der Alleinherrscher über die Jüngern und über alle Kühe – das weiß er. Er sieht keinen Menschen. Er läuft, wenn ihn die Lust ankommt, durch das saftige Gras, über kurz gebranntes Gras, er wälzt sich in duftigem Heu, grast, äugt … So vergehen die Jugendjahre – fern in einer Stadt lebt schon der, der ihn einst töten wird. Er zieht die herbe Luft ein, die von den Bergen herunterweht, und brüllt.

Eines Tages kommen sie auf Pferden und mit dressierten Ochsen, den verschnittnen, dumpfen Ex-Stieren. Die wilde Herde wird getrieben, er wird abgesondert, er läuft mit den andern mit … Und findet sich in einem Waggon wieder, in einem dunkeln, rollenden Stall. Von der Bahnrampe aus trottet die Herde, sorgfältig vor Neckereien beschützt, zu einem runden, hohen Haus. Vierundzwanzig Stunden steht er allein im Verschlag, gereizt, unruhig. Nachmittags um vier Uhr vierzig öffnet sich die Tür, die grelle Sonne scheint herein, er stürzt heraus … Und steht in der Arena.

WÄHREND sie ihn geholt hatten, war ich über Bordeaux gerollt, wo ich zum ersten und letzten Mal auf dieser Reise, im „Chapeau Rouge", ein ernsthaftes Abendessen zelebrierte, mit einem Rotwein, weich wie Samt; fort von Bordeaux, über die große Garonnebrücke hinweg, mit einem letzten Blick auf den Hafen, wo das spanische Kriegsschiff mit den fixen Matrosen lag – nach Bayonne. Sonntag? Sonntag ist Stierkampf.

In Paris hatten sie sich im vergangenen Jahr sehr groß getan: es bestände ein Gesetz, wonach in Frankreich der Stierkampf mit Pferden und Tötung des Stiers verboten wäre – und wenn die Leute aus der Provence oder sonstwoher im „Buffalo" Stierkämpfe vorführen wollten, so dürften sie das keineswegs in der blutigen Version tun. Das taten sie auch nicht. Sie begnügten sich mit den provenzalischen Stierspielen – da bleibt der Stier am Leben. Bayonne aber liegt so nahe an der spanischen Grenze, dass die bunte Farbe, womit auf den Atlanten Spanien angemalt ist, abgefärbt zu haben scheint; es sind auch so viel Fremde da, vorzüglich Spanier ... In Lille, wo niemand den Wunsch danach verspürt, darf man nicht stierkämpfen, in Paris auch nicht. In Bayonne darf man.

Die hohe runde Arena liegt im Nordosten, etwas außerhalb der Stadt – ich war noch gar nicht recht zur Besinnung gekommen, wo ich denn eigentlich wäre, Fluss und Brücke (die Adour) lagen schon hinter mir, da war die ganze Stadt auf den Beinen und rollte, lief, spazierte, hupte und kutschierte zur Arena. Die Sonne schien nicht, der Himmel war gefleckt blau und grau, die gesteckt volle Straße roch nach Staub und Blut.

Haben die Römer auf Steinstufen in ihren Arenen gesessen? Auch sie werden sich weiche Unterlagen mitgebracht haben – man kann Kissen mieten. Alle Welt klettert mit den kleinen Kissen über die Stufen, nimmt Platz, winkt, ruft, lacht ... Eine schauerliche *banda*, die vorher rot bemützt die Stadt durchblasen hat, trompetet sich die Seele aus dem Hals. Stille. Tusch! Der „Präsident" hat seine Loge betreten.

Jeder Stierkampf geht unter dem „Präsidium" irgendeines Mächtigen vor sich – in Madrid ist es der König mit der Unterlippe, in den großen spanischen Provinzstädten der Präfekt, in den kleinen der Bürgermeister oder irgendein uniformiertes Stückchen General – ihm und seiner Familie weihen die Kämpfer den Stier und das Spiel, ihre Geschicklichkeit und den Tod. Der Herr Marquis ist mit seinen Damen aus Biarritz im Auto herübergekommen, nun tritt er an die Brüstung seiner Loge, die im Rang liegt, nimmt mit einer steifen Armbewegung den grauen Zylinder ab und begrüßt das Volk. Aber es ist ganz ausgeschlossen, dass der Filmregisseur Joe May diesen Mann auch nur dreißig Meter lang einen Grafen spielen ließe – er würde ihm vielleicht das Stativ zu tragen geben, aber als Komparse … nichts zu machen. Es ist so viel kleine Provinzeitelkeit auf diesem zerlederten Gesicht, der Ritter ist von seinem Schloss heruntergestiegen und begrüßt die lieben Leibeignen … Die Leibeignen vollführen einen großen Lärm und schwenken mäßig begeistert die Hüte. Der Graf aus Spanisch-Bautzen setzt sich. Es darf anfangen.

Die Truppe hält ihren Einzug. Es ist etwas kümmerlich damit, gar so viel sinds nicht, und sehr blitzend sieht das alles nicht aus. Die ersten Kämpfer, deren einer vorhin in einem großen Landauer angerollt kam, in der vollen Pracht seiner Ausrüstung, mit dem runden aufgerollten Zöpfchen am Hinterkopf, sie alle knien vor der Präsidentenloge nieder, der Zylinder erhebt sich mit dem Marquis, die unten murmeln die herkömmliche Formel. Die Besetzung in der Arena und oben auf den Bänken: es ist nicht Madrid, das uns hier umfängt; die Kämpfe gehen zwar streng formell wie in Spanien vor sich – aber das Ganze ist doch Provinz.

Los.

Der erste Stier von den sechsen kommt aus dem Stall herausgebraust. Da steht er. Musik, das ungewohnte Brausen und so viel Menschen – was soll das? Das wird sich gleich erweisen.

Juego do Capa. Die flinken Männer mit den roten Mänteln

laufen vor der pathetischen Kuh auf und ab, sie schwenken die Tücher, hüpfen beiseite ... Alles, was mit Vollkommenheit gemacht wird, sieht leicht aus. Das ist gar nichts, denkt man und denkt falsch. Man vergisst, dass auf Alpenwegen und auch sonst wo diese schweren, kräftigen, großen Tiere dem Spaziergänger das volle Bewusstsein dessen beibringen, was eigentlich ein Stier ist ... Und die da necken ihn wie ein Hundchen. Da kommen die ersten Pferde.

Es sind alte Kracken, gut für den Abdecker, abgearbeitete Kreaturen, die ihr ganzes Leben lang geackert, gezogen und getragen haben. Jede Arbeit ist ihres Lohnes wert: ihre offenbar dieses Lohnes. Ein Auge hat man ihnen mit einem Tuch zugebunden, was ihnen ein sonderbar verkommnes, verludertes Aussehen gibt. Sie lassen an Pferde von Strauchdieben denken, an Landschenken im Dreißigjährigen Kriege, nach einer erheblichen Schlägerei ... Mit dem zugebundenen Auge der Innenseite des Kreises zugewendet, werden sie in die Arena geritten. Auf ihnen sitzen die Picadores.

Aber ich habe immer geglaubt, der Picador sei ein Mann, der, beritten, mit dem Stier kämpft, ein Kampf, der dann manchmal für das Pferd ein böses Ende nähme ... Der Picador ist ein Schlächter.

Niemand kann mit einem ausgewachsenen Stier kämpfen, der nicht vorher zwei, drei Pferde erledigt hat, und nimmt er sie nicht an, so ist das für den Toreador eine böse Belastungsprobe. Das, was der Stier mit den Pferden macht, ist eine große körperliche Anstrengung für ihn, er arbeitet sich mit dem besten Teil seiner Kraft erst einmal an diesen Opfern ab ... Ein Mann in roter Bluse führt das erste Pferd am Zügel. Es schnaubt.

Der Stier sieht das Pferd an. Der Picador riskiert eine mutige Geste mit seiner Lanze. Der Stier nähert sich; der Rotblusige hält das Pferd noch immer fest, wendet die Breitseite dem Stier zu, damit der es recht bequem hat. Er nimmt dankend an. Er geht – mit leichtem Anlauf – an das Pferd heran, kracht mit ihm zusammen und bohrt das rechte Horn in den magern Leib. Er senkt den Kopf tiefer, er wühlt darin herum, das Ganze sieht aus, als erfülle er ohne alle Leidenschaft eine unumgängliche Formalität. Das Pferd trappelt, so gut es kann, auf den freien Hufen, zwei schweben in der Luft. Dann zieht der Stier das Horn heraus.

Das Pferd ist unten offen. Einige Därme und etwas Schleim hängen aus ihm heraus, es möchte sich hinlegen. Nichts. Der Picador ist abgestiegen, macht die Steigbügel zurecht und steigt auf den Fetzen Pferd zum zweiten Mal. Der Stier soll noch einmal stoßen. Der Stier stößt noch einmal.

Nun baumelt dem Pferd ein graurosa Beutel zwischen den Beinen, einmal verfängt es sich in dem Geschlinge und tritt hinein. Der Picador ist abgestiegen ... Und nun läuft doch wahrhaftig dieses gute alte Tier – immer ohne einen Laut – durch die ganze Arena, es möchte heraus, dahin, woher es gekommen ist, in den Stall, fort von hier ... Man lässt es hinaus. Und alles wendet sich wieder dem Stier zu.

Ich sehe mich um.

Ich kenne das, was in den Augen mancher Beschauer – und noch mehr: Beschauerinnen – liegt, wenn Breitensträter[*] dumpf auf Samson-Körner boxt. Kein Sport ist vor Missbrauch sicher. Hier ist nichts davon. Ich versäume die schönsten Kunststücke der Mantelleute, die mit dem Stier einen großen Fandango tanzen: aber in keinem Gesicht, in keinem Auge, in keiner Miene ist auch nur der geringste Blutrausch zu sehen. Sind diese Leute grausam?

So spricht der Weise:

„Ein anderer Grundfehler des Christentums ist, dass es widernatürlicherweise den Menschen losgerissen hat von der Thierwelt, welcher er doch wesentlich angehört, und ihn nun ganz

---

[*] Anm. d. Red.: Hans Breitensträter und Paul Samson-Körner zählten in den 1920er-Jahren zu den Pionieren des Boxsports.

allein gelten lassen will, die Thiere geradezu als Sachen betrachtend ... Die bedeutende Rolle, welche im Brahmanismus und Buddhismus durchweg die Thiere spielen, verglichen mit der totalen Nullität derselben im Juden-Christentum, bricht, in Hinsicht auf Vollkommenheit, diesem letzteren den Stab; so sehr man auch an solche Absurdität in Europa gewöhnt sein mag." Und:

„Man sehe die himmelschreiende Ruchlosigkeit, mit welcher unser christlicher Pöbel gegen die Thiere verfährt, sie völlig zwecklos und lachend tötet, oder verstümmelt, oder martert, und selbst die von ihnen, welche unmittelbar seine Ernährer sind, seine Pferde, im Alter, auf das Äußerste anstrengt, bis sie unter seinen Streichen erliegen." Denn:

„Man muss an allen Sinnen blind oder durch den *foetor judaicus* völlig chloroformiert sein, um nicht einzusehen, dass das Thier im Wesentlichen und in der Hauptsache durchaus dasselbe ist, was wir sind, und dass der Unterschied bloß im Akzidenz, dem Intellekt liegt, nicht in der Substanz, welche der Wille ist. Die Welt ist kein Machwerk und die Thiere kein Fabrikat zu unserem Gebrauch." Daher:

„Nicht Erbarmen, sondern Gerechtigkeit ist man dem Thiere schuldig."

Also keine Grausamkeit. Mangel an Gefühl.

Neben mir sitzt ein hervorragend unangenehmer junger Herr, er ist mit zwei Brautens erschienen und hat einen gar großen Mund. „Ho!" und „Ohé!" schreit er, er erteilt Noten an Stier, Pferde und Matadore, er leitet die Sache gewissermaßen. Als der Stier einmal dringend in einem Pferd beschäftigt ist, ruft er dem Pferd hinüber: „Das hast du nicht gern, was? Das kann ich dir nachfühlen!" – Mit dem setze ich mich ins Gespräch. Und er sagt, ganz und gar bezeichnend, in einem besonders scheußlichen Moment: *„Mais regardez donc le toréador – le reste n'existe pas!"* – Für ihn nicht. Für keinen.

Immer noch Pferde. Der erste Stier ritzt eins auf und erledigt die zwei nächsten. Jetzt ist er böse und ermüdet. Und nun bekommt er es mit den Menschen zu tun.

Alles, was hier geschieht, hat seine jahrhundertalten Riten. Jede Bezeichnung, jede Bewegung, jede Möglichkeit ist traditionell. Zu dieser Tradition gehört die *suerte* der Banderillas. Diese Piken, die dem wütenden Stier in den Nacken gesetzt werden, um ihn noch wütender zu machen, werden ihm vorher gezeigt; es ist ritterlich, ihn darauf aufmerksam zu machen, was nun kommt, und vielleicht interessiert es ihn auch. Der Banderillenmann stellt sich also zehn Meter vor dem Tier auf, dessen Flanken wie ein Blasebalg gehen, hebt die Piken hoch, senkt sie langsam, es ist, als wolle er den Stier mit zwei Zauberstöckchen beschwören: Dann läuft er den Stier an. Es ist die graziöseste und eleganteste Bewegung, die ich in diesem Stierkampf gesehen habe: Das Leben des Mannes hängt an zwei Zentimetern. Der Stier sieht ihn kommen, er schnaubt ihm entgegen, er stößt nach ihm – in die Luft, da hängen die Banderillas an seinem dicken Nacken, schwanken auf und ab, etwas Blut rieselt an ihnen herunter … Der Läufer hat nur eine ganz kleine Bewegung gemacht, um dem Stoß auszuweichen, der eben erst die Pferde aufgeschlitzt hat.

Jetzt ist der Stier ernsthaft wütend. Er brüllt, klagend und drohend, er wirft mit dem Vorderfuß den Sand auf, versucht die langen Stäbe mit den Widerhaken abzuschütteln – und bohrt sie sich tiefer ins Fleisch. Wieder umspielen ihn die Mäntel der Capeadore, ein zweites Paar Banderillas wird ihm gesetzt, diesmal war der Läufer so dicht dran, dass er fast zwischen den Hörnern stand – das Publikum rast. Und nun noch ein drittes Widerhakenpaar. Inzwischen ist ein ruhiger Mann in der Arena vor die Präsidentenloge getreten.

Der Stier sieht nichts, denn er ist mit seinen Tüchern befasst. Aber was da zwischen dem Präsidenten und dem Mann unten mit Kniefall und Zylindergruß ausgemacht wird: das ist der Tod. Der Mann lässt sich einen Degen und ein rotes Tuch geben.

Der Stier stürzt sich auf das rote Tuch wie ein Stier auf das rote Tuch. Der Mann hat kaum einen Schritt beiseite getan. Und nun zeigt er ihm den scharf geschliffenen Degen. Der Stier sieht dumm herüber – er steht jetzt ganz nah vor mir, es ist ein schwarzes großes Tier, an der nassen Haut läuft das rote Blut in kleinen Bächen herunter. Alle paar Sekunden blitzt etwas Weißes in seinem Auge auf, wie ein Funke, ein Lichtschaum. Der Toreador geht auf ihn zu, zielt …

Da steht der Stier mit dem Degen oben im Rücken und seinen drei Paar Widerhaken und tobt. Ist das das Ende? Das Publikum ist begeistert – aber es ist nicht das Ende. Einen zweiten Degen, bitte.

Das ist das Ende. Die rötesten Mäntel bringen ihn nicht mehr zum Aufstehen, er brüllt dumpf, fällt zur Seite, zuckt … Aus. Gruß an die Loge, grauer Zylinder, Hüteschwenken, Bravo, Hoch und Dank. *L'Arrastre:* Ein sechsfaches Eselsgespann schleift den Stier und die beiden Pferde hinaus. Der Nächste.

Der Nächste ist ein junger, aufgeregter Herr, der wie ein Bajazzo aus seinem Stall herausgepurzelt kommt. Er macht den Leuten viel zu schaffen, und das soll er ja wohl auch. Er zerstößt das Pferd, das ihm sein Vorgänger leicht angestoßen zurückgelassen hat, zu einem bösen Klumpen, der Picador fällt herunter, es geschieht ihm aber nichts. Der Stier zerquält ein Pferd, sodass es sich schon nach dem ersten Stoß nicht mehr erheben kann – und da liegt es. Ich kann genau das Auge sehen, dieses große, sanfte Auge. Das Auge versteht nicht. Es sagt: „Warum? Warum?" – Es dauert lange, bis der Mann mit dem kleinen handfesten Messer kommt, das schnell wie ein Keil in den Schädel geschlagen wird … es dauert so lange. Die Kapelle spielt, ein sanfter Walzer wogt über das sterbende graue Pferd hin, weich und schaukelnd – ich weiß, wie der im Sande ruhende Körper unten aussieht … Da kommt der Abdecker. Le reste n'existe pas.

Dieser Stier hat einen schweren Tod. Der Toreador verbraucht 6 (in Buchstaben: sechs) Degen, bis er ihn soweit hat – und das Publikum wird ungeduldig. „Schlächterei!", schreien die fein empfindenden Leute. Weiße Taschentücher wehen zum Präsidenten herauf – aber der rührt sich nicht, sondern sieht, den Kopf auf die Brüstung gelehnt, gelangweilt zu. Seine Damen gucken gar nicht hin. Nun fällt der Stier. Erlöster, nicht einstimmiger Beifall.

Aber während alles um den sterbenden Stier beschäftigt ist, liegt an der Ostwand des Zirkus im Sand das graue Pferd. Sie haben es mit einer Decke zugedeckt, man sieht das Hinterteil und den Schwanz. Es ruht. Und mir ist, als glänze dieser Kadaver, mit einem sanften Schein um sich.

Der Nächste.

Nummer drei will gar nicht aus dem Stall. Hohngebrüll in der Arena: „Feigling!" Das kann er nicht auf sich sitzen lassen. Er kommt, passiert die beiden Torwächter, die ihm zwei ganz kleine Haken applizieren … dann machte er seine siebenundsiebzig Stationen durch.

So sechs. Schnaubende Mäuler, sich bäumende Pferde, Pferde, die nicht wollen, aber herangezerrt werden, einmal ein Kunststück des Matadors: er sitzt, er neckt den böse gemachten Stier im Nacken, er rückt auf dem kleinen Holzstreifen, der die Arena innen wie eine runde Bank umgibt, immer näher an ihn heran, gibt ihm also die Zehntelsekunde vor, die er zum Aufstehen braucht – in diesem Spiel, wo es um die Zehntelsekunde geht … Und auch dieser Stier ist in einer Viertelstunde draußen, gezogen von Mauleseln mit den roten Pompons. Ein Torero, Emilio Mendez, steht wie eine Bildsäule, bevor er zusticht, in einer vornübergebeugten Haltung, leicht, wie auf dem Theater … Es ist ein dunkler, schwarzer Mensch, in diesem Augenblick sieht er genau aus wie Walter Hasenclever. Ein Stier wandelt mit einem Widerhaken im Nacken umher, als gehe ihn das Weitere nun nichts mehr an. Die Tücherleute machen die *muleta*: kein Allotria! Hier! Sterben gehn! Und da bequemt er sich denn.

Bei alledem ist kein Stierkämpfer ohne Schrammen und Wunden; bekommt ihn der Stier auch nur selten ganz zu fassen, so ritzt ihn doch oft das Horn. Was viel gefährlicher auslaufen kann als es den Anschein hat: Ist das Horn vorher in den Eingeweiden der Pferde gewesen oder hat es auch nur Erde aufgewühlt, so riskiert der so leicht Verwundete den Tetanus.

Kurz vor Schluss gehe ich hinaus … Draußen umlagern die Kutscher, die Chauffeure, Knechte und Volk die Arena. Sie steht hoch gegen den Himmel und sieht auf einmal böse aus. Ein Stierkampf von draußen … Ich weiß jetzt, was da drin geschieht – ich höre es an den Schreien. Zunächst bleibt alles still. Jetzt, jetzt muss er an sein Pferd geraten sein, ich fühle den dumpfen Zusammenstoß bis hier her. Die Arena schreit. „Hjai!", wie aus *einer* Kehle. „Hjai –!" Und dann ein langes Brausen und wirres Rufen … Langsam schlendere ich durch die Wagen.

Sind das Lieblinge, die Toreadore! Die Spanier verehren ihre Stierhelden wie die Halbgötter. Der große Tenor der Arena, Nacional II, hat vor ein paar Tagen, nachdem sie ihm bei einer Meinungsverschiedenheit den Kopf mit einer Weinflasche eingeschlagen haben, ein Begräbnis gehabt wie ein General. Kein Pantheon wäre ihnen für die großen Männer zu schade. Nun, das ist wohl überall dasselbe – nur gibt es sich anderswo wissenschaftlicher, gebildeter, immer mit dem Kulturfortschritt im Prospekt …

Herrgott aus Spanien! Wenn du Sonntag vormittags auf dein Land heruntersiehst, so steigen dir wohlgefällige Düfte in die Nase, süßer Weihrauch und die Lobreden deiner fetten Pfaffen. Wenn du aber nachmittags herunterhörst, so hörst du aus dreißig, vierzig Arenen: „Hjai –!", hörst das Blasen der Bandas, das wirre Rufen und das Brüllen der sterbenden Tiere. Jeden Sonntag. Im Jahre 1924, lieber Gott, war es zweihundertachtundvier-

zigmal, dass du das in Spanien hören konntest – und dabei sind
nicht die simpeln Spiele mitgerechnet, die sich halbwüchsige
Bauernknechte in kleinen Flecken mit den ganz jungen Tieren
erlaubten. Nur die formellen: zweihundertachtundvierzig. In
Frankreich für dasselbe Jahr: sechzehn. Nicht viel – aber immer
noch mehr als damals, als man im Jahre 1857 die Stierkämpfer
zum Lande herausjagte. Das Verbot ist praktisch längst außer
Kraft gesetzt. Sie sind alle wieder da. Und sie heiligen deinen
Feiertag.

Da kommen die Leute zuhauf aus dem Mordturm – wenn ich
noch einen Wagen haben will, muss ich mich beeilen.

Eine Barbarei.

Aber wenn sie morgen wieder ist: Ich gehe wieder hin.

Ausflug zu den reichen Leuten

Er ließ das Tier von oben rauschen
Und unter sich den Drachen lauschen
Und neben sich die Mäuse nagen,
Griff nach dem Beerlein mit Behagen –

Wer weniger Geld hat, dem fehlen die materiellen Voraussetzungen, das Leben voll zu genießen. Sicherlich schlum-
mern auch im Arbeiter unerlöste kulturelle Bestrebungen, aber
Sie müssen nicht vergessen, Herr Ministerialrat, die Tiefer-
gestellten wollen vielleicht, aber sie können nicht. Ich bitte Sie,
was haben denn diese Leute für Interessen!

Wer mehr Geld hat, ist ein Trottel. Er hat wohl materiell alles,
was er braucht, aber ihm fehlt doch unsre Kultur. Die neuen
Reichen, Herr Ministerialrat, können alle, aber sie wollen ja gar
nicht. Ich bitte Sie, was haben denn diese Leute für Interessen!

Die armen Reichen. Sie haben wirklich keine gute Presse.

„… jene feierliche Ironie, die ich bei allen Leuten mit bescheidnem Einkommen bemerkt habe, mit denen ich in Beziehung stehe", heißt es in dem reizvollen Tagebuch A. O. Barnabooths von Valéry Larbaud. Barnabooth ist ein Milliardär von gigantischen Ausmaßen. „Ich rede sie so ohne Hintergedanken an, von Mensch zu Mensch, ganz familiär, wie das zum Beispiel die Amerikaner lieben. Aber sie verbeugen sich, und wenn der Kopf ganz unten ist, strecken sie mir die Zunge heraus. Sie drücken mir die Hand wie auf einem Begräbnis, und ich fühle die ganze Verachtung, die sie für mich haben. Sie verstecken ihre Gefühle nicht einmal; denn wenn sie ihr hochachtungsvoll ergebenes Gesicht aufziehen, halten sie einen Milliardär für viel zu dämlich, als dass er etwa merken könnte, wie man ihm schmeichelt. Es sind sehr subtile Herrschaften. Ich habe erst geglaubt", sagt der Milliardär, „dass diese stillschweigende Ironie das Grinsen des Neides ist … Aber nein, das ist kein Neid: Es ist die Unfähigkeit, die Augen aufzumachen und über gewisse Vorstellungen hinauszusehen. Es ist einfach Beschränktheit."

Denn weil sich jeder eine Welt macht, in deren Mittelpunkt er selbst steht, so verneint er die der andern, deren Weltbild ihn etwa an die Wand klemmen könnte. So lieben denn silbergepunzte Demokratenfrauen die armen Arbeiter, die es nicht besser wissen, und verachten die reichen Milliardäre, die es nicht besser wissen. Reiche Leute haben eine gefügige Presse. Reiche Leute haben keine gute Presse.

In Biarritz kommen sie wild vor. Der nach Fischen riechende Winkel, als den Taine den Ort noch in den fünfziger Jahren angetroffen hat, ist durch den spanischen Adel und vorzüglich durch die Queen, der die englische Aristokratie todesmutig nachfolgte, erst zu dem geworden, was es heute ist. Es liegt entzückend: die silbrig-blaue Küste mit Felsen, die kunstvoll durchbrochen sind, sodass man darin spazieren gehen kann, Blumenanlagen:

es wächst da ein niedriger Baum mit hellgrünem, zartgefieder-
tem Laub, der sieht aus wie ein Mohrrübenbaum, und an bestimmten Stellen zu bestimmten Stunden geht es auch recht
elegant her. (Das allgemeine Straßenbild ist es nicht.) Allerdings
spielt sich das, was man unter „Biarritz" zu verstehen hat, auf
den Besitzungen der reichen Leute ab, in den Klubs, den Parks,
den kleinen und großen Villen am Meer und in den Schlössern,
die von der Küste entfernt liegen. Will man französische Ele-
ganz beschreiben, so muss man nie vergessen, dass die Begriffe
„Kempinski" und „Esplanade" deutsche Begriffe sind, und dass
Frankreich nicht das besitzt, was einmal ein sehr witziger Ar-
chitekt mit dem Wort „Berlin hat eine Mittel-Volée" bezeichnet
hat. Die französische Mitte liegt in der äußeren Lebensführung
und in den Ansprüchen wesentlich unter der deutschen, aber
dafür gehts dann auch oben ganz hoch hinauf. Der große Reich-
tum … Davon kann ich nun wenig berichten. Nicht etwa aus
Verachtung, sondern weil ich diesen Kreis des Lebens nicht ab-
geschritten habe, weil er mir fremd ist, weil meine finanziellen
Mittel nicht ausreichen, ich mir also meine Nase an der Glas-
scheibe platt drücken müsste. Mir ist es nicht selbstverständlich, im Hôtel du Palais abzusteigen, der Apparat würde auf mir
lasten, und ich käme über jene gequälte Ironie nicht hinweg,
die der Reporter anwendet, um zu zeigen, dass ihm das alles in
keiner Weise imponiert und dass er doch der bessere Mensch ist.

Nach Biarritz bin ich aus Pflichtbewusstsein gegangen. Die
Fotografien in den Zeitschriften hätten mich nicht gelockt: Auf
allen saßen die weißbehosten Tennisspieler mit ihren Damen,
das Meer und das Auto im Hintergrund, sie saßen – wie ländlich! – am Wegesrand oder an kleinen Tischen mit Teekännchen
und roten Sonnendächern.

Die Kurliste sagt, wer alles in Biarritz ist. Sie finden das in
ihrer eleganten Zeitschrift, wenn die es nicht vorzieht, Herings-
dorf zu fotografieren. Die Mistinguett soll da sein. Aber Missia

habe ich selbst gesehen, Missia, das dicke Stück aus dem Theaterchen „Perchoir" zu Paris, eine himmlische, nicht mehr junge Person, mit einem Gesicht wie ein, sagen wir, Mond, einer Himmelfahrtsneese – und frech! Frech wie Anton. Sie geht mit einem jungen Mann über die Straße, tut recht vertraut mit ihm, und ich bin maßlos eifersüchtig. Ich auch …!

In dem kleinen Restaurant, wo ich das Frühstück nehme und beileibe nicht esse, da sitzt mit Papa und Mama und Brüderchen eine ganz junge Engländerin, einfach ein Kind, vielleicht fünfzehn, sechzehn Jahre. Sie hat ein bisschen Sommersprossen, einen langen Kopf, lange Finger – sie ist gar nicht hübsch. Aber sie ist unanständig, sie hat das, was ältere Herren zu erheblichen Unvorsichtigkeiten verleitet, etwas Verdorben-Frauliches, sie lockt, einmal rasch hinter der Hoteltür, wenn Mama nicht hinsieht … Vielleicht machts ihr gar keinen Spaß, aber sie hat in ihren verbotenen Büchern gelesen, dass es Spaß macht. Nun, man wird sie gut verheiraten, und dann wird es wohl vorbei sein.

Übrigens, das ist nun so in einem fernen Badeort ganz besonders hübsch, dass nicht alle zehn Schritt jemand auf der Straße wie angewurzelt stehen bleibt, einen mit idiotisch erfreutem Gesichtsausdruck ansieht und brüllt: „Nein –!" Dergleichen ist Stenografie und heißt: „Traue ich meinen Augen? Sie sind es natürlich nicht, denn Sie können ja gar nicht in demselben Ort sein wie ich!" Und dann gehts los, und der ganze Vormittag ist flöten.

Ciboure. Ich muss in die Réserve de Ciboure, das habe ich in Paris aufbekommen. Nicht in die Hotels, nicht zum Père Tolstoi, der mit schütterm Bart und schöner Tochter ein Nachtlokal leitet – ich soll in die Réserve de Ciboure. Wenn ich muss …

Der große Wagen flitzt durch den Abend, lässt Biarritz hinter sich und biegt dann weit ins Land hinein. Auffällig: die vorzügliche Straßendisziplin der Fahrer. Nein, es ist viel mehr als Disziplin und Verkehrsordnung und Angst vor dem *procès-verbal*, dem Protokoll, der Strafanzeige: es ist echte, gegenseitige

Rücksichtnahme. Nicht einmal auf allen Fahrten in den Pyrenäen habe ich gesehen, dass die Chauffeure sich Hindernisse in den Weg fahren, sich anärgern, es dem andern „aber ordentlich besorgen wollen". Sie veranstalten keine Wettrennen, die dem Herrn schmeicheln sollen – „Na, Klumpke, nun zeigen Sie mal, was Sie können!" – „Jawoll, Herr Generaldirektor!" – sie streiten sich nicht an den Wegkreuzungen, wer wem ausbiegen müsse; es geht wie geölt. Dass die Wagen abends die Scheinwerfer ausschalten und sich zwinkernd, um den andern nicht zu blenden, grüßen wie Schiffe, die nachts sich begegnen – das geschieht ja wohl in Deutschland auch. Aber diese fast ritterliche Art: Bitte nach Ihnen! die ruhige Freundlichkeit, mit der auch die schnellen Touren ausgefahren werden – das ist angenehm zu sehen. Man fühlt sich sicherer.

Bidart, Guéthary, über den kleinen Marktplatz von Saint-Jean-de-Luz mit den lustigen verkrüppelten Bäumen ... dann biegt der Wagen an einem Hafen rechts ab und fährt vor.

Die Réserve de Ciboure ist eine kleine Terrasse, die an einer Bucht liegt: Die Lichter von Biarritz flimmern herüber, es ist schon ein bisschen kühl, und die Kapelle wird sich erst warm arbeiten müssen. Kleine Tische mit Lämpchen, in der Mitte eine Tanzplatte. Man muss vorher reservieren lassen, es gehört zum guten Ton, hier einmal zu soupieren, was man sagen darf, ohne prätentiös zu erscheinen, denn es wird erst um zehn Uhr abends gegessen.

Leider nicht sehr gut. Wenn ich zu den Indianern fahre, will ich es indianisch haben. Auch über den Sekt gibt es nichts zu lachen. Und da sitzen sie also.

Sehr viel Fremde: Südamerika, die Staaten, England, Amerika, England. Dessen Männer sehen, wie immer, gut aus, die Amerikanerinnen fürchterlich. Wenn man sie so dasitzen sieht, denkt man an Klavierlehrerinnen, die sich einen feinen Sonntag gemacht haben; sie tragen Schmuck, den man ihnen gekauft hat, aber er blitzt verräterisch zu andern hinüber: Er fühlt sich nicht wohl bei ihnen. Sie sind völlig an ihn gewöhnt; aber er tut ihnen nicht den Gefallen, sie zu schmücken. Sie wissen, dass sie hier in einem Amüsierlokal sind, und so amüsieren sie sich denn. Und weil dies kein einheitlicher Kreis von guten Leuten ist, der zusammengehört, sich kennt, aufeinander abgestimmt und eingespielt ist: So fehlt jene Luft, die erst den Reiz und den Witz großer Empfänge und *garden-parties* ausmacht; es ist einfach eine bezahlte Sache. Ich empfinde zum dreihundertsten Male auf dieser Erde: Geselligkeit kann man sich nicht kaufen, indem man ein Diner in einem Hotel bezahlt; das ist Aberglaube. Man wird hereingelassen, aber man gehört nicht dazu. Und wäre das geschwellte Bewusstsein so vieler Snobs nicht, die keine Réserve de Ciboure, sondern nur ihre falsche Überlegenheit über die armen Luder zu Hause erleben – sie langweilten sich noch mehr. Übrigens glauben sie, Vornehmheit färbe ab, und sie sind so stolz auf das Geld der andern.

Eines allerdings muss man hier allen nachloben: Die Haltung ist selbstverständlich. An keiner Stelle findet sich: Na, was sagt ihr nun? Hier sitze ich und trinke so teuern Sekt! Nirgends. Solche abendlichen Tische, diese Tanzkapellen, dies Essen und jener Wein – das ist ihr Leben, sie sind nicht darüber erstaunt, und sie verlangen von keinem, dass er sie bewundere.

Der Nebentisch isst. Andre Leute soll man nicht beobachten – und weils hier auch nirgends getan wird, ist es eine Wohltat, durch ganz Frankreich, einschließlich Paris, fahren zu können, ohne dass einen alle Leute anstieren, einsortieren, die Bilanz ziehen, das Inventar aufnehmen. „Was mag der sein –?" Ich brauche auch gar nicht hinzusehen, ich weiß, wie sie essen.

So oft ist mir schon aufgefallen, was geschieht, wenn die reichen Leute zu essen bekommen: Sie sehen dem Kellner auf das herbeigebrachte Futter, mit einem scheinbar gleichgültigen, aber doch gespannten Ausdruck, es rinnen ihnen sozusagen die geistigen Appetitfäden aus dem Gehirn, schwer sitzen sie da: „Das steht mir zu, das ist meins", und ich bin überzeugt, sie fingen an zu knurren, wenns ihnen jetzt einer wegnehmen wollte. Es ist eine heilige Handlung, ihr Essen, nicht nur, weil es so gute Sachen sind, sondern weil der Herr nun bedient wird. Die Käfigwärter tun alles, um diesen Glauben zu stärken. Sie tragen die dünnste Gemüsesuppe wie eine Hostie heran, sie schöpfen behutsam ein, tranchieren wie ein Chirurg, subtil, mit äußerster Aufmerksamkeit, und halten den Pudding, wie man ein Kindchen wiegt. Stille! Der Herr isst!

Worauf die Musiker „Tea for two" spielen, und die Leute tanzen. Sie tanzen geschäftlich: sehr ernst, ganz und gar egoistisch (die andern Paare existieren nicht), durchaus mit sich beschäftigt. Mit Erotik hat das so wenig zu tun wie ein Telefongespräch: Es kann damit zu tun haben, aber im Wesen der Sache liegt es nicht.

Jetzt, nachdem alle gegessen haben, breitet sich jene weltversöhnliche Stimmung aus, die einen so nach vollkommener Sättigung beschleicht. Sie ist der konservativen Weltanschauung durchaus förderlich: Ein Verdauender empfindet es als störend, wenn jemand giftige Gespräche führt. Nicht, nicht … die Welt ist doch so schön …!

Übrigens wird es jetzt wirklich kühl, gleich werde ich aufstehen und so tun, als ob ich gar nicht auf den Gedanken käme, man könne nach Biarritz auch zu Fuß gehen. Der Wagen soll vorfahren.

In Biarritz hängt vor einer erleuchteten Scheibe das Bild van Dongens, das er von Yvonne George gemalt hat, der Diseuse. Soll ich noch …? Aber der Manager, der herausgestürzt kommt, ist derartig beflissen, und das Lokal derartig leer, dass es wohl ein Reinfall werden würde, und so wollen wir denn lieber nach Hause fahren.

Geld –?

Erfolgreiche Prokuristen pflegen mit einer Stimme zu sprechen, die nach gebratnen Gänsegrieben schmeckt, etwas Geld ist scheußlich. Viel Geld ist schön. Und bis in den Schlaf verfolgt mich der müde, völlig gleichmütige, ausgeglichene Blick des blauen Augapfels mit den schweren Augenlidern: das Gesicht der wahrhaft reichen Leute.

Zwei Klöster

Das ist meine erste Begegnung mit den Pyrenäen: Hinter mir die glatte, große, geteerte Automobilstraße, die von Biarritz nach San Sebastian führt, nun schlängelt sie sich ans Meer, und links, im Osten, liegen die blauen Berge: die Pyrenäen. Sie sind nicht allzu hoch – ihre Linien sind sanft geschwungen, der scharfe Grat ist hier selten, und alle Kuppen sind rund. Es ist wie erstarrte Musik in diesen Höhenzügen. Bei Hendaye stoßen die letzten Ausläufer fast ans Meer. Wir fahren an der Küste entlang.

„Côte d'Argent" ist ein guter Name für sie – die Wellen blitzen silberweiß. Rechts fällt die Küste steil ab, im Geröll suchen Männer nach Vogeleiern. Links stehen die ersten Felsen, nicht sehr majestätisch, aber für eine Anfangsbegrüßung Felsen genug. Der Wagen schnurrt um die Kurven. Wir fahren nach Spanien – zum Kloster des Ignatius von Loyola.

Vorläufig am Wasser entlang, immer am Wasser, und manchmal bremst der Chauffeur und erklärt uns die Landschaft. Wir rollen durch Saint-Jean-de-Luz und dann durch Hendaye – wo Pierre Loti gestorben ist, wo Unamuno zum großen Ärger der Spanier wohnt und Claude Farrère sich ein Haus bauen lässt – und das da: Das ist der Bidassoa-Fluss, die Grenze. Nächtlich, an der Bidassoa lispeln … ich weiß schon, es hat anderswo gelispelt. Aber dies ist auch sehr schön.

216

Hier, im Fluss liegt die Fasaneninsel: Da haben sie am 7. November 1659, wer wüsste es nicht, den Pyrenäischen Frieden abgeschlossen. Die Bevölkerung kennt keinen andern Gesprächsstoff.

Zollwächter, Gendarmen, Pässe, Hände an den Mützen, bitte sehr, danke sehr, Grenzpfahl, dasselbe auf der andern Seite: Spanien. Guten Tag.

Wie Balkons ein Straßenbild verändern! Fuentarabia, als pittoresk gepriesen – aber so leid es mir tut: blitzsaubere Straßen. Wie ich überhaupt auf allen meinen Reisen durch den Süden Frankreichs nicht habe finden können, dass das Geschrei von dem „verlodderten Süden" heute noch seine Richtigkeit hat. Marseille riecht um den alten Hafen herum wie eine Sardinenschachtel, das ist wahr, und in den engen Gassen hinter der Cannebière wird man kaum eine Wohnung mit allem Komfort finden. Aber die kleinen Städte im Midi, die südlichen Städte, die ich hier an den Pyrenäen gesehen habe, sie sind nicht schmutziger und nicht sauberer als jede kleine deutsche Stadt.

Der Wagen stuckert.

Vor Zumaya, da, wo die Route das Meer verlässt, um nach Süden zum Kloster abzubiegen, begegneten wir einer eleganten Limousine. „Das wird er sein!", sagte der Chauffeur unvermittelt. „Wer?", fragte ich. Es war, wenn ihn nicht alles täuschte, ein großer spanischer Tenor aus Madrid, der grade in San Sebastian gastierte. Er hatte ihn gehört. Und im Klappern des Viertakt-Motors sang er ein paar schöne Stellen von Verdi, und nur in den Kurven legte er kleine Pausen ein. *Anch'io sono pittore –!* Er hätte eine schöne Stimme, teilte er mit, aber leider, leider fehle es ihm an Geld, sie auszubilden. Denn was jener Tenor heute sei, das vermäße er sich in spätestens zwei Jahren auch zu werden! Und so chauffiere er denn an der Unsterblichkeit vorbei, die Bremsen unter den Füßen, das Steuer in der Hand und eine unerfüllte Künstlersehnsucht im Herzen.

Der Tenor besuche übrigens wahrscheinlich Zuloaga, und er zeigte mir dessen große Villa im Grünen. Da malte er nun.

Jetzt bot die Landschaft nichts Bemerkenswertes, und der Chauffeur wurde gesprächig. Zigeuner zogen an uns vorbei, und er stellte fest, dass diese *bohémiens* aus der Bohème kämen, also aus Böhmen. Das war mir neu. Und dann sprachen wir über die Spanier und über das Elend, das den kleinen Mann bedrückte – in der Tat begegneten uns hier, wie überall auf den spanischen Grenzfahrten, die ich gemacht habe, Gendarmen, Pfaffen, Pfaffen und Gendarmen, Gendarmen und Pfaffen. Hier wären alle Leute katholisch, sagte der Chauffeur. Zum Beispiel Protestanten, die gäbe es ja gar nicht. Die Protestanten hätten aber auch ihre Geistlichen, sagte er, man nenne sie Rabbiner. Ich erwiderte schonend, dass es auch Protestanten gäbe, die Pfarrer ihr eigen nennen – und das glaubte er schließlich. Und wir fuhren und fuhren.

Nach ein paar Stunden öffnen sich die Berge, ein Tal erscheint, der Wagen rollt auf einer breiten Zufahrtstraße grade auf das Kloster zu. Mir bleibt das Herz stehen.

Die Basilika mit der hohen Kuppel ragt auf, zwischen grauen Fronten, rechts und links mit vielen holzverschlossenen Fenstern. Sie lädt den Weg ein, in ihren runden Portalen zu münden – er tut es. Weiter hinten, rechts der Chaussee, liegen die Seminargebäude für die hundertfünfzig Novizen der Jesuiten, die hier untergebracht sind – sonst stehen die Basilika und das Heilige Haus des Ignatius, das im Komplex liegt, ganz allein in den Bergen. Das Tal rundum ist still – hier in den Bergen werden die schwarzen Eier ausgebrütet. Das große Haus mit der Kirche und den paar Nebengebäuden – von hier ist die spanische Welt regiert worden, von hier wird auch heute noch so viel leise Regierung vorbereitet …

Der Ordensgründer hatte gewusst, was er tat. Die verblüffende Ähnlichkeit seiner geistlichen Übungen mit denen der Yogis ist längst aufgedeckt – es ist in der Sache wohl kaum ein Unterschied. Was das Militär aller Länder mit roher Gewalt versucht und nie zu Ende geführt hat, hier ist es mit der glänzendsten Geschmeidigkeit gelungen: Menschen ergriffen, umgeformt, in den Zustand der Halblähmung gebracht, geschwächt, um dann die größte Stärke aus ihnen herauszuholen.

Innen gleißt es vor Gold. Der Fußboden ist aus gehämmertem Silber, die Truhen und Altäre aus allem edlen Material zusammen, das es überhaupt gibt: Gold und Silber und Halbedelsteine und Alabaster und Marmor … Aber wie ist das gemeistert! An keiner Stelle schreit die Kostbarkeit – alles dient, scheinbar demütig, Gott.

Man darf sich einen Hausflügel ansehen. Und während wir in dem breiten, dunkelgetäfelten Treppenhaus umhergehen, dringt Stimmengewirr an mein Ohr. Vielleicht kann man hier nicht eintreten? Der spanische Führer macht eine einladende Kopfbewegung.

Da beten die Jesuiten.

Im dunkeln Halblicht des grauen Nachmittags sehe ich:

Den, der die Gebetsübung leitet, ein wundervoll feiner Kopf mit goldner Brille, schmallippig, mit grauen Augen. Ein andrer steht daneben. Die kleine Kapelle ist durch ein Gitter abgeteilt, da drinnen sitzen sie, die schwarzen Soutanen auf Dunkelbraun. Ich darf in einen kleinen Nebenraum treten, er hat einen hellen Teppich und ein kleines Fensterchen, das zur Kapelle führt. Davor kniet, aus irgendeinem Grunde von den andern abgeschlossen, ein junger Novize, ein schöner, schwarzer Mensch von vielleicht zwanzig Jahren. Sein Gewand hat sich auf den Boden gebreitet. Ich stehe bewegungslos. Und lausche.

Die Stimme des Leiters ist klar erkennbar. Aber was ist jenes andre? Es rollt, es kehrt wieder, ich kann nicht verstehen. Es sind offenbar viele Männerstimmen – und da sehe ich im Hintergrund der Kapelle zehn oder fünfzehn Novizen, die den Chor bilden. Jetzt höre ich: „*Ora pro nobis – ora pro nobis – ora pro nobis – ora pro nobis –*"

Es hat mich. Es kehrt immer wieder, und da die Wiederholung die einzig wirklich künstlerische Form ist, die es überhaupt gibt, was Buddha und sein genialer Übersetzer Neumann gewusst haben, weil das Ohr nach dem achten Mal nichts mehr zum Gehirn leitet, sondern eine feine Erschlaffung die Nerven befällt, so dringt das Gift in alle Poren ein. Durch Wiederholung wird das Wort fremd und kehrt verwandelt wieder. Welche wundervollen Handbewegungen! welche Köpfe! welche Summe von Charakter, Intelligenz, Wissen, Geistigkeit! Der Schmuck an den Wänden glänzt matt, weiche Teppiche dämpfen den Schritt – ich habe nie so elegant beten sehen.

Und plötzlich weht mich etwas an, eine lange Satzfolge – Worte … „Spinnfabrik – Vorarbeiter …" Ich habe später nachgesehen, was es war. Es war eine Seite des großen Oscar Panizza: gestorben, verdorben; die Bücher verboten, in alle Welt verstreut, vergriffen, das Wichtigste nie wieder aufgelegt … Es war die Seite über das Gebet. Hier ist sie:

Auf einer meiner Reisen kam ich eines Tages, in einer wundersamen Gegend, in Tirol, in eine Dorfkirche. Sie war edel und freundlich gebaut; im Innern luftige Hallen; an den Säulen und Wänden auf den Postamenten standen Apostel und Heilige in verzückten Stellungen, ihre Marterwerkzeuge ostentativ in der Hand haltend; und unten in den Stühlen lagerten schwarze gebeugte Massen: lebendige Menschen. Gleich beim Eintritt empfing mich ein eigentümliches Plätschern, Klirren, Schnurren und Rasseln, wie von englischen Webstühlen. Ich glaubte wirklich anfangs, es seien irgendwo im Keller versteckt Häckselmaschinen, die arbeiten, oder hinterm Chor eine Lokomobile, die Getreide drischt. Aber bald fiel mir auf, dass in den schnurrenden Geräuschen regelmäßig wiederkehrende Perioden von

bestimmter Länge zu unterscheiden waren, und dass, vergleichbar dem auf jenen Webstühlen Gewobenen, bestimmte Dessins
und Farbeneinschüsse in maschinensicherer Abwechslung immer
wiederkamen und gingen. Und hier waren diese Dessins zu meiner nicht geringen Verwunderung Sprachperioden und Satzkom-
plexe. „Maria, Gebenedeite!" und „jetzt und in der Stunde des
Absterbens" waren die stets wie auf Stramin gewobenen, vo-
rüberrauschenden Figuren und Lautnuancen. Und nun merkte ich
wohl, dass es die im Kirchenschiff kauernde Menge war – lebende
Menschen –, von deren Lippen und Zähnen dieses Schnurren und
Brausen kam. Vorn, ganz weit vorn, stand in einem weißen Kittel
der Vorarbeiter, und was er lallend und gurgelnd – und wie ich
wohl sah, in seiner Arbeit eminent geschickt – angab, woben und
schnurrten die andern nach; zuerst die Alten in den vorderen Kir-
chenstühlen; und dann hinten die Fabrikmädchen; und was diese
mit den fleißigen Zähnchen lieferten, klang, als wenn man Erbsen
in irdene Töpfe prasselnd fallen lässt; so hellen Diskant woben
die kleinen Finger. Lang, lang blieb ich stehen, wohl eine halbe
Stunde, stumm und erstarrt, und konnte es nicht fassen. Fast so
lang wie vor dem Rheinfall bei Schaffhausen; eingelullt von dem
ewig gleichen Rauschen und Brausen und ganz versunken in Gedanken, und in Gedanken fortgetragen in eine kleine, ferne protestantische Kirche im Norden, wo ich als Knabe mein stummes
Gebet still zu Gott sprach – bis endlich der Wasserfall aufhörte,
und das Brausen ein Ende nahm, und ich erwachte; und nun wohl
erkannte: das, was ich gehört hatte, waren die *Gebetgeräusche der
katholischen Kirche*; und das Webestück, die Arbeit, die sie voll-
bracht hatten, nannten sie –: *Gebet*.

Das war es.
Langsam verließ ich den Raum, langsam fuhr der Wagen davon. Hinten in den Bergen, in denen jetzt der Nebel aufstieg, lag
das Kloster des heiligen Ignatius von Loyola.

DAS KLOSTER zu Roncesvalles liegt gleichfalls jenseits der Grenze. Der Botschaftssekretär an der spanischen Botschaft in Paris hatte gesagt: „Die Erlaubnis zur mehrmaligen Überschreitung der Grenze können wir Ihnen nicht geben. Die Franzosen haben Ihnen das erlaubt? Wenn Sie das wollen, müssten wir nach Madrid telegrafieren …" Nein, dachte ich. Primo de Riveran persönlich angehen, ihn am Ende stören, wenn er gerade kühnlich sein Haupt in einer Untertanin Schoß legt – nein. Und jedes Mal, wenn ich die spanische Grenze überschritt, ohne Bestechung, ohne Beziehung, ohne Schleichwege, jedes Mal gedachte ich des Sekretärs in Dankbarkeit und gehorsamer Liebe. „Ich bin ein anständiges Mädchen!", rief die spanische Grenze in Paris. Aber wenn man nachher der Sache näher trat, da gings schon.

Roncesvalles – ganz richtig: Das ist da, wo Roland erschlagen wurde. Man zeigt heute noch die Kampfkeulen, mit denen … aber das will ja niemand wissen.

Das Kloster liegt ein paar Wegstunden hinter Saint-Jean-Pied-de-Port, und man fährt durch schöne Waldschluchten, über denen Geier kreisen; sie äugen herunter, ob sie nicht in einer Schafherde etwas einkaufen können. Der Weg dreht sich höher, bis etwa zu tausend Metern, dann klettert er über einen Gebirgspass, und da steht das gemütliche Gebäude.

Das Kloster war einmal. Es gibt da noch einen Abt und elf Mönche, die immens reich sind, alles Land im Umkreis gehört ihnen – aber Roncesvalles ist längst nicht mehr was es war. Ein großer Trumm Häuser ist zu einem Gefüge miteinander verbunden, er umgibt Innenhöfe und die Kirche. Die Dächer haben sie mit einem scheußlichen Blech belegen lassen, und innen ist Zentralheizung, denn es ist sehr kalt hier im Winter. Aber ich glaube: ein Kloster mit Zentralheizung, das ist überhaupt kein Kloster.

Der Sakristan zeigt die Kirchenschätze. Aufgehäuft liegen da Gold- und Silbergesticktes, Kleinodien, Reliquien, ein Dorn von … ein Stückchen Knochen des … Der Sakristan hat irgendeine Stö-

rung der innern Sekretion: er ist wachsgelb, hat dünne, blut-
leere Lippen, einen merkwürdigen Mikrozephalenschädel. Er ruht
nicht, bis ich alles gesehen habe und verschont mich mit keiner
Einzelheit. Er erzählt meinem Mann, den ich mitgenommen habe,
tausend Geschichten auf Spanisch, die der alle übersetzen muss.

Oben in der Kirche sitzen die Mönche und beten fett und laut
ein Nachmittagsgebet. Ihre Stimmen hallen. Unten beichtet einer, sein Kopf verschwindet hinter dem Vorhang des Beichtstuhls,
und ein herauslangender Priesterarm legt sich dem Sprechenden
beruhigend um die Schulter. „Nichts macht dem Spanier so viel
Vergnügen, als einen Menschen totzuschlagen und nachher in
der Kirche ausführlich und zerknirscht darüber zu sprechen."
Wer hat das gesagt? Ein sehr gläubiger Mann. Auf Zehenspitzen
gehe ich durch die Kirchentür ins Freie.

Von außen sieht das Kloster aus, als säßen in den wohlgeheiz-
ten Stuben zwölf Mönche und drehten die Daumen gemächlich
umeinander. Aber man kann einen großen, schön eingerichteten
Lesesaal sehen, und sie haben auch eine Bibliothek. Ich unterhalte
mich mit einem spanischen Geistlichen, wir sprechen lateinisch.
Das heißt: er spricht lateinisch. Ich sage alle meine Fehler aus
alten Extemporalien auf, konstruiere ut mit dem Indikativ und
benehme mich recht scheußlich. *Si vales, bene est – ego valeo.*
Zum Abschied sage ich gar nichts mehr. Denn wenn ich jetzt noch
„Bonus dies!" rufe, dann wird mir der geistliche Herr wohl eine
kleben.

Saint-Jean-Pied-de-Port: Die Basken

Ein Graf von Montmorency rühmte einst vor einem Basken das Alter seines Namens, seines Adels, seiner Familie,
rühmte, von welch großen Männern er abstammte. Der Baske

erwiderte: „Wir Basken, Herr Graf: Wir stammen überhaupt
nicht ab!"

So alt dünken sie sich. Sie haben es gut: Man kann ihnen
nichts beweisen. Man weiß nicht, wer sie sind, weiß nicht, woher
sie stammen, was für eine Sprache das ist, die sie sprechen –
nichts. Denn kein Latein, keine romanische, keine nordische
Sprache hilft dir hier. Eine Sprache, in der die Worte

Wer durch diese Tür tritt, mag sich wie zu Hause fühlen:
Atehan psatzen dubena bere etchean da

heißen – die ist wohl für uns nicht zu enträtseln. Es hat sie
auch keiner enträtselt. Versucht habens viele. Eine unaufgeklärte
wissenschaftliche Sache? Das lässt keinen deutschen Professor
ruhn. So sehen wir denn eine ganze Reihe Deutscher unter den
Forschern Eskual Herrias, wie die Basken ihr Land nennen: Wilhelm von Humboldt verstand und sprach baskisch, und Hübner,
Uhlenbeck, Linschmann, der Begründer einer Baskischen Gesellschaft zu Berlin; Phillips, Schuchardt in Graz und viele andre
haben an diesem Rätsel gearbeitet. Gelöst hats keiner. Es gibt
da Schulen und Gruppen; erste Theorie: Die Basken seien vom
Süden gekommen, zweite: Sie seien vom Norden gekommen,
die Dritte: sie seien Asiaten von Abstammung … für alles gibt
es Beweise, für nichts gibt es Beweise. Nur für eine traurige Sache gibt es ein Anzeichen: Diese Sprache kann eines absehbaren
Tages aussterben.

Zunächst bildet sie sich nicht fort. Sie formt keine neuen
Wörter für neue Begriffe, und wenn die Basken „Bleistift" sagen wollen, so müssen sie sich, da die Sprache das Ding nicht
kennt, des französischen Wortes bedienen, dem sie die baskische
Endung „a" anhängen: *crayona*. Die alte Generation sprach nur
baskisch, und ich habe Leute gesehen und ihnen zugehört, mit
denen ich mich gar nicht verständigen konnte; die jüngere Ge-

neration versteht fast durchweg Französisch und spricht also beides – aber es gibt schon junge Leute und ganze Dörfer, da ist es aus, und die baskischen Forscher unter den Franzosen schildern mit Trauer, wie man sie auf Forschungsreisen von einem Dorf ins andere geschickt hat: Ja, bei uns spricht man nicht mehr baskisch … Aber vielleicht in Izaba … Und da ebenso. Die Sprache wird erlöschen.

Die Rasse sobald nicht. Sie sind ungefähr fünfhunderttausend Leute, nicht mehr – vier Provinzen liegen auf spanischem Boden, drei auf französischem: Labourd, das ist die westlichste, mit Bayonne und Saint-Jean-de-Luz; Nieder-Navarra mit Saint-Jean-Pied-de-Port und Soule mit Mauléon. Die Basken kehren sich nicht an die bürokratische französische Departementseinteilung, die ja offiziell alle die schönen Namen, wie Bretagne, Normandie überhaupt nicht kennt, sie nennen ihre Provinzen mit den alten Namen. Aber so stolz sie auf sich sind: Es ist nichts Aggressives dabei, und eine „baskische Frage" gibt es nicht. Hier will niemand erlöst werden, weil sich niemand bedrückt fühlt.

Was sind das nun für Menschen? Der erste Eindruck ist, mitten im Gebirge: Seeleute. Für dieses Gefühl gibt es keine rationale Begründung – ihre Gesichter, ihre ruhige, anständige Art, sich zu betragen, die selbstbewusste Kraft, die innre Freiheit – alles das lässt an das Meer denken, an Fischerboote und Hafenmenschen. Ob ihre Vorfahren ein seefahrendes Volk gewesen sind – wer weiß das. Aber der Unterschied zum Franzosen aus dem Binnenland ist außerordentlich groß. Die Männer sehen gut aus, sie haben schmale Köpfe, durchgearbeitete Züge, man fühlt bei jedem Bauernkopf: Das ist einer für sich!

Die Sitten waren lange ganz patriarchalisch und sind es zum Teil heute noch. Der *pater familias* hat eine unbegrenzte Regierungsgewalt, die Frau dient, aber ungedrückt; das Züchtigungsrecht der Eltern wird fast bis zur Volljährigkeit der Kinder ausgeübt. Ich habe mich erkundigt, ob denn nicht die Tatsache, dass viele Basken im französischen Heer in so ganz andern Gegenden gedient hätten, diese Familienverfassung langsam über den Haufen wirft. Man hat mir mit Nein geantwortet, und ich denke, das ist richtig. Diese konservative Tradition hat ihren guten Grund.

Großgrundbesitzer gibt es in diesen Landstrichen wenig, die Bauern sind frei. Aber sie haben alle das größte Interesse daran, sich ihren Landbesitz ungeschmälert zu erhalten, und dem steht das französische Erbrecht entgegen, das kein Fideikommiss kennt. Was nun –?

Nun haben wir dieselbe Erscheinung wie beim preußischen Landadel, als dem das Fideikommiss gesetzlich abgeschafft wurde. Die preußischen Adligen wie die Basken: Beide Gruppen halten das alte Familienrecht durch Übereinkunft fest, die benachteiligten Erben verzichten, und es gibt bei beiden Gruppen keinen Fall, wo die jüngeren Geschwister dem Ältesten das Vatergut durch einen Prozess streitig machten, den sie unfehlbar gewinnen würden. Die Eltern verschaffen dem Ältesten die Möglichkeit, den Jüngeren ihren Erbteil abzukaufen, manchmal wird diese Schuld hypothekiert; ist ein Sohn im geistlichen Stand, so verzichtet er sowieso als Angehöriger einer Kirche, die an dieser alten Landeinteilung auf das Äußerste interessiert ist – auf alle Fälle umgehen sie das ihnen unbequeme Gesetz. Der Landbesitz soll ungeteilt erhalten bleiben. Und er bleibt erhalten. (Auch in Andorra habe ich etwas Ähnliches gefunden.)

Dieses Land der Basken nun ist weich, angenehm, begrünt und wellig, soweit es vor den Pyrenäen in der Ebene liegt, wie ja überhaupt der Fuß dieses Gebirges das Schönste ist, was ich dort zu sehen bekommen habe, und das fast überall: von Bayonne bis Perpignan, vom Atlantischen Ozean bis zum Mittelländischen Meer. Les Basses-Pyrénées bergen noch genug Klüfte und schwierige Bergspitzen, davon hält sich der Landbesitz natürlich fern. Ihre Häuser sind geweißte Steinbauten unter zierartiger Verwendung von dunkeln Holzbalken – die modernen Architekten haben diesen Stil für Villen und Landhäuser der Gegend adaptiert. Diese Holzbalken finden sich hauptsächlich in Labourd; in Navarra weniger, da sehen die Häuser düstrer aus, und in Soule sind die Häuser lediglich aus Stein. Alle Häuser stehen mit der fensterlosen Rückwand nach Westen, von da kommt der böseste Wind. Die Kirchen konnte man so nicht bauen, wollte man nicht mit allen liturgischen Vorschriften brechen: Die Kirchentür ist also häufig durch eine Mauer gegen den Wind geschützt.

Fast alle Häuser haben kleine Balkons. Es gibt elende Bauernbaracken und gepflegte Häuser, die gut imstand sind. Die Kirchen haben mitunter merkwürdige alte Glockentürme, in denen primitiv die Glocken baumeln. Und sie haben innen etwas sehr Merkwürdiges: Galerien für die Männer. Diese Trennung wird sonst nicht oft gefunden; und sie hat einen eigentümlichen Grund.

In den baskischen Provinzen gibt es viele Schafe. Wenn man nun wissen will, wo in Frankreich im Mittelalter die Zauberei zu Hause war, so braucht man sich nur auf der Karte die Gegenden anzumerken, in denen der Ziegenbock und der Schafbock vorkommen – dann hat man sie unweigerlich. Diese Zauberei, deren letzte Rudimente heute noch in plumpem Aberglauben vorhanden sind, ist rein katholischen Ursprungs: es ist sozusagen eine gotische Magie. Da ist keinerlei Beeinflussung vom Osten her, nichts Asiatisches – es ist der gute alte römische Teufel, der da sein Wesen treibt. Bauernmagie ist eine verwickelte Sache: ein so flacher Materialist wie der Herr Hellwig aus Potsdam, Landgerichtsrat und preußischer Spezialist gegen Okkultismus, würde nicht viel Ersprießliches aus ihr herausholen. Nun gab das im zwölften Jahrhundert eine Ketzerbulle nach der andern, die auf das arme Land herunterdonnerte – die Kirche rückte auf einmal in den Mittelpunkt des Interesses; da reichten die Kirchenräume nicht aus, und in dieser Zeit hat man die Galerien angebaut. Man findet sie in fast allen baskischen Kirchen, diese schweren alten Holzgalerien. Eine besonders schöne, dreistöckige in der großen Kirche zu Saint-Jean-de-Luz, das in der Nähe von Biarritz am Meer, kurz vor der spanischen Grenze liegt; dort ist Ludwig XIV. getraut, und auch das Haus Haraneder steht noch dort, in dem die Infantin Maria-Theresia vor ihrer Hochzeit gewohnt hat.

Die Kirche spielt eine große Rolle in diesem Lande, das freiwillig fromm ist. Protestanten gibt es kaum – wenn man „die Stadt" oder „das Dorf" sehen will, so braucht man sich nur nach der Sonntagsmesse vor die Kirchentür zu stellen. Da strömen sie denn alle heraus. Aber gar nicht in bunter Landestracht, romantisch, trutzig, wie aus dem Roman. Die städtische Kleidung überwiegt, die Bauern tragen ihre schwarze Bluse wohl auf dem Viehmarkt, aber nicht am Sonntag, und nur das *béret* trägt jeder. Das ist eine runde Mütze, ohne Rand, ohne Schirm, sie sieht aus wie ein Eisbeutel aus Tuch, mit einem kleinen Zippelchen oben drauf. (Manche Pariser Kinder tragen etwas ganz Ähnliches.) Bergstiefel sieht man kaum – die *espadrilles* sind weiße Sandalen, den Strandschuhen nicht unähnlich, der Fuß geht in diesen dünnen Tuchüberzügen außerordentlich sicher, an die Steinchen gewöhnt man sich rasch.

Aber man mag sich noch so oft vor die Kirchentür stellen: eine vollständige baskische Sippe wird man nicht zu sehen bekommen. Einer mindestens fehlt immer. Und der ist in Amerika.

Die Auswanderung ist in der Tat sehr stark. Die Basken sind gute und erfahrene Viehzüchter, und man muss sich diese Auswanderung ja nicht als ein Notventil gedrückten Proletariats vorstellen. Freie Bauern gehen hinüber, um Geld zu machen: nach Kalifornien, um Hammel zu züchten; nach Argentinien zu den Rindern, und die Minorität, um Handel zu treiben, nach Chile. Es sind hauptsächlich die jüngern Söhne, die auswandern, die, die nicht erben und die im eigenen Lande nicht in fremde Dienste treten wollen. Drüben finden alle sofort Anschluss: einen

Onkel, einen Freund, einen Bruder. Und das Allermerkwürdigste ist: Sie kommen alle zurück. Sie sparen in Amerika das Geld, das sie in den langen einsamen Weidemonaten nicht ausgeben können und nicht ausgeben wollen – sie kommen als ältere Leute zurück mit durchaus beachtlichem Vermögen, das heute, der Valuta wegen, größer ist als vor dem Kriege; viele haben zu Hause eine, die auf sie wartet und nicht umsonst wartet. *Les Américains* heißen die Zurückgekehrten, und man zeigt mit Stolz ihre hübschen Landhäuser. Es sind zielbewusste Leute.

Was tun nun diese baskischen Bauern abends und am Sonntag, wenn sie nicht arbeiten?

ALS ICH nach Saint-Jean-Pied-de-Port kam, klebte an allen Ecken ein blauweißes Plakat: Morgen, Sonntag:

LA PELOTE

La Pelote ist für den Basken, was für den deutschen Stammtischler der Skat, für den Spanier der Stierkampf, für den Franzosen das Manilla-Spiel: Leib- und Magenzweck seines Hierseins. „Man sollte die Basken in einem Turm bei Silber und Gold konservieren!", sagte eines Tages ein Bewunderer des Landes. „Ja", erwiderte ein Baske. „Aber es muss ein Pelotenspiel im Turm geben!" Ein Ballspiel – aber was für eins!

Im kleinsten Dorf steht *le fronton*: Eine viereckige graue Steinmauer, sie steht frei, oben ist sie zierlich geschwungen, davor ein freier Platz. Auf dem springen die Spieler umher, die *pelotari*; sie schlagen, entweder mit der Faust oder mit der *chistera*, einem schnabelartigen gehöhlten Schläger, den kleinen steinharten Ball an die Mauer, von der er mit scharfer Wucht zurückspringt. Es spielen vier oder sechs Mann: zwei oder drei auf jeder Partei. Es wird abwechselnd geschlagen: Partei A gibt, der Ball springt zurück, Partei B hat ihn aufzufangen und zurückzuschleudern, wiederum A und so weiter. Die Schärfe, mit der sie schlagen, wird nur noch von der Behändigkeit übertroffen, mit der sie den kleinen, fliegenden, grauen Punkt auffangen und zurückschleudern. Die Anstrengung für den ganzen Körper ist sehr groß: Das Spiel ist Tanz, Sport, Athletik und Kopfarbeit in einem. Eine Pelote –? Hin.

Am Sonntagvormittag steckten alle Pelotari in der Kirche. Ein bekannter Spieler war angekündigt, Léon Dougaïtz; eine begehrockte und uniformierte Sportkommission war auch anwesend, mit einem richtigen General. (Es kann aber auch ein Feldwebel gewesen sein – ich kenne mich in diesem Klan nicht so aus.) Die kleine Kirche war gedrückt voll, unten die Frauen, oben auf den Galerien brummten und sangen die Männer. Ein junger Geistlicher betritt die Kanzel. Er spricht über –? Johannes? Matthäus? Markus? Er spricht über die Pelote von heute Nachmittag. Sein leichter Versuch, diesen Sport mit Mystik zu umkleiden, misslingt: Es ist einfach ein ziemlich geschickt gesungenes Preislied auf „uns Basken". Eine Masse kann man gar nicht deutlich genug loben: aber da ist schon jener kleine fatale Funke von zu genauer Kenntnis über sich selbst. „Wenn ein Fremder heute in die Kirche käme, so würde ich ihm sagen: Sieh dir diese Ballspieler an, den Kern unsers Volkstums …" Schon faul. Das sicherste Zeichen dafür, dass mit einem Volksgebrauch etwas nicht in Ordnung ist, sind Oberlehrer- und Pfarrervereinigungen zu seiner Konservierung. Niemand tut etwas für den Gebrauch von Tinte, und einen Verein zur Erhaltung des weichen Umlegekragens gibt es nicht. Nur Sachen, die sich nicht von selbst verstehen, werden so hallend betont. Der Prediger lobt also seine Ballspieler – und das ist durchaus keine Entweihung des Gottesdienstes: Gibt es doch viele baskische Äbte und Vikare, die selbst mitspielen. Mit hochgerafften Soutanen springen sie umher und sind nicht einmal die schlechtesten beim Spiel. Wie ja überhaupt der katholische Geistliche dem Volk viel näher steht als der fast stets etwas säuerlich reservierte protestantische Pfarrer. Katholische Kirchen sind immer geöffnet, protestantische nur sonntags. Die Geistlichen auch. Und so predigt eben dieser über das Ballspiel. Wohlwollend hält er die Hände darüber hin. Denn was die Kirche nicht verhindern kann, das segnet sie.

Chorgesang, Schluss, alles strömt auf die Gasse.

Mittags gehe ich ein bisschen durch die Stadt. Saint-Jean-Pied-de-Port liegt hügelig-befestigt; was außerhalb der alten Fortifikation steht, ist hübsch, aber belanglos. Eine schnurgrade, grüne Allee führt auf die Berge zu. Aus dem Hause des Notars perlt Mozart. Das Wetter ist schön und still.

Das ist der Friedhof – da stehen die eigenartig geformten Grabsteine: auf niedrigem Fuß eine runde dicke Scheibe. Schrift und Verzierung wirken in ihrer Verwitterung wie Runen. Auch das Hakenkreuz kann man in baskischen Inschriften finden – gewiss ein schönes Beispiel für seine Popularität. (Wohl selten ist ein geschichtliches Symbol schmutziger missbraucht worden.) Und welch merkwürdige Namen auf den Steinen stehen! Maria Ladeveze, Landerreiche Gabriel, Kurutze Hunen – –

Hier in der engen krummen Straße, die so bergan steigt, liegt ein Haus, in dessen Keller war einst das Gefängnis, in das die Bischöfe ihre besten Feinde stecken ließen. Ein hoher, fast dunkler Raum – ein paar Halseisen hängen noch an den Wänden. Ein Kabuff ist abgeteilt – das ist völlig schwarz und ohne jede Luftzufuhr, mit einer dicken Holztür. Da saßen die zum Tode Verurteilten, lange Wochen, und warteten auf ihre Hinrichtung.

Aber es ist unmöglich, irgendwo auf der Welt ein Gefängnis zu sehen, ohne daran zu denken, was deutsche Richter mit politischen Kämpfern treiben und treiben lassen; wie bei uns gefoltert wird, körperlich und unkörperlich; wie Angeklagte in Deutschland vor Gericht behandelt werden. Hat diese Justiz endlich das allgemeine Vertrauen verloren? Sie hat es nie verdient.

Oben auf dem Hügel liegt das Fort. Das ist ein alter Kasten mit

Zugbrücke und stillem, weißem Hof, in dem das Gras wächst. Nur ein alter Arbeiter wohnt noch da ... Aber es sieht alles so reinlich aus und nur wenig zerfallen – und man liest Inschriften an allen Türen und Plakate in den Stuben ... was ist das? Hier in der Zitadelle staken im Kriege ungefähr fünfhundert deutsche Kriegsgefangene, aber weil Fluchtversuche vorkamen, fünf, sechs, zur nahen spanischen Grenze, so wurden sie bald wegtransportiert. Nach ihnen zog ein französisches Strafbataillon ein, *des fortes têtes*, besonders widerspenstige Leute, die von einem Loch ins andere flogen. Ich sehe ihre engen Steinzellen, die sie sich selbst gebaut haben, es muss eine böse zweite Garnitur gewesen sein. Der Schullehrer hat sie gesehen und erzählt noch lachend von ihnen: Tätowiert waren sie wohl fast alle, aber einer hatte sich seinen Kriegswahlspruch: MERDE auf die Stirn einbrennen lassen, und wenn ihm ein Caporal oder ein höheres Tier einen Befehl gab, der ihm nicht passte, so schob er einfach seine Kappe hoch, dass die Stirn freilag, und der andere konnte ihm so von den Gesichtszügen ablesen, was er zu sagen hatte. Man kann sich dem nur vollinhaltlich anschließen.

Nachmittags um vier Uhr steigt die Pelote. Ausverkauft. Kein Wunder in einem Lande, wo an jedem vierten Haus zu lesen steht: *Défense de jouer à la pelote!* – denn keine Mauerwand bleibt von den Jungen verschont, die einmal Matadore des Landesspiels werden wollen. Der junge Geistliche, der gepredigt hat, sitzt bei den Obersten, die Sportkommission ist auch da. Zum Glück ist die Pelote noch überall mehr Spiel als Sport. Es gibt allerdings schon Vereinigungen mit Kommissionssitzungen und Komitees, mit Disqualifikationen und Jahreskongressen – aber das Publikum liebt das Spiel, das Spiel in der frischen Luft, sein Spiel, und schert sich den Teufel um den lächerlichen Kram der Organisation. Jede Zeit hat ihren Hanswurst: Der unsre blickt mit gefurchter Stirn und düstern Brauen auf spielende Leute und legt sich und denen eine Bedeutung bei, die er mit „Hebung der Pferdezucht", „Ertüchtigung der Jugend", „Disziplinierung des Geistes" und andern schönen Sachen umkleidet. Nichts alberner als dieser von Brillen und glatt rasierten Aktuaren präparierte Sport, bei dem die Ausschusssitzung das Wichtigste ist. Soweit ist es da unten also noch nicht.

Die beiden Parteien treten an. Zwei spanische Basken: ein Kleiner und ein Langer, ziemlich gleichgültige Gesichter: Léon Dougaïtz, der Franzose, mit Partner. Der Mann sieht aus wie ein Maurerpolier, er hat einen unternehmenden, weichen Schnurrbart, trägt weißes Hemd, Espadrillen, aber wie alle Spieler kein Béret. Sein Partner ist ein stämmiger junger Mensch. Es wird ohne *chistéra*, mit den bloßen Händen geschlagen. Die Spieler treiben, um die Gelenke zu ölen, die ersten Bälle an die Mauer. Anfangen? Anfangen.

Eine Kapelle spielt. Léon gibt. Er steht mit der Nase zur Mauer, einen Meter von mir entfernt, und schlägt den kleinen Ball mit einer unbegreiflichen Wucht an den Stein. Der Ball flitzt zurück, hinten wird aufgepasst, sie boxen ihn vor. Und nun spielen sie.

Sie springen vor und zurück, manchmal bewegen sie sich kaum, und besonders Léon, der vorn spielt, scheint gar nicht aufzupassen, wann der Ball kommt. Dass er ihn trifft, darum ist ihm wohl nie bange – aber ob der Schlag auch kräftig genug sein wird? Der Schlag kann einen Ochsen töten und es wird so leicht, so elegant geschlagen. Sie tragen keinen Schutz an ihren Händen.

Das Publikum passt auf wie die Schießhunde. Wenn der Ball von hinten nach vorn fliegt, drehen sich alle Gesichter mit genau der gleichen Wendung nach vorn: Es sieht aus, als wären alle diese Köpfe auf Stöcke gesetzt und von einem Mechanismus bewegt, in Wirklichkeit ist alles nur noch ein Kopf. Sie kritisieren sehr genau, und ein klein bisschen Lokaleitelkeit ist wohl auch im Spiel. Neulich haben die Spanier gewonnen – wirds Léon ihnen geben? Léon gibts ihnen. Dabei ist er keine Kanone, sondern nur gute Feldartillerie –, aber der Einzige, der mit Kopf spielt. „Bravo, Léon –!" Sein Gesicht bleibt glatt und gleichgültig, sein Hemd ist nass, der Schweiß hat den groben Stoff in durchsichtige Seide verwandelt, ein Schuh ist durchgestoßen und wird unter allgemeinem Hallo ersetzt ... weiter, weiter!

Das Publikum bildet eine schöne Einheit, es sind wohl wenig Fremde darunter. Man kennt sich, man lacht sich an, drei Freunde, ein Dicker in der Mitte, sitzen Arm in Arm und sehen einer feinen Dame, die gewiss hoch zu Automobil hergekommen ist, ironisch-bewundernd nach. Männer untereinander sind eine harmlose Gesellschaft. Ein Mönch von Grützner steht da: ein dicker Bauer mit einer Knubbelnase, hochrot, ein agiler, sanguinischer Alter. Er ist über irgendeine Sache im Spiel furchtbar aufgeregt und wirft abwechselnd die Hände über dem Kopf zusammen oder seine Mütze unter Geschrei in die Luft. Er hopst und tanzt aufgeregt auf seinem Platz und ist ganz Feuer und Flamme. Es ist aber auch ganz schrecklich, was da vorgeht! Die Spanier holen ihren Verlust ein –! Das darf nicht sein! Nein! Pause.

Die Spieler bekommen Wein zu trinken und schwitzen, dass sie davonschwimmen können. Der Mönchs-Bauer hat sich langsam beruhigt, und der Dicke unterhält sich mit Freunden über acht Bänke hinüber.

Und bevor es wieder anfängt, hat die Kapelle ein Lied intoniert, eins, das alle mitsingen, eins von den Liedern, von denen man sofort spürt: Dies ist viel mehr als ein Schlager, das ist ein Volkslied. Sie wiegen sich im Sitzen auf ihren Plätzen, viele summen nur mit, wie man etwas summt, von dem es nicht erst lohnt, die Worte noch auszusprechen. Sie summen gewissermaßen die Worte. Da strahlt die buttergelbe Spätnachmittagssonne durchs Gebüsch und über die hohen Bäume, der Himmel ist blitzblau, die Kapelle bläst, gleich werden sie anfangen zu spielen – und ich fühle: Dies ist einer von den Nachmittagen, der mitgedacht wird,

wenn die Basken denken: Heimat! Dieses Glück, mit keinen
Worten ausdrückbar, in nichts anderm bestehend als eben in der
fünfhundertsten Wiederholung dessen, was schon die Väter und
deren Väter Sonntag nachmittags getrieben haben – in nichts
anderm als in einer Vereinigung, die nur zu Hause möglich ist:
dieser Schein der Sonne und kein andrer, dieses Lied und die ge-
schwungene Ballmauer, die vertrauten Bänke und die altvertrau-
ten Scherze und Zurufe – das sind die Stunden, nach denen sich
der Baske in Amerika sehnt, wenn er zurückdenkt: an den Ball-
platz, die Pelote und an noch etwas: Er wird Freunde auf der Welt
haben, auch anderswo, gewiss. Er wird sie gern haben. Aber er
wird nirgends, nirgends auf der ganzen Erde noch einmal dieses
Zusammengehörigkeitsgefühl haben wie hier, die Tuchfühlung,
den tiefen Ruck im letzten Winkel der Herzgrube: Heimat.

Merkwürdig, wie eng dieses Heimatgefühl ist. Hier hat kein
Staat die Finger und die Fahnen hereinzustecken – niemals meint
man ihn, wenn so gefühlt wird. In Deutschland habe ich dies
Empfinden besonders in der Frankfurter Gegend und in Hamburg angetroffen; auch die Berliner wollen es für sich in Anspruch nehmen. Otto Reutter, der verflossene Coupletsänger,
der im letzten Hosenknopf mehr Witz und Humor für seine Zeit
hatte als heute ein ganzes Weincabaret mit garantiert exklusi-
vem Publikum, Otto Reutter hat im Laufe seiner vierhunder-
tachtundachtzig Couplets auch eines gesungen, das den Refrain
hatte: „Da bin ich stolz, dass ich ein Deutscher bin!" – Und die
siebzehnte Strophe dieses Liedes schilderte, wie er in einem feinen französischen Seebad abends auf dem Quai spaziert und sich
plötzlich eine pikfeine Halbmondäne an ihn heranmacht.

> Die Kurkapelle spielt so ihre Weise,
> die Dame drängt sich sachte zu mir hin …
> „Na, Dickchen, auch aus Preußen –?", sagt sie leise.
> Da bin ich stolz, dass ich ein Deutscher bin –!

„Bravo, Léon –! Bravo, Léon –" Léon hats gemacht. Die Spanier haben überwältigend eins aufs Dach bekommen, aber man spendet ihnen ritterlichen Beifall. Alles trubelt durcheinander, keiner geht. Es wird noch getanzt.

Das Orchester setzt sich auf die Zuschauerbänke: ernste, schnauzbärtige Männer, denen man solch einen Lärm gar nicht zutrauen möchte – und eine *xülüla* hat sich dazugetan, eine kleine gellende Flöte. Der Spielplatz ist jetzt frei. Und die Männer tanzen.

Diese „baskischen Sprünge" werden ausschließlich von Männern getanzt. Auf den baskischen Festen zu Mauléon im Jahre 1896 hat ein junges Mädchen mitgewirkt, und das war eine Sensation. Da diese hier nicht in Festkleidung weiß mit roter Schärpe sind, so nimmt sich der Tanz absonderlich genug aus. Sie bilden einen Kreis und tanzen, jeder für sich. Ein Dicker walzt da sein Fett auf und ab, dass einem himmelangst wird, ich zum Beispiel sehe Schlaganfälle nur ungern. Ein Junge tanzt entzückend, er hält den Oberkörper ganz still, tanzt leicht und könnte gerade so gut einen modernen Tanz in derselben Haltung hinlegen. Bald dreht sich der Kreis links, bald rechts herum, sie berühren sich aber nicht mit den Händen, sie tanzen ganz allein. Beifall. Bis –!

Bis.

Darauf: Fandango. Den tanzen, immer ohne sich anzufassen, zwei kleine Gruppen, aus zwei Männern bestehend.

Aber nun bleiben die Männer nicht allein. Zwei Spanierinnen, die hier zu Besuch sind, haben sich dazugesellt und tanzen den Fandango. Auf einmal wird klar, was der Tanz eigentlich ist und bedeutet; er bekommt Farbe und hat offenbar einen weit, weit entfernten Verwandten bei den Mauren: den Bauchtanz. Aber die jungen Mädchen tanzen so diskret, sie schnipsen mit den Fingern, weil niemand Kastagnetten hat, sie wenden sich und drehen sich, schneller, schneller … Die Spanierinnen haben ihren Spezialbeifall. Die jungen Herren ziehen einen sauren Mund: Das ist eine unehrliche Konkurrenz. Mit Röcken ... Und das Ganze von vorn.

Nach jeder Pelote wird getanzt – das ist so. Und ebenso traditionell sind die beiden Männer, die das Volk dabei in allen Pausen ansingen: die Improvisatoren. Sie sind immer zu zweit: und es ist stets eine Art Sängerkrieg, den sie miteinander auspauken. Besingt der eine „Die Freuden des Junggesellen", so der andre „Die Freuden des Ehemanns"; „Automobil und Ochsenkarren" – „Meer und Land" – „Wasser und Wein" – „Sandale und Holzschuh", das sind herkömmliche Themen. Herkömmlich auch, dass man sie lange bitten muss, anzufangen – sie zieren sich, lange. Dann aber hören sie nie wieder auf. Sie begrüßen an diesem Nachmittag erst alle Erschienenen, werden heftig belacht und beklatscht und treten nach jedem Tanz aufs Neue in die Mitte. Sie heben beim Vortrag die Arme, ihr Gesang ist stets ein Rezitativ, und jede Strophe besteht aus vier langen Zeilen mit dem gleichen Endreim. Darauf sind sie besonders stolz – vier Reime! Die spanischen Basken nehmen die Zeile länger, bis zu zwanzig Silben – welch ein Atem! Als sie fertig sind, will ich mich mit den beiden unterhalten. Mit dem einen wird das nichts werden – er versteht nur baskisch. Der andere erklärt mir, was sie gesungen haben. Er sagt, es gehöre viel Routine und Schlagfertigkeit dazu, und Nachfolger gebe es wenig. Rostand habe ihn noch gehört und sei voller Bewunderung für seine Reimfertigkeit gewesen. „Ist das nun ein scharfer, witzgespickter Streit, den ihr da habt?", frage ich. *„Il faut toujours respecter l'autre"*, sagt er. Diesen Zug von Ritterlichkeit trifft man bei ihnen nicht selten an. Und dann gehen alle Abendbrot essen.

Sie essen nicht schlecht. Sie trinken einen kräftigen, etwas säuerlichen Wein; auch den Wein von Jurançon, der aus der Gegend von Pau kommt, findet man überall im Lande, er ist gut und mild. Auf dem Markt und unterwegs trinken die Bauern und Hirten aus Lederflaschen, kleinen Weinsäcken, die den Wein schön frisch halten.

Abends ist Ball auf dem Marktplatz. Er ist festlich mit Lampions beleuchtet, und bald rutscht und schleift alles, besonders unter einer dunklen Baumreihe. Wo ist die Grazie der Kreistänzer geblieben? Dieselben jungen Leute, die eben noch so hübsch ihre Landestänze getanzt haben, anspruchslos, ohne die leiseste Pose, tanzen jetzt Foxtrott und Two-Step, und auf einmal ist alles vorbei. Das sind gar keine jungen Bauern mehr – das sind Arbeiter aus der Vorstadt, die verrutschte Kopie nimmt ihnen alles und gibt ihnen nichts. Ich habe einmal im Holsteinischen Bauernburschen und Bauernmädchen moderne Tänze tanzen sehen – ihre schweren Füße bumsten auf den Boden, und ihre Grazie war die junger Kälber. Es war zum Gotterbarmen. Etwas Ähnliches geht auch hier vor. Denn das, was da herankommt, ist unentrinnbar. Die weinerlichsten Schilderer der baskischen Eigenart müssen zugeben, in jedem Buch dreimal: Es verschwindet! Alles das verschwindet. Sprache, Eigenart, Sitten und Gebräuche, Aberglaube – denn man mache uns doch ja nicht weis, dass sich dergleichen bei einer so umwälzenden Umgestaltung der Erde erhalten kann! Ihr fahrt in der Stadt Untergrundbahn, und der tumbe Bauer soll ewig derselbe bleiben, ewig derselbe. Er wird euch was husten.

Immerhin vollzieht sich hier die Umwandlung leise, leise. Aber bei aller Erhaltung der Eigenart: Als die Reblaus die Weinberge verwüstete, und die Amerikaner eine neue Pflanze auf den Markt brachten, da waren doch die konservativsten Basken dabei, die neue einzuführen. Chicago siegt – ihr könnt machen was ihr wollt. Gute Nacht, Marktplatz.

Am nächsten Tag wimmelt er von Vieh. Welch eine Qual für das Vieh, so ein Markttag! Nein, ich bin nicht wehleidig, und sie werden ja auch geschlachtet – aber es ist doch ein Stück Arbeit, mit der sie sich den Tod erkaufen. Der stundenlange Marsch, an die Wagen gebunden – die Schweine hinten mit einem Strick am Bein und furchtbaren Spektakel vollführend, immer mit jener Komik, die ein Schwein auch im Sterben nicht verlässt (für unsre Augen); – in der Sonne liegt eine Reihe Enten, die klappen die Schnäbel auf und zu und gluckern nur noch leise, vor Durst – eine Kuh beleckt ihr Kälbchen, dem sie das Maul mit Stroh umwickelt haben, damit es jetzt nicht trinkt. Die schreckhaften Schafe werden von den Käufern befühlt. Welch scharfe, feine Bauernköpfe! Welche guten Gesichter! Welch ruhiger, selbstbewusster Ausdruck in den Augen. Diese Leute versetzen einen in Wohlbehagen.

Mittag essen manche, die zum Markt gekommen sind, im Hotel. Das hat ein hohes Zimmer, mit einer großblumigen, hellen Tapete – und die schwarzrockigen Bauern heben sich scharf von der Wand ab. Sie sitzen und essen, gut und reichlich und nicht zu schnell; ein Violinspieler kommt und geigt ihnen etwas vor, vielleicht ein Bauer, der ins Unglück geraten ist, sein Kind sammelt mit dem Teller und bekommt seine Sous. Am Ecktisch sitzen Majors. Pensionierte Offiziere scheinen auf der ganzen Welt gleich zu sein. Alle haben sie diese anständige, etwas verblühte Frau, die unschöne, eckige Tochter, und Papa bestellt so laut Käse, als ob er eine Brigade kommandierte. Aber dieser ist harmlos und brav und hebt nur dann und wann den quadratischen Soldatenschädel, um nach dem Rechten zu sehen.

Draußen geht ein Seminarist vorbei. Man hat ihm lateinische Gebete beigebracht, die er auswendig hersagen kann, ohne sie zu verstehen, er trägt sein Gebetbuch unter dem Arm.

Heute hat er die Konkurrenz nicht mehr zu befürchten, die seinen Vorfahren so viel Mühe gemacht hat: den Jansenismus, der hier geboren ist. Die Pyrenäen haben religiöse Phänomene in Fülle hervorgebracht: Der Spanier Loyola hat auf der spanischen Seite sein erstes Haus gebaut, und man weiß, was daraus

hervorgegangen ist. Und ehemals waren die Basken in Religi-
onssachen ein recht kriegerisches Volk: Die Abgesandten des
Bischofs von Oloron, eines der ersten Calvinisten der Gegend,
wurden in Mauléon zunächst mit Eseln umritten, und als der
Alte selbst kam, um den Schimpf zu rächen, schlugen sie ihn
mit einer Hacke tot. Der junge Seminarist ist um die Ecke verschwunden.

Das mit dem erschlagenen Bischof aus Oloron ist kein Ein-
zelfall. Die mittelalterlichen Stadt- und Landfehden waren hier,
wie überall, von großer Grausamkeit. Da haben sie einmal an
die sechs oder sieben Basken, die aufgemuckt hatten, an die
Adourbrücke in Bayonne gebunden, bei Ebbe, und die haben
warten dürfen, bis die Flut zu ihnen hochstieg. Es waren Vater
und Sohn darunter, und das ganze Volk stand am Ufer und wartete auf das herrliche Schauspiel. Den Sohn fasste es zuerst; er
gurgelte schon, da beschimpfte der Vater die Henker. Sie warfen
ihm das linke Auge mit einem Stein aus, aber die Flut kühlte das
rasch sowie das Übrige.

Da am Brunnen haben zwei Männer einen großen Disput.
Ob das Baskische schön ist, kann ich nicht beurteilen. Es klingt
nicht schön und nicht hässlich. Seine Liebhaber und besonders
die baskischen Schriftsteller selbst überschätzen natürlich die
ihm innewohnende Poesie, die – wie jede Sprachpoesie – sub-
jektiv empfunden wird. Einer erzählt, wie viele Gedichte sich
mit der Jagd auf Holztauben beschäftigen. Holztaube heißt auf
Baskisch: *usua*. Der Baske setzt hinzu: „Dieses Wort ‚Holztaube‘
besagt wenig. Um die ganze Poesie von Usua auszukosten, muss
man …" Gar nichts natürlich. Diese Lokalverzücktheit, ehrlich
und begreiflich, erinnert mich immer an die Vortragenden in den
deutschen Konzertsälen, wenn die fremde Volkslieder vorsingen
und vorher, sich leicht niedlich machend, den Inhalt auf Deutsch
erzählen. „Das Mädchen kommt morgens an den Brunnen und
sagt: O Brunnen! Wie läufst du doch so schön, du guter Brun-

nen! Wo aber ist mein Geliebter hingelaufen? Weißt du das vielleicht? Nein, du weißt es nicht, denn du bist nur ein Wässerlein!
Wenn du ihn triffst, du guter Brunnen, dann grüß ihn doch von
mir!" Des freut sich das Parkett – und man ist ganz verwundert,
wenn nachher ein reizendes kleines Lied aufsteigt, bei dem es einem vollständig gleichgültig ist, ob der Brunnen plätschert oder
nicht, und dessen Rhythmus und Farbe schon das ihrige tun.
Volkspoesie kann man nicht übertragen. Man kann sie bestenfalls nachschaffen.

Nicht nur an der Sprache merkt man, dass man in einem besondern Winkel Frankreichs ist. „Bei Gott!", will die Hotelfrau
zu mir sagen, und um das noch mehr zu bekräftigen, hebt sie die
rechte Faust über den Scheitel, der kurze Unterarm liegt nahe
am Kopf. Ich frage später nach dieser wilden Tomahawk-Geste.
Es sind die baskischen Schwurfinger: „Bei Gott ...!" Und nun
weiß ich, dass sie gelogen hat.

Sie gelten für nicht sehr zuverlässig, die Basken, und vielleicht trügt der erste angenehme Eindruck. „Die Leute in Bayonne", sagte mir einer in, aber nicht aus Bayonne, „sind lie-
benswürdig, freundlich und falsch wie Galgenholz." Nun, das
sind Urteile ... Auch andre sind nicht gut auf sie zu sprechen
und sagen ihnen eine Habsucht nach, die ich nicht zu spüren
bekommen habe.

Wie sieht ein Volk seine Stämme an? Für die französische
Salonliteratur ist das Baskenland (wie übrigens auch Andorra)
eine herrliche Gelegenheit zu unkontrollierbarer Romantik.
Pierre Lotis berühmter „Ramuntcho" (224. Auflage) ist eine
parfümierte Sache, die nach sehr gutem Feldblumenparfüm
duftet – aber eben nach Parfüm, und nicht nach Feldblumen.
Merkwürdig: Mäßige Schriftsteller behandeln den Bauer entweder ganz leicht von oben herunter, mit liebevollem Wohlwol-
len – „Machs gut, braver Mann!" – oder sie packen in die Bau-
ernseele einen Klumpen Mysterium hinein, der da gar nichts

zu suchen und gewiss nichts zu finden hat. Man hat manchmal das Gefühl, als habe sich Loti alle landesüblichen Ausdrücke des Baskischen auf einen Zettel notiert und habe nun eine seiner Liebesgeschichten zur Abwechslung in dieses Kostüm gesteckt. Auch ist bei ihm die wilde Gebirgsleidenschaft diskret gemäßigt, sodass sie noch in den besten Salons genossen werden kann. Und wenn der Held auch bis an den Hals im Kummer steckt: immer edel, immer edel! Ich glaube, solche Romane sind mehr für den Hersteller, als für das geschilderte Land charakteristisch.

Eine Frau passiert die Straße, mit der *herrade* auf dem Kopf, dem gehenkelten, konisch sich nach oben verjüngenden Wasserkrug. In den französischen Nachbarprovinzen kennt man das nicht: Krüge auf dem Kopf zu tragen, das ist eine baskische Sitte.

Baskische Sitten … Eine ist in ganz Frankreich bekannt, und es ist das erste Wort, das einem entgegentönt, wenn man von den Basken spricht: Schmuggler.

Im Museum zu Bayonne hängt ein entzückender alter Druck: DER PYRENÄEN-SCHMUGGLER. Da läuft er, mit einem Sack auf den Schultern und einer Flinte in der Hand, durchs Gebirge, so ein richtiges Gebirge, wie es auf den Drucken zu sehen ist, die in Schweizer Hotelzimmern hängen, und im Hintergrund zeigen ihn sich zwei Gendarmen, den gefährlichen Mann. Ach, das ist lange vorbei … Es lohnt heute nicht mehr.

Ich hatte die Absicht, mit einem Gendarmeriekapitän die Zollposten abzugehen – aber als ich sah, wie er sein Auto ankurbelte, um sie abzufahren, da war es mit meiner Lust vorbei. Schmuggel –? Die Valuta hat ihn zerstört. Die Vorbedingungen waren glänzend. Tabak und Alkohol … In Frankreich und Spanien hatten die Kaufleute das allergrößte Interesse daran, die Preise durch den Zoll hochzuhalten und die natürliche Entwicklung zu hemmen, wie ja überall – und auf beiden Seiten der

Grenzen saßen und sitzen Leute, die dieselbe Sprache sprechen, die ihre Zugehörigkeit zu verschiedenen Staaten hauptsächlich empfinden, wenn sie Steuern zahlen und dienen müssen, und die doch zusammengehören. Es wurde unsagbar geschmuggelt. Die Gendarmen wussten das, aber es war ein anständiger Kampf. Auf beiden Seiten wurde damals unter keinen Umständen geschossen: Wer erwischt wurde, zahlte oder brummte – aber deshalb keine Feindschaft nicht. Du bist Schmuggler – das ist dein Beruf; und ich bin Gendarm – das ist meiner. Die Mühe war groß und der Verdienst klein. Meist wurden nicht einmal Maultiere benutzt, die ja noch auf den abenteuerlichsten Wegen klettern können, sondern die Schmuggler trugen Sack und Pack auf dem Buckel – und welche Wege! Nachts, im Regen, die steilsten Abhänge hinauf und die bösesten Geröllhalden wieder herunter – und das alles für ein paar Francs! Schmuggeln galt immer als ein durchaus ehrenhafter Beruf, jeder wusste, dass sich der andre damit befasste, und niemand hätte jemals verraten. Aber heute …

Die französische Inflation ist sehr langsam gekommen, und die Spanier haben Zeit gehabt, zu merken, was ihre Pesetas in Frankreich wert sind. Sie wissen das zum großen Leidwesen der Basken sehr genau, und wenn man die nach ihrem alten Handwerk befragt, so hört man Klagen, gegen die die Stoßseufzer der Berliner Pleitevögel eitel Wonnegeschrei sind. „Es ist nichts mehr! Kein Geschäft! Die Spanier bezahlen nichts! Was sollen wir denn noch schmuggeln …!" Es ist herzzerreißend.

Vorbei die Zeiten, wo die Schmiere stehenden Kinder und Frauen beim Nahen des Gendarmen den Schmugglern: „*Otsoa, Otsoa!* Der Wolf! Der Wolf!" zuriefen – der Wolf ist Vegetarier geworden, weil es keine Schafe mehr gibt. Vorbei Romantik, zerrissenes Abendgewölk, durch das der bleiche Mond die heimlichen Contrebandiers bescheint, Schmugglerliebe und Schmugglertod … vorbei.

Vor allem deshalb, weil ja heute keinem vernünftigen Menschen mehr die Grenze noch eine solche Herzklopfen verursachende Ehrfurcht einflößt. Wir wissen doch. Wir wissen doch, wer da für wen wacht. Das Getreide soll nicht daher kommen, wo es billiger ist, die Klaviere nicht daher, wo man besser versteht, sie zu machen – künstlich hochgehalten werden Industrie, Kapital und Erwerbsmöglichkeit. Ein wirtschaftlicher Vorgang. Streicht eure lächerlichen Grenzpfähle doch nicht so feierlich an! Setzt drauf: Müllers Fettvaseline ist die Beste! Das käme der Wahrheit schon wesentlich näher.

UND NUN muss ich ja wohl abfahren.

Fort von der kleinen Bergstadt im Grünen, hinaus auf die Landstraßen, wo mir die Ochsenkarren begegnen werden, mit den sorgfältig in Leinentücher eingewickelten Tieren, die schweren Köpfe vollständig durch ein Netz gegen die Fliegen verhängt. Ich habe nie gesehen, dass sie geschlagen werden. Nur die Esel haben hier viel Leid, Kummer und Stockprügel auszustehen. Die alten Karren knarren in den Radachsen, das quietscht und kreischt wie ein Baske einmal erklärt hat: „Damit sich die Ochsen unterwegs nicht so langweilen." Gemüt ist eine schöne Sache. Also fort. Aber wie –?

Die gesamten Pyrenäen werden von einer großen Automobilstraße durchzogen, die das weiter im Norden liegende Eisenbahnnetz aufs Glücklichste ergänzt. Denn eine Automobillinie ist biegsamer als die Eisenbahn, kann aussetzen, wenn kein Bedarf vorliegt, ist leichter zu amortisieren … Merkwürdig, wie diese Zeit überall, hier und in Schottland und in der Schweiz, die alte Postkutschentradition wiederaufnimmt. Der Herr Schwager hat aber ölgeschwärzte Finger – sein Posthorn hupt, und auf dem offnen Wagen sitzen die Engländer – und was noch schlimmer ist: ihre Frauen – und lassen an ihren kalten Fischaugen die ihnen zustehenden Pyrenäen vorübergleiten.

Es gibt da so eine Art Rundreisebillett, von Bayonne bis Perpignan, das man zweimal unterbrechen darf – sonst aber werden sie mitleidslos durch Busch, Feld, Wald, Klamm und Tal gejagt, an Abgründen vorüber, über Brücken und neben den schäumenden Bächen her, *gaves* genannt, immer weiter, immer weiter – bis alles aussteigen muss. Das ist den Engländern recht. Sie nehmen es auf sich, sie müssen auch das gesehen haben, und wenn die Engländer nun gar Amerikaner sind, dann kennt ihr landschaftlicher Stumpfsinn keine Grenzen. Ich habe neben welchen gesessen, denen hätte man nur den Kopf immerzu auf die Felsplatten schlagen mögen: „Hier! Sieh dir das an, du Trottel! Damit du wenigstens etwas von deinem Geld hast!" Er aber saß da und sah geradeaus, denn er hatte für geradeaus bezahlt. Der Menschenexport von Ländern ist selten gut.

Mit so einem Postauto möchte ich wohl fahren. Sie nehmen wenig Gepäck mit, und man muss sich das einrichten. Auch sind sie immer besetzt. Aber *on s'arrange*. Ich arrangiere mich wirklich und klettre brav und bieder zu den Leuten mit den großen Unterkiefern. Sie sitzen stumm da, sprechen in drei Fahrstunden vier Sätze; sie sind kalt ergriffen von der Landschaft, ich von ihnen – ich sitze vorn beim Chauffeur, das ist mein Lieblingsplatz. Man hat immer warme Füße, es riecht so schön nach Benzin und Natur, der Chauffeur erzählt Schwanke aus seinem Leben, und neben ihm ist ein kleiner Spiegel. In dem sehe ich hinten meine Amerikaner. Beinah vergesse ich die ganzen Pyrenäen – wenns so weiter geht, werde ich einen Führer schreiben: „Anleitung zur Zucht von gut legenden Amerikanern." Ich kann mich gar nicht losreißen – ein grüner Schleier weht im Winde, die ausdruckslosen Fahrstuhlgesichter schwanken ein wenig in den Kurven … herrlich. Wer jetzt nach hinten schießen könnte! Aber es ist Friede, wer wird denn schießen … Und so fahren wir durch das Land der Basken.

Lieber Jakopp!

Haben wir dafür Schulter an Schulter so manches rumänische Nachtfest überstanden, dass du mir nie mehr schreibst –? Dafür mit Karlchen und einem richtigen Hund einen Nachmittagsschlaf zusammen abgezogen, sodass die Ordonnanzen, die hereinkamen, sich wunderten, einen dreiköpfigen Polizeikommissar im Bett liegen zu sehen – dafür Zuika, oder wie man diesen Pflaumenschnaps schreibt, getrunken, den Alten betrogen, Dienstreisen nach Sinaia geschunden, den guten, alten Mackensen überwacht, als der Craiova passierte – ich kam um eine Kleinigkeit zu spät und sah den ritterlichen Mann gerade abfahren – alles, damit du nie schreibst? Ich aber schreibe dir, weil du ein Oberregierungsrat und mir so sympathisch bist. Du hast kein rühmliches Ende genommen, ich habe dich studieren lassen, und jetzt regierst du im Hamburger Kanalisationswesen ... aber ich schreibe dir doch.

In Mauléon war ich aus dem Pyrenäen-Auto gestiegen, und ich kletterte in der kleinen Stadt umher. Auf dem Marktplatz Kriegerdenkmal und Peloten-Mauer, alte Bäume, ein schönes, stehen gebliebenes Renaissance-Haus und eine himmlische Stille. Vor dem Café die Provinzausgabe der Massary. Es war offenbar der Sündenengel des Ortes: die Frau des Cafétiers, eine mit den schwarzen Augen alles versprechende und mit dem Rest sicherlich nichts haltende jüngere Dame, die an das Wort jenes Engländers erinnerte: „Die Französinnen wirken so stark auf uns, weil sie zu sein scheinen, was die andern Frauen zu sein sich nicht getrauen." Gut, dass das große Karlchen nicht da war – er hätte erst sie von der Seite angesehen, dann uns und hätte gesagt: „Na ... mit der würde ich gern mal ein Sätzchen reden!" Und dann hätte er ja wohl dringende Geschäfte im Ort gehabt,

etwa seinen dort wohnenden Vetter besucht und uns verlassen …
Karlchen war aber zum Glück nicht da, und so hatte man mich
als Alleinherrscher. Wir wurden rasch intim, ich und sie; als der
Mann nicht hinsah, zeigte sie mir sogar das Privé; Gott, man ist
Weltmann.

Von Mauléon führt eine kleine Schnaufebahn nach Tardets.

„Tardets, Spiegel des Baskenlandes! Tardets, du unbekannter
Winkel, der du nichts als Licht bist …" So Francis Jammes. Und
er hat recht: Tardets ist wirklich hübsch.

Es war grade Markt, und die Bauernfrauen, manche bis zu
acht Unterröcken stark, standen zwischen ihren Äpfelkiepen,
saßen auf ihren Gemüsen und wühlten hinter ihren Budchen.
Ein Kerl brüllte über sein Porzellan hin: Man dachte, er rufe eine
kleine Republik aus, er war ganz blaurot im Gesicht und schrie
wie ein Marktschreier. Ich stieg in die Höhlung der dunkeln
Zimmer – da war ein altväterliches, gemütliches Hotel, mit bau-
chigen Wasserkannen und wunder-, wunderlieblichen Bildern:
„Japanische Heiden foltern christliche Missionare" – und von
oben sah ich auf das Gewühl herunter, was ja zu den schönsten
aller Beschäftigungen gehört. Wir schrieben den 1. September.

Jakopp, ich glaube, es ruft dich einer. Du sollst mal nachsehen:
Er wäre in der Küche verstopft. Pust mal durch sein Wasserrohr.
Hast du? Gut.

„Les Gorges de Cacaoueta" – aber das war auf allen Karten
verzeichnet, eine einwandfreie Sache. Die Schlucht von Cacaoueta … *guide nécessaire* stand im Gebetbuch. Einen Führer!
Haben wir nicht auch allein den Weg nach Hause gefunden, morgens früh um vier, mit Bindfaden immer einer an den andern
gebunden, und Karlchen sang sein Lied von den zwölf Nonnen,
und alle Milchkannen sprangen erschreckt beiseite? Waren wir
selbstständige Männer oder nicht? „Nächstdem erfordert sein
hoher Beruf Mut in allen Dienstobliegenheiten …" Ich brauche
keinen Führer.

Ich sah noch im abendlichen Tardets zu, wie ein Pferd pedikürt wurde, hörte, wie sich vor allen Kneipen baskische Bauern die letzten Marktpreise in die Ohren riefen; vor dem Friseurladen saß die Friseurin und war so schrecklich schön und bunt angemalen, dass einem ganz schwül wurde …

Am nächsten Morgen, am Sedantage, ging ich auf der langen Straße, die von Tardets nach Licq-Athéry führt, bis ich an ein kleines Gasthaus kam, und da wohnte der Besitzer der Schlucht von Cacaoueta. Er hatte sie gepachtet, er hatte sie mit Geländern eingefasst, den Wasserfall abgestaubt – nichts verständlicher, als dass man bei ihm eine Eintrittskarte in die Natur zu lösen hatte. Zwei Francs fünfzig. Guten Morgen.

Eine kleine Stunde noch war der Weg karossabel, dann verlief er sich in den Steinen und man musste auf einer kleinen einsamen Schienenspur entlangklettern, die jungfräulich dalag: kein Lokomotiverich fuhr über sie hin. Unten lag ein Staubecken, die Sonne färbte es hellgrün, das Wasser war wundervoll durchsichtig und klar. Nehmen wir an, Fischlein spielten auf dem Grund. Ein Zigarrenkistendeckel, an einen Baum genagelt, mit einem stummen Pfeil. Ah – nicht was du denkst! Nein, das war wohl der Weg zur Schlucht. Vorbei an einer Hütte, in der eine Mama aus einer Töpfin trank und das Baby aus der Mama – durch ein ausgetrocknetes Flussbett hindurch, ein Hügel … und da öffnete sich die Schlucht.

Es war neun Uhr. Oben lag die helle Sonne auf den begrünten Höhen – hier unten war es schattig und kühl. Der Weg schlängelte sich an dem Gebirgsbach entlang, dann hörte jede Fußspur auf. Was nun? Nun musste man klettern.

Ich kletterte eine halbe Stunde. Eine halbe Stunde ist lang, mitunter. Dann kam eine rostige Eisentür, die stand offen, von hier ab begann also die bezahlte Natur. Die Schlucht wurde immer schluchtiger, die Felsen immer felsiger, der Gebirgsbach immer wirbliger. Nun standen die Wände etwa zweihundert Meter hoch, in der Mitte ich. Wo war der Weg?

Was als solcher auf der Karte verzeichnet stand, war eine Art Untertassenrand, links der nackte Felsen, rechts der Brodelbach, manchmal umgekehrt. Beim Dahinwandeln hielt ich mich an dem nassen Stein fest, und weil ich ganz allein war, sprach ich mit mir und auch mit dem Stein, ich redete ihm gut zu, mich nicht ins Wasser zu stoßen, ich würde schon wieder herauskommen, so ein Affe! Er stieß auch nicht – aber manchmal setzte ich den Fuß auf eine Kante, das Sohlenleder glitt ein bisschen, und meine Eingeweide schoben sich ein ganz kleines Stückchen nach oben.

Derart ging ich etwa zwei Kilometer, obgleich gehen nicht das richtige Wort dafür ist. So ein Geschöpf aus dem Flachland wie du! Wie soll ich dir das beschreiben, auf welche Weise wir uns hier fortzubewegen hatten, meine Beine und ich …? Hast du einmal einen Mann seiltanzen sehen?

Alle fünfzig Meter hatten sie ein paar Bohlen über die Gave gelegt, mit kümmerlichen und schwankenden Andeutungen von einer Art Geländer. Über die schob ich mich hinüber, drei Meter unter mir gähnte der Abgrund. Manchmal wippten die Brücken so sonderbar, das hatte ich nicht gern, links glänzte der Wasserfall und rechts die Grotte, in die kletterte ich hinein, da standen weiße Sandsteinmänner und sahen mich an. Wie still war es hier! Draußen warf ich meinen Reiseführer fast absichtlich in den Bach – ich brauchte ihn nicht mehr.

Und nun hörte jeder Weg überhaupt auf. Ich hatte bis zur spanischen Grenze gehen wollen, heraus aus der Schlucht, und auf einem andern Weg wieder nach Tardets zurück, in das Großvaterhotel. Aber da war kein Weg. Keiner.

Ich stand da, mit der kleinen übrig gebliebenen Karte, wie ein großer Heerführer: sehr wichtig, aber etwas ratlos. Und da tat ich etwas, weswegen ich dir diesen Brief schreibe.

Ich kletterte die Wände herauf.

Ich dachte so:

Oben wird sich schon ein Ausweg finden, ich sehe besser, wo ich bin – auf, hinauf! Der grasige Abhang hatte eine Steigung von 91 Grad.

Erst ging es ja ganz gut; da standen Bäume, an denen man sich heraufziehen konnte – aber das hörte streckenweise auf, ich trat fest auf den krümligen Boden, er rutschte fest weg, und ich hielt mich an der Luft. Das kann man nämlich. Vor wem spielt man eigentlich so ein Theater, wenn man allein ist? Immer, wenn ich haarscharf am Herunterrollen war, machte ich ein energisches und männliches Gesicht: Nur ruhig – nur ruhig – es wird ja gehen! Aber dann ließ das plötzlich nach, und ich sah aus, wie ich in Wirklichkeit aussah: rot wie ein Puter, furchtbar prustend und entsetzlich wütend. Ich hatte noch keinen entdeckt, der an der Sache schuld war, aber ich würde schon einen Dolchstoßer finden.

Der Schluchtenbesitzer wird schöne Augen machen, wenn er wiederkommt. Ich habe ihm die ganze Geschichte rettungslos ruiniert. Man musste kreuz und quer klettern, und du mit deinen alten Wasserröhren kannst das nicht nachfühlen, du Plattlandkerl, du! Einmal stand ich still und dachte: Wenn du jetzt da wärst, würdest du sofort den guten Wasserbach unten abfangen und aus ihm eine Toilettenspülung machen. Ich dachte mir es ganz genau aus, wie du hier anfangen würdest zu graben; wie alle Bauern, anstatt wie jetzt nach hinten in die Tannen zu greifen, wenn sie sich im Walde wieder aufrichten, an einer Schnur ziehen könnten, und wozu das eigentlich gut sein sollte, zum Himmeldonnerwetter! Lass du deine Kanalisation laufen und uns Basken hier in Ruhe. Und dann stieg ich weiter.

Nach fünfundvierzig Minuten war ich soweit. Es war halb elf Uhr vormittags.

Jetzt saßest du in Hamburg und blättertest in deinen Akten, schön ausgeruht und in kühler Wäsche, denn sauber bist du. An der Wand hängt eine bunte Karte: Hamburg – mit allen Straßen und Wasserentnahmestellen, damit du im Bedarfsfalle

gleich zum Neuen Wall laufen kannst, Nummer 17, zur Witwe
Brenkemeyer: „Wer lässt denn hier solange die Wasserleitung
laufen! Das ist ja unerhört!" Administration muss sein.

Wenn du aber das Opernglas der Märchenprinzessin gehabt
hättest, so hättest du mich zur gleichen Zeit sehen können.

Da saß ich. Da saß ich hoch im Grünen, ein armer Vogel auf
einer Stange, die Füße gegen einen morschen Ast gestemmt, einen Zug von Leiden und Ergebung um die Nase. Herztätigkeit
und Atmung beschleunigt, der Puls ging vor. Mein Bauch stieg
auf und ab – ich lebte noch. Hinauf ging es nicht mehr, und hinunter auch nicht.

Oben zogen die Wolken über mein Gefängnis. Von unten
rauschte der Gebirgsbach, mein Gebirgsbach, den du nicht zu
kanalisieren hast, und das Rauschen wurde immer leiser, immer
leiser. Ich war so müde … Zurück? Diesen ganzen übeln Weg
mit den Schwankebrücken und den Klettersteinen zurück? Aber
wie denn? Wie sollte ich hier herunterkommen?

Da lag jetzt Hamburg: die Mädchen mit den strohblonden
Zöpfen saßen grade artig auf den Bänken in ihrer Schule und
sagten etwas im Chor auf; es war nach der großen Pause, und sie
hatten Buttersemmelstimmen, weil keine Zeit zum Räuspern gewesen war – zwei Schauerleute hatten einem feinen Herrn nachgesehen und murmelten in ihren Kautabak: „Wer is he denn? He
hett ok bloß man 'n Mars ut twe Helften!" und bei dir klingelte
das Telefon. Du logst eine herrliche Geschichte in die schwarze
Muschel: leider, leider könntest du heute nicht zum Mittagessen
in die „Harmonie" kommen, vielleicht nächste Woche …? Und
dabei erglänzte dein Gesicht in teuflischer Freude – denn auf der
andern Seite sprach der böse Feind, und mit dieser Ablehnung
hattest du ihn ordentlich angepflaumt. Und ich saß hier noch
immer auf meiner Wand.

Ewig konnte ich da wohl nicht sitzen bleiben. Ich stand mit
einem schweren Seufzer auf, fiel beinahe um und hielt mich an

dem Ast, aber der wollte das nicht und sagte: knack – und da setzte ich mich wieder hin. Ich setzte mich ganz nonchalant hin, weil ich noch etwas müde war. Jetzt standest du auf und gingst in deinem glatten, ebenen Nichtstuerzimmer auf und ab. Die Wasserspülungen rauschten und schwollen, von dir aus konnten die Hamburger jetzt alle zugleich Pflaumen essen, deine Sache war in Ordnung. Ich erhob mich, leise, sehr, sehr vorsichtig – und zur gleichen Zeit versuchtest du vor lauter Lebensfreude zu pfeifen, etwas ganz und gar Abscheuliches. Denn du pfeifst, wie Karlchen reitet und ich schwimme – und das will etwas heißen. Und nun war ich völlig aufgestanden.

Mit irren Blicken sah ich mich um. Noch einmal machte ich den Versuch, vor einer unsichtbaren Reisegesellschaft so zu tun, als sei gar nichts, aber nicht das Geringste passiert – dann gab ich es auf und kletterte artig und bescheiden auf allen vieren ein Stück herunter. Rrums – da rollte Schlucht dahin, für annähernd achtzig Francs Schlucht, das war unwiederbringlich verloren, und ich würde es jedenfalls nicht wieder heraufbringen. Man musste hier wohl etwas zur Seite klettern, wir Bergsteiger klettern manchmal zur Seite, aus technischen Gründen.

Und hier war nun eine Stelle, wo es keine Bäume mehr gab, und da vergaß ich meine Menschenwürde und setzte mich auf das Runde und fuhr recht schnell zu Tal, hundertfünfzig Meter, dahin, woher ich gekommen war. Unten kam ich richtig auf die Beine, stäubte mich etwas ab, nun hatte ich rostbraune Hände. Und ich wollte grade pfeifen, denn ich kann pfeifen, viel schöner als du, du alter Bedürfnismann, – da tat ich einen schweren Fall.

Grinse nicht über deine unschönen Züge mit der niedrigen Trinkerstirn! Ich fiel genau auf die Schienbeine, auf alle beide – und am rechten Bein schwoll kindskopfgroß eine Beule auf. Andenken aus den Pyrenäen: „Zum Zeichen, dass ich dein gedacht, hab ich dir dieses mitgebracht …“ Und dann marschierte ich die ganze Tonleiter zurück.

Ich habe es immer bedauert, dass du und Karlchen, dass ihr zwei beide nicht dabei wart ... Ich sehe uns den wilden Bach entlangklimmen: du mutig, aber furchtbar schimpfend, Karlchen mit den Zähnen vor Freude fletschend, wenn einer einen Fehltritt tat, – und von Zeit zu Zeit sagend: „Hier ist es etwas dünn –!" und ich mit der gemessnen Würde, die mich auszeichnet, wenns schiefgeht. Aber ihr seid ja nie da, wenn man euch braucht.

Da kamen alle Brücken noch einmal, alle glitschrigen Stellen, an denen mich der Wildbach von unten herauf ansah und sagte: „Na? Wie ist es? Ein bisschen ins Wasser fallen?" – alle wackligen Geländer, alles kam noch einmal wieder. Einmal begegneten mir Menschen: ein Mann mit einem verbundnen Kopf (vielleicht machte er diese Tour schon zum zweiten Mal), ein Mädchen und eine Frau von rund hundertzweiunddreißig Jahren, gewiss ein Zeichen für die Gefährlichkeit dieser Gebirgspartie. Guide nécessaire.

Ach, wer mich jetzt fotografiert hätte! Leise vor mich hin brabbelnd tolpatschte ich dahin – und eine Wut im Leibe! Nie wieder Gebirge! Verdammt, warum war ich nicht an die See gefahren, an einen ganz und gar glatten Strand –! Die Felsen und die Bäume redete ich gar nicht mehr an, die waren Partei. Aber ich fragte meinen Bergstock, ob ich das vielleicht nötig gehabt hatte, in so eine gänzlich irrsinnige Schlucht hineinzuklettern, in eine ganz fremde Schlucht. Cacaoueta! Was ist das überhaupt für ein Name! So heißt man nicht! Lasst mich nur hier herauskommen – ich will der Länge lang im Bett liegen, nie mehr aufstehen, überhaupt nie wieder in meinem ganzen Leben einen Fuß in so ein vertracktes Gebirge setzen ...

Und dann kam die Gittertür, der Weg wurde immer glatter – und was das für ein Gefühl war, als ich wieder Wiesengrund unter den Füßen hatte ...! Ich sah zurück und fand die Schlucht ganz passabel. Menschen sind so eingerichtet.

Ein Uhr. Jetzt kamen die Schulkinder in Hamburg aus den

Klassen, du hattest noch schnell deinem Stubennachbar einen
Akt zugeschrieben, den der heute Nachmittag auf seinem Platz
vorfinden würde, eine besonders knifflige und unangenehme
Geschichte, und es gab gar keine Möglichkeit für ihn, sich die
Sache vom Halse zu schaffen ... Und jetzt gingen alle Leute mal
eben frühstücken. Ein Rundstück wahm –

Der Weg stieg an, und eine Minute später lag ich platt auf
dem Boden in der hellen Sonne. Er lebt! er ist da! es behielt ihn
nicht –

Beinah –

Beinah, und die schönen Verse des verdrehten Konrad Weich-
berger waren anwendbar:

Wirst du im Album einst entdecken
mein Antlitz, rund vor Bier,
dann sage: Wo mag der wohl stecken?
Das war ein Freund von mir.

Lieber Jakopp, ich wünsche dir, dass du recht bald Senator
wirst. Nur, damit ich einmal zu dir sagen kann: „Herr Senoter!
Hummel, Hummel –!"

Was hast du darauf zu erwidern –?

Dein lieber

Pau

V on der Terrasse der Place Royale in Pau über die Ebene zu
sehen – auf die Gebirgskette der Pyrenäen, das ist wie eine
Symphonie in A-Dur. Man sieht weit an den Bergen entlang –
das Mittelstück der großen Wand wird sichtbar. Mit Graten und
Spitzen, hohen Nasen und graden Linien, mit den geschwung-

nen Vorbergen und davor die kerzengraden Pappeln. Vom Gebirge her weht der Wind. Das ist schön.

Drehe ich mich herum, so steht da, mit dem Rücken zu mir: er. „Er" ist in Pau allemal Heinrich der Vierte. Hier ist er geboren, hier hat er gelebt. Das ist nun nicht einfach, zu einem fremden Fürsten in Beziehung zu treten. In der Schule haben wir ihn nur unter Kleingedrucktes gelernt, er sitzt nicht so tief drin wie etwa Friedrich der Zweite, der heute unter die Räuber gefallen ist, oder wie Barbarossa, der sich nie rasieren ließ. Henri Quatre, Le Vert Galant, der Mann, der „*Ventre-Saint-Gris!*", rief, wenn es etwas zu fluchen gab – es dauert eine Weile, bis man „'n Morgen, Heinrich!", zu ihm sagt. Aber wenn es soweit ist, dann sagt man es nicht mehr.

Er war der Eduard der Siebente seiner Zeit, was eine Schmeichelei für den dicken Engländer bedeutet. Er hatte dessen Sinn und Freude fürs Wohlleben, die gleiche Verschlagenheit, Geschicklichkeit, Menschenkenntnis, verschmitzte Ruhe – und wie viel mehr! Das schillert in seinen Briefen, er verteilt Schmeicheleien wie Ringe, und niemand sieht in der ersten Freude nach, ob sie echt sind – er setzt alles durch was er will, fast alles. Er liebt die Jagd, den guten Wein – eben den von Jurançon – und die Frauen. Um uns zu erklären, wie er die liebte, gibt es nur eine Vergleichsmöglichkeit: Das ist d'Andrade als Don Juan. So etwas war es. Er hatte einen Spitzbart, und unter dem Schnurrbart, der sich leicht kräuselte, dünne, kräftige Lippen, mit denen man lächeln, einen Wein abschmecken, küssen konnte. Die Totenmaske Friedrichs des Zweiten im Schloss zu Monbijou sagt: Ich will nicht mehr leben, ich bin hinüber. Die Totenmaske Heinrichs des Vierten im Schloss zu Pau sagt: Ich habe gelebt, und es war schön zu leben. Jetzt muss ich schlafen gehn. Und ein leiser Zug von Verachtung ist auch dabei. Sie haben ihn in Paris erstochen, er war siebenundfünfzig Jahre alt, ein Mann im besten Alter. Er war immer im besten Alter.

Wie haben sie ihn geliebt! Er war so schlau – er wollte das,
und sie liebten ihn. Er hatte keinen Krückstock, mit dem er he-
rumwankte und schrie: „Wartet! Ich will euch mich lieben lehren!" Gott bewahre. Er lächelte, teilte Spitznamen und eine
Gunst aus, die nicht einmal viel kostete, obgleich er so viel Geld
ausgab … Die Rechnungslegung seines Hofes ist noch völlig
erhalten, da gibt es keine Ausgabe, die nicht ihre Begründung
hätte, und was für Begründungen! Die Damen erhielten Geld,
Sänften, Pferde, Schmuck; einmal: „Für einen Freundschafts-
dienst." Er muss die beiden Arten der Liebe gut gekannt haben.

Das Schloss ist restauriert, aber trotzdem gut erhalten. Es
hängen da flandrische Gobelins, vor denen man gar nichts mehr
sagt, und bestände nicht auch hier die verdammte Unsitte, Besucher während der Besichtigung zu entmündigen und unter
Kuratel eines früheren Unteroffiziers zu stellen, der von Tu-
ten und Blasen keine Ahnung hat, so fühlte man sich restlos
wohl. So aber treibt der die Hammelherde unter Absingung
eines törichten Rezitativs durch die Räume, und man ham-
melt traurig mit. Das hohe holzgeschnitzte Geburtsbett steht
noch da, in dem Heinrichs Mutter mit dem Großvater sang,
um den Schmerz der Wehen zu übertönen, mit Wein hat man
den Kleinen abgerieben und genetzt, als er erschien. Es ist ihm
sehr gut bekommen. Davon wusste der Hammelhirt nichts,
aber ich erkannte das Bett nach den Bildern wieder, und wir
waren sehr erfreut, uns endlich persönlich kennenzulernen.

Neben dem Bett hängt die Totenmaske. Was die Wiege, eine
große Schildkrötenschale, anlangt, so hat sich schon der Graf
Pückler-Muskau halb krank über ihre Aufstellung geärgert. Er
war im Jahre 1834 in Pau und schalt heftig über den Trödel-
budengeschmack, mit dem das Schloss hergerichtet war. Nun,
etwas besser ist es damit schon, der Konservator ist ein sehr
beschlagner und kenntnisreicher Mann, und wenn er noch seine
Unteroffiziere abschaffte, so wäre alles gut. Die dicken Mauern,

deren ganze Tiefe erst an den Fenstern sichtbar wird, die hohen Wände, die riesigen Tische – man versteht das Leben dieser Leute, wenn man ihre Wohnungen kennt. Es ist ein bisschen schwer, das Museumshafte wegzudenken und sich wirkliche Wohnräume vorzustellen, so wie ja auch Goethe nicht in dieser kalten Pracht gewohnt hat, die sie, mit Ausnahme von zwei unvergesslichen Stuben, da in Weimar aufgebaut haben. Wenn man aber in Pau versucht, sich die leise Unordnung vorzuträumen, die erst eine bewohnte Wohnung ausmacht, jenes praktische Durcheinander, halb zurechtgerückte Stühle, ein Säbel, an die Wand gelehnt, ein Hut auf dem Tisch … dann begreift man schon eher. Freilich mussten achttausend Bauern schlecht wohnen und hart arbeiten, damit der hier so leben konnte – aber als Symbol geraubter Arbeitskraft ist das immer noch schöner als eine große Hypothekenbank. Der König hats gewagt – der Bankier hat heimlich ein böses Gewissen und das merkwürdige Gefühl, als rutsche ihm etwas unter dem Hintern weg. Was am Schloss von Pau so besticht, ist die massive Lebensfreude, die gleichzeitig sublimiert ist: ein Hammelbraten auf dem Tisch, so groß, dass man vom Hinsehn Magenerweiterung bekommt – aber die bezauberndste Innenarchitektur, die sich denken lässt. Er hat gern gelebt, und vom groben bis zum feinen beherrschte er alle Raster.

Sicher gabs auch Kummer und Ärger. Gar nicht zu sprechen von den Stänkereien mit den Lieferanten – hatten ihn nicht einmal sogar die *cagots* verklagt? Ist das zu glauben?

Die Cagots …

Man sagt, sie stammten von den Sarazenen ab; es waren degenerierte Menschen, deren Schilddrüse nicht in Ordnung war, wie man das im Gebirge häufig vorfindet. Die „Großkropfeten", sozusagen. Aber wie verschieden haben im Mittelalter Tirol und die Pyrenäen auf diese Kranken reagiert! Die Cagots in Frankreich waren eine *race maudite*, fast völlig von aller Gemeinschaft ausgeschlossen: Sie durften keine Bäckerläden betreten, sie durften lediglich untereinander heiraten, wodurch sich die Degeneration nur noch verschlimmerte, und sie hatten eigene Kircheneingänge, denn ganz wollte die Allesumfassende sie denn doch nicht ausstoßen. In Luz, südlich von Lourdes, hat noch die uralte Kirche, die aussieht wie eine Festung, eine kleine Extratür, da schlüpften sie hindurch. Sie hatten einen roten Lappen auf dem Kleid zu tragen, damit man sie schon von Weitem erkennen konnte. Es stand schlimmer mit ihnen als mit dem Henker.

Im Tal von Argelès gab es viele, bei Luchon und im Distrikt Ariège. Heute sind sie fast ausgestorben, man muss schon sehr suchen, wenn man sie sehen will. Es sind nicht eigentlich Kretins – es ist eine allgemeine körperliche Verkümmerung, gegen deren Folgen sie zum Teil immun geworden sind.

Und weil sie sich damals hauptsächlich als Zimmerleute ihr Brot verdienten, so bauten sie auch für den König, sie gerieten in Zahlungsstreitigkeiten mit ihm und konnten es doch wagen, ihn zu verklagen. Ganz rechtlos waren sie nicht.

Der König hatte so seinen Kummer: politischen und finanziellen, denn er verfügte über viel Geld und gab stets eine Kleinigkeit mehr aus als er hatte – und da war seine Frau, die immer dieselbe blieb, und seine Geliebten, die nicht immer dieselben blieben ... Erfasste ihn nicht zum Schluss diese widersinnige, also echte Leidenschaft zu Charlotte von Montmorency, die er verheiratete, um sie bequemer und unauffälliger in seiner Nähe zu haben? – und wie war er aufs Ehrlichste erschrocken, verstört und beleidigt, als sie ihr Mann, der Prinz von Condé, nach Belgien brachte! „Ich bin nur Haut und Knochen", schrieb er. „Nichts macht mir mehr Spaß, ich will allein sein ..." Er hat sie nie wiedergesehen.

Wie sie ihn liebten! Schon um 1680 wollten sie seine Büste aufstellen, aber Ludwig der Vierzehnte schickte ihnen, hochmütig, die eigne. Sie bauten das königliche Geschenk auf und versahen es mit einer Unterschrift. *Celui-ci est le petit fils de notre bon Henri.* Und im Jahre 1843 bekamen sie nun ihren guten Heinrich, *Lou nouste Henric,* wie es im Dialekt heißt. Er steht noch auf dem Platz, aber ich habe ihn gut gekannt: Er ist nicht getroffen.

Jetzt klingt rund um den Guten das Konzert aus einem Musikpavillon der achtziger Jahre, aus denen sich auch die Kapelle, der Dirigent und das Publikum herübergerettet haben. Ist das noch sein Pau –?

„Die Leute haben dabei gewonnen, ich weiß. Sie haben keinen Krach mehr mit den Nachbarn und leben friedlich; aus Paris schickt man ihnen die neuen Erfindungen und die Zeitung: Ruhe, Umsatz und Wohlbefinden sind zweifellos größer geworden. Aber wir haben doch dabei zugesetzt: anstelle von dreißig kleinen Hauptstädten, die alle brodelten und eigene Gedanken hatten, stehen da nun dreißig Provinzstädte, ohne Leben: Filialen. Die Frauen wollen einen neuen Hut haben, die Männer rauchen ihre Zigarette im Café – das ist ihr Leben; aus dümmlichen Zeitungen klauben sie sich alte, abgenutzte Ideen heraus. Früher hatten sie politische Köpfe, Höfe und das Lautenspiel der Liebe." Soweit Taine.

Ist das noch Heinrichs Stadt –? Pau hat alles, was so ein Ort braucht, der im Winter das Zentrum des Schneesports ist: große Hotels, Kanalisation, Licht, gaunernde Geschäftsleute, es ist alles da. Sie haben sich bei der Stadt ein „Palais d'Hiver" aufgebaut, eine Scheußlichkeit aus Glas und Eisen, ein verstaubter Baccarat-Saal gähnt mit eingemummten Fauteuils, und wer verloren hat, sieht sich die Innenausstattung an und stirbt am Schlag.

Das Kurkonzert spielt noch immer wie eine Spieluhr, jetzt haben sie eine Carmen-Ouverture unter, sie hört sich an wie „Schlaf, Kindchen, schlaf …!" Die Damen wandeln, die Männer trinken Bier und stärkende Limonaden, sanfte Winde wehn. Oben steht Heinrich der Vierte und lächelt. Er lächelt über die

Nachkommen seiner Schreiber, die sich da Musik vormachen lassen, hier muss etwas vorgegangen sein, denkt er – „Ist denn kein Condé da?" Nein, es ist keiner da. Der König sieht sich um. Er steht ganz allein.

Eaux-Bonnes

Eaux-Bonnes, in ehrlichem Deutsch „Gutwasser" geheißen, besteht eigentlich nur aus einem langen Platz, mit Bäumen darauf, von hochstöckigen Häusern eingeschlossen, dahinter sind die Berge, die passen auf, dass sich keiner erkältet. Denn Eaux-Bonnes ist einer jener zahllosen Kurplätze der Pyrenäen, in denen Kranke sich baden, brausen, gurgeln, inhalieren und sich sicherlich oft genug heilen können. Die Schwefelquellen, deren jedes dieser Bäder viele besitzt, kommen heiß aus dem Boden geschossen, riechen therapeutisch und tun viel Gutes.

Früher scheinen diese heißen Quellen auch andern eigentümlichen Zwecken gedient zu haben, denn ich finde in einem alten Schmöker „Voyage aux Pyrénées Françaises et Espagnoles par J. P. P. Paris 1832" eine merkwürdige Stelle, in der der Verfasser von den Praktiken kranker Damen berichtet; sie benutzten die Quellen gegen ihre Leiden, die er nicht auseinandersetzen möchte, viel zu heiß und nun gar noch innerlich, was ihnen Schaden brächte. Motiv: *Le besoin des plaisirs, plus encore que le besoin de sa santé, inspire le goût des bains et l'usage des injections minérales. Des cris, des exclamations de plaisir échappent et trahissent la baigneuse, qui ne cherche que des sensations.* Wie gut, dass die Welt fortschreitet und heute solches nimmermehr vorkommt; jeder Mann eine Quelle.

Weil mich die hohen Häuser auf dem Platz in Eaux-Bonnes so hohl ansehen, gehe ich davon; Eaux-Bonnes ist leer, die Saison ist im Absterben. Da stehen nur noch wenige Männer in der Halle des Thermal-Gebäudes und gurgeln mit Schwefelwasser. Burr, machen sie und gurr. – „Zu Zeiten Franz des Ersten", sagt Taine, „waren die Quellen von Eaux-Bonnes gut für Verwundungen, sie hießen Arkebusier-Quellen, und man schickte die Soldaten dahin, die bei Pavia verwundet worden waren. Heute heilen sie mehr Kehlkopf- und Lungenkranke. In hundert Jahren werden sie vielleicht wieder etwas anderes heilen, denn in jedem Jahrhundert macht die Heilwissenschaft neue Fortschritte."

Ich will nicht Burr-gurr machen – der Nebel steigt und verhüllt das Tal, die „Promenade Horizontale" ist entzwei, alle Leute warnen, man solle da nicht gehen, mit den Laufbrücken sei das so eine Sache … Im Hotel schleicht die graue Langeweile durch alle Gänge.

Sonderbar, welch altmodischen Eindruck diese Pyrenäen-Badeorte machen! Die Mode, in die Pyrenäen zu gehen, datiert etwa aus dem Jahre 1860, und Napoleon III. hat damals nach sich gezogen, was an Snobs gut und teuer war. Aber diese Leute stiegen nicht auf die Berge, sie sahen sich ein Schauspiel von unten an, es war für sie eine Art Theaterdekoration. Und daher schmecken wohl so viele Pyrenäen-Badeorte in ihrem immanenten Charakter nach Vergangenheit.

Nicht etwa, weil sie nicht hübsch eingerichtet wären! Die Engländer haben sich überall das laufende Wasser erzwungen, das ihnen von den Wildbächen in die Hotels gluckert; kein Zimmer daselbst, in dem man nicht etwas fände, was eine baltische Baronin einmal mit dem Wort „Intimitäten-Schüssel" bezeichnet hat – nein, soweit ist alles in Ordnung. Aber die Leute, der Schmuck in den Gebäuden, das Gehaben des ganzen Ortes, selbst die Bäume und die Gärten – alles sieht aus wie 1875. Jetzt komme ich in das Lesezimmer hinunter, und da hätten wir eine Gruppe wie ein Holzschnitt aus der Offenbach-Zeit, nur die Kostüme sind schwach erneuert. Ein junges Mädchen wippt im Schaukelstuhl, eine Mama passt auf und ein alter Herr steht hinter den Damen und sagt süße Sachen. „Der Graf, ein gut erhaltener Fünfziger, beugte sich leicht über die Schulter der schweigsamen Juliette. ‚Comtesse', sagte er, ‚wenn Sie wüssten' …" Fortsetzung im nächsten Heft.

Soweit Gutwasser.

HEISSWASSER – Eaux-Chaudes – ist noch viel ausgestopfter. Das ist nun auch wirtschaftlich pleite. Der betrübte Badediener führt mich durch das Bad, das unter Sequester steht, sie haben in keiner Zelle mehr einen Stuhl, wegen Gepfändetwordenseins. Das Badehaus ist ein riesiger alter Kasten, mit sicherlich guten Quellen, aber trotz der schönen Namen, die sie führen: „L'Esquirette Chaude" und „Le Rey" und „Minvielle" – sind sie zurzeit nicht hoch im ärztlichen Kurs notiert, und so hat sich eine plötzlich hinzugekommene Überspekulation, gegen die es keine heißen Quellen gibt, gerächt – das Bad ist nur noch eine sich mühsam dahinschleppende Sache.

Es ist so still hier, besonders, wenn niemand badet … Das Hotel hat ein Fremdenbuch; es reicht weit zurück.

18. Juni 1857
Otto Freiherr von Ende
Königl. Preußischer Offizier.

Sein Kollege aus dem Jahre 1916 ist ausführlicher.

Wer hier nicht zufrieden war, braucht nur in die Schützengräben zu gehen – vielleicht gefällts ihm da besser!

Das hat der Kapitän Passepoil eingetragen, und er war sicherlich sehr stolz drauf … Das gleicht sich überall, diese da.

Für den Abend gibt es ein wanderndes Zeltkino – so haben also

die feinen gebügelten Lackschuhschauspieler der großen Städte
wenigstens im Bilde noch einmal Landstörzer werden müssen ...
Weil ein Grammofon hinter der Leinwand steht, wird behauptet, der Film spräche. „Tadellose Nachahmung von Wasser, Menschenschritten und Pferden, Kanonengebrüll und Platzen der
Granaten ..." Wer möchte das nicht hören! Aber was sind das für
blutrünstige Leute! „Die Tanks bei Verdun" – „Im Bagno" – und:
„Dritter Teil: Rache und Sühne! Im letzten Bild: die Guillotine.
Vorher Pause von zwei Minuten, um nervenschwachen Personen
die Möglichkeit zu geben, den Saal zu verlassen." Nervenstark
blieb ich bis zum Schluss und durfte noch sehen „Originaltorpedierung der Lusitania" und: „Die Märtyrer der Inquisition" sowie „Chirurgische Operationen". Das erinnerte mich lebhaft an
die verbotnen Filme, die ich einmal im Berliner Polizeipräsidium
gesehen habe und die für alle Geschmäcker etwas boten: Injektionen in das Weiße des Auges (Großaufnahme), Fliegerabsturz
und Szenen aus dem Harem, die den Zuschauer dem nächsten
Landbriefträger in die Arme zu treiben geeignet waren.

Ab nach Laruns.

So heißt der kleine Ort im Tal, zwischen Eaux-Bonnes und
Eaux-Chaudes, da fängt die Eisenbahnlinie an, und von da aus
möchte ich weiter. Ich streiche in dem dunkeln Ort umher, es ist
schon spät. Und aus Neugierde und Langeweile leuchte ich mit
einer Taschenlampe eine Steinsäule ab, die da herumsteht, und
falle vor Überraschung fast auf den „lächerlichen Gegenstand",
wie Rousseau das genannt hat. Da haben sie einem einen Gedenkstein gesetzt.

Wem –?

Sechs Fuß hoch aufgeschossen,
Ein Kriegsgott anzuschaun,
Der Liebling der Genossen,
Der Abgott schöner Frauen –

Hier ist die andre Seite. Hier erinnert sich das dankbare Laruns an sein berühmtes Kind: an den Kavallerieunteroffizier J.-B. Guindey von den Zehnten Husaren, der am 10. Oktober 1806 im Gefecht bei Saalfeld Prinz Louis Ferdinand von Preußen erschossen hat. Eine Unterschrift besagt: *À nous le Souvenir, à lui l'immortalité.* Wat dem eenen sin Uhl, is dem annern sin Nachtigall, und welch schöne Sache ist doch der Krieg! Jedes Los gewinnt.

ab Laruns 21.56
Es ist dreiviertel zwölf. Ja, dann wären wir wohl soweit.

Lourdes

I. Der Soldat Paul Colin

Der Soldat Paul Colin von den Elften Husaren aus Liart (Ardennen) gebürtig, fuhr am 6. August 1914 zu seinem Truppenteil, der bei Tarbes in Garnison lag. Er traf alle seine Freunde aus der Dienstzeit. Am 15. September hielten dieselben jungen Bauern, Handwerker, Angestellten, als Husaren verkleidet, vor der großen Kirche in Lourdes – zum Abschiedsgottesdienst. Der Bischof von Lourdes und Tarbes, Monseigneur Schoepfer, stand in vollem Ornat auf dem weiten Platz, mit der gesamten Geistlichkeit. Zehn Schritt von ihm entfernt: der Regimentsstab. Armee und Kirche – beide fühlten ihre Zeit gekommen, beide wussten: Autorität gedeiht im Kriege. Sie standen Schulter an Schulter. Da richtete sich der Regimentskommandeur, Herr de la Croix-Laval, vor der Front im Sattel hoch und wandte sich erst zu seinen Leuten und dann zum Prälaten. Die Tausende hörten diese Worte:

„Und nun, Priester des ewig lebendigen Jesus Christus, fleh auf uns den Segen des Allmächtigen herab! Er soll mit uns sein und mit denen, die uns teuer sind! Er soll vor allem aber mit unsern Degen sein und uns den Sieg verleihen!" Zum Regiment: *„Sabre en mains!"*

Und der Bischof von Lourdes und Tarbes segnete die Elften Husaren und flehte auf die Streiter Jesu den Segen des Himmels herab.

So schied der Soldat Paul Colin von der Heimaterde, gesegnet von seiner Kirche.

Der Soldat Paul Colin bekam an der belgischen Grenze in einem Wäldchen, dessen Namen er sich niemals merken konnte, einen Schuss in den rechten Oberarm. Anfangs war das eine leichte Wunde, und das erste Feldlazarett behandelte ihn entsprechend. Er wollte seiner Truppe wieder nachgehen, als es im Arm zu zucken begann. Da musste er bleiben. Und dann transportierten sie ihn in ein größeres Lazarett, und von dort in das Asyl von Unsrer Lieben Frau zu Lourdes (Hilfslazarett Nummer 32), und da lag er nun. Das Zucken war längst zum schneidenden Schmerz geworden, und dass es ein innerlicher Bluterguss war, hatten sie gesagt; was sie ihm aber nicht gesagt hatten, war ein kleines Wort, das über sein Schicksal entscheiden konnte. Brand.

Blut und Eiter liefen aus der Wunde, Geruch und Schmerzen waren gleich groß, und weil es damals, wie man weiß, etwas hart herging, so schafften sie den zukünftigen Kadaver in die Leichenhalle, die grade leer stand. Da belästigte der Soldat Paul Colin keinen, und außerdem lag er gleich da, wohin er sicherlich in ein paar Stunden gehörte.

Die Schwester Mathilde – sie war vom Schwesterorden aus Nevers, dem Orden, dem die selige Bernadette angehört hatte, – die Schwester Mathilde gab den Mut nicht auf. Sie betete für den Soldaten Paul Colin und tränkte seinen übel riechenden Verband mit dem Wasser aus der Grotte von Lourdes.

Er blieb am Leben.

Ärztliches Attest, Bericht und Krankengeschichte finden sich im großen Werk von Fr.-Xavier Schoepfer, des Bischofs von Tarbes und Lourdes, „Lourdes pendant la Guerre". Nach vielen Hirtenbriefen für das Wohl Frankreichs gegen die lutherischen Modernisten Deutschlands – der Bischof muss das genau wissen, denn er ist zu Wettolsheim im Elsass geboren – ist dieser Fall im Anhang zu lesen. Die Kirchenparade in Lourdes ist authentisch, die Beteiligung grade dieses Soldaten ist erfunden.

Und so wurde der Soldat Paul Colin vom Tode gerettet, bewahrt und gesegnet von seiner Kirche.

„Mit Gott, Soldaten!" – „Nimm dieses Wasser, mein Sohn …"

Denn die christliche Kirche treibt nicht nur die Gläubigen in die Gräben und segnet die Maschinen, die zum Mord bestimmt sind – sie heilt auch die Wunden, die der Mord geschlagen hat, und ist allemal dabei.

II. Ein Tag

In den kleinen schmutzigen Straßen ist noch kein rechtes Leben, da gehen und kommen einzelne Leute, die Pilger schlafen wohl noch, denn mitternachts ist eine Messe, und während der ganzen Nacht knien Betende in der Basilika.

Jedes Haus ist ein Hotel; vom mittlern Gasthof bis zur Ausspannung sind alle Arten vertreten, und in jedem zweiten Haus ist ein Andenkenladen. Aber alles das will ich jetzt gar nicht sehen. Zur Grotte! Zur Grotte!

Nun wird das Gewühl stärker. Wagen quetschen sich zwischen den Leuten hindurch, die elektrische Bahn poltert, noch mehr Läden, noch mehr Straßenverkäufer, die Gruppenaufnahmen, Andenken, Kerzen und Vanille feilhalten – die ganze Luft riecht nach Vanille. Da: die Basilika.

Eine moderne hohe graue Kirche, rechts und links mit zwei

weit ausladenden Rampen, die den Platz wie zwei Arme umfassen. Einzelne Leute gehen durch einen Torbogen der Rampe zur Grotte. Und da sind auch die ersten Kranken.

Sie wanken auf Krücken, sie schleppen sich am Stock, sie werden auf Wagen dorthin gebracht, zweirädrige Sitzstühle, an denen vorn ein blaues Schild hängt: SCHENKUNG VON FRÄULEIN M. P. 1904. Die Wägelchen werden von Krankenträgern geschoben: Das sind Leute, die einen Ledergurt um die Schultern gehängt haben, es ist der Tragriemen, an den sie die Bahren knüpfen. Ich gehe ihnen nach.

Rechts ist eine Hügellandschaft, von einem Eisenbahndamm durchzogen, mit einem einsamen Häuschen. Links ragt die Längsseite der Kirche auf, Bäume stehen davor, und unter ihnen schallt es. Da stehen die Leute und beten. Und hier sind die Badezellen.

Es sind drei Abteilungen, in denen befinden sich die eingelassenen Wannen mit dem Quellwasser. Davor ist ein eingezäunter Platz, hier steht Krankenwagen an Krankenwagen. Man sieht bleiche, abgezehrte, fiebrige Gesichter. Männer auf der einen Seite, Frauen auf der andern. Vor ihnen ein Geistlicher. Er betet laut. Die Masse unter den Bäumen, an die Gitterstangen gedrückt, spricht die Worte nach. Wie *eine* Stimme steigt das auf.

Der Priester: *„Seigneur, nous vous adorons!"*

Die Masse: *„Seigneur, nous vous adorons!"*

Der Priester: *„Seigneur, nous vous adorons!"*

Die Masse: *„Seigneur, nous vous adorons!"*

Der Priester: *„Seigneur, si vous voulez, vous pouvez me guérir!"*

Die Masse: *„Seigneur, si vous voulez, vous pouvez me guérir!"*

Jede Formel wird dreimal gesprochen, die Worte hämmern sich ein. *„Seigneur, dites seulement une parole et je serai guéri!"* Die

Pilger, die Angehörigen der Kranken und Fremde wiederholen sorgfältig Satz für Satz. Manche – besonders Frauen – stehen demütig da: Ich will ja auch alles tun, wie es vorgeschrieben ist … Viele nehmen die Kreuzstellung ein.

Hier hängt alles vom Vorbeter ab. Ist das ein Mann mit schwacher Stimme, der schlecht artikuliert, dann gibt es Vormittage, an denen vierhundert Leute Gebete aufsagen. Steht da aber einer, der, breitschultrig und robust, seine Stimme aufklingen lässt, die Vokale singt, die Konsonanten herausschnellt, hat er den Funken: dann rieselt es durch die Menschen, es zündet, und nun ist es da.

„Jesus, Fils de Marie, ayez pitié de nous!"

Der Vorbeter setzt die Worte scharf an, er betont sie auf der ersten Silbe – „piiitié" sagt er – „piiitié" sagen die Leute. Rings um mich angespannte Lippen, konzentrierte Augen, verhauchende Hingabe. Es ist so viel Wille in ihnen!

Und nun wie ein Schrei, ein Ruf aus tiefster Not, ein Befehl, ein Kommando –!

„Seigneur, faites que je voie!"

„Seigneur, faites que je voie!"

„Seigneur, faites que je voie!"

Hörst du es, Gott! Dein Kind ist blind, wir haben gebetet, geglaubt, sind zur Messe gegangen und stehen nun hier, bittend, heischend, verlangend, befehlend –!

„Seigneur, faites que je marche!"

Jetzt haben sie ihn, er ist ihr Gott, gewiss, und er kann mit ihnen machen, was ihm beliebt. Aber der Priester hat nun einen roten Kopf bekommen vor Anstrengung und Kraft, mit Klammern hat er die Masse gepackt, und wenn es auch ausgestreckte Hände sind: Fäuste ragen da auf, sie drohen, sie wollen die Gnade vom Himmel herunterreißen, sie haben sie verdient, her damit –!

Die Kranken sitzen bleich in der Mitte. Es ist so wohltuend, Mittelpunkt zu sein! Endlich einmal aus den engen Stuben,

wo man sich schon an ihre Leiden gewöhnt hatte, das matte
Mitleid der abgestumpften Verwandten, die sanften Zusprä-
che der Geistlichen und die gleichgültigen Sprüche der Ärzte,
die ja doch nicht helfen können … Nichts da. Hier wird eine
Schlacht geschlagen. Hier sind es die Kranken, die in der Mitte
stehen, alle sehen sie an, aller Blicke umfassen sie, das stärkt.
Und dann wird einer nach dem andern in den Baderaum geschoben.

Hier soll niemand dabei sein. Die Krankenwärter passen
scharf auf, dass keiner während der Bäder den Innenraum betritt. Kein profanes Auge soll das Mysterium sehen. Ich sehe es.

Schlägt man den Leinenvorhang zurück, der den innern
Baderaum von der Außenwelt trennt, so sieht man, wiederum
hinter Vorhängen, die eingelassnen Steinwannen. Hier stehen
die Kranken an der Wand und entkleiden sich langsam – viele
steigen mit dem Hemd herein, manche, die Schwerkranken,
werden nackt ausgezogen. Ununterbrochen schallt das Beten
von draußen herein, wie ein dumpfer Marschchor, scharf, recht-
haberisch, laut. Auch hier drinnen wird gebetet. Da heben sie
einen Krüppel ins Wasser, die Krankenwärter beten dabei und
schwenken ihn auf und ab, tauchen ihn bis zum Hals ein. Ein
kleiner Junge schreit, er will nicht gebadet werden, nein! Ich
befühle das Wasser – es ist eiskalt. Einer nach dem andern steigt
hinein, wird hineingehoben wie ein Wickelkind, und sie beten
und beten. Priester stehen dabei und sehen zu.

Sei es, dass sie Furcht haben, die heilige Quelle könne nicht
so viel hergeben, sei es aus diesem seltsamen und verständlichen
Glauben heraus, Wasser, über das so viele Gebete hingebraust sind,
wirke stärker als frisches –: dieses Wasser wird nur zweimal am
Tage gewechselt, nachmittags und abends. Hunderte baden also
in demselben Bad, das Wasser ist fettig und bleigrau, Wunden,
Eiter, Schorf, alles wird hineingetaucht. Nur wenn sich jemand
vergisst, erneuern sie sofort. Niemand schrickt zurück; vielleicht

wissen sie es nicht. Ein völlig Degenerierter zittert nackt auf einem Stuhl, auf den man ihn hingesetzt hat, er hat Beinchen wie ein Kind; vorsichtig wird ein verklebter Verband abgenommen, ein Gesicht verzieht sich. Das eilige, brummelnde Gebet der Badewärter hebt sich vom dunklen Lautteppich des Chors ab.

„Mère du Sauveur, priez pour nous!"

„Mère du Sauveur, priez pour nous!"

Vor Kälte schlotternd ziehen sich alte Männer an, das nasse Hemd unter dem Rock, andre werden angekleidet wie Puppen. Ein Strom von Elend rinnt durch diese Kabinen. Ich war trotz meines Billets gebeten worden, nicht in die Frauenkabinen zu gehen, und ich habe es nicht getan.

Daneben liegen die Wasserhähne, aus denen man Trinkwasser schöpfen darf, da stehen sie mit Blechkannen und Bechern und Gläsern, manche schöpfen aus der hohlen Hand. Man sieht Bauern, die unglaubliche Mengen Wasser zu sich nehmen – viel hilft viel. Ich drücke mich zur Grotte hindurch.

Es ist eine kleine Felsgrotte, ein paar Meter tief, mit einem schmiedeeisernen Gitter, ENTRÉE und SORTIE steht daran, auf blauen Emailschildern in weißer Schrift, einen Augenblick lang zieht ein Straßenschild an meinem Auge vorüber … Seitlich an der Grotte steht eine Kanzel, auf ihr ein Geistlicher im Ornat, der die Betenden ermahnt, tröstet, anfeuert. Seine Worte hallen über die Köpfe hinweg und zerflattern dann in der Luft. Es ist so schwer, im Freien zu predigen …

Langsam, unendlich langsam schiebt sich die Menge an der Kanzel vorbei, in die Grotte. Alle halten Kerzen in den Händen, und da flammt ein großer Lichtständer, das Stearin tropft und bildet merkwürdige Figuren. Zwei Meter vom Boden entfernt, in einer Höhlung, oben in den Steinen, steht sie: NOTRE-DAME DE LOURDES, OUR LADY OF LOURDES, ONZE LIEVE VROUW VAN LOURDES, GOSPA OD LOURDA, NUESTRA SEÑORA DE LOURDES, MIESAC MARY I LOURDES, NOSSA SENHORA DE LOURDES – die

Jungfrau Maria. Hier ist sie der Bernadette, dem kleinen Bauernmädchen aus Lourdes, zum ersten Mal erschienen und hat
Quelle und Heilung vorausgesagt. Vor ihr bekreuzigen sich alle,
dann küssen sie den Stein, auf dem sie steht, der Stein ist glatt
und speckig von den vielen Händen, die ihn gestreichelt haben.
Ich denke an die verzückte rasche Gebärde, mit der unter der
Erde, in den Grotten von Bétharram, in der Nähe von Lourdes,
eine Frau jenen Stalaktiten anfasste, von dem es hieß, er bringe
Glück. Sie sprang auf ihn zu, um keinen Augenblick zu versäumen. Nun presst die Menschenmauer nach vorn. Ein Altar ist
aufgerichtet, da brennen die Kerzen, fortwährend klappert Geld
in die Kästen, und die Erde ist bedeckt mit Briefen, Kupfermün-
zen, Bildern, Blumen, Glasperlen, Weihgeschenken. Langsam,
langsam werden wir wieder herausgedrückt. Am Ausgang hängen alte Krücken, die haben die Geheilten da aufgehängt, und
ein Gipskorsett ist auch dabei.

Vor der Grotte, in Wagen und Bahren: die Kranken. Sie sitzen
und liegen da, die Augen zum Himmel aufgerichtet, die Träger
beten, die sie umgeben – die Verwandten beten, manche sind
halb bewusstlos und haben die Augen geschlossen und fiebern.
Sie halten Rosenkränze in den Fingern. Viele singen.

Neugierige und Touristen stehen unter den Leuten, es wird
fotografiert, gesprochen, in Büchern geblättert.

Bahren im Getümmel, Krankenwagen, gestützte Kranke –
alles geht leise und freundlich vor sich. An der Kirche, an den
Plätzen, überall sind im Freien Kanzeln aufgestellt, da predigen
die fremden Priester, die mit den Pilgerzügen gekommen sind,
in ihren Sprachen. Und nun ist es Mittag, und dann leert sich
langsam der Platz.

So fängt der erste Tag der Pilger an, die da in den *trains blancs*
ankommen, den großen Krankenzügen, mit Liegevorrichtungen
für die Kranken, gestopft voll, mit Krankenschwestern und Pfle-
gern, mit dem Bischof oder Erzbischof der Diözese, dem welt-

lichen Leiter, der die ermäßigten Billetts besorgt, und mit einem Arzt. Wenn sie ankommen, verteilen sie sich in der Stadt – die großen Unterkunftsbaracken gibt es nicht mehr.

Die Frommen gehen gleich nach der Ankunft zum Gottesdienst, zum Quellenbad, zur *piscine*; große Anschläge verkünden überall in der Stadt den Dienst des betreffenden Zugs, alles ist Tradition, vorausgesehen, eingespielt.

Ich sehe mich in den Hospitälern um: im Krankenhaus Notre-Dame-des-Douleurs, das trägt seinen Namen mit Recht; im Asyl, das nahe der Basilika liegt. Da ist der große Speisesaal mit den langen Tischen sauber gedeckt; schiebt man die Querwand beiseite, so sehen die Kranken in eine Kapelle und können so dem Gottesdienst beiwohnen, der für sie abgehalten wird. Im Vorgarten, auf allen Wegen Kranke. Man sieht schreckliche Gesichter.

Bevor es wieder beginnt, gehe ich durch die Kirchen. Die Basilika hoch oben, eine kleinere Kapelle und eine Krypta. Alles blinkt vor Neuheit, die Wände überladen mit Gold, Schmuck und Ornamenten. Votivtafel an Votivtafel. Kriegsorden, Haarlocken – eine Verkrüppelte hat unter Glas und Rahmen die braunen Nägel aufbewahrt, die ihr durch die Hand gewachsen waren und von denen sie nun befreit ist. Auf den Tafeln selten ein voller Name – immer nur die Anfangsbuchstaben. Die Bänke sind jetzt nicht so überfüllt, auch einige Beichtstühle sind leer, was sonst den ganzen Tag nicht vorkommt. Die Gläubigen, die hier umhergehen und alles bewundern, tragen Abzeichen – jeder Pilgerzug hat das seine. Man sieht silbrige Münzen und bunte Bänder aller Farben und Länder. Einmal höre ich deutsch sprechen.

Um drei Uhr nachmittags ist der große Platz gesperrt, die Ränder summen und wimmeln an den langen Leinen, mit denen er abgegrenzt ist. Hier wird nachher die große Prozession entlanggehen, und obgleich es noch lange nicht halb fünf ist, stehen und sitzen da schon viele Frauen mit Kindern und auch Männer. Sie haben sich Klappstühle mitgebracht, die man für drei Francs kaufen kann, und warten da unter den Bäumen. Noch werden viele Kranke an die Grotte gerollt und zum Bad; nachmittags sind es die Schwerkranken, die gebadet werden. Wieder stehen alle dicht gedrängt um den Priester, wieder ruhen die Kranken auf den Stühlen, wieder schallen die Gebete. Lauter, lauter.

„Hosanna, hosanna au Fils de David!"

Erst klingt mir das Wort „Hosianna" in der französischen Version fremd, dann bleibt es haften, sie sprechen es mit vielen „n" in der Mitte, wiegen sich im Klang. Und nun kommen schon die ersten Fahnenträger, sie stellen sich an der Grotte auf und singen, die Kranken werden einzeln abgefahren, man stellt sie auf den großen Platz in die erste Reihe. Da liegen sie auf Bahren, sitzen auf ihren Stühlen. Hinter ihnen die Massen.

Halb vier Uhr. Eine riesige Prozession formt sich, die Spitze steht auf der langen Esplanade, alle haben die Basilika im Rücken – denn sie werden erst den Rasenplatz umschreiten, mit dem Heiligen Sakrament in der Mitte. Oben, die Plattform der Kirche, ist schwarz vor Menschen, die beiden Rampenarme sind frei und leer. Die Träger sperren sie ab. Da kommt die Prozession.

Nach der Augenschätzung mögen es vielleicht zehntausend Menschen sein, die Nachprüfung ergibt annähernd die Richtigkeit. Sie schreiten langsam, Gesang schallt, man kann noch nicht hören, was sie singen.

In der Mitte des Platzes knien jetzt Priester, sie beten und alle beten nach.

„Bienheureuse Bernadette, priez pour nous!"

Alle:

„Bienheureuse Bernadette, priez pour nous!"

Der Platz braust. Spricht der Priester da vorn auf dem Platz lateinisch, so fallen alle ein, und die langen Sätze schnurren unter den Bäumen. Beginnt er zu singen, so singen sie mit.

„Seigneur, nous vous adorons!"

Das ist ein Franzose. Aber da kniet nun ein paar Meter weiter von ihm, schräg, ein Priester der Pilger, und das ist ein Italiener. Und als der seine Stimme erhebt, da verschwindet alles andere neben ihm. Welch ein Tenor –!

„Signore –!"

Ah –! Durch Mark und Bein geht diese Stimme, sie peitscht die Leute auf, sie singt ganz allein unter den Tausenden. Jetzt ist die Sache in der richtigen Kehle.

Da naht die Prozession.

Von Weitem sieht man die langen Arme schwarzer Priester in der Luft herumfuchteln: sie dirigieren den Gesang, rühren in den Massen. Brennt, Flammen –! Dann kommen sie.

Erst die Marienkinder, junge Mädchen in weißen Schleiern, sie singen mit hellen Stimmen. Man dirigiert sie auf die Freitreppe, da bleiben sie eng gedrängt stehen, und ihre weißen Schleier zieren die weiten Linien. Dann die Männer, sie tragen Kerzen in den Händen und singen laut. Das Sakrament. Alles fällt auf die Knie, die Kranken neigen die Köpfe. Der Erzbischof zieht unter dem Baldachin dahin, den ein Mann in Reitstiefeln trägt, davor die Weihrauchkessel, die ununterbrochen geschwungen werden.

Nun macht das Sakrament die Runde, und es ist ganz still auf dem großen Platz. Nur zwei Priesterstimmen sprechen ein Gebet. Der goldne Stab wandelt langsam an den Kranken vorüber, zeigt sich, neigt sich … Nasse Augen, wohin ich sehe. Jetzt steht der Bischof unter seiner Geistlichkeit, grade vor dem Haupteingang der Basilika, da fallen die Geistlichen auf die Knie, er hebt die Hand, das Glöckchen klingt … totenstill ists unter den Bäumen. Und nun kommt der eindrucksvollste Augenblick des Nachmittags.

Der Gottesdienst hat geendet. Was nun –?

Jetzt brodeln die Leute aufgeregt durcheinander, dies ist der große Moment – hat Maria geholfen –? Sie *wollen* ihr Wunder, sie suchen danach, sie stecken die Köpfe zusammen, die Luft ist geladen vor Erwartung.

Aus einer Ecke springt es auf, wer hat zuerst gerufen –? *„Un miracle! Un miracle!"* Alle laufen, da ist kein Halten mehr. Ein Hauchlaut der Verwunderung ertönt, wie beim Chor im Drama, der mit leisem „Ha –" vor einem Helden zurückweicht … „Un miracle –! Un miracle –!" Im Nu ist die Tür des „Bureau des Constatations" umlagert.

Das liegt in einer Seitenwand der Rampe, die Tür ist zugesperrt, denn die Ärzte drinnen wissen, was sich jetzt ereignet. Die Pilger würden die geheilte Kranke zu Boden reißen, sie betasten wollen, ihren Segen wünschen, sich die Kleider teilen zum Andenken. Warten. Viele Frauen schluchzen.

In den kleinen Zimmerchen des Bureaus warten Priester, fremde Ärzte, die Angehörigen. Die Kranke breitet ihre Zeugnisse aus, die besagen, dass und wie sie erkrankt war, sie wird untersucht, befragt, ausgehorcht … Die Kommission ist sehr vorsichtig, sehr skeptisch, sehr behutsam … Nun ja, eine Besserung … Vorläufig wird die Kranke ins Hospital entlassen. Draußen bilden Tausende Spalier und klatschen ihr zu, jubeln; strahlend durchfährt sie die Hecke der Begeisterten und heimst so etwas wie einen persönlichen Erfolg ein. Die Heilige Jungfrau hat sie ausgewählt, hat sie für würdig befunden, sie und keine andre.

Die andern werden nun in die Krankenhäuser abgefahren. Diesmal war es mit ihnen nichts. Vielleicht aber kommt noch die Heilung …

Ein Zug rollt an. Der Krankenträger, der hier die Ordnung aufrechtzuerhalten hat, trennt ihn nach Nationen. *„Francais?"*, fragt er. *„Italien?"* – Ein schrecklicher Stumpf von einem Menschen sitzt in einem Stuhl, mit ganz großem Kopf, winzigen Gliedmaßen, eine Masse Fleisch. Das Ding nickt mit dem Kopf. Frauen mit wunderlichen Auswüchsen fahren vorbei, manchen hat man Tücher über das Gesicht gelegt, man ahnt nur das Entstellte darunter. Ein rothaariger junger Mensch wird herangefahren, er klappert mit den Zähnen, er hat Fieber, und seine langen gelben Zähne ragen seltsam aus dem spitzen Gesicht. „Francais?", fragt der Krankenträger. „Italien?" Der Fahrer scheint es nicht zu wissen, und der junge Mensch antwortet nicht. Da will der Ordner nach dem Abzeichen sehn. Er lüftet die Decke ... Aber das ist eine Frau, die darunter liegt! Eine junge Frau mit welken Brüsten, und jetzt hat sie die Augen geschlossen und sich hintenübergelegt und sagt überhaupt nichts mehr. Sie verschwindet im Asyl. Und so kommen noch viele.

Die Menge diskutiert die Heilungen, die sich in den Gerüchten minütlich vergrößern, an Zahl, an Schwere, an Kraft des Mirakels. Sehr langsam zerstreuen sich die Massen im Staub der Nachmittagssonne.

Für den Abend ist die große Fackel-Prozession angesetzt, kurz nach dem Abendbrot schon laufen alle Leute in Lourdes mit kleinen Fackelchen umher, wie man sie uns auf den Kinderfesten in die Hand gesteckt hat. Blaugedruckte Papierschirme mit dem Bildnis der Jungfrau umhüllen die Kerze. Aber bevor das angeht, sehe ich doch noch etwas anderes.

Die Kranken können die Hospitäler nicht verlassen, sie können den Fackelzug nicht verstärken. Wenn der Pilgerzug groß genug ist, dann versammeln sich manchmal die Angehörigen vor dem großen Krankenhaus und bringen ihren Zug den Kranken dar. Und das ist das Erschütterndste, das ich in Lourdes gesehen habe.

Zum Fackelzug wird das „Ave Maria" gesungen. Verfasser und Komponist ist Abbé Gaignet, ein Geistlicher aus der Vendée, er schuf dieses Lied im Jahre 1874. Es hat unzählige Strophen, einfache Vierzeiler aus einer simpeln Melodie, und als Refrain ist ihm das Ave angesetzt, das in der französischen Liedbetonung ungefähr folgendermaßen klingt:

Avé
Avé
Avé Mariaa –

Es ist so einfach, dass es ein Kind nachsingen kann. Und da stehen sie nun vor dem Hospital de Notre-Dame-des-Douleurs und singen:

„Sur cette colline
Marie apparut
Au front qu'elle incline
Rendons le salut:
Avé – Avé –"

In den hohen hallenartigen Krankenzimmern ist helles Licht angezündet. Kerzen aller Art, kleine Tische sind aufgebaut mit beleuchtetem Kirchenschmuck. In den Betten liegen die Kranken und sehen mit glänzenden Augen auf den Zug, der da heransingt. Wir ziehen durch alle Gänge, durch die Korridore, in den Höfen sind wir, wir gehen durch alle Zimmer, durch alle, es soll keiner ausgelassen werden. Ave – Ave – Ave Maria ...
Auf den Backenknochen liegt hektisches Rot, die Gesichter sind mit Schweißperlen besetzt, der Ausdruck ist fiebrig, aufgeregt ... Ein Kind streckt die Hände nach den bunten Lichtern aus ... Eine alte Frau schluchzt und kann nun gar nichts sehen vor Tränen. Ein Alter liegt mit gekreuzten Händen – ich weiß zufällig, wie sein Körper aussieht – er leidet Schmerzen. Wir steigen die Treppen hinauf, zum ersten Stock, zum zweiten ... Die Mauern hallen wider vom Chorgesang. Wachsbleiche Frauengesichter sehen uns an, es ist so viel Zärtlichkeit in diesen Augen, kraftlose Hände liegen auf Decken, einmal weint ein ganzer Saal. Mir steigt etwas in der Kehle auf.
Inzwischen haben sie sich vor der Kirche und um die Kirche

versammelt. Auf den Rampen stehen sie Kopf an Kopf, die Plattform ist gedrängt voll, der Platz ist leer, aber weit unten, an der Esplanade, tauchen Feuerfünkchen auf … Sie fangen an.

Und da leuchtet die Basilika, ihre Konturen sind mit Glühlämpchen nachgezogen, ein Scheinwerfer erhellt die Spitze des Turmes, der liegt in bleichem Licht und sieht aus, als verschwinde er in den Wolken, oben auf dem Pic du Jer, einem Berg in der Nähe von Lourdes, blitzt ein Feuerkreuz. Und da setzt sich die Prozession in Bewegung.

Hier hört jede Schätzung auf. Es ist einfach ein breiter Lichtstrom, der sich dahinbewegt, die Pünktchen ergießen sich glitzernd über den tiefen Abgrund vor der Kirche. Bevor sie sich auf der Esplanade versammeln, gehen sie über die Plattform, sie ziehen an mir vorbei, und ich höre alle einundfünfzig Strophen des Marienliedes „Espérance" – und „France" kann ich hören, und auch von der Wahrheit wird gesungen …

> „La France l'écoute
> Se lève soudain.
> Et se met en route
> Chantant ce refrain:
> Avé – Avé
> Avé Maria –!"

Aber nun sind die Letzten hier oben vorüber, und der große Feuerzug ist auf dem Platz angekommen. Sie marschieren in Schlangenlinien, sie nähern sich auf dem gewundnen Lichtpfad immer mehr der Kirche … Und als sie nun alle, alle vor dem Tor der Kirche stehen, wie um Einlass singend, da zischen einige: Ssss! – es wird einen Augenblick still, und dann steigt unter den Fackeln das Credo zum Himmel.

> „Credo in unum Deum, Patrem omnipotentem …"

Sie singen es, Männer und Frauen, auswendig, alle die schwierigen lateinischen Worte, die sie Französisch aussprechen: *Spiritüs sanctüm* … Das steht wie ein Wall da unten. Unerschütterlich, voller Kraft klingt das Credo.

> *„Et expecto resurrectionem mortuorum.*
> *Et vitam venturi saeculi. Amen.“*

Das ist ein Tag in Lourdes.

III. Siebenundsechzig Jahre

Vor siebenundsechzig Jahren fing es an. Lourdes war damals „ein Haufe trüber Dächer, von traurigem Bleigrau; so stehen sie da, unterhalb der Straße eng zusammengedrückt". Taine hat seine Reise im März 1858 abgeschlossen, er kam grade einen Posttag zu früh. Sonst hätte er Folgendes beobachten können:

In Lourdes lebte zu dieser Zeit eine kleine Müllerstochter, Bernadette Soubirous, sie war vierzehn Jahre alt. Das Kind war immer krank, es litt an Asthma, an Atemnot, an schweren Hustenanfällen. Die Alten hatten viele Kinder und wenig Brot, es ging ihnen nicht gut. Im Sommer hütete die Kleine die Schafe in Bartrès, in der Nähe von Lourdes, bei einer Frau, die ihr Kind verloren und die kleine Soubirous genährt hatte, diese Frau ist noch am Leben. Lesen und schreiben konnte sie nicht – aber an kalten Wintertagen, wenn in den Hütten abends kein Feuer brannte, um zu wärmen, und kein Licht, um zu leuchten, versammelten sich die ärmern Bauernfrauen und ihre Kinder in der kleinen Kirche zu Lourdes, und da erzählte der Curé fromme Geschichten, von göttlichen Erscheinungen, wunderbaren Quellen, Segen und Heilungen der Gebenedeiten. Die Pyrenäen sind reich an solchen Legenden. Ihnen gemeinsam ist: die plötzlich auftauchende Erscheinung, meist eine weiße Frau, sie vertraut dem ahnungslosen Hirten ein gutes Geheimnis an, das der nie verraten darf, sie gibt ihm einen Auftrag, sie zeigt ihm eine Quelle, die Quelle heilt Kranke. Um Lourdes wimmelt es: Unsre Liebe Frau in Barbazan, Unsre Liebe Frau von Nestè, Médoux, Bétharram, Garaison, Bourisp – so viel Namen, so viel Wundererscheinungen, weiße Frauen, Heilquellen, Geheimnisse. In der abendlichen Kirche, wohlgeborgen vor den Schneestürmen, im Flimmer der Kerzen, die die Schatten im Halbdunkel auf Goldgrund tanzen ließen, saß die Kleine und sog in sich auf, was es da zu hören gab. Manchmal war sie traurig: in ihrer Atemnot hatte sie husten müssen und das Schönste nicht gehört.

Der Bruder ihrer Ziehmutter war ein Priester, er brachte oft bunte Bildchen mit und auch die Bibel und Heiligengeschichten, die das Mädchen nicht lesen konnte … Aber die Bilder konnte sie betrachten, die schönen Bilder mit der Heiligen Mutter Maria in weißem Gewande, mit den Rosenornamenten als Schmuck, die ihr fromme Maler zu Häupten gesetzt hatten, und sie sah sich diese Bilder gern an. Das, was ihr die Priester an solchen Winterabenden erzählten, war ihr geistiges Leben, denn sie war noch nicht eingesegnet und wusste weiter nichts von Religion als diese vagen und frömmelnden Historien. Da war von Gott-Vater die Rede, von der Heiligen Jungfrau, von Jesus und von der Dreieinigkeit und wohl auch von der unbefleckten Empfängnis.

Denn drei Jahre vorher, am 8. Dezember 1854, war von Pius IX. das Dogma der *Immaculata Conceptio* verkündet worden, das beinahe so viel Aufsehen gemacht hat wie das von der Unfehlbarkeit des Papstes. Diese Tatsache findet sich in der gesamten populären Bernadette-Literatur verschwiegen. Wir werden sehen, warum.

Am Donnerstag, dem 11. Februar 1858, fror es in Lourdes, der Himmel war grau, die Bauern machten, dass sie ihre Arbeit draußen beendigten und beeilten sich, in die Hütten an den Herd

zu kommen. Der Müller Soubirous brauchte sich nicht zu beeilen: Es war kein Holz im Hause. Die Kinder sollten Holz holen. Bernadette ging in die Kälte hinaus, ihre jüngste Schwester
Toinette und eine Freundin, Jeanne Abadie, begleiteten sie. Die
drei stiegen an den Abhängen herum, überquerten den Bach, der
jetzt, abgeleitet, am Eisenbahndamm entlangfließt, und kamen
schließlich in die Grotte. Winterstille und Geriesel von trocke-
nem Laub. Da hörte Bernadette ein dumpfes Geräusch. Sie hob
den Kopf ...

„Ich konnte nichts mehr sagen, und ich wusste gar nicht, was
ich denken sollte, denn als ich den Kopf zur Grotte wendete, sah
ich an der Felsöffnung einen Busch, aber nur einen, hin- und
herschwanken, wie wenn großer Wind wäre. Beinah zu gleicher
Zeit kam innen aus der Grotte eine goldene Wolke, und danach:
eine junge und schöne Dame, so schön, wie ich niemals eine gesehen hatte. Sie stellte sich an der Öffnung auf, oberhalb des
Buschs. Sie sah mich an, lächelte und machte mir ein Zeichen,
näher zu kommen, grade wie wenn sie meine Mutter wäre."

Die beiden kleinen Begleiterinnen hatten nichts gesehen, nur
allein Bernadette. Erst war es in ihren Berichten „etwas Weißes", dann eine Dame, dann eine wunderschöne Dame, mit weißem Gewand, blauem Gürtel und gelben Rosen zu Füßen – aber
die sprach zunächst nicht, sie lächelte. Bernadette ging immer
wieder in die Grotte. Die Mutter wollte das nicht. Die Grotte
stand in keinem guten Ruf, Liebespaare pflegten sich dort zu
verstecken, und wenn man wieder einmal am Morgen leere Flaschen und sonstige schöne Sachen dort gefunden hatte, stießen
sich die Bauern in die Rippen und grinsten: „Heute Nacht haben
sie wieder Dummheiten in der Grotte gemacht!" Aber Bernadette ging wieder und wieder hin. „Sie" erschien ihr achtzehn-
mal.

Beim dritten Mal sprach die Dame. Sie bat die Kleine, während
vierzehn Tagen in die Grotte zu kommen. Bernadette versprach

das. Und dann: „Trink aus der Quelle und wasch dich in dem Wasser!" – Es war aber keine Quelle da, das Kind kratzte die Erde auf, da lief ein dünnes Rinnsal über die Erde. Die Wunderquelle war geboren. Und später: „Sage den Priestern: Sie sollen hier eine Kapelle bauen und in Prozessionen hierherkommen!" Und nun auf inständige Fragen, endlich, endlich: „Ich bin die Immaculata Conceptio." Die Dame, die dies gesagt hatte, sprach das bäurische Platt. *„Qué soy ér' Immaculada Councepsiou."* Und da war Bernadette schon nicht mehr allein.

Die Sache war durchgesickert, die Polizei mischte sich ein, misstrauisch, liberal, halb aufgeklärt und durchaus dagegen. Der Priester des Orts war vorsichtig, skeptisch, außerordentlich klug. „Ein Wunder! Ein Wunder!", verlangte er. Und vor der Namensgebung: „Sage deiner Dame, dass ich sie nicht kenne – sie solle sich vorstellen." Sie stellte sich vor, und nach jeder Halluzination wurde das Publikum größer, der Glaube stärker, die Legendenbildung wilder.

Bei alledem hat man sich die kleine Bernadette als ein bescheidenes, artiges, schwächliches Kind zu denken, das kein Wesens aus der Sache machte. Sie hatte einen schweren Stand: Der Geistliche wollte nicht heran, die Polizei drohte, sie einzusperren, wenn dieser Unfug nicht aufhörte, und das Dorf verlangte seine Wunder. Ein alter Abbé, der als kleiner Junge sie noch gekannt hat, zeigte mir in Lourdes eine Fotografie, die angeblich an der Grotte während der Ekstase aufgenommen sein soll – ein offenbar gestelltes Bild, ohne jeden visionären Zug in dem kleinen Bauerngesicht. Das arme Ding mit seinen Läusen unter dem Kopftuch, bekam von allen Seiten zugesetzt, es prasselte nur so auf sie herunter: Klagen, Bitten, Beschwörungen, Segenswünsche … Schon wollten einige durch Handauflegen von ihr geheilt werden.

Ein Zug, ein einziger in diesen zahllosen Berichten, ist rührend, er zeigt, wie tief sich die Halluzination in das Kind eingefressen hat und beweist ihre wirkliche Herzensunschuld. Sie hatte dem Steuereinnehmer Estrade und seiner Schwester ihre Geschichte erzählt: „Also, die Dame bat mich, vierzehn Tage lang in die Grotte zu kommen." – „Sag mal genau, wie sie gesprochen hat!", sagte der Steuereinnehmer. „Die Dame sagte: Wollen Sie so gut sein …" Und hier unterbrach sich Bernadette, senkte den Kopf und flüsterte: „Die Madonna hat Sie zu mir gesagt …"

Und nun gings los.

Die Presse nahm sich der Affäre an, die Artikel für und wider setzten ein ohne Ende, und die Polizei ließ die Grotte mit Brettern versperren. Die Gegend stand auf dem Kopf.

„Ein Wunder! Ein echtes Wunder! Hat sie nicht von der Immaculata Conceptio gesprochen? Aber das Kind hat das Wort nie gehört, kann es gar nicht gehört haben!" – Die Bernadette-Literatur legt auf diesen Punkt den allergrößten Wert. Man kann nur Erinnerungen produzieren, während man halluziniert, sagen sie, was falsch ist – dieses schwierige Wort und der noch kompliziertere Begriff seien dem Kinde unbekannt gewesen. Nein, das waren sie nicht. Man wird nun verstehen, warum die Bernadette-Traktätchen so ängstlich darüber schweigen, dass das Dogma schon drei Jahre, *ex cathedra* verkündet, vorgelegen hat. Es war also nicht nur möglich, sondern höchst wahrscheinlich, dass das Kind diesen Ausdruck von den Priestern aufgeschnappt hat, ohne zu begreifen. Und man weiß, wie Latein auf die wirkt, die es nicht verstehen.

Die Grotte gesperrt? Streik der Bauarbeiter, Rumor unter den Bauern, die Grotte musste wieder geöffnet werden. Bis zum Kaiser drang der Lärm, denn nun war aus den Halluzinationen eines kranken Kindes eine politische Affäre geworden. Kulturkampf? Napoleon III. tat das, was er immer getan hatte: er zögerte. Aber die Kaiserin lag ihm in den Ohren, es war das wohl auch kein Casus Belli, die innere Politik erheischte Frieden … er gab nach. Der Polizeikommissar wurde versetzt, der Präfekt

von Tarbes wurde versetzt – das Land hatte sein Wunder. Die
Prozesse prasselten. Die ersten Heilungen wurden ausgerufen.
Denn die Quelle war da, das war kein Zweifel. Jetzt war es
eine große Quelle geworden: Sie gab zwölfhundert Hektoliter
am Tage her. Nun wollen sogar die orthodoxesten Katholiken
nicht, dass Bernadette dieses Wasser aus dem Nichts gerufen
habe. Der Abbé Richard hielt schon im Jahre 1879 dafür, dass
nicht das Kind die Quelle erschaffen habe, sondern Gott – die
Kleine habe nur durch das Wunder eine bestehende Quelle entdeckt. Leute, die mit einer Wünschelrute umgehen, wissen etwas von den Prädispositionen gewisser Personen zu sagen, die
auf Wasser, Metalle und Steinarten reagieren.

Herr Fabisch aus Lyon setzte der Jungfrau eine Statue, eben
jene, die heute noch in der Grotte steht. Er ließ sich von Bernadette die Erscheinung beschreiben, war tief gerührt von der
weichen Frömmigkeit der Kleinen und lieferte das Äußerste an
Talentlosigkeit. Die Statue hat siebentausend Francs gekostet,
genau die gleiche Summe zu viel. Als man Bernadette das Werk
zeigte, lief sie zunächst fort, ein beachtliches und gutes Zeichen
von Kunstverstand. Dann wurde sie beruhigt, noch einmal an die
Figur herangeführt, die aussieht, wie wenn sie aus Seife wäre,
und man fragte sie: „Ist das deine Jungfrau, so, wie du sie gesehen hast?“ – Und sie: „Keine Spur.“ Aber Fabisch kassierte ein,
und die Priester aus Lourdes stellten auf.

Bernadette hatte kein Glück mit den Statuen. In der Ordens-
kapelle der Schwestern von Nevers zu Lourdes steht eine, von
der hat sie gesagt: *„C'est la moins laide de toutes!“*

Diese Madonna steht da, wo die Kleine bei den Schwestern
im Klostergarten herumgehüpft ist, und die Oberin zeigte mir
Kloster, Säulenhalle, Garten und eben diese Kapelle. Wenn die
kluge und energisch aussehende Frau – Gott verzeihe mir diesen Ausdruck, aber sie sah so aus wenn sie von Bernadette und
ihren Wundertaten berichtete, glaubte man, eine Walze rolle ab.

Sie sprach wie ein Museumserklärer. Sie hatte das wohl schon so oft erzählt ... Diesen eingelernten Eindruck machten übrigens viele Geschichten, die ich in Lourdes zu hören bekam.

Bernadette blieb bei ihrer Familie, und als sie es dort nicht mehr ertragen konnte vor Besuchen, Fragen, Verhören, Freunden und Feinden, die sie alle, alle sehen wollten, als sie immer und immer wieder ihren Bericht erzählen musste, brachte man sie ins Hospital. Das hatte noch einen andern guten Grund: Das Mädchen kränkelte. Im Krankenhaus wurde sie zunächst gepflegt, die Besuche wurden ferngehalten, später verrichtete sie Arbeiten in der Küche und machte sich auch sonst nützlich.

Die Kirche rechnet mit Jahrhunderten und in eiligen Fällen mit Jahren. Erst vier Jahre nach diesen Erscheinungen, am 18. Januar 1862, erschien der große Hirtenbrief des Bischofs von Tarbes, des Monseigneurs Bertrand-Sévère. „Ja", sagte der Brief.

Kollekten, Gläubige, Kirchenbauten, Zusammenlauf aus aller Welt. Die Pilgerzüge setzten in voller Stärke ein. Im Jahre 1867 waren es schon 28 000 Menschen, die kamen. Das Wunder war im Gang.

Das ging nicht ohne die bösesten Zänkereien ab. Der Curé von Lourdes bekam den Monseigneur-Titel, aber das tröstete ihn wenig, er fühlte sich zurückgesetzt; die Orden bekriegten sich bis aufs Messer, warfen einander Habsucht, Neid, Missgunst und übergroße Geschäftstüchtigkeit vor, und auch die Einwohner wüteten umher. Die Kirche hatte in kluger Voraussicht die Grundstücke gekauft, die der Grotte gegenüberlagen, um alle neugierige Nachbarschaft zu vermeiden. Welches Geschäft war den Lourdesen da aus der Nase gegangen –! Was wäre das gewesen –! „Hotelzimmer mit direkter Aussicht auf die Wundergrotte und alle Zeremonien! Abends Dancing!" Ein Jammer. Es roch nicht gut zum Himmel, was da aufstieg.

Und dann war da diese kleine Bernadette, die der Anstrom der Neugierigen immer noch suchte. Eine unangenehme Kon-

kurrenz, dieses Werkzeug Gottes … Sie durfte fernerhin nicht
mehr in Lourdes leben – vor allem: Unter gar keinen Umständen durfte sie dort begraben liegen. Nur keine Ablenkung! Sie
lebte auch nicht mehr da, sie starb nicht da. Man hat sie nach
Nevers gebracht, einer kleinen Stadt südöstlich von Orléans, in
das Mutterkloster des Ordens *des Soeurs de la Charité de Nevers*, und dort erlosch sie im Alter von fünfunddreißig Jahren.
Sie hat keine Wunder mehr angezeigt und auch keines tun wollen, sie war eine schwächliche Person, die in Ruhe leben und
sterben wollte. Sie ist sehr krank gewesen.

Jetzt, zu ihrer Seligsprechung im vorigen Jahr, haben sie sie
exhumiert: Der Körper war gut erhalten, ihr linkes Auge, das
der Erscheinung zugewendet war, soll offen gewesen sein, ihr
Grab so nach Blumen geduftet haben, dass – wie in Lourdes
erzählt wird – Briefe, die dort gelegen hatten, dufteten … Man
hat sie in einem Glassarg ausgestellt, es kommen viele Gläubige.
Ich habe eine Reliquie geschenkt bekommen, ein Stückchen von
ihrem Totengewand.

Eine Heilige –? Noch nicht.

In Lourdes wird ein alter Mann aufbewahrt, es ist ihr Bruder,
der einen Andenken-Laden hatte und sich vorzeitig vom Geschäft zurückgezogen hat. Er empfängt viele Besuche, will aber
keine haben – er ist ein stiller und ruhiger, etwas bäurischer
Mensch. Nein, ich habe sein Ruhebedürfnis geehrt und ihn in
Frieden gelassen. Er weiß auch nicht viel von damals zu vermel-
den – er war sieben Jahre alt, als Bernadette ihre Erscheinungen hatte. Aber wenn er einmal gestorben sein wird, und wenn
alle persönlichen Erinnerungen verflogen sind, wenn die Gestalt
der kleinen Bernadette weit, weit hinten im grauen Nebel der
Geschichte verschwindet –: Dann wird sie heiliggesprochen[*]
werden. Die Kirche ist so klug …

---

[*] Anm. der Red.: Am 8.12.1933 wurde Bernadette Soubirous durch Papst
Pius XI. heiliggesprochen.

Denn über Bernadette Soubirous, die Müllerstochter, kann man heute noch kleine persönliche Bemerkungen machen, *sie ist zu nah –*. Jeanne d'Arc aber ist heilig und entlockt selbst einem so wilden Spötter wie Bernard Shaw – außen Stacheldraht, innen Gummibonbon – ein schönes Pathos.

DAS IST die Geschichte der seligen Bernadette, zu der Hunderttausende in Lourdes beten. Tagaus, tagein ... Aber immer andre. Denn das ist das Gefährliche an der Sache: Tagaus, tagein darf man dergleichen nicht sehen. Der Mechanismus wird sichtbar ...

Jede *pélerinage* ist höchstens vier, fünf Tage in Lourdes, und das ist sehr gut eingerichtet. Längerer Aufenthalt geht auf Kosten der Intensität. Man sieht zu viel.

Man sieht:

Die Ausstattung in den Kirchen. „Aber das übersteigt die kühnsten Träume. Mit Kunst, selbst mit Kunst in ihrer niedrigsten Entartung, hat das hier überhaupt nichts zu tun. Das ist nicht einmal schlecht ...“ Nein, es ist grauslich. „Das ist alles so hässlich! Wenn es wenigstens naiv wäre – aber leider: grade das ist es nicht.“ Das sagt ein Freigeist? ein frecher Aufklärichtsmann? ein Kerl, der vom Katholischen nichts versteht –? Ach, es ist J.-K. Huysmans, dessen „À rebours“ Oscar Wilde zum Dorian Gray angeregt hat, der in den Schoß der Kirche zurückgekehrte, reuige Sünder. Und der muss es ja wissen. Er erklärt uns auch den Jammer dieser Geschmacklosigkeiten.

„Unzweifelhaft: Solche Attentate können nur den rachsüchtigen Possen des Dämons zugeschrieben werden. Es ist das seine Rache gegen die, die er verabscheut ...“ Sein Buch „Les Foules de Lourdes“, eines der interessantesten Dokumente über diese Stadt, ist das Zeichen eines beklagenswerten Geisteszustandes, mit vielen lichten Momenten. Er beobachtet außerordentlich scharf, aber alle seine Schlussfolgerungen sind falsch. Der Teufel –? Hier irrt der Großpapa Dorian Grays; es ist nicht der Teufel, der Lourdes so scheußlich gemacht hat. Es ist der Bürger.

Lourdes ist ein einziger Anachronismus.

Diese organisierten Pilgerzüge mit der Eisenbahn und dem ermäßigten Billett, diese elektrisch erleuchtete Kirche, die aussieht wie ein Vergnügungslokal auf dem Montmartre, der grauenhafte Schund, der da vorherrscht – nicht nur in den dummen Läden, sondern in den Kirchen selbst – diese unfromm bestellten Altäre, Schreine, Ornamente, Decken und Beleuchtungskörper –: Es ist die Industrie, die das nicht mehr leisten kann. In Carcassonne steht in der Kathedrale ein altes Taufbecken, das ist siebenhundert Jahre alt, und man möchte davor knien, so fromm ist es. Aber der, der es gemetzt hat, hat geglaubt, er hat seinen Glauben in den Stein versenkt; er machte ein Geschäft, indem er ihn lieferte, gewiss – aber es war doch ein Taufbecken, und der Mann wusste sehr wohl, was er da unter den Händen hatte, und was es galt. Heute –? „Und liefern wir Ihnen einen Posten Taufbecken 1a Qualität zu besonders kulanten Bedingungen." Es ist aus. Die kirchliche Kunst kopiert sich selbst, und wenns gut geht, sind die Kopien wenigstens anständig. Die Versuche, zu modernisieren, misslingen kläglich – zwischen Erfrischungsraum im Warenhaus und Bahnhofshalle ist da keine Dummheit ausgelassen. Gefühle kann man nicht fabrizieren.

Daran sind die Juden schuld. Huysmans: „Die Priester sollten daran denken, wie sehr heutzutage das jüdische Element unter den Verkäufern von frommen Andenken dominiert. Getauft oder nicht: es hat den Anschein, als ob diese Kaufleute, neben der Sucht, Geld zu verdienen, nun auch das unfreiwillige Bedürfnis verspürten, den Messias noch einmal zu verraten: indem sie ihn in einer Gestalt verkaufen, die ihnen der Teufel eingeblasen hat." Da kann man nichts machen.

Solch ein Wunderglaube, dessen Form die absolute Herrschaft der Kirche zur Voraussetzung hat, ihre Herrschaft besonders

über die Finanzmächte der Länder – und dann diese Zeit: es ist
eine Dissonanz der Epochen, die hier aufeinanderstoßen. Es klingt
nicht. Und Kunstwerke bringt so etwas schon gar nicht hervor.

Und weil alles auf der Welt ein greifbares Symbol findet, so
leuchtet abends die Basilika, oben strahlt das Kreuz in der Luft
auf dem fernen Berge – und heller als alles andre brennt sich
eine Flammenzeile in den dunklen Nachthimmel:

HOTEL ROYAL

Unten klingt das Credo. Keine Zeit hat solche Sehnsucht nach
Verkleidung wie die, die keine hat.

Ja, man sieht zu viel. Treibe dich vierzehn Tage in der Stadt
herum, und du fühlst nie mehr nasse Augen, aber manchmal
ein verdächtiges Zucken im Gesicht. In den Läden klingelt das
Ave Maria, das einmal so schön geklungen hat, im Bauch von
Heiligen Jungfrauen, die man innen erleuchten kann, Ansichts-
karten, Bilder, Rosenkränze sind von auserlesener Scheußlichkeit ... Nebenerscheinungen? Ich weiß doch nicht. Die Pilger
fassens nicht so auf. Und während ich mich in Rumänien so oft
gefragt habe: „Wo, in aller Welt, kann man nur einen solchen
ausgemachten Plunder kaufen?" – Jetzt weiß ich es.

Ich sehe:

Die fetten Bischöfe, die hier Gastspiele geben, und die andern,
die hier zu Hause sind – man sagt ihnen Schauspielergesichter
nach, man müsste das differenzieren. Da gibt es ältere Helden-
spieler, denen das Tripelkinn tragisch auf den Ornat fällt, da gibt
es Bonvivants und Väterrollen, und einer sah aus wie ein listiger,
verschmitzter Komiker – es hätte mich keinen Augenblick gewun-
dert, wenn er die Soutane an zwei Zipfeln angefasst und ein Cou-
plet getanzt hätte. Ich gehe durch die Verkäufer am Gitter, wo sich
der dürre Gebetlaut von drinnen fortsetzt, aber hier ist es kein
Latein, sondern: *„Les cierges – les cierges – les cierges –"* und *„Va-*

nillevanillevanille ... " Soll ich ihnen etwas abkaufen? Wenn ich sparsam sein will, tue ichs nicht. Denn im Hotel hing eine Tafel. Pilger ... welch altes, schweres Wort. Man denkt an Männer mit Bärten und großen Stöcken, mit einem Bettelsack und einem Heiligenschein um den Kopf ... Die Herren Pilger, stand im Hotel, die ihre Einkäufe an Andenken im Laden des Hotels machen, erhalten eine Ermässigung von 50 Prozent. Hierauf sehn sich freudig an, Pilgerin und Pilgersmann.

Und ich sehe: die Brancardiers.

Die Krankenträger leisten eine aufopfernde Arbeit. Es sind sämtlich Freiwillige, sie bekommen keinen Franc Bezahlung. Ihr Dienst ist unendlich ermüdend, er erfordert sehr viel Körperkraft, sehr viel Geduld, sehr viel Hingabe. Ihr Benehmen zu den Kranken ist rührend. Aber der angenehme Umstand, dass in allen Prozessionen und bei allen Veranstaltungen niemals ein Schutzmann zu sehen ist, wird dadurch aufgewogen, dass gewisse Träger sich schlimmer benehmen als acht Polizisten zusammen. Sie teilen ein und ordnen an, sie geben Befehle und sind nervös, lassen die Kranken in Frieden, aber treiben die Gesunden zu Scharen, obgleich das gar nicht nötig wäre – kurz: manche unter ihnen spielen die Rolle des dummen August, der herumwirtschaftet, während andere arbeiten. Da waren so schnurrbartgezwirbelte Gesichter, die krähten – Huysmans hat mal einen sagen hören: „Wir werden jetzt die Heilige Kommunion austeilen!" – mir war sonderbar zumute, als ich sie herumtanzen sah – das hatte ich doch schon einmal im Leben gesehen ... „Il y a beaucoup d'anciens officiers parmi eux!", sagte mir ein Abbé. In Ordnung.

Da, über den Eisenbahndamm, fahren die Züge, da flattern die weißen Tücher zur Begrüßung und zum Abschied, und sie singen während der Fahrt, nach dem Wort eines katholischen Dichters, nicht als ob es nach Lourdes, sondern als ob es ins Fegefeuer ginge.

Vieles hiervon steht bei Huysmans. Sein Fanatismus hat ihn, den Frischbekehrten und also lächerlich Überhitzten, nicht gehindert, in Lourdes die Augen aufzumachen. Auf einen Teil der schwarzen Flecke hat er mich erst aufmerksam gemacht, und wenn ich zögerte, mir Luft zu machen, so stärkte mich ein Blick in sein Buch. Da stands noch viel schlimmer. Aber freilich: Er glaubte an das Wunder.

Sein Resümee sieht so aus:

„Das steht fest: in Lourdes erreichen wir die letzten Niederungen der Frömmigkeit." Sowie: „Lourdes ist ein riesiges Krankenhaus auf einem ungeheuern Jahrmarkt. Nirgends sonst gibt es einen solchen Tiefstand von Frömmigkeit, von Fetischismus bis zu postlagernden Briefen an die Heilige Jungfrau …"

Man darf nicht verweilen. Man sieht zu viel. Doch nirgends Betrunkene, nirgends Leute, die in den Lokalen juchhein.

Tagaus, tagein Prozessionen, Menschenversammlungen, Fackelzüge … nach dem achten Mal spürt man die treibende Macht und die Räder.

Und zu allen diesen Prozessionen, Menschenanhäufungen, Fackelzügen ist zu sagen, dass meine Generation den Krieg gesehen hat, wo sich oft Zehntausende auf einem Platz zusammenballten oder im Karree aufgestellt waren – zur Schlachtung. Der Respekt vor der Quantität an sich ist vorbei. Und wenn es nicht meine eigne Sache ist, die da durch eine Menschenmenge gefördert oder bekämpft wird, wenn es mich nicht berührt, was die vielen Lichter aufflammen lässt – dann greift es mir nicht ans Herz, und ich müsste lügen, wenn ich mich in den Strom der Begeisterung stürzte. Das Faktum allein, dass dreißig- oder vierzigtausend Menschen zusammenkommen, ist mir gleichgültig. Ja, wenn es der Weltfriede wäre, den sie da mit Gesang und Fackellicht verlangten! Wenn es ein einziger tobender Protest gegen den staatlichen Massenmord wäre, erhoben von Müttern, Witwen, Waisen … ich hätte wahrscheinlich geweint wie ein kleines Kind. So aber schlug die Quantität nicht in Qualität um.

Man sieht zu viel. Man sieht, bei längerm Aufenthalt, wie es gemacht wird, sieht am Häuschen hinter der Basilika die Aufschrift *HOMMES – FEMMES* und *CABINETS RESERVÉS*, woraus also zu schließen wäre, dass die Geistlichen, denen man sie reserviert hat, weder Männchen noch Weibchen sind … Man sieht die Kinoplakate an den Ecken, Fanale eines unentrinnbaren Zeitalters. Dies ist anders als der Jahrmarkt, der auch im Mittelalter jede religiöse Zeremonie und jede Hinrichtung begleitet hat. Dies hier ist mehr, selbstständig richtet es sich neben der Kirche auf. Mady Christians, muss ich hier dich wiederfinden –? Wahrhaftig, da hingst du.

Oh, man hat auch religiöse Filme. Da läuft zum Beispiel ein Bernadette-Film, der in seiner Herstellung, mit seinen Schauspielern und Dekorationen an die dunkeln Filme gemahnt, die man vor dem Kriege in Budapest herzustellen pflegte … Er ist über die Maßen schauerlich. Der Vortrag des jungen Abbé aber ist es gar nicht, und die Worte, die er zum Film spricht, stehen an Geschicklichkeit, berechneter Wirkung und Wirksamkeit tausendmal über dem Schund. Man will übrigens einen neuen Bernadette-Film herstellen. Der Abbé lässt es nicht an freundlichen Beschimpfungen derer fehlen, die nicht an Wunder glauben, und fordert jeden auf, ungestört seine gegnerische Meinung hier zum Ausdruck zu bringen. Kenner der Materie entsinnen sich des Geschreis, das es einmal gegeben hat, als die französischen Freimaurer als Demonstration einen ihrer Kongresse in Lourdes abhalten wollten. In solchen Fällen ist ja wohl der Staat nicht in der Lage, die öffentliche Ordnung zu garantieren …

Und wenn man diesen Film hinter sich hat, darf man das „Römische Museum" ansehen, ein Wachsfigurenkabinett mit wilden Löwen, zerrissenen Christen und einem herrlichen Erklärer. Er redete wie eine Gebetmühle. Der Bruder der seligen Bernadette sei zwar kein Römer, aber er kenne ihn gut: Der Mann habe seine Schwester niemals richtig geschätzt, nein, nein. Da sagen sie, sie liege in Nevers begraben … Er, der Erklärer, wisse mehr – er dürfe nur noch nicht darüber reden. Das ist schade.

Die einzig wirkliche Erholung sieht anders aus. Oben, auf einer Anhöhe, liegt das Schloss, darin das Pyrenäische Museum. Es ist das schönste Museum, das ich in den Bergen gesehen habe – weil es klug angelegt ist. Das französische Provinzmuseum steht auf keiner sehr hohen Stufe, es hat herrliche Kunstwerke, aber die Stücke werden nicht immer gut präsentiert. Hier aber in Lourdes hat ein kunst- und landeskundiger Mann, Herr Le Bondidier, die bäuerlichen Gerätschaften, die Bilder, gute Diapositive, Bücher und Kinderspielzeug, Pilgermünzen und Andenken so fein geordnet, mit einer solchen Liebe aufgebaut, dass einem das Herz im Leibe lacht. Ich konnte mich gar nicht trennen. Die kleinen Burgzimmerchen haben Nummern, die den Besucher ohne Katalog automatisch durch das ganze Schloss führen, und was man sieht, geht einen etwas an, steht hübsch da, langweilt nicht.

Herrn Le Bondidier habe ich in seinem Büro besucht. Er erinnert im Aussehen – o ihr Rassenphysiologen! – an Wilhelm Raabe. Er darf sich rühmen, die schönste Aussicht von ganz Lourdes zu besitzen: sein Arbeitszimmer sieht grade auf die Basilika – drei riesige große Fensterbögen zeigen ihm von hoch oben Kirche, Massen, Prozessionen und Fackelzüge. Die Wände sind mit hellbraun getöntem Holz getäfelt, bunte baskische Bilder hängen da … endlich, endlich einmal einer, der nicht in Directoire-Stil sitzt und nicht in Louis I-XVI. Als der hochgewachsene Mann, von dem im Museum eine lustige Karikatur als Bergsteiger, der alles bei sich hat, hängt, als er das Zimmer einen Augenblick verlässt, sehe ich auf die Bilder an den Wänden und finde etwas.

Da reitet ein dunkler Reiter durch blutige Nacht, hinter ihm ballen sich erschreckte Massen, der Reiter hat etwas auf dem Kopf, das ist ein Kürassierhelm, und als ich genau hinsehe, entdecke ich die zwei Schnurrbartspitzen. KAIN steht darunter. Es ist immer hübsch, wenn ein Volk durch seine Fürsten gut im Ausland repräsentiert wird.

Und wieder hinunter nach Lourdes.

Da rollt der Betrieb ab – der kirchliche und der kaufmännische. Bei Huysmans habe ich gelernt, dass es Ungläubige und Freimaurer aller Grade sind, die da ihre Geschäfte machen – es ist ganz schrecklich. Aber diese wilde Rotte nimmt den Pilger nicht einmal sehr hoch – die Preise sind nirgends unverschämt, wenn auch nicht niedrig. Selbst die Stadt will ihre Position nicht ausnutzen: Sie beansprucht keine Beherbergungssteuer *(taxe de séjour)*, verzichtet so auf Millionen und ist nur eine mäßig begüterte Gemeinde. Das hat seinen Grund:

Lourdes ist eine Stadt der kleinen Leute.

Der Tourist ist sofort kenntlich – er gehört meistens, wie Tante Julia das nennt, den „besser gekleideten Ständen" an; in den Pilgerzügen aber dominieren Bauern und Küstenfischer der Bretagne und kleines und kleinstes Kleinbürgertum: Gärtner, Dienstmädchen, Portiers, kleine Beamte, Handwerker. Das sind nicht die Gesichter organisierter Industriearbeiter.

Und wenn die feinen Leute dabei sind, dann in einer so aufdringlich aufreizenden Form …

Nach dem Allerheiligsten in den Prozessionen gehen sie, da sah ich den Herrn Grafen und den Herrn Baron und dessen Söhne und so vornehme Herrschaften … Sie gingen in einer kleinen Gruppe, für sich, fromm erster Klasse. Vor Gott sind alle gleich, gewiss, aber man muss das nicht übertreiben.

Es sind nun Leute von so vielen Nationen da, aber es ist immer derselbe Typus: der bäuerliche und kleinbürgerliche. Besonders die Frauen erinnern an Klatsch im Schlächterladen, an kleine

Schneiderinnen, an Hebammen … Jede Nation hat ihre Eigenart; jemand beklagt sich über die „Engländer, die alles für sich haben wollen, die besten Plätze, die Spitze bei den Prozessionen" – und die dann nach ein paar Tagen die ganze Geschichte satt bekommen und Ausflüge in die Umgebung machen. Polen, Italiener, Spanier, Belgier, Holländer, Franzosen vieler Provinzen … es ist alles da. Und alle aus derselben Schicht.

Es riecht nach Muff, nach unaufgeräumten Schlafzimmern, nach jenem Typus, der in Europa nicht leben und nicht sterben kann, nach kleinem Mittelstand, *der nicht weiß, dass ers ist.*

Er bestimmt die Atmosphäre in Lourdes, er gibt das Tempo an, auf ihn sind Vergnügungen, Hotels, Romantik, Prozessionen zugeschnitten. Es ist die Stadt der kleinen Leute.

Aber die Heilung –?

IV. Der Sardellenkopf

Man kann auch zum Kopf einer Sardelle beten, es kommt nur auf den Glauben an.

Japanisches Sprichwort

Durch eine Wallfahrt nach Lourdes kann man organische Krankheiten heilen. Das ist der Fundamentalsatz der Gläubigen.

Erklärt wird er nicht. Bewiesen werden soll er durch das *Bureau des Constatations Médicales.*

Dieses Bureau besteht aus einem Chefarzt sowie mehreren andern Ärzten, die in Kommissionssitzungen die Heilungen prüfen und späterhin beglaubigen. Fremde Ärzte werden mit der größten Bereitwilligkeit zugelassen; sie dürfen an allen Sitzungen teilnehmen und bekommen Einsicht in alle Akten.

Niemand wird gezwungen, sich dem Bureau vorzustellen – wer sich geheilt glaubt, stellt sich selbst vor.

Das Bureau des Constatations ist vorsichtig, die Presse ist es minder. Die klerikalen Blätter, deren Verkäufer auf den Straßen von Lourdes schreien wie die Zahnbrecher, sind mit einem Wunder schnell bei der Hand. Die *Annales de Lourdes* und *La Revue de Lourdes* sind ernster zu nehmen, beide strotzen von pseudowissenschaftlichem Ernst und zelotischem Eifer gegen die, so nicht glauben.

Sämtliche persönlichen Anwürfe gegen die Mitglieder des Bureaus halte ich für falsch. Der törichte Vorwurf, sie seien bestochen, wird ja heutzutage kaum noch erhoben. Ganz abgesehen davon, dass die Ärzte, die dort tätig sind, den Eindruck rechtlicher und anständiger Männer machen und es sicherlich auch sind: bestechen …! Die katholische Kirche ist viel zu klug dazu. Nur der Unbegabte stiehlt – der Kluge macht Geldgeschäfte.

Es darf auch nicht gesagt werden, dass diese Ärzte etwa zu gutgläubig wären – die sehr kluge Praxis des Bureaus ist: Skepsis. Mächtige Waffe der katholischen Kirche gegen die Zweifler: dieses Bureau ist so streng in seiner Nachprüfung, dass die Kranken ihm den Spitznamen Bureau des Contestations gegeben haben: Bestreitungsbüro. Und hat nicht eine Frau nach langem ärztlichem Examen aufgeschrien: „Dieser Mensch, der mir da gegenübersitzt, ist sicherlich ein Freidenker – er glaubt nichts!" – Der Mann war der verstorbene Chef-Arzt, Herr Boissarie, ein frommer Katholik.

„Lourdes … wer glaubt denn das schon –!" Die Sache ist wohl nicht damit abgetan, dass man durch die Nase bläst, ein in Norddeutschland sehr beliebtes Argument. „Ich kenne keinen Menschen, der noch solches Zeug …" Du kennst keinen? Aber du vergisst, dass es nicht die andern sind, die die Ausnahme bilden, sondern du, du selbst, Freigeist oder Faulgeist oder wirklich Überlegner – du bist es, der auf einer großen Insel sitzt.

Nach Lourdes sind gewallfahrt:

1873   140 000
1883   213 000
1908   401 000
nach dem Kriege jährlich etwa 500 000 – 800 000 Menschen

Das sind die Zahlen der offiziellen Wallfahrer; Einzelpilger, Touristen, Neugierige sind nicht einbegriffen. Bisher mögen etwa zwölf Millionen Pilger dort gewesen sein. Das ist ein Welterfolg.

Kommen nun in Lourdes übernatürliche Heilungen vor –?

Ich behaupte:

Das Bureau des Constatations ist in der Mehrzahl der Fälle überhaupt nicht in der Lage, eine Heilung festzustellen.

Die Konstatierung einer Heilung ist eine Vergleichung: die des Zustandes vor dem Wunder mit dem Zustand nach dem Wunder.

Nun: Das Bureau kennt den Zustand vor dem Wunder gar nicht.

Da es undurchführbar wäre, die Hunderttausende von Kranken vor dem Bad in den Piscines zu untersuchen, so stellt sich der angeblich Geheilte, den das Bureau nun zum ersten Mal zu sehen bekommt, mit einem Attest vor. Der Geheilte kommt also mit dem Zeugnis fremder Ärzte, die besagen, was ihm gefehlt hat. Nun untersucht das Bureau den Kranken nach der Heilung, kennt also nur die eine Seite des Waagebalkens.

Denn wer sind diese attestierenden Ärzte –? Professoren? Kleine Landdoktoren? Welchen wissenschaftlichen Wert haben sie –? Wann sind diese Atteste ausgestellt –?

Diese Atteste sind wochenlang vor der Heilung ausgestellt, in den seltensten Fällen eine Woche vorher. Aber jeder Kurpfuscher sieht seine Kranken vor und nach den Praktiken und ist wenigstens in den Zeitangaben gedeckt, wenn er sich bescheinigen lässt: „Nach Ihrer Behandlung fühle ich mich bedeutend besser." Und die behandelnden Ärzte zu Hause sehen die Kranken erst nach Wochen wieder, frühestens nach einer – also auch sie vermögen wenig von der exakten und sofortigen Wirkung der Wallfahrt auszusagen.

Die Statistik ist so minutiös – sorgfältig gibt das Bureau des Constatations an, wie viel fremde und wie viel französische Ärzte dort gewesen sind ... Aber das besagt gar nichts – denn sie können ja nichts sehen. Man öffnet ihnen alle Türen – aber es gibt wenig zu beobachten. Was sie untersuchen, sind kranke Männer und Frauen in einem bestimmten Zustand – was vorher war, wissen sie nicht aus eigenem Augenschein.

Die populäre Literatur wimmelt von Fotografien der Geheilten – eine Beweisführung, die etwa an die plattdeutschen Märchen denken lässt, in denen jemand vom Gnomenfürsten träumt, der da auf dem morschen Ast ritt und dann herunterpurzelte. „Und zum Beweis dessen, dass die Geschichte wahr ist – hier ist der Ast."

Natürlich kämpfen die Lourdes-Leute wie die Mamelucken für ihre Sache. Und das ist nun ausnahmsweise kein Wunder. *„Ce que l'amoureux fait pour sa maîtresse"*, sagt Sighele einmal, *„l'artiste le fait pour son art, le savant pour sa science, le sectaire pour la secte."* Und sie passen auf –! Ein kleiner Irrtum des Zweifelnden, ein Versehen des Kritikers im winzigsten Nebenumstand, und es erfolgt ein allgemeines Schütteln des Kopfes. Da seht ihrs –! Der Mann ist nicht exakt, also nicht glaubwürdig, also haben wir recht. So wird hier gekämpft.

Worum wird gekämpft –?

Die offiziellen Zahlen der Heilungen sind verhältnismäßig klein.

1858	27	⎫
1864	3	⎬ gänzlich unkontrolliert. Das Bureau
1874	31	⎬ besteht erst seit 1884
1883	145	⎭
1893	101	
1903	133	

Die Zahl für 1924 wurde mit 22 angegeben. Im Jahre 1925 wird sie aller Voraussicht nach noch geringer sein.

Unter den Propagandaberichten finden sich ein paar besonders schöne Fälle.

Da ist Herr Gargam, der im Dezember 1899 bei einem Eisenbahnzusammenstoß böse verletzt wurde: Fleischwunden, Schlüsselbeinbruch, Lähmung und Muskelsteife des gesamten Unterkörpers vom Gürtel an. Man hat große Schwierigkeiten, ihn überhaupt zu ernähren. Die Schadensersatzklage gegen die Eisenbahngesellschaft Paris–Orléans führt zum obsiegenden Urteil: 3000 Francs jährliche Rente, die später auf 6000 erhöht wurde, sowie eine einmalige Auszahlung von 6000 Francs. Am 12. August 1901 verzichtet die Gesellschaft auf weitere Rechtsmittel und erklärt sich bereit, zu zahlen. Acht Tage später, am 20. August, ist Herr Gargam in Lourdes unter den Geheilten.

Da ist Frau Rouchel aus Metz, einer der bösesten Fälle von Lourdes. Die alte Frau litt an einem Lupus, ihr Gesicht war entsetzlich entstellt, es bestand aus einer einzigen Wunde. Sie kam am 4. September 1903 nach Lourdes; eine grauenhafte Qual, sie anzusehen, eine Plage für die Nachbarn. Die Wunde roch stark und eiterte. Sie wusste, dass sie allen lästig fiel und wollte nicht im Menschengetümmel bleiben, das stets vor ihr zurückwich; sie flüchtete sich in eine kleine Seitenkapelle der Kirche. Als das heilige Sakrament an ihr vorbeikam, fiel ihr Verband, mit Blut und Eiter getränkt, auf ihr Gebetbuch. Als sie ins Hospital zurückkam, war sie geheilt. Mirakel –!

Nachschrift: Frau Rouchel starb im Krankenhaus zu Bondecours mit völlig zerfressenem Gesicht. Und das war kein Lupus. Es war das tertiäre Stadium der Syphilis, von der ihr Arzt in dem Attest aus Gefälligkeit nichts gesagt hatte. Sie hatte beide Krankheiten. Die Geschichte machte in Metz einen Höllenspektakel, der Arzt wurde von seinen Kollegen fallengelassen, die alle sehr wohl wussten, dass solche Erscheinungen des tertiären Stadiums oft ebenso rasch verschwinden, wie sie gekommen sind.

Und so gibt es noch viele schöne Fälle.

Die Kirche verlangt nun von einem Wunder, damit sie es als Wunder ansehe:

Es darf sich um keine nervöse Erkrankung handeln. Unmittelbarkeit der Heilung.

Der Ausschluss der Hysterischen … das ist nicht immer so gewesen. Denn es ist ja unzweifelhaft, dass der größte Teil der Wunderheilungen im Mittelalter Neurastheniker, Hysteriker, Hysterische, Nervöse betraf – gaben die sich für geheilt aus, so sah man sie als begnadet, ausersehen und durch Gott und die Jungfrau geheilt an. Seit die Wissenschaft dieses Feld besetzt hat, hat es die Kirche geräumt. Sehr früh schon – etwa um 1734 – hat der Kardinal Prospero Lambertini, der spätere Papst Benedict XIV., davor gewarnt, Nervöse in die Wundergeschichten einzubeziehen. Was aber wäre, wenn die Psychologie und die Psychiatrie den nervösen Krankheiten nicht so nahgerückt wäre –? Die Kirche nähme diese Kranken noch heute für sich in Anspruch.

Vorläufig schwerer angreifbar steht sie auf dem kleinern Feld, das ihr geblieben ist: auf der wunderbaren Heilung organisch Kranker. Da lässt sie sich nichts abhandeln. Sie verlangt nur Unmittelbarkeit der Heilung.

Von einer Unmittelbarkeit kann nun zunächst in keinem Fall die Rede sein. Bechterew sagt einmal, als er in seiner „Bedeutung der Suggestion für das soziale Leben" von Wunderheilungen spricht: „Der Boden für zukünftige Heilungen beginnt sich bereits in dem Augenblick vorzubereiten, sobald der Kranke zum ersten Mal das Gerücht von der Wunderkraft des Heiligtums vernimmt und in seiner Seele der erste Hoffnungsfunke entfacht ist." Reißt also ein aufgegebener und scheinbar unheilbarer Kranker sein letztes Willensreservoir zusammen und beschließt, nach Lourdes zu gehen, so beginnt der seelische Pro-

zess in diesem Augenblick: wochen-, vielleicht monatelang vor
der Reise. Das später ausgestellte Attest besagt wenig.

Nun tagt die Kommission in Lourdes. Aber was sind denn das
für Ärzte –! Ich habe mehr als hundert Befunde und Bescheini-
gungen dieser Leute gelesen, und ich muss sagen, dass mir so etwas noch niemals unter die Finger gekommen ist. Sie haben eine
Heilung unter den Augen, sie sehen sie, sie können die neu funk-
tionierenden Organe befühlen, radiografieren – und sie setzen an
den Schluss aller ihrer Zeugnisse: „Solche Heilungen kommen
in der Medizin nicht vor – sie haben also übernatürlichen, keinen
medizinischen Charakter."

Das unglückselige Wort Richets von der Unwandelbarkeit
der physikalisch-chemischen Gesetze, so recht ein Zeugnis von
Kurzatmigkeit des Verstandes, flachstem Glauben an die Unfehlbarkeit der Wissenschaft und leiser Überheblichkeit, das Wort,
noch dazu aus seinem Zusammenhang gerissen, hat denen in
Lourdes grade noch gefehlt.

Und hierin gleicht Richet zu seinem Nachteil gar nicht den
Theologen, und Rousseau hat allen Mathematik-Orthodoxen
dies ins Stammbuch geschrieben: *Tout au contraire des théolo-
giens, les médecins et les philosophes n'admettent pour vrai que
ce qu'ils peuvent expliquer, et font de leur intelligence la mesure
des possibles.*

„Dieses Rückenmarksleiden wird niemals von uns geheilt –
also ist es nicht heilbar. Ein Wunder! Ein Wunder!"

Ein Wunder von Ärzten.

Aber dann macht doch die Augen auf, wenn ihr dergleichen
seht –! Ihr habt solche Heilungen noch nie beobachtet? Dann
steckt die Nase in die Bücher, lernt etwas und denkt nach, warum doch geheilt worden ist, auf welchem Wege, durch welche
Einwirkungen ... Zu grobfingrig, um diese Gewebe aufzudrö-
seln, transponieren sie Kräfte, die sie nicht kennen, nach außen,
und die Mutter Maria steht in aller Pracht vor ihnen.

„Kräfte, die sie nicht kennen …" Ach, dieses Wort darf man in Lourdes gar nicht aussprechen, ohne dass man von einem Hohngeschrei überfallen wird. Es gibt keine Kräfte, die wir nicht kennen! Das wäre ja noch schöner! Schwatzt nicht von unbekannten Kräften! Eben die sind Gott.

Nun habens ihnen die Gegner nicht so schwer gemacht. Das bis zur Erschlaffung dem Phänomen Lourdes entgegengeschleuderte Wort heißt: „Suggestion".

Wundt: „Es hat keinen Sinn, alle seelischen Erscheinungen, von der normalen Assoziation und Assimilation an bis zu mehr oder minder fantastischen Illusionen und Sinnestäuschungen, unter den Begriff der Suggestion zu vereinigen, und diesen so zu einem Allerweltsbegriff zu machen, der, weil er alles bedeuten soll, in Wahrheit nichts mehr bedeutet. Das Wort ‚Suggestion' erklärt ja überhaupt nichts. Es gewinnt erst einen psychologischen Wert, wenn man die elementaren psychischen Prozesse aufzeigt, deren besondere Verbindung in diesem Ort zusammengefasst wird." Und weil das die Gegner so oft schuldig bleiben – deshalb haben es die Wundergläubigen so leicht.

Die katholische Wundererklärung, auch die durch die Ärzte, grade die durch die Ärzte, ist scholastisch durchgearbeitet. Bleibt zum Beispiel eine Narbe vom alten Leiden übrig, so scheut sich doch ein erwachsener Mann nicht, das als „Signatur Gottes" anzusehen, gewissermaßen ein Fabrikzeichen: „Nur echt mit …"

Die Anschauungen, denen man in dieser katholischen Ärzte-Literatur über Suggestion begegnet, sind zum Teil wahrhaft kindlich. Bertrin nimmt allen Ernstes das Diktum eines Laien-Hypnotiseurs auf, der ihm in Lourdes sagte: „In Lourdes gibt es überhaupt keine Suggestion. Die Priester, die die religiösen Beschwörungen vornehmen, denen die Menge respondiert, beten, anstatt zu befehlen. So suggeriert man nichts." Ich weiß nicht, wo der betreffende Herr Hypnotisieren gelernt hat – aber ich möchte mich nicht von ihm behandeln lassen.

Eine der exaktesten Definitionen der Suggestion steht bei Bechterew. „Suggestion beruht auf unmittelbarer Überimpfung bestimmter Seelenzustände von Person auf Person mit Umgehung des Willens, ja, nicht selten auch des Bewusstseins des Aufnehmenden." Und: „Nicht durch den Haupteingang, sondern sozusagen von der Hintertreppe aus, gelangt der Eindruck … unmittelbar in die innern Gemächer der Seele." Die Definitionen von Liébault, Löwenfeld, Forel, Wundt, Binet und den großen Franzosen erreichen das nicht an Klarheit – wetteifern kann nur noch Moll, bei dem es etwa heißt: Suggestion sei der Fall, wo eine Wirkung dadurch bedingt wird, dass man die Vorstellung ihres Eintretens erweckt. Und das ist der Fall Lourdes.

Wird nun hier „ohne Mithilfe von Logik" suggeriert, wie Bechterew das als typisch angibt –? Viel klüger: Es wird mit einer Scheinlogik gearbeitet. Die Legende der seligen Bernadette, die Geschichte der Wunderheilungen, ihre etwas mystische Theorie, die da auf Erklärung verzichtet, wo man Erklärungen wünscht, und so das schöne Halbdunkel erzeugt, in dem der Glaube gedeiht – das alles greift ineinander wie die Zähne eines Räderwerks, und diese Wissenschaft für die kleinen Leute geht denen ein wie Öl. Die Kleriker haben auf alle Angriffe einen Einwand, für jeden Beweis einen Gegenbeweis, und es ist wie mit den Juristen: folgt man ihnen einmal auf diesen Morastboden der Klopffechterei, ist alles verloren. Sie nennen das beide – Kirche und Rechtswissenschaft –: die Gesetze der Vernunft. Und vergessen nur, dass sie stets herausinterpretieren, was sie vorher stillschweigend hineininterpretiert haben.

Nun ist aber Suggestion kein krankhafter Vorgang, sondern etwas dem menschlichen Leben durchaus Natürliches, eine Sache, mit der die Gesellschaft steht und fällt; ohne Suggestion ist kein Zusammenleben denkbar. Diese Spezialsuggestion von

Lourdes setzt zunächst die Behauptung in die Voraussetzung, supponiert den Gott, den sie ja grade beweisen will, und appelliert außerdem an viel tiefere Instinkte.

„Unser ganzes Bestreben geht darnach, geliebt, bewundert, beneidet oder wenigstens bemitleidet zu werden … die Gedankenwelt andrer zu bevölkern, die uns lieb sind oder die uns imponieren." (Gleichen-Rußwurm.) Das ist es. Es ist der Geltungsdrang.

Ich habe im Bureau des Constatations ein junges Mädchen gesehen, das wollte sich eine Wunderheilung attestieren lassen. Die Unterhaltung war der Typus eines Kuhhandels. „Tun Sies doch, Herr Doktor!" – „Eine gewöhnliche Besserung von Sodbrennen – das genügt nicht, Fräulein!" – Die Augen des Mädchens glänzten, es hatte einen puterroten Kopf und kämpfte um sein Leben. Draußen hatten sie eben eine scheinbar Geheilte vorbeigetragen, das Klatschen und die begeisterten Zurufe lagen noch in der Luft … sie auch! sie auch! Eine Rolle spielen, bewundert werden, auserlesen sein unter Tausenden … sie auch. Sie entfernte sich, enttäuscht, gekränkt, in ihren tiefsten religiösen Gefühlen getroffen – wie nach einem verlornen Gefecht.

Aber suggeriert der behandelnde Arzt nicht auch –? Hypnotisiert er nicht –? Ist nicht ein Teil seiner Wirkung eingestandenermaßen in seiner persönlichen Suggestion zu suchen?

Und hier scheint mir Zola, der mitgedacht wird, wenn Lourdes gedacht wird (was nach einem Raabeschen Wort „Ruhm" bedeutet) – hier scheint mir dieser tapfere und wirkungsvollste Vorkämpfer, dessen Roman in Deutschland berühmter ist als bekannt, einen Schuss nicht abgefeuert zu haben. Wie haben sie ihn bespien – wer erinnert sich nicht noch des Unflats, der bei den Frommen aufdampfte, als er tödlich verunglückte! Sie haben ihm sogar vorgeworfen, er habe in „Lourdes" die Geistlichen beschimpft, wofür es keine Stelle als Beleg gibt … Nein, es sitzt anderswo. Das Wort „Suggestion" reicht in der Tat nicht aus.

Die Literatur über das Individuum in der Masse ist klein. Ganz zu schweigen von Experimentalpsychologen, deren lächerlichste Vertreter an Apparaten herumhantieren und Versuchsreihen aufstellen, die so lang sind wie ihr Instinkt kurz – es ist auch grundfalsch, die Natur der Massenerscheinungen am Individuum zu studieren und in verkehrter Gründlichkeit bei ihm anzufangen. Das Wesen des Meeres ist aus dem Tropfen nicht ersichtlich. Lourdes ist ein Massenphänomen und nichts als das.

„In eine Menge zu gehen, ist, wie in ein Choleradorf gehen", hat ein englischer Soziologe gesagt. Und diese Ansteckungserscheinungen sind von den Regeln der Individualpsychologie grundlegend verschieden, die beiden sind gar nicht kommensurabel*. Der Gedanke, dass eine Versammlungsrede in kleinem Kreise leicht komisch wirkt, ist nicht neu – aber viel zu wenig ausgearbeitet. Denn hier sitzt der Kern. Was tut nun Lourdes mit den Massen?

Es versetzt zunächst die fernen Kranken durch seine Reputation, die künstlich genährt und gesteigert wird, in sanften Schwindel. Die Wallfahrten sind ja nicht spontan, sondern sorgfältig organisiert, ihre Beteiligung ist häufig unter mehr oder minder starker Beeinflussung erfolgt. Die Millionen strömen nicht zusammen, nur von individuellem Willensimpuls getrieben, die Reisen rühren nicht aus lauter voneinander unabhängigen Einzelentschlüssen her, sondern sie sind kollektiv zustande gekommen. Die Disposition für die große Massensuggestion, die da einsetzt, ist also denkbar günstig. Kommt die manchmal ungenügende ärztliche Pflege hinzu, das Misslingen von ärztlichen Kuren, die scheinbare oder wirkliche Unmöglichkeit, geheilt zu werden – so wird sich der Kranke umso eher dem neuen Hoffnungsstern hingeben.

Nun reist er nach Lourdes.

---

* (lat.) vergleichbar

In dem Augenblick, wo der Patient den Zug betritt, kommt er aus der Masse nicht mehr heraus. Er ist nie mehr allein. In den Hospitälern liegen sie zu zwanzig, dreißig. Er ist fast ständig unter Tausenden, meist unter Hunderten, und Leidensgefährten sprechen miteinander. Die Ärzte unter meinen Lesern kennen die „Wartezimmer- Gespräche" in den Polikliniken, wo Frau Knautschke Fräulein Lindemüller von ihrem großen Ding am Knie erzählt, und was der Doktor gesagt hat, was man da tun müsse, und was man nicht tun dürfe … Jeder gibt seinen Senf dazu, Schauergeschichten steigen zur Decke, und alle sind schwere Fälle, und alle wollen bemitleidet und sehr ernst genommen werden. An guten Ratschlägen fehlts nicht. Das, genau das, ist die Luft von Lourdes. Ich habe die Unterhaltungen alter Frauen auf dem großen Platz während der Prozession mit angehört: Kein Komma war anders als in der Berliner Charité vor der allgemeinen Sprechstunde. „Un denn, Frau Millern, ick hab mein Mann imma heiße Linsen hinten ruffjepackt – das hatn ja sehr jut jetan …" Auf die Art.

Gruppen sind *ein* Leib. Aber das ist überall so. Ein Soldat wurde bei einer Besichtigung gefragt: „Sie stehen im Feuergefecht mit dem Gegner, der energisch vordringt. Ein Schütze neben Ihnen ruft, dass man sich nicht mehr halten könne, man müsse zurückgehen. Was tun Sie?" – „Ich gehe zurück!", sagte der Soldat. – „Warum?" – „Weil wir uns nicht mehr halten können." Ganz Lourdes in einem Satz.

Man betrachte ja nicht die Massen in Lourdes als einen Haufen Ekstatischer und religiös Verzückter. Im Gegenteil: die Atmosphäre ist recht kleinbürgerlich, es sind Bauern und kleine Bürger, die da zur Heilung kommen – und tobende Ausbrüche sind recht selten. Als Hellpach noch Nervenarzt war, hat er einmal davon gesprochen, dass „nicht jede Epidemie, in der ein paar Hysterische sich herumtreiben, eine hysterische Epidemie ist; von den wirklichen hysterischen Epidemien ist die große Menge der bloß mit hysterischen Zügen Geschmückten sorgfältig zu sondern." So auch hier. Nein, es ist ganz etwas anderes als Hysterie.

Es ist das Beispiel. Es ist die Nachahmung. Es ist die Geste.

Man falte einer Hysterischen in der Hypnose die Hände – und ihr Gesicht nimmt einen flehenden Ausdruck an. Man versetze sich mit zornigen Gesten in einen zunächst fingierten Zustand der Raserei, und das Blut steigt langsam zu Kopf. (Der Schauspieler sei hier ausgenommen.) Espinas, der französische Tierpsychologe, erklärt mit Recht so die geistige Ansteckung unter Tieren. Vom Gesumm der Wespen: „Die andern Wespen hören dieses Geräusch, können es sich aber nur vorstellen, indem diejenigen Nervenfasern, die es gewöhnlich auslösen, gleichzeitig mehr oder minder erregt werden ... Wir denken nicht nur mit unserm Gehirn, sondern mit unserm ganzen Nervensystem." Nun, hier in Lourdes wird nicht gesummt. Hier wird der Heilwille angespannt.

„Die Wunden der Sieger schließen sich schneller als die der Besiegten"; das gilt auch körperlich. Die Seelenheiterkeit, die gute Stimmung, der Wille, gesund zu werden – wer kennt das nicht –! Und der wird hier aufgereizt, angespannt, hochgepeitscht ...

Ein besonders schönes Beispiel von Massensuggestion sind die Lungenkranken aus der Heilanstalt zu Villepinte, deren Belegschaft jedes Jahr wiederkam. 1896 werden acht von vierzehn Personen geheilt, 1897 acht von zwanzig (darunter nur vorübergehende Besserungen), 1898 vierzehn von vierundzwanzig. Unnötig, auszumalen, was sich das ganze Jahr hindurch in der Lungenheilanstalt abgespielt hat – die Gespräche, die gegenseitigen Ermunterungen, die ununterbrochenen Wach-Suggestionen, die Zeitungsartikel ... Einen günstigeren Boden gibt es nicht.

Nun könnte man sagen: Aber wie verhält es sich mit der Heilung von Kindern, die kaum oder noch gar nicht sprechen können, auf die also die Wirkung einer normalen Wort- und Bildsuggestion nicht infrage kommen kann? Der Professor Bertrin führt eine große Anzahl an: 1897 ein Kind von knapp drei Jahren, 1896 ein Kind von zwei Jahren, er geht sogar bis auf das Jahr 1858 zurück … Aber grade bei Kindern erscheint mir die Sache besonders zweifelhaft: denn da sind es die Krankheitsberichte der Eltern, die färben, die ihr Kind geheilt haben wollen, und die nicht wissen, dass es gerade bei Kinderkrankheiten verblüffende Fälle von raschen Konstitutionsveränderungen gibt.

Liest man die kirchlichen Bücher, so hat man den Eindruck, wie wenn sich dergleichen noch nie ereignet hätte. Damals, als der Präfekt von Tarbes die Grotte schließen wollte, erhob sich die ganze Gegend. „Von dem Tage an, als die Gendarmen erschienen und die Leute von Strafe hörten, war die Aufregung so stark, dass sich die ganze Gemeinde und auch die Nachbargemeinden, wie vom Widerspruchsgeist getrieben, für diese Neuerung begeisterten." Aber das ist nicht Lourdes, sondern stammt aus einer Wundergeschichte, die in Trennfeld im Jahre 1892 spielte. Es ist alles schon einmal dagewesen, und es kommt alles wieder, auch die Wunder. Grade die Wunder. Sie haben ihre Gesetze.

Dergleichen ist ja nicht neu. Der Doktor Vachet aus Paris, der übrigens eine sehr verdienstvolle Aufklärungsschrift über Lourdes geschrieben hat, zeigt genau dieselben Methoden bei einem Mann auf, der sogar in Paris einen Saal knüppeldick voller Menschen hatte: Herr Béziat, ein Landwirt, der die Leute durch Zuspruch heilte. Und der sagte offen, was es ist: der Wille. Wobei er die Bemerkung macht, dass der Kranke durch den fremden Appell an die „Lebensquelle", die sich nun gegen die Krankheit aufbäumt, zunächst noch mehr leide – eine sehr feine und treffende Beobachtung.

Von den zahllosen Analogien und Kopien von Lourdes nur zwei.

Die schwindsüchtige Maria Bashkirtseff war im Jahre 1881 in Kiew. Ihr Tagebuch ist heute mausetot – aber es bleibt doch das rührende Zeugnis eines armen Vögelchens. Da betete man für sie, ihre Eltern beteten, sie auch; aber sie glaubte nicht an die Heilung. Und so wurde es denn auch nichts. Ihre kleine Schilderung, die unter dem 21. Juli eingetragen ist, wirkt wie ein dünnes Abziehbild von Lourdes.

Und da ist das Heiligtum von Oostakker in Belgien, eine geradezu barocke Geschichte. Die Marquise von Courtebourne hatte sich in ihrem Schloss, wie es um 1870 Mode war, ein „Aquarium" anlegen lassen, mit Teichen und Wasserkunst und allem Übrigen. Ihr Abbé zeigt ihr ein Bild der Grotte von Lourdes – das muss sie auch haben. Richtig: Es wird eine Nachbildung bestellt und ausgeführt, mit der Statue der Madonna und allem, was dazugehört, auch dem exportierten Wasser aus Lourdes. Und nun fangen doch wahrhaftig die Gläubigen an, hierher zu wallfahren –! Unter den Geheilten strahlt das Glanzstück: de Rudder. Der Mann war ein Bettler, dem ein Sturz vom Baum sein Bein zerschmettert hatte. Bruch des Schien- und Wadenbeins. Operation ohne Asepsis: schwere Eiterung, in der Wunde sollen die Knochenenden deutlich zu sehen gewesen sein. Diesem Mann wuchsen am 7. April 1875 die verkürzten Knochen zusammen, und wenn man sieht, dass der Metallabguss dieses Mirakels im Bureau des Constatations hängt, so wird man füglich nicht mehr zweifeln. Wenn man nicht wüsste, dass der Abguss ein Jahr nach dem Tode von dem exhumierten Leichnam abgenommen worden ist, abgenommen worden sein soll … So ungefähr sieht das wissenschaftliche Material der Kirche aus.

Lourdes ist lediglich ein Phänomen der Massensuggestion.

Es gibt einen klaren Beweis von der Richtigkeit dieser These, einen Beweis *e contrario*. Das ist der Winter.

Im Winter finden keine Wallfahrten statt, weder die großen französischen noch die internationalen. Im Winter kommen lediglich ein paar versprengte Touristen, Neugierige, Hochzeitsreisende, die gelobt haben, nach ihrer Verbindung dorthin zu pilgern – es kommen aber auch Kranke.

Die Kirchen sind geöffnet, die Grotte ist geöffnet, man kann beichten und beten wie im Sommer, man darf baden wie im Sommer, man darf das heilige Wasser trinken, wie im Sommer.

Und es gibt keinen Fall der Heilung im Winter – keinen einzigen.

Es kann keinen geben, weil die Masse fehlt, die brodelnde, Gebete plappernde, dahinziehende, sich pressende, chorsingende Masse. Der Pilger ist mit seinem Gott und seiner Grotte allein.

Und da langt es nicht. Da springt kein Funke über, da bäumt sich nichts auf, da peitscht nichts auf den Willen ein, da raunt nichts: Gesunde! da ruft nichts: Gesunde! da brüllt nichts: Steh auf und wandle! Im Winter geschlossen.

Der Arzt mit seinen Hilfsmitteln: Persönlichkeit, Wartezimmer, Operationssaal, weißer Mantel, Assistenten – er reicht Lourdes nicht das Wasser. Er ist allein, der Kranke im Winter ist allein. Lourdes ohne die Masse ist nicht Lourdes.

Und nicht nur zeitlich ist das Wunder begrenzt – auch örtlich. Es gibt in den letzten vierzig Jahren keinen Fall, dass jemand aus Lourdes selbst geheilt worden wäre. „Wir sind zu nah", sagte mir einer. Die Kirche lässt die Pilger nur wenige Tage zur Grotte wallfahren – frisch sollen die Eindrücke sein, gewaltig die Intensität, mit der gewollt und gebetet wird; Gewöhnung ist der Tod. Ein klarerer Beweis ist nicht möglich.

Am tiefsten hat hier, wie immer, Freud sondiert. In seiner Untersuchung über „Totem und Tabu" findet sich zum ersten Mal das finstere Loch aufgerissen. „Mit der Zeit verschiebt sich der psychische Akzent von den Motiven der magischen Handlung auf deren Mittel, auf die Handlung selbst ... Nun hat es den Anschein, als wäre es nichts andres als die magische Handlung ... die das Geschehen erzwingt." Die magische Handlung in Lourdes ist das Bad.

Die Quelle hat – wie die Kleriker triumphierend feststellen – nachgewiesenermaßen nicht den geringsten therapeutischen Wert, sie ist eine Gebirgsquelle wie hundert andre auch. Aber das symbolhafte Bad, das an Heilbäder erinnert, gemahnt den Kranken, dass hier etwas zu seiner Gesundung vorbereitet wird, er kennt das, ja, ja, es ist ein Bad, gewiss, er ist in einem Kurort. In einem seelischen.

Um sich herum Kranke ... „Man fühlt sich nicht so allein in seinem Malheur", hat einmal ein Krüppel gesagt – Leidensgefährten, Bemitleidende und das Höchste: das Allerheiligste mit dem Erzbischof selbst – Ihm zu Ehren! Hier wird das Ich groß geschrieben. Mit der äußersten Konzentration kehrt sich der Heilwille nach innen, ringt, mit der Krankheit, kämpft: du oder ich!

Und nun ist die große Frage:

Wie weit reicht dieser Heilwille –?

Sieht man von allen Schauergeschichten, von allen Übertreibungen, von allen liederlichen Dokumenten ab, von den Luftblasen, die da aus dem Sumpf hochgurgeln – ein einziger Fall genügte. Ich nehme ihn an.

Und damit wäre eben nur erwiesen, dass der Wille des Menschen, dieser allmächtige Wille, dem so viele Weise so verschiedne Namen gegeben haben – dass dieser Wille fähig ist, Veränderungen im Gewebe hervorzubringen. Die Kirche, die sich seit Marx mit dem Sozialismus beschäftigt wie eine Hausfrau mit den Vertilgungsmitteln von Wanzen, hat auch Medizin studiert und unterscheidet in ihrer medizinischen Scholastik sehr scharf. „Eine Hysterie kann nur eine Funktion hervorrufen, niemals ein krankes Organ ersetzen."

Wenn aber ein Fall, ein einziger erwiesen wäre, von demselben Arzt unmittelbar vor und nach der Heilung beobachtet, attestiert, radiografiert –: wenn der erwiesen wäre, dann sind eben die Theorien falsch, denn es ist die Naturerscheinung, nach

der die sich zu richten haben, nicht, wie der Theoretiker gern
möchte, umgekehrt.

Also doch Unsre Liebe Frau von Lourdes –?

Nein.

Sie ist die Personifikation des menschlichen Willens, dem die
Kirche das genommen hat, was sie der Gottheit gab. Innen sitzt
es – nicht draußen.

So ist es immer gewesen.

Da ziehen sie hin, die Schafe – Walter Mehring hat sie gesehn.

Durch die Jahrtausende geht ihr Zug
Mondhell leuchtenden Steißes –
Immer ein schwarzes, ein weißes –
Heiliger Nepomuk!

Da ziehn sie hin.

Ich weiß nicht, ob schon wieder deutsche Katholiken nach
Lourdes wallfahren. In großen Zügen tun sie das meines Wissens noch nicht. Sie werden keinen leichten Stand haben. Die
französischen Katholiken sind – im Gegensatz zu den deutschen – die wildesten Nationalisten; es gibt zwar keine Pan-
Franzosen (selbst die *Action Française* will keinem andern Volk
etwas fortnehmen) – aber wenn Κατ'ὅλος erdballumspannend
heißt, so ist das ein Erdball mit Hindernissen. Es ist mir nie klar
gewesen, wie ein frommer Katholik dem andern ein Bajonett
in den Leib jagen kann – fühlt er nicht, dass es die eklatanteste
Religionsverletzung ist, die es gibt –? Dafür zum selben Gott
gebetet, dasselbe Sakrament verehrt, dieselben Bitten gesprochen, dafür –? Mir sind sämtliche Kunstgriffe der Kriegstheo-
logen bekannt, man kann ja alles beweisen. „Gebet dem Kaiser,
was des Kaisers ist" und „Gehorchet der Obrigkeit" – aber in
der deutschen Kriegsliteratur zum Beispiel ist doch den Katho-

liken bei Aufstellung dieser kümmerlichen Stütze nicht so kannibalisch wohl gewesen wie der protestantischen Konkurrenz. Die jungen pazifistischen Katholiken in Deutschland, etwa die Leute um Vitus Heller, werden jedenfalls noch eine schwere Arbeit haben, wenn sie mit diesen französischen Glaubensgenossen zusammentreffen. Denn da katholische Deutsche vor dem Kriege in Lourdes gewesen sind, zum Beispiel: Bayern, so ist es theoretisch nicht ausgeschlossen und praktisch mehr als wahrscheinlich, dass Männer, die gemeinsam vor der Kirche das Credo gesungen haben, sich späterhin bis zur Unkenntlichkeit zerfetzten, als Soldaten, die sich damit noch brüsteten, zum Beispiel: Bayern.

Ich weiß sehr wohl, dass im Allgemeinen dem deutschen Publikum nicht sehr wohl ist, wenn es gegen die Übergriffe der katholischen Kirche geht. Der Katholik ist dagegen; der Protestant hat Furcht, dass das Feuer auf sein Haupt übergreife, und der Jude sagt: politische Rücksichten und meint: Angst vor dem Antisemitismus. Mit einem kämpferischen freien Geist ist es bei allen dreien nicht weit her.

Die Aufgabe wird einem doppelt schwer gemacht: durch die wanzenplatten Monisten und die unzweifelhaften Verdienste des deutschen Zentrums in der Außenpolitik der letzten Jahre. Aber das soll uns nicht hindern, die Wahrheit zu sagen.

Und sie kann umso leichter gesagt werden, als nur Renegaten und Angsthasen katholischer sind als die Katholiken selbst. Die verlangen nicht, dass man an Lourdes glaube – ich kenne katholische Franzosen, die mit Feuer und Schwert gegen die Trennung von Kirche und Staat kämpfen und über Lourdes mit einem Achselzucken zur Tagesordnung übergehen. Furcht vor dem Kulturkampf ist noch keine Toleranz.

Toleranz! Aber ich habe noch nie erlebt, dass die andern auf unsere Gefühle Rücksicht genommen hätten, etwa, wenn von der Wehrpflicht die Rede war. Ihnen ist die Sache so selbstver-

ständlich … Weicht nicht immer zurück, falsche Taktiker, Taktiker eurer Niederlagen! Und setzt auch einmal dem, der zugreift,
die alte Formel der kirchlichen Druckerlaubnis aufs Heft: *Nihil
obstat. Imprimatur.*

Hier soll kein Wort der persönlichen Verunglimpfung Geistlicher stehen. Die Tatsache bleibt bestehen, dass Lourdes Hun-
derttausenden eine Tröstung und eine Herzstärkung bedeutet.
„Aber wenn nun die Leute ungeheilt zurückkommen – sind sie
da nicht enttäuscht?", fragte ich einen Abbé. „Im Gegenteil!",
sagte er. „Es ist auf alle Fälle für sie eine kräftigende Reise."

Auf der manche sterben. Denn der Transport so schwer Kranker, die zum Teil gegen den ausdrücklichen Rat der Ärzte reisen
und noch stolz darauf sind, ist anstrengend, qualvoll, trotz allem
gefährlich. Von der öffentlichen Hygiene dieser nicht immer
sauber zu haltenden Massentransporte gar nicht zu reden. Also
Schließung? Es gibt keine Regierung, die das wagen dürfte. Es
ist zu spät.

Und ich will nun den Frommen zum Schluss alles einräumen:
dass es wundertätige Heilungen gibt, dass diese Heilungen von
einem Wesen ausgehen, das Jungfrau Maria heißt … was beweist das –?

Wunder sind eine Reklame. Wunder beweisen nichts für die
Richtigkeit eines ethischen Systems.

Und wenn einer aus Feuerland daherkäme und mir das Ab-
bild seines Gottes zeigte und sagte: „Sieh! Er tut Wunder! Er
gibt Regen und Sonnenschein! Er heilt die Kranken und fördert
die Gesunden! Er schließt die Wunden und trocknet Tränen, er
erweckt Tote und trifft mit dem Blitz das Haupt unsrer Feinde!
Er ist ein großer Gott!", spräche er so, so prüfte ich das Gebäude
und die Untermauerung seines Glaubens und seiner Metaphysik, seiner Lehren und seiner Sittengesetze.

Und fände ich dann etwa, dass es eine Religion ist, die gute
Lehren von ihrem Schöpfer auf den Weg bekommen hat, diesen

Schöpfer aber verraten hat um irdischer Güter willen, dass sie die Reichen begünstigt und die Armen mit leeren Tröstungen im Elend geduckt hält, fände ich, dass sie die Tiere nicht mit einbezieht in den Kreis des Lebens und dass sie klüger ist als fromm, gerissener als weise, politischer als wahrhaftig, dass sie das gute Heidnische im Menschen tötet und den Verkrüppelten sorgfältig bewacht, dass sie gottlose Fahnen in ihren Tempeln aufhängt und die segnet, die da töten, und die verflucht, die den Staatsmord verhindern wollen – fände ich das alles:

Ich schickte den Mann aus Feuerland zurück und pfiffe auf seine Wunder.

Cirque de Gavarnie

Der Cirque de Gavarnie ist nicht nur ein Gebirgskessel, sondern eine nationale Zwangsvorstellung. Unmöglich, in Paris von den Pyrenäen zu sprechen, ohne dass der andre sagt: *„Vous faites le tour des Pyrénées? Alors il faut voir le Cirque de Gavarnie."* Ja doch.

Das Reisepublikum des Landes hat diese Attraktion sogar schon auf die Briefmarken setzen wollen: sodass es sich also um eine himmlische Schönheit oder um eine künstlich aufgeplusterte Sache handelt. Wenn die Erwartung vorher so aufgereizt worden ist, gibt es meistens eine Enttäuschung.

Die Straße führt über die Napoléon-Brücke, ein Bogen, der sich hoch über den Bach da unten wölbt. Aber dreihundert Meter davon, wo die Straße noch steigt und ihr Rand sich siebzig Meter über dem Abgrund erhebt, da fuhren dreiundzwanzig Menschen in den Tod. Am 3. August 1923 kehrten zweiundzwanzig Holländer, die aus Lourdes nach Gavarnie gekommen waren, vom Cirque zurück, Männer und Frauen, fröhliche Leute auf ei-

nem fröhlichen Ausflug. Sie fuhren eine halbe Stunde an ihrem
Grab entlang, und was es dann mit dem Chauffeur gegeben hat,
der als zuverlässiger Mann in der ganzen Gegend bekannt war,
weiß man nicht: Jedenfalls tobte der schwere Tourenwagen über
die kleine Mauerböschung nach unten. Sie stürzten die siebzig
Meter, ein einziger fiel ins Wasser und blieb unverwundet am
Leben. Er kroch unten in eine kleine Höhle, die der Felsen gebildet hatte, an ein Heraufklettern war an diesem Abend nicht
zu denken, und ein mutiger französischer Student ließ sich an
einem Seil herunter und brachte dem Halbirren Rum und Zucker. Für die Nacht blieb er allein da unten. Am nächsten Morgen holten sie ihn herauf; er lebt heute noch in Holland. Die
andren wurden einzeln zusammengesucht, den Chauffeur fand
man nach drei Monaten, die Strömung hatte ihn entführt. Das
Chassis des Wagens liegt, ein Eisenskelett, im Abgrund: Wenn
man sich hart über die niedrige Mauer beugt, kann man es unter
den Büschen sehen. Es ist der einzige ernste Unglücksfall, der
den Reiseautomobilen hier zugestoßen ist.

Aus Lourdes kommen so viele Ausflügler hierher. Ein Auto-
mobildienst ist eingerichtet, und ein Wagen nach dem andern
befördert die Menschenpakete an den Cirque de Gavarnie. Die
Straße lärmt und rattert den ganzen Tag, die Restaurants sind
überfüllt, es gibt dumme Andenken zu kaufen, und das Ganze
erinnert ein bisschen an die Sächsische Schweiz. Die Leute auch:
geschwätziges, naturkneipendes Kleinbürgertum.

In Gavarnie hört die Straße auf, da macht der Weg eine Biegung, und nun liegt der Stolz der Pyrenäen vor seinem Publikum. Die Felswände stehen im gigantischen Halbkreis, oben
liegt etwas Schnee, und das Ganze ist schön anzusehen. Aber
nicht mehr – und warum so ein Geschrei daraus gemacht wird,
weiß ich nicht. Wenn man näher tritt – das dauert eine Stunde,
wie täuschen doch die Entfernungen im Gebirge und auf der
See! – dann wird der Zirkus nicht etwa großartiger: Man hat

da zwar einen hohen Wasserfall, aber weil die Vergleichsmaß-
stäbe fehlen, überwältigt er nicht. Brav und mit vorgeschrieb-
ner Begeisterung wandeln die Lourdes-Sachsen die klassische
Strecke.

Ein Gutes aber hat Gavarnie doch gehabt. Ein französischer
Zeichner schöpfte sich hier sein Pseudonym: Gavarni, Daumiers
Zeitgenosse, Hunderte amüsanter Mode- und Theaterzeichnun-
gen sind noch von ihm erhalten. Er schrieb sich ohne e – bei mir
hatten Gavarnie und Gavarni bisher immer in zwei verschiedenen Schubladen gelegen, so wie ja kein vernünftiger Mensch bei
Goethes „Faust" an eine geballte Hand denkt.

Im Dorf Gavarnie selbst fand sich ein Schild vor: ZUR KIRCHE,
XVI. JAHRHUNDERT. Ah – wie gebildet! Zur Kunstgeschichte
gleich hier gradeaus … In der Kirche stand ein Priester und erklärte einer Reisegesellschaft eine Sammelbüchse. „Diese Kasse
ist für die Errichtung einer Madonna bestimmt, die hier stehen
und Gavarnie gegen die Lawinen schützen soll." Wer etwas geben wolle …? Spendete man über fünf Francs, so dürfe man sich
in jenes goldne Buch eintragen. Alle spendeten, alle trugen ein.
In der Ecke stand eine bescheidne Holzbüchse. Für die Armen.
Keiner gab einen Sou.

Das Dorf war gesteckt voll, sie waren sämtlich da, die dagewesen sein mussten, kein Wagenplatz, kein Pferdesattel, kein
Eselsrücken war frei.

In Gèdre aber biegt ein kleiner Weg ab, und den geht niemand. Fünf Stunden von da liegt ein andrer Cirque, der von
Troumouse, kein Auto fährt dahin, auf dem ganzen Spazierritt
bin ich zwei Männern begegnet, und die kamen nicht von Troumouse. Es ist ein bisschen mühselig, und der Franzose wandert
nicht. Daher fern von der großen Straße wenig Wegweiser, wenig Fußwandrerkarten und himmlische Einsamkeit.

Ich bekam nur ein Pferd. „Nur" … Pferde können sich mit
den Mauleseln dieser Berge an Sicherheit nicht messen. Das

Pferd klettert, der Esel geht Schritt für Schritt, wie in einer Ebene. Sie unterscheiden sich ja im Gang, und der des Esels ist den holprigen Steinen und dem Auf und Ab der steilen Wege wesentlich angemessner.

Ein paar Hundert Meter ist da noch eine Straße, und weil man an ihr vor dem Kriege bis zum August 1914 gebaut hat, so kann man an diesem steinernen Kalender so recht sehen, wie es gewesen ist: Erst ist sie geschottert, dann mit spitzen Steinen übersät, dann ist nur noch die Erde an den Seiten aufgeworfen, nun wird sie ganz schmal, ein Pfad bleibt übrig … Zum Bau von Straßen war damals keine Zeit mehr – sie mussten welche zerstören.

An Héas kommt man vorüber, einem kleinen Weiler. Schon vorher, im Steingeröll, steht eine Heilige Jungfrau, weil sie dort den Schäfern erschienen ist und um ein Bildnis gebeten hat. Héas hat eine Kapelle. Diese Kapelle und ein Haus sind die einzigen Opfer einer Lawine, die da zu Tal kam. In dem verschütteten Hause starben Mutter und Kind; die Nachbarn hatten in der Sturmnacht nicht einmal den Zusammensturz gehört. Die Kapelle wird wiederaufgebaut; den Gottesdienst für eine Handvoll Leute, die da noch wohnen, halten sie nebenan ab, in einer kleinen Stube.

Durch Pferdetrupps und Rindviehherden hindurch; die Pferde auf Urlaub wiehern dem, auf dem ich sitze, die neusten Nachrichten aus dem Gebirge zu, und das Pferd nickt mit dem Kopf: Ja, ja, die Zeiten werden immer teurer … Stunden und Stunden. Dann: Troumouse.

Wir stehen in der Mitte des riesigen Kessels. Er ist weiter als der von Gavarnie, in seiner völligen Verlassenheit viel schöner. In der Mitte, in dieser ungeheuren Mitte steht die *Vierge des Neiges*, in seltener Instinktlosigkeit weiß gegen den hellgrauen Hintergrund gestellt und fast verschwindend. Das Standbild war ursprünglich aus dunkler Bronze, aber sie haben es angepinselt. Von einem schneebedeckten Gebirgspass her weht ein eisiger Wind. Der Führer zeigt mir ganz hoch oben einen kaum erkennbaren Maultierpfad: Da hinüber sind früher die Schmuggler nach Spanien gezogen. Unbegreiflich, wo Maultiere gehen können. Weit sieht man über die Berge; Felsen, etwas Schnee, und dieses stumpfe, büschelweis aufgesetzte Dunkelgrün, das in den ganzen Pyrenäen zu finden ist. Stille.

Stunden und Stunden reiten wir zurück. Oh, der immer wiederkehrende Rhythmus der Bergausflüge! Die ersten zwanzig Minuten am grauen Morgen sind stumpf, der Leib wandelt, aber die Seele liegt noch im warmen Bett und schläft. Dann kommt das Erwachen, die Sinne werden munter; sehen und einatmen und hören und aufpassen, so geht das bis zum Höhepunkt, der meist kurz nach der Mittagszeit liegt. Dann fällt der Tag langsam, langsam ab – die Schatten werden länger, die Stunden auch; geht es denselben Weg zurück, so wundert man sich, wie man so lange hat gehen können und möchte ihn nun aber ganz bestimmt nie mehr gehen; alle Schwierigkeiten des Marsches sind auf einmal so groß, aber heute Morgen war das doch ganz leicht …? Und dann tiefer in die Täler hinunter, die Luft wird wärmer, die ersten Büsche stehen da, und die Bäche fließen breiter; die ersten Bauerngärten sind zu sehen, bunt, knallbunt, und in den Knochen ist jene angenehme Müdigkeit wie nach guter körperlicher Arbeit, als habe man ein nützliches Werk getan. Und dann kommen die schwersten hundert Meter: die letzten – und einen Todmüden siehst du ins Dorf einmarschieren. Sich dann am Geländer im kleinen Berghotel die Treppe hinaufziehen, die Beine sind so schwer, nein, danke, nichts zu essen … Schlaf.

Auf dem Ritt nach Troumouse hatte sich das Pferd öfter mit einem seltsamen Blick nach seinem Reiter umgesehn, aber ich hatte nicht darauf geachtet. Ich saß oben wie ein Stück Butter auf einer heißen Kartoffel und träumte vor mich hin. Ich dachte an allerhand, auch an einen meiner Freunde, der gar nicht wusste, dass er da hinter der Grenze im spanischen Gebirge lag und eigentlich eine Stadt war: Roda hieß sie. An ihn dachte ich, den ein Militärpferd zum Dichter geschlagen, aber weil er nur „humoristische Kleinigkeiten" schreibt, darf man das nicht laut sagen. Hoppla – da stolperte das Pferd … Pass doch auf! Wieder sah sich das Tier um.

Und als wir zu Hause ankamen, in Gèdre, und ich grade abgestiegen war – ich stand neben dem Sattel und zählte meine Beine, die leblosen Klumpen –: da wandte das Pferd noch einmal den Kopf, sah mir mit großen, feuchten Augen genau auf die Nase und sprach mit einer tiefen, deutlichen Stimme:

„Ich habe ja schon viele Leute auf meinem Rücken getragen – aber eine so schweinemäßige Reiterei ist mir denn doch nicht vorgekommen –!"

Sprachs, gab ein Geräusch von sich und wandelte schwanzschlagend in den Stall.

Cauterets

Nun grade nicht.

Rings umragt von dunklen Bergen

Bin ich verpflichtet, überall philologischen Assoziationen nachzugehen und bei Flandern gleich den Grafen Egmont, bei Granada das „Nachtlager" …

Die sich trotzig übergipfeln

und bei Roncevaux das „Rolandslied" zu zitieren? Ich will aber nicht. Im Grunde will ja der Hörer auch nicht.

Und von wilden Wasserstürzen,
Eingelullet, wie ein Traumbild,

Es schmeichelt ihn nur, dem Schreiber um eine Nase voraus-
gewesen zu sein und es gleich gewusst zu haben, denn man ist ja
unter gebildeten Menschen. Wenn also von Cauterets die Rede
ist, so hat zu erfolgen:

Liegt im Tal das elegante
Cauterets …

Aber entweder Sie kennen den „Atta Troll" genau, und dann
ist das Zitat nicht nötig – oder Sie besinnen sich nicht gut auf
ihn, und dann hat es keinen Zweck. Besser wäre, die Reisebriefe
Heines wären bekannter als sie sind – auch die aus den Pyrenäen – und alle seine Berichte aus Paris, in denen er sich als
einen Jahrhundertkerl seltnen Formats, als einen Propheten und
als einen Allesüberschauer zeigt. („Man müsste wirklich mal
abends den Heine wieder heraussuchen …!" Ja, man müsste
wirklich einmal.)

So elegant ist Cauterets auch gar nicht. Hier ist das „Hepta-
meron" der Königin von Navarra geboren – aber auch das kann
uns nicht trösten. Cauterets liegt in einem engen Tal. Enge Täler … das drückt leise auf die Seele, man fühlt sich ein bisschen
zu gut geborgen, das schwere dunkle Grün der Wälder lastet,
klettert langsam den Berg hinan; man sieht ihm nach. Wie ein
Gitter stehen die Stämme.

Die Kurkapelle spielt einen dünnen Walzer, die Gurgler gurgeln, die Bresthaften baden sich, die Stubenmädchen stehen
zusammen und beraten, wer von wem das nächste Kind bekommen wird.

Von mir nicht. Auf und davon –!

Pic du Midi

Wenn man von Barèges lange genug auf gewundenen Wegen heraufgeklettert ist, kommt man an die Hotellerie, die sechshundert Meter unter dem Gipfel liegt – also zweitausendzweihundert. Noch sechshundert Meter …

Der Gipfel steht vor mir – hoch oben blinkt ein Märchenschloss mit der weißen Kuppel einer Moschee. Das ist das Observatorium. Das kleine Zauberhaus grüßt herunter – es ist auf einmal noch so weit bis dahin …

Unterhalb der großen Hütte liegt ein See, und noch einer. „Gebirgsseen, das Auge Gottes." Diese da strahlen dunkelgrün zwischen den Steinen. Es ist kalt.

Wird die Aussicht oben gut sein –? Taine hatte es seinerzeit nicht gut getroffen, und er legt einem fingierten Reisekameraden folgende Notizen ins Tagebuch:

„Abmarsch vier Uhr morgens im dichten Nebel. Weideplätze im dichten Nebel, den man deutlich sehen kann. See von Oncet – gleiche Aussicht. Weiße und graue Flecke, auf einem weißlichen und gräulichen Hintergrund. Um sich ein richtiges Bild zu machen, denke man an fünf oder sechs Oblaten von schmutzigem Weiß, die auf Löschpapier geklebt sind. Beginn der steilen Böschung; langsamer Aufstieg im Gänsemarsch – das erinnert mich an den Zirkus Leblanc und seine fünfzig Pferde, die so graziös auf den Sägespänen dahintänzeln, jedes mit der Nase gegen den Schwanz des nächsten, und jedes mit dem Schwanz gegen die Nase des nachfolgenden. Ich wiege mich wohlig in dieser poetischen Erinnerung. Erste Stunde: Rückenansicht meines Führers sowie eines Pferdehinterteils. Der Führer hat eine Jacke aus flaschengrünem Samt, rechts und links ist der Stoff etwas ausgebessert, das Pferd ist schmutzigbraun und hat Striemen. Große Steine auf dem Weg. Ich muss an die deutsche Philosophie denken. Zweite Stunde: Es klärt sich auf, jetzt kann ich das linke Auge des Führerpferdes sehn. Das Tier ist auf diesem Auge blind – es verliert aber nichts. Dritte Stunde: Die Aussicht wird immer weiter. Ich sehe jetzt zwei Pferderücken und zwei Jacken von Touristen, die fünfzehn Schritt unter uns sind. Graue Jacken, rote Gürtel, Mützen. Sie fluchen. Ich fluche auch, das tröstet uns etwas. Vierte Stunde: große Begeisterung. Der Führer verspricht uns, wenn wir oben angekommen sind, ein Wolkenmeer. Wir sind oben, wir sehen das Wolkenmeer. Leider sind wir grade mitten drin. Die Sache sieht aus wie ein Dampfbad – vom Dampfbad aus gesehn. Bilanz: Schnupfen, Reißen in den Füßen, Hexenschuss, Frost, wie wenn man acht Stunden in einem ungeheizten Wartezimmer gesessen hätte." – „Kommt das oft vor?", fragt Taine seine Figur. „Von drei Malen zwei", sagt die. „Die Führer geben das große Ehrenwort: Es kommt überhaupt nicht vor."

Und während ich noch in der Hotellerie frühstücke, die einfach aber sauber ist und schön kalt, bezieht sich der Gipfel mit weißen Wolken, die vom Tal aus herauffegen, ganz gewiss, jetzt wird er eine Mütze bekommen – und ich bin ... *„Je suis chocolat"*, sagen die in Paris (Merk: le chocolat – der Dumme). Mit einem halben gebratenen Fisch und etwas Heu im Hals reiten wir nach oben: der Esel und ich. Nach einem kleinen Stündlein sind wir oben.

Sie haben neun Jahre daran gebaut, und im Jahre 1882 war es fertig. Nun ist ein Observatorium da, mit einer Kuppel und einem großen Fernrohr, und ich lege zur größten Heiterkeit des Astronomen einen schönen Kindermund hin, als ich frage, ob hier geheizt ist. Ich weiß nicht einmal, dass die Luke, durch die das Fernrohr in den Himmel schießt, immer offen sein muss! Siehst du. Sie haben für den Wetterdienst viele gebildete Apparate, und ein Wohnhaus und Zimmer und Küchen, und alles ist durch einen gedeckten Gang verbunden, sodass sie im Winter nicht herauszugehen brauchen. Meist können sie das auch gar nicht, das Haus schneit ein. Sie sind vier im Winter, die oben bleiben, oft Wochen unerreichbar, und Lebensmittel haben sie immer für ein halbes Jahr voraus. Herr Daupère macht schon fünfunddreißig Jahre Dienst; im Tal, auf Urlaub, fehlt ihm etwas und er langweilt sich. Der jetzige Direktor heißt Herr Latreille; und eine Hilfe haben sie auch, einen kräftigen, hübschen jungen Menschen. Von hier kann man nach Bagnères telefonieren und telegrafieren, und sie sind grade dabei, eine Funkstation aufzumontieren. Der graulackierte große Apparat steht schon da. Wie mag man das alles nach oben geschafft haben? Mein Führer erzählt, er habe als junger Mensch beim Bau geholfen, es sei eine bittere Sache gewesen.

Und nun sehe ich mich um.

Man sieht: in der Ebene, nach Toulouse hin, ein Wattemeer von Wolken – unten ist also jetzt schlechtes Wetter, und die Leute sagen: „Wenn doch nur die Sonne einmal scheinen wollte!" Hier scheint sie. Ab und zu ziehen graue Schwaden über die Kuppe, dann steht man im Nebel. Die Pyrenäen sind wie mit einem Messer in den blauen Himmel geschnitten, so klar stehen sie da. Ich grüße alte Bekannte: Gavarnie und die Rolandbresche und viele andre. Manche tun furchtbar fein und erkennen mich nicht wieder.

Arbeiter graben auf der Plattform, legen Leitungen und haben alles voller Planken und Erdhaufen vollgepackt, man glaubt, in einer Berliner Straße zu sein … Ein Hühnervolk scharrt und kakelt: einmal stehen sie alle, von der Sonne beschienen, grade am Abhang vor einer blitzenden Wolkenlandschaft, die einen schönen Hintergrund für ihre Leiber abgibt. Der Hahn weiß, dass ihm Wolke gut steht, und benimmt sich entsprechend.

Sie sollen bald eine Zahnradbahn bekommen, hier oben – der Ingenieur ist mit mir zusammen heraufgeritten und misst die Felsen ab. Und weil man oben nicht übernachten kann, steige ich wieder zur Hotellerie herunter, den morgigen Sonnenaufgang abzuwarten.

Es wird kalt und kälter, das große Feuer in der Küche, in der alle zusammensitzen und viel essen, wärmt und leuchtet dunkelrot. In der Stube, wo ich unter zahllosen Decken eingepackt liege, ist es bitterkalt. Fast die ganze Nacht hindurch machen die Führer und die Leute, die mit Pferden und Traglasten heraufgekommen sind, musikalischen Lärm, unter gütiger Mitwirkung einer Ziehharmonika. Sie singen gewiss alte baskische Lieder, die im Herzen des Volkes ... Gute Nacht! Sie singen alle, immer, in den kleinsten Löchern der Pyrenäen, ohne Ausnahme, auf allen Bahnhöfen, auf den unglaublichsten Örtern, vom Atlantischen Ozean bis zum Mittelländischen Meer, das „Valencia" von gestern: den Java der Mistinguett.

„On fait un' petit' belote
Et puis ça va –
On belote, on rebelote
À tour de bras –"

Es ist die Pest. Sie pfeifen, summen, trommeln es – überall. Aus dem Java ist einfach ein Ländler geworden, ein gemütlicher alter Walzer, das erklärt wohl seine Popularität. Alte Baskenlieder? Weniger.

Ich stehe dreimal auf: um halb vier, um vier und um halb fünf. Die Sonne wird Verspätung haben. Kein Wunder – hier müsste mal Ordnung in die Bude gebracht werden! Aber dann scheint es doch etwas zu werden mit der Sonne.

Noch haben die Felsen und nichts umher Farbe – der Gipfel ist verhüllt, ich brauche also nicht in die Wolken zu steigen, da wäre gar nichts. Hier unten sehe ich den kaltdunkeln Horizont, und dann seine Kolorierung, und dann färbt sich der See und ein Stück grasbewachsener Felsen, nun schwimmt da hinten die Luft in rosigem Grau ...

Und alles wartet
wie mit niedergeschlagenen Augen
auf den Tag.

Die schönen Zeilen Werfels durchfliegen mich … Nicht wahr,
das dürfen sie doch, von Werfel, wie? Schade, dass sie gar nicht
von ihm sind. Ihr Verfasser war ein kleiner, dicker, ehemaliger Offizier, ich darf den Namen gar nicht sagen – dann ist es mit meiner
literarischen Reputation vorbei. Es wird heller … Gold blitzt auf.
Nun kommt der Wirt des Hauses und teilt mir mit, dass es heute
kalt sei, dass die Sonne gleich aufgehen werde, dass man sie schon
sehen könne, und dass wir einen schönen Tag bekommen würden,
freilich mit etwas Regen und Windstößen … Ich beneide die Esel,
die sich im Geröll Gras suchen und die man kauen hört.

Jetzt ist die Sonne da. Es ist eine ganz gewöhnliche Sonne, wie
alle Tage, niemand kann einsehen, warum man so lange auf sie
gewartet hat. Sie scheint ihrs, wärmt nicht … Der Wirt schlägt
mir die letzten Goldplomben heraus, nimmt mir die Uhr fort und
entlässt mich mit einem fröhlichen: Glückauf!

Hinter der untersten Wegbiegung verschwindet oben das
Zauberhaus mit der weißen Kuppel einer Moschee.

Figuren

Vor den Schaltern der Eisenbahn in der französischen Provinz kann man noch unwahrscheinliche Gestalten sehen. Da
gibt es alte Damen mit langen, schwarzen Röcken und vielen
Unterröcken, mit einem Großmamabusen, rund, aber ehrfurcht-
erweckend, und mit einem schwarzen Kapotthütchen. Sie stehen
und warten geduldig, bis die Reihe an ihnen ist. Vor dem Schal-
terfensterchen kommt wie der Blitz die Erkenntnis über sie: Dazu

braucht man Geld! Zum Bezahlen! Allmächtiger Gott! Und die alten Hände graben hinterwärts in eigentümlichen Schlitzen und Grotten und produzieren ein altes Lederportemonnaie. Dass der Billettmann ihnen den Preis genannt hat, haben sie längst vergessen. „Wie viel?" – Und dann zählen sie und verzählen sich, haschen herunterwehende Geldscheine, reichen hin und nehmen wieder zurück (solange man die Schachfigur mit der Hand berührt, darf man zurücknehmen), bekommen Geld heraus und zählen es misstrauisch, fragen noch einmal vorsichtshalber, wie man fahren muss, wenden sich und vergessen das Billett. Ich habe drei Züge durch sie versäumt – aber man kann ihnen nicht böse sein, den guten alten Winterfliegen.

Einmal saßen wir zu fünft in einer kleinen Kneipe, vier Franzosen und ich. Da war einer, der kannte Deutschland von manchen Reisen her, und er sprach auch etwas Deutsch, und gar nicht schlecht. An diesem Abend aber ritt ihn der Teufel, und er vermaß sich, mir einen deutschen Witz zu erzählen, und an der Art, wie er die Pointe vorwegschmunzelte, sah ich, dass es *une bonne* werden würde, eine haarige Geschichte. Richtig. Er erzählte zunächst deutsch und die andern hörten bewundernd zu. Es handelte sich da um ein lockres Dienstmädchen, eine, die nachts außerhalb zu schlafen pflegte, und die nun natürlich mit ihrer gnädigen Frau zusammenlief. Großer Krach in der Küche. „Was hatten Sie mit diesem Mann ...?", rief die gnädige Frau. Das Mädchen antwortete etwas hervorragend Doppeldeutiges und fügte nach Angabe des Franzosen hinzu: „Und dann – liebe Frau – dann ist er gefobel!" – Und den erstaunt Lauschenden zur Erklärung: „Gefobel – *en allemand ça veut dire ... enfin ... c'est une expression très forte!*"

Da hat man nun Gräfinnen verführt, Briefträgerstöchter geküsst, ältern Damen zu einer Erinnerung fürs ganze Leben verholfen – und weiß nicht einmal, was das ist: gefobel! *Grandeur et décadence d'un Don Juan.*

IN LOURDES sitzt an der Ecke der Rue Basse und der Rue Baron Duprat im Korbwagen ein dicker Bettler. Er ist im besten Alter, eine Kugel an Fett, er schüttelt in den Händen ununterbrochen eine Blechbüchse, in der etwas klappert. Und nähert sich der Ecke ein Passant, so schüttelt er heftiger und sagt mit einer rostigen Stimme: *„La charité, messieurs-dames, la charité!"* – Ich kaufte regelmäßig bei ihm, weil es hübsch war, dass einer abstrakte Gegenstände anpries. Eines Tages aber geschah etwas Unerwartetes. Es näherte sich ihm eine tropfnasige Alte, ein gekrümmtes, zusammengedrücktes Mütterchen, und schlurchte nahe an ihn heran. Die *charité* blieb ihm im Halse stecken. Er sah sie an, öffnete die Büchse und gab ihr ein Kupferstück. Hüstelnd und Segenswünsche brummelnd, entfernte sich die Alte.

Das hatte ich noch nie gesehen, einen Bettler, der angebettelt wird. Überschrift: Der Unterbettler.

DIE OBERIN der Soeurs de la Charité de Nevers, des Ordens, in den die selige Bernadette eingetreten ist: *„De quelle nationalité êtes-vous, Monsieur?"*

Ich: *„Je suis Allemand, ma Mère!"*

Sie: *„Oh ... ça ne fait rien!"*

Über Naturauffassung

Ein Mann aus den Pyrenäen sagt zu einem Freund: „Sehen Sie – hier hat sich alles verändert! Die Sache ist hier ruiniert, es ist aus! Seit man vor zweiundvierzig Jahren die großen Landstraßen ins Gebirge gelegt hat ..." Der Satz, im Jahre 1788 gesprochen, ist alt wie die Welt. Der Mann beklagte, was Henri Béraldi in seinem Werk „Hundert Jahre in den Pyrenäen": *„La vulgarisation"* nennt – und dies Lamento reißt nicht ab. Seit den Eisenbahnen ... seit der Erfindung des Autos ... jede Generation glaubt, nun sei es mit der Gemütlichkeit und mit der Naturbewunderung für allemal vorbei.

Das macht, sie fühlt den endlosen Wechsel, in dem die jungen Leute die Natur anders sehen als ihre Väter, und die tun nun so, als verständen die Jungen von der Welt überhaupt nichts mehr. „Da bin ich seinerzeit gewesen, als es noch keine Zahnradbahn gab ..." Na und –? Dann hast du eben einen andern Eindruck gehabt als wir – keinen bessern.

Man kann wohl nicht aus seiner Zeit heraushüpfen, und so sind denn die Menschen meisthin felsenfest davon überzeugt, dass man die Natur immer so angesehen habe, wie sie es tun, dass man sie auch gar nicht anders ansehen könne, und dass der ein verstockter Tropf oder Modegeck sei, der es auf eine andre Art versuche. Die Erde hält gutwillig still, wenn die Reisenden über sie dahinklettern, und es ist ihr gleichgültig, wie man sie anschaut. Schilderungen sind nur für den Schilderer charakteristisch.

WIE LANGE ist es her, dass den Menschen die Augen für die Schönheit des Meeres aufgegangen sind? Wie lange werden sie das Meer noch so ansingen?

Die Liebe zu den Bergen ist jedenfalls noch gar nicht alt.

Die Griechen waren Leute, die die Ebene brauchten und das Gebirge mieden – eine ästhetische Wertschätzung der Berge findet sich bei ihnen nicht. Die Lateiner liebten das Gebirge kaum – aber sie besiegten es, weil sie es besiegen mussten. Das junge Christentum hat seine Einsiedler in die Berge geschickt, und die Berge, das war: Einsamkeit, Stille, etwas Negatives. Schüchtern näherte sich der Pilger der wundertätigen Quelle im Gebirge – die Berge ringsherum waren ihm nicht freundlich gesinnt, sie drohten. Er betete gegen sie.

In der Renaissance wurde das Gebirge entdeckt: die Schweizer, berggewohnt, im Gebirge geboren, erzogen, gealtert, begannen die seltsame Mär in die Welt zu setzen, dass Berge schön seien. Conrad Gesner (nicht Salomon, der Idylliker) stand erst ganz allein auf den Bergkuppen und rief die andern herbei, die wohl oft ein Gebirge durchquert, es aber niemals angesehen hatten, wie man eine Statue ansieht. Das sechzehnte Jahrhundert rühmte die hohen Berge, und liebte sie zum Mindesten platonisch. Das siebzehnte durchaus nicht. Der sauber gezirkelte Naturgeschmack, der die Natur rational zu überwinden trachtete, der die Bäume in Formen presste und den Erdboden in ein künstliches System, jener Geschmack, der dem Wilden abhold war, verachtete das Gebirge. „Das ist etwas für Bergbewohner!": äußerste Kritik. Die Berge störten das geregelte Landschaftsbild der Ebene, die man so schön aufteilen konnte – über die Höhen und Felsen fiel die Literatur fast einstimmig her. Die reichen Leute ließen sich ihre Schlösser da anlegen, wo die Mode die schönsten Plätze fixierte: also in der Ebene, im langweiligsten Plattland, nur nicht im Hochland. Aus dem Garten konnte man etwas „machen", die Berge ließen sich das nicht gefallen. Und es war doch der Mensch, der die Natur zu beherrschen hatte! „Von der gesunden Luft zu Rostock" heißt eine Dissertation, die noch aus diesen Anschauungen heraus im Jahre 1705 gedruckt worden ist, und es war durchaus kein Konkurrenzneid, wenn es dort von der Gebirgsluft in der Schweiz und in Tirol hieß, sie mache die Menschen schwachsinnig. Die Berge … das war eine grobe Sache, pfui. Sie fügten sich in kein ästhetisches System ein, unübersichtlich und frech lagen sie da, roh, unbehauen – da war keine Klarheit und keine Vernunft. Das achtzehnte machte alles wieder gut.

Seitdem sind viele Theorien des Schönen über das Gebirge gegangen; hier sind schon so viele Melodien gesungen worden, aber die Bewunderung war doch immer der Unterton. Das Romantische, das Malerische, das Sentimentale, das Heroische, das Idyllische – so viel Bilder, so viel Hymnen, so viel Beschreibungen, so viel Verzückte.

Und nun stellt sich vor diese Dekoration, deren Soffitten man so oft ausgewechselt hat, ein Kerl mit einem kräftigen Stock, mit benagelten Stiefeln, mit wolligem Sweater und treibt Sport! und das ist etwas ganz Neues. Mühen um ihrer selbst willen zu unternehmen; heraufzuklettern, nicht, um oben ein Liedchen zu singen, sondern nur und lediglich, um zu klettern; Kampf, Niederlage, Wiederanstrengung und Sieg –: Das ist das neunzehnte Jahrhundert. Die Zeit der Ideen für die Wandrer scheint bis auf Weiteres vorüber – es ist die Zeit der Tat.

Weil aber trotzdem der Wandervogel im Rucksack gern den gesamten Kosmos mit sich trägt, ist es vielleicht nicht unbescheiden, daran zu erinnern, dass auch der Wandrer nicht verpflichtet ist, so und nicht anders zu fühlen, wenn er eine sanfte, von der Sonne beschienene Böschung sieht. Da ist vor allem jener fatale Gegensatz von Automann und Fußwandrer. Einer lacht den andern aus, und sie sagen sich gegenseitig nach, dass man *so* natürlich nichts von einem Lande habe. Ich glaube: beide haben unrecht. Es ist da etwas wie eine Breite der Bewegung in die Reisen gekommen, und das geht auf Kosten der alten Intensität – schafft aber ein völlig neues Lebensgefühl. Ich habe das einmal vor Bourg-Madame, an der spanischen Grenze, zu spüren bekommen: das eine Mal polterte ein Überlandauto mit mir die große Straße herunter, und das zweite Mal bin ich gegangen. Es war jedes Mal eine andere Allee.

Die grünen Blätter, die einem entgegengeweht kommen, streifende Zweige, das unermüdliche Brummen des Wagens, der Takt des Motors, der Blick, der schon aus Langeweile weit in die Landschaft hineinsieht, den Horizont absucht, und die Felder, die sich fächerartig vorbeidrehen, keine Einzelheiten, viel, wenn möglich alles –: Das ist das eine. Und die Erde unter den Füßen fühlen, ein Steinchen mit der Fußspitze beiseite

schleudern, ein Blatt im Gehen abreißen, stehen bleiben und sehen, was denn da im Bach herumkreiselt, aus dem Bach trinken,
an die Häuser herangehen und sie mit den Händen befassen:
Kennst du diesen Stein? – nicht so sehr die Weite kontrollieren
als genau die kleine Umwelt –: das ist das andere. Müsst ihr immer Vereine bilden –?

Natürlich sieht der Fußwandrer quantitativ weniger. „Die
Landschaft im Auto – das ist das, was man sieht, wenn man den
Wagen aus dringlichen Gründen halten lässt." Nun, dies Wort
wäre auch sehr hübsch, wenns wahr wäre. Da haben sie einmal
einen Berliner Generaldirektor vom Film fotografiert, durch
zwei Büsche hindurch, grade, als er das Auto aus diesen Gründen hatte halten lassen. Ich habe das Bildchen gesehen, und es
ist eines der schönsten menschlichen Dokumente, das sich denken lässt. Endlich, endlich einmal die Fotografie eines, der mit
sich allein ist! Die Ansicht ist durchaus dezent, das war Zu-
fall, der Generaldirektor saß im Grünen wie ein Osterhase und
machte so ein Gesicht … „Ich freue mich, dass ich hier sitze,
und übrigens ist es ein gedeihliches Werk." Aber ich denke: Man
sieht doch vom Auto mehr als nur dies.

Die Poesie des Wanderns …! Vielleicht kommt es eines Tages
dazu, dass die nachtdunkeln Felder, Wälder, Berge und Täler von
Zentralflammen beleuchtet sind, dass man in ihnen sich bewegt
wie auf dem Broadway, und dass kein Mensch mehr auf den
Gedanken verfällt, darin zu wandern – so wie man ja auch in einer großen Stadt und auf den Chausseen nicht gern marschiert.
Wozu auch? Die Fahrt ist nicht nur bequemer, sondern gibt erst
den wahren Reiz der künstlichen Landschaft.

Was nun die schwellenden Schilderungen der Sonnenunter-
gänge betrifft, der Wassersturzbäche und des Felsengerölls, so
habe ich immer das Empfinden, als langweilte man sich dabei
rechtens zu Tode. Ich wenigstens überschlage solche Absätze in
einem Buch stets, und es muss wohl schon ein sehr großer Sti-

list sein – wie etwa Stifter – der eine Landschaft nicht abmalt, sondern neu schafft. Heute, aus unserer Autozeit heraus … Drei Viertel aller Naturbeschreibungen sind auf Vergleichen aufgebaut, und ich habe es wirklich satt, zu hören, dass die Mondscheibe wie eine … und der feine Sprühregen wie ein … anzusehen war. Vergleiche sind meistens Ausflüchte, und für den, der nicht dabei war, sagt das Ganze sowieso nicht viel. Dazu kommt noch ein andres.

Welcher Reisende hat denn den Mut zu sagen, was ja so oft die Wahrheit ist:

dass die Landschaft *leer* war, leer wie eine aufgemalte einfarbige Fläche –!

Man sagte ihm Empfindungslosigkeit nach, befürchtet er – Stumpfheit, Mangel an Poesie, an Gefühl, an Frömmigkeit, was weiß ich. Aber es war doch so.

Sieht man von Spezialanschauungen ab: von dem geübten Blick eines Skifahrers, der keine Natur, sondern Gelände sieht, vom harten Auge des Bauern, der keine Natur, sondern Nutzland sieht, vom MG-Schützen, der keine Natur, sondern Schussfeld sieht – es ist ja in den allermeisten Fällen nicht wahr, dass der Reisende, frisch aus der Eisenbahn, mehr zustande bringt als eine Dreiminutenverzückung, die etwa auf demselben Niveau liegt wie die bunten Glasscheiben, die man auf altmodischen Aussichtstürmen antrifft und die dem Abgestumpften die Natur wenigstens einigermaßen erträglich machen sollen. „Die Natur ist niemals leer." Sie haben noch eine Linse im Bart, Herr. Wer dreißig Jahre Asphalt tritt, wer in Steinmauern aufwächst und fast das ganze Jahr nichts andres sieht, für wen es keine Dämmerung gibt, sondern nur dunkel wird, wer nicht angeben kann, was am vorigen Montag für Wetter war – für den ist die Natur nicht leicht zu erobern. Wenn er sich nichts vormacht, bedeutet sie: gute Luft, Ruhe, Ausspannung, keine Stadt. Lade das große Publikum, und besonders seine Beauftragten, die

Literaturlieferanten, um zwei Uhr aus dem Auto –: und um drei Viertel drei hast du einen Hymnus am Busen der Natur, dass dir angst und bange wird. Wir wollen ehrlich sein –: Wir haben uns schon oft im Freien gelangweilt.

Und daher kann ich auch nicht solche Beschreibungen von den Pyrenäen geben, in denen es nur so braust von ungewöhnlichen Adjektiven – denn ich habe das nicht empfunden. Die Höhepunkte lagen auf dieser Reise, wie bei allen Menschen, die unter denselben Lebensbedingungen aufgewachsen sind wie ich, sehr oft in kleinen Nebenumständen, im Wohlbefinden an einem sonnenbeglänzten Nachmittag, in dem Geschrei von Gänsen, das sich anhört, wie wenn sie sich selbst ironisch nachahmten, in dem Drum und Dran von ländlicher Arbeit, die ich nicht mitzutun gezwungen war, deren Anblick mir also für die erste Zeit Vergnügen bereitete, in der Freude, in den Bergen zu sein, wo keine Elektrischen fahren, keine Zeitungsausrufer brüllen, keine Schutzleute stehn. Und manchmal – drei-, vier-, fünfmal –: mehr.

Sind die Amerikaner nicht ehrlicher –? Ihre Stumpfheit, die mich genauso reizt wie jeden andern Europäer … Aber sie heucheln wenigstens keine innere Anteilnahme. Sie stören ein bisschen, genau wie manche Engländer, die wie ein albernes Reklameschild die Landschaft verschandeln. Vor hundert Jahren hat sich George Sand über sie gegiftet und gefragt: „Wozu reisen diese Leute eigentlich –?" Das ist ihre Sache.

Es gibt keine richtige Art, die Natur zu sehen. Es gibt hundert. Es gibt für einen Menschen keine richtige Art zu reisen – es gibt manche, die ihm adäquater sind als andere. Das ist alles.

Wind, der ins Gesicht schlägt, Rausch der Schnelligkeit, die Hupe, die die Straße zerteilt, durch einen Wagenpark hindurchschießen – auch dies ist Reisen.

Auf einem Esel sitzen, Stufe für Stufe einen Berg heraufwackeln, das nasse Fell des Tiers mitleidsvoll von oben ansehn aber nicht absteigen, Blumen am Wege betrachten und zwei

Ohren, die sich ab und zu hochstellen und nach hinten legen, wenn etwas Außergewöhnliches herankommt, langsam die Gegend passieren, ohne sich anzustrengen –: auch dies ist Reisen.

Wandern, sich abmühen, klettern, rutschen, klimmen, herausholen, was in einem Körper drinsteckt –: auch dies ist Reisen.

„Jeder versteht nur seine eigene Poesie." Jede Zeit versteht nur ihre eigene Naturauffassung. Der ist reich, der viele hat.

Von Barèges bis Arreau

Es rieselte vom Himmel herunter, und die Esel, der Führer und ich, dies ist keine Apposition, waren schon nass, als wir aus dem Dorf heraus waren. Eine halbe Stunde Chaussee, dann ein Maultierpfad rechts. Das war bitter.

Es bedeutete schon eine böse Anstrengung, da heraufzureiten, und was die Esel ausgestanden haben, weiß allein der Herrgott, Abteilung für Pyrenäenesel. Auf der Karte stand eine Seenplatte verzeichnet, auf den Bergen stand der dicke Nebel. Manchmal wehte ihn ein Windstoß fort, dann sah man, wie eine Halluzination, einen Gebirgssee, der freundlich dalag, und nach vier Minuten wieder verschwunden war. Der Nebel rauchte davon, und nun sah es aus wie eine verfluchte Gegend – Chaos nennen sie das hier; Geröll, Steine, Felsen, Klippen, durch die sich die Esel mühsam durchmanövrieren. Sie riechen den Weg – wir andern können ihn auch sehen; hier und da standen kleine Steinchen auf den Felsen aufgetürmt, und manchmal hatten die Felsblöcke rote Ölstriche. Ein kleiner See nach dem andern kam an, schwarze und grüne und metallgraue, der Wind strich drüber hin, und die Oberfläche raute sich auf. Nun ging es aufwärts, zum Pass hinauf.

Lacets heißt auf Deutsch für glückliche Menschen: „Schnürsenkel", aber für mich hieß es während zweier Monate „Serpentinen" – und wenn man ihrer dreißig herauf- und heruntergemacht ist, dann kann man das Wort deklinieren. Die letzten waren die bösesten – wir stiegen ab, die Esel gingen leer herauf, wie wenn sie Unter den Linden wären; mir holperten die Steine unter den Füßen weg, und das fiel mir auf. Der Weg war stellenweise nicht da, die Steine waren darüber hinweggeströmt, und unten lag ein tiefer Kessel. In diesem schrecklichen Augenblick erinnerte ich mich eines Rezepts meiner guten Großmama, die bis in ihr achtzigstes Lebensjahr eine rüstige Bergsteigerin gewesen ist: kurz einmal kräftig in der Nase bohren. Ich tat es und dankte der alten Frau in einem kurzen Stoßgebet. (Kein Wort wahr, aber das ist in den alten Büchern so.) Und ich fluchte mich die letzten fünfzig Meter herauf und gelobte, wenn ich erst einmal oben sein sollte, dem Führer aber ordentlich Bescheid zu sagen und seinen Eseln auch.

Oben saß der Führer auf der Erde und aß Käse, die Esel weideten im Gras, und ich vergaß alle drei: Vor mir lag eine Landkarte mit blauen Seen, Wolken in den Tälern, in wunderschöner Klarheit. Hinunter.

Wir kamen an einen schiefergrauen See, wo lag der –? In den Pyrenäen –? Aber das war Ostpreußen, das war östliches Deutschland, die Ufer mit kargen Kiefern besetzt, sandige Ränder, gedämpfte Farben – und ich dachte an Kurland, das schönste Land der Welt, den Prospekt des lieben Gottes, als der Deutschland erschaffen wollte. (Es ist nachher nicht ganz so schön geworden wie die Muster-Reklame.) Von dem See mochte ich gar nicht wieder fort – es war so still hier, ich schickte den Führer mit der Kavallerie voraus; ich kroch am Ufer umher, ließ Hölzchen im Wasser schwimmen und atmete eine Luft, die mir gar nicht Französisch schien. Dann machte ich mich wieder beritten.

Was haben eigentlich Esel immer auf der Straße zu riechen –? Meiner zum Beispiel fand oft Kuhfladen, die ließ er liegen. Aber wenn er an Pferdeäpfel von Eseln kam, stand er still, beroch die Sache ausführlich … dann hob er den Kopf in die Luft und lachte. Wahrscheinlich erinnerte ihn der braune Klacks an einen guten Bekannten, der ihm irgendeinen guten Witz erzählt haben mochte. Er war nicht vorwärtszubringen, er stand da und lachte. Da beugte auch ich mich hinunter und sah das Ding genau an, und ich lachte gar nicht. So verschieden ist es manchmal im menschlichen Leben.

Wollige Gebirgshunde begegneten uns, die sahen aus wie mittelgroße Bernhardiner. Der Führer versprach eine kleine halbe Stunde Weg – dann seien wir am Lac d'Orédon. Da wusste ich, dass mit noch zweien zu rechnen war. Und ein Hotel gäbe es da auch.

Würden sie mich sehr ausrauben –? Im Allgemeinen war es ja gut gegangen, aber die Reiseschilderer hatten mir in Paris nicht schlecht Angst gemacht. Die Fremden seien für die Pyrenäenleute das, was für die Nordlandfischer das angeschwemmte Strandgut: legale Beute. Und einer von früher hatte noch, um die mörderische Raubsucht der Leute genau zu charakterisieren, hinzugefügt, dass ein Präfekt einen Bauern wegen der Steuern gemahnt und dass der geantwortet habe: „Exzellenz, ich tue, was ich kann! Seit vierzehn Tagen stehe ich täglich mit meiner Flinte auf der Chaussee und warte, dass jemand vorbeikommt. Meinen Sie, es kommt einer? Kein Aas. Aber das verspreche ich Ihnen, Exzellenz; wenn einer kommt, dann bezahle ich meine Steuern." Regt es sich im Gebüsch –? Seis. Für das Vaterland bis in den Tod. Exklusive.

Aber als ich triefend anlangte, da ging es dort wundermild zu, und ein schöner Gebirgssee war auch da, von hohen Bergen eingeschlossen, ganz einsam. Hätten sie nicht auch hier ein Stauwerk errichtet, es wäre still gewesen, so aber rauschte der Wasserfall die ganze Nacht, stillos, ein See hat still zu sein, und er rauschte mich in den Schlaf.

Was sich aber zwischen dem See von Orédon und Arreau abgespielt hat –: darüber verweigere ich die Aussage.

Die Täler

Ich will sie gewiss nicht alle aufzählen. Viele laufen von Norden nach Süden, sodass man bei der Durchquerung der Pyrenäen immer wieder neue Gebirgspässe übersteigen muss, die guten Straßen oder gar die Eisenbahnlinien liegen nördlicher, und wenn man sie benutzt, kommt man zu weit aus den Bergen heraus.

Steigt man ein wenig von den Tälern in die Berge, so liegt da die halbhohe Zone, die schon der Graf Russel so gerühmt hat, er, der die Pyrenäen erobert, kartografiert, nach allen Richtungen hin durchforscht hat. Dieser Bergstrich ist meist einsam, er entbehrt der großen pompösen Schönheiten, aber er hat seinen Stil für sich, Gebüsch kriecht am Boden, hin und wieder flattern Vögel, es ist noch nicht kalt und nicht mehr warm, nicht mehr bewachsen, noch nicht kahl, noch nicht eisbedeckt … Was den Schnee in den Pyrenäen anbetrifft, so ist das mit ihm nicht so wie in den Alpen, wo man mitten im Sommer viele Bergkuppen antreffen kann, die strahlend weiß sind. Ein Reiseführer rühmt, durchaus unironisch, den Pyrenäen etwas nach, was mit einem einzigen Wort unsre leise Enttäuschung über die steingrauen Gipfel in einen schönen Euphemismus verkehrt: *„Une neige discrète."* Weniger Diskretion wäre mehr.

Die Täler … Eins ist ihnen allen gemeinsam, und ganz besonders denen um Barèges und Luz herum, also ungefähr in der Mitte der Pyrenäen –: ihr starker Sinn für Abgeschlossenheit …

„Barèges den Leuten aus Barèges!" Und weil es ein altes soziologisches Gesetz ist, dass man Näherstehende viel mehr hasst als Fremde, die jenen gegenüber fast sympathisch erscheinen –: so hassen Rumänen die Österreicher, haben aber nichts gegen die Reichsdeutschen; so verachten die Leute aus Barèges die, so ein Tal weiter wohnen, haben aber nichts gegen die durchreisenden Engländer. Aus verschiedenen Gründen, versteht sich.

Diese Bauern haben ihre alten Sitten, die zum Teil noch merkwürdig unberührt sind, ihre herkömmlichen Riten bei der Trauer, wo die Witwe eine Kapuze in der Kirche tragen muss; Stolz auf ihre Wäsche, die sie zu weben beginnen, wenn ein Kind geboren wird, ihre Lieder und Sprüche …

Es gibt einen, der das seit Jahren systematisch beobachtet und aufgezeichnet hat – weil er nicht ehrgeizig ist, gibt ers nicht heraus, sondern sammelt lieber Schmetterlinge. Das ist der Schullehrer von Gèdre, ein Mann, dessen Manuskripte wie kalligrafiert aussehen. Das Werk verlegen …? Die Außenwelt interessiert hier nicht übermäßig.

Man findet keine besonders großen Vermögen; jedes Tal mag da, wo keine Industrie ist, die sich meist in fremden Händen befindet, kaum fünf, sechs reiche Familien zählen – der Rest arbeitet, niemand geht müßig, aber niemand reißt sich ein Bein aus. Und die Leute sind auch so glücklich und zufrieden.

Was gemacht wird, wird ordentlich gemacht; jemand, ders verstand, machte mich auf die intensive Art aufmerksam, in der hier gemäht wird, wie rasiert sieht so ein Feld aus. Und hinterher treiben sie noch ihr Vieh über die Fläche.

Die Technik trifft man stellenweise … Pflüge sind zu sehen, von einer Primitivität, die erkennen lässt, wie sich durch Jahrhunderte und Jahrtausende nichts gewandelt hat, und von einem Dampfpflug wird hier kein ehrlicher Ochse etwas wissen wollen.

Weil wir grade von Rindvieh sprechen: Auch die Politik bringt diese Bauern nicht auf den Trab. „Wen wählen Sie –?", fragte ich. „Den Sohn des alten Deputierten", sagten die Kenner, und so war es häufig. Sie wählen oft die Person und den Familiennamen, nicht die Parole und die Partei. Der Vater hats immer gemacht, der Sohn wirds auch dieses Mal machen. Das ist politisch sicherlich rückständig, aber ebenso sicher immer noch besser als ein abstraktes Listensystem, bei dem der Vorsitzende des Verbandes Deutscher Steuerassistenten zur Wahrung seiner Berufsinteressen ins Parlament geschickt wird, ohne dass mans eingestehen will. Und so sieht das Parlament ja auch aus.

Die Bauern in den Ostpyrenäen verstehen von der Schule her alle Französisch, aber sie sprechen daneben und unter sich ihren Lokaldialekt. Der ist in vielen Tälern ein seltsames Gemisch aus Französisch, Spanisch, Lateinisch und Arabisch, die Sarazenen sind einmal hier gewesen. *„Harri!"*, treiben sie ihre Esel an, und das ist ein altes sarazenisches Wort. Die Dialekte sind von Tal zu Tal abgestuft. Aussprache und Lautnuancen, besonders in den Vokalen, verschieden. Sprechen sie Französisch, so hat es die Färbung des Mididialekts, eine schauerliche Sache. Mit vielen *Hé* und singenden Tönen am Satzende ist der französischen Sprache das ausgetrieben, was sie so liebenswert macht: ihre Musik.

Wer die Alpen kennt, weiß, wie sich Bewohner selbst benachbarter Täler unterscheiden, und wie doch der Reisende die gemeinsamen Züge herausfinden kann, eben, weil er den Kleinkämpfen ein unbeteiligter Zuschauer ist. Ist man aus dem Lande der Basken heraus und durchreist nacheinander Béarn (ganz richtig, das Land mit der Sauce), Bigorre, die Vier Täler und später eine Landschaft, Roussillon geheißen – so hat man das typische Bild der Gebirgslandleute. So ein Gespräch wäre sehr wohl auch hier möglich: „Der Rüderer! Das ist ja ein Fremder! Sein Großvater ist übers Dachauer Moos nach München gekommen!" Dixit Ludwig Thoma, und er wollte damit durchaus keinen Witz machen. Das gibts hier allenthalben.

Die Unterschiede dieser Täler sind umso größer, als sie verschiedene politische Verfassungen besaßen, und viele waren früher frei und unmittelbar. Sie hatten schon im vierzehnten Jahrhundert eigene kleine Volksvertretungen, andere wurden feudal regiert, und alle wachten ängstlich über der Erhaltung ihrer föderalistischen Grundlagen. Sie haben sich nicht schlecht dabei befunden. Heute sind diese Zeiten vorbei, aber die Folgen sind im Familienleben und waren bis vor kurzer Zeit auch noch in der Tracht zu spüren.

Lichtlein im Tal ... Dabei sieht man immer einen Öldruck vor sich. Aber was „Tal" ist, das empfindet man ganz, wenn man aus den Bergen herunterkommt, abgemattet, hungrig, es ist kalt – und da glänzen die ersten Lichter. Zum Beispiel: Barèges.

In Barèges habe ich drei Regentage gewartet, bis ich auf den Pic du Midi heraufreiten konnte – denn oben lag Neuschnee, und es war schon im Ort empfindlich kalt. „Ort" ist übertrieben. Es ist eine lange Straße mit einem Badehaus und nicht viel Bemerkenswertem.

Nachmittags um halb vier ereignete sich auf der Straße ein Ereignis. Der Jäger war von der Jagd zurückgekommen und hatte seinen Hund neben sich, dem hing die Zunge aus dem Maul, und müde war er auch. Sie hatten sich einen Hasen besorgt, die beiden.

Vor der Tür des Fleischerladens aber saß Rudolf I., Schlächterhund und Straßenkaiser. Ob in der Mittagssuppe zu wenig Knochen waren, ob der verdammte Rheumatismus die Laune des Alten beeinträchtigte, kurz: Der Jagdpeter ärgerte ihn, er nahm sich kaum Zeit zu knurren – dann sprang er an. Erst hörte man dieses schnurrende Geräusch, das entsteht, wenn zwei Hunde sich ineinander verbeißen – dann lag der Jagdpeter unter dem großen Doggenkaiser. Der saß auf ihm, als wollte er ihn ausbrüten. Der Jäger rief und schimpfte, er näherte sich mit der Flinte, aber nur des Eindrucks halber, den er auf Rudolf völlig verfehlte. Der Jagdgenosse lag immer noch im Straßenstaub, der Riese auf ihm, und der da unten telegrafierte seinen Herrn an: er wedelte.

Er tat einem so leid ... „Ich weiß ja, dass ihr da seid", sagte der Wedel. „Schafft mir doch nur diesen Lümmel vom Hals – er beißt mich ja tot! Das geht doch nicht –!"

Die ganze Straße war in Aufruhr, es fehlte nicht viel, so hätte man den Gendarm alarmiert. Keiner wagte sich an die Mordgruppe – schließlich stand Rudolf I. auf und schickte sich an, die Straße herunterzutraben. Huh! schrien die Damen, und die Ladenfrauen gingen alle in ihre Läden, wie wenn Mikosch des Weges daherkäme. Der arme Jagdgehilfe stand auf, schüttelte sich, sah seinen Herrn an: „Das war ja eine schöne Bescherung!" – und dann gingen sie fort.

Rudolf I. spreizte die Straßen herunter, den Schweif hoch erhoben, außerordentlich stolz und zufrieden – das wäre ja auch noch schöner. Einzug durchs Brandenburger Tor, Gladiatorenmarsch. Da aber geschah etwas ganz Seltsames. Ein Schlächterbursche sah ihn kommen, und als sie auf gleicher Höhe waren, warf er ihm mit erschreckender Schnelligkeit einen Besen auf den Rücken. Bautsch! Er hatte genau getroffen. Der große Hund machte einen Satz – und nun war er auf einmal gar kein Held mehr, sondern ein lächerlicher Raufbold, der rechtens die Kehrseite voll bezogen hatte, weil er schwächere ehrliche Leute malträtiert. Er lief schaukelnd und grollend davon, und alle Leute lachten ihn aus.

Nichts ist förderlicher für Diktatoren als ein Besen ins Kreuz. Das ist in allen Tälern so.

Drei Tage

Luchon ist ein großer Badeort, besonders, wenn niemand da ist. Wie schön und erholsam sind Badestädte, die leer sind –! Die Brust der Badegöttin atmet nur leise, die Geschäfte

sind zwar geöffnet, ja, ja – aber die Kaufleute haben sich satt
und müde geneppt und winken nur noch schlaff mit dem Finger, wenn ein Badegast vorüberwandelt. Die Luft steht still, die
Wege sind rein, und das Schönste, was es nun gibt, ist eine leere
Straße. Auf dem saubern Platz am Badegebäude spielt die Kurkapelle – sie bläst und fiedelt ohne rechte Überzeugung von ihrem Tun, denn nur drei Dackel und etliche Kinder hören ihr zu.
Die Leute machen ein Gesicht wie eine Frau in einem Zimmer
ohne Spiegel und ohne Männer. Es lohnt nicht.

Das Kasino steht in seiner gebackenen Pracht da, müde hängen
die Stuckornamente herab, und im Park fallen die gelben Blätter.
Der ganze Ort hat sich mit einem schleierdünnen Tuch zugedeckt – gleich schläft er.

Oben, in Super-Bagnères, wohin die Zahnradbahn hinaufklet-
tert, haben wir das Hotel – noch nicht, nicht mehr. Der Sommer
ist vorbei, und die Leute vom Wintersport sind noch nicht da. Für
mich ganz allein wird ein Frühstück geschlachtet, und träumeri-
sche Einsamkeit umfängt mich im weißen Lavabo.

Wenn sich der Schwarm verlaufen hat, so lasset uns schwär-
men.

IN FOIX gibt es ein trutz'ges Schloss – es ist nicht einmal so sehr
hoch und nicht einmal so sehr groß – aber die Felsen mitten in
der Stadt fallen so schroff ab, dass ein amerikanischer Zeichner
unter sein gutes Bild gesetzt hat: *Schloss zu Foix: Typus der Feu-
dalherrschaft.* Es ist der steingewordene Wille.

Hier haben sie einmal, im Jahre 1808, eine Verrückte eingesperrt, eine Schwester Kaspar Hausers. Man fand die unbekannte
Frau völlig nackt in den Bergen, rufend, kletternd wie eine Gemse,
Beeren essend … sie jagte davon, als die Hirten hinter ihr her
waren. Sie bekamen sie doch – sie entfloh aus dem Arrest. Sie
fingen sie ein zweites Mal, nachdem sie im Gebirge überwin-
tert hatte; niemand weiß, wo; niemand weiß, wer ihr Nahrung

gegeben hat, und sie steckten sie in das Schloss zu Foix. Der Präfekt hatte seine liebe Not mit ihr: Sie war nervenkrank, das war klar, aber im Departement gab es keine Irrenanstalt, und die Nachbardistrikte wollten die Fremde nicht aufnehmen. Man berichtete nach Paris. Fouché war damals Polizeiminister, die Sache lief ihren Aktengang.

Da meldeten sich eines Tages zwei Gefängniswärter auf der Polizei in Foix und gaben an, die Unbekannte sei im Gefängnis „plötzlich gestorben". Nun, das kommt vor – wir haben junge Beispiele. Die Berichte riechen nach Mord, aber selbstverständlich wurden die Akten abgelegt. Beamte ermorden keinen.

Die Frau hatte aber in ihren Anfällen gerufen: „Was wird mein armer Mann sagen!" und ein romantisch veranlagter Unterpräfekt veröffentlichte etwas später einen langen Artikel über die „Irrsinnige aus den Pyrenäen" im *Journal de l'Empire* in der Nummer vom 17. Januar 1814 (Es ist dies das nachmalige *Journal des Débats*, das noch heute besteht). Darin ließ er manches Geheimnis durchschimmern, ohne eines zu lüften – nun nahm die Hintertreppenliteratur die Geschichte auf und überschwemmte Frankreich mit schönen und schauerlichen Romanen von der entführten Gräfin, der Räubersbraut ... Sie ist nun längst tot und hat ihr gut Teil zur Unterhaltung des Publikums beigetragen. Die Irrengesetze tun es noch heute, aber das ist nicht so harmlos.

Wenn man von dem dickgemauerten Schloss heruntersteigt und zum Beispiel ins Rathaus zu Foix geht, so kann man, wenn es sich grade trifft, Zeuge eines Schulexamens sein, das da abgehalten wird. An diesem Tage standen die kleinen Mädchen mit hochrotem Kopf auf den Korridoren herum und tuschelten sich die Ergebnisse und ihre Befürchtungen ins Ohr. Milde Lehrer stellten in einer Stube Fragen – sie halfen nach, aber die jungen Damen schwitzten doch Blut und Wasser vor Angst.

Ich saß noch ein Stündchen bei den Rathausbüchern in der kleinen Munizipalbibliothek.

Und dann ging ich durch die Straßen und sah alles an und guckte überall hinein und freute mich des Glücks der Fremden: dabei zu sein, ohne dabei zu sein.

EIN PAAR WEGSTUNDEN von Luchon, in der Ebene, steht die Kirche und das Kloster von Sankt Bertrand-de-Comminges. Die hat die schönsten Holzschnitzereien, vor denen ich gestanden habe.

Es ist eine alte Kirche mit einem verwitterten Portal; die Pförtnersfrau, die mich herumführt, ist so asthmatisch, dass ich Luftbeklemmungen habe, wenn sie lange Sätze in Angriff nimmt. Aber als sie die innere Gittertür aufschließt, höre ich gar nicht mehr zu, was sie betet – ich sehe nur.

Innen in der Kirche steht ein Chor mit Holzstühlen und einer rechteckig herumlaufenden Holzwand. Es ist unfassbar, was sie da gemacht haben.

Es wimmelt von Figuren, Emblemen, Wappen, Köpfen, Körpern, Blumen und Gruppen. Keine Verzierung wiederholt sich auch nur einmal – es ist alles bis ins Letzte durchgearbeitet. Das muss ein Schnitzer in den Fingern gehabt haben, der aus dem Holz herausgeholt hat, was drin war; ein verrückter Bildhauer hat einmal seinem Arzt erklärt: „Ich sehe das Holz an, und dann sagt es mir, was es werden will": So etwas ist auch hier vorgegangen. Es gibt da wilde Anhäufungen: indische Reminiszenzen; zwei Mönche, die sich um einen Bischofsstab streiten, sie haben Affenzüge und zerren am Stock, als ob sie damit sägen wollten; hervorragend unanständige Details, Apostel; klappt man die Sitze hoch, so zeigt sich ein kleiner Untersitz, der aus einem Kopf besteht, und jeder Sitz hat seinen besondern – es ist ganz erstaunlich. Adam und Eva sind zu sehen: Man möchte die Konturen der Körper nachfühlen, so laufen die Linien. Ein Holzwunder, den Altar, haben sie farbig zugerichtet; es soll zwanzigtausend Francs kosten, die Kolorierung und Vergoldung wieder abzukratzen.

So lange habe ich da herumgestanden, dass ich schnellen Schrittes gehen musste, um nach Gargas zu kommen. Zur Höhle von Gargas. Nun, es ist eine Höhle wie andere auch.

Aber der neue *Pitaval* kennt den Ort, und auch ich kannte ihn: Blaize Ferrage, der Menschenfresser, hat da gewohnt. Das war ein kleiner, übermenschlich starker Bursche, ein Maurer, der sich 1779 vom Leben der Menschen losgelöst hatte und einsam in dieser Höhle wohnte. Sie war wohl damals nicht so zugänglich wie heute – er hauste da, ganz für sich, stahl ab und zu, was er sich allein nicht herstellen konnte, und fraß Menschen. Er stieg wahrhaftig in den Bergen umher, und wenn ihm junge Frauen in die Hände fielen, schlachtete er sie. Männer fraß er nur, wenn er Hunger hatte, Kinder mochte er besonders gern.

Die Gegend flammte in Entsetzen. Schließlich fingen sie ihn – sie hatten ihm einen Sträfling heraufgeschickt, der sich die Begnadigung verdienen wollte, mit dem schloss er Freundschaft; der Freund verriet ihn. Am 13. Dezember 1782 wurde er gerädert.

Und nun werde ich ja wohl vom Reichsverband Deutscher Menschenfresser einen Prozess angehängt bekommen: wegen Berufsstörung.

Allein

Wenn das Stubenmädchen Wasser und Handtücher gebracht hat, sagt es: „Brauchen Sie noch etwas?" Das ist eine rhetorische Frage, und dann zieht es die Tür hinter sich zu. Nun bin ich allein.

In einem fremden Hotelzimmer öffnet man das Fenster und macht es wieder zu und geht hin und her. Die Bilder sind töricht, natürlich. Wenn man sich gewaschen hat, kann man pfeifen.

Dann lege ich den Kopf an die Scheiben und mache ein dummes Gesicht. Die Nägel könnte ich mir auch mal schneiden.

Was tue ich eigentlich hier –?

Jetzt wäre schön, bei Gauclair in Paris mit einer runden, bequemen Dame zu sitzen. Eine, die weder Hemmungen noch Probleme geliefert haben will; sie sagt: „Iss nicht so schnell – mein Gott, ich nehms dir doch nicht weg –!" Ja, Paris. Was soll ich hier?

Die Pyrenäen gehn mich überhaupt nichts an. Da treibe ich mich nun schon seit zwei Monaten umher, laufe und fahre von einem Ort in den andern, wozu, was soll das! Für morgen steht im Notizbuch eine besonders schwierige und mühselige Sache, und zwei ältere Bücher darüber muss ich auch noch lesen, vielleicht hat sie die Bibliothèque Nationale ... das ist ja alles lächerlich. Wie kalt die Fensterscheibe ist –

Jetzt schnurren die Gedanken in affenhafter Geschwindigkeit, die kleinlichsten Geschichten kommen wieder angetrabt, kein blutiger Schatten – viel schlimmer: Dummheiten. Herein! Es hat wohl nur einer an die Wand geklopft. Was sind das für –

Alles kommt wieder. Es plagen und zwicken mich die verpassten Gelegenheiten, die Antworten, die ich nicht gegeben habe, die kleinen Demütigungen, eingesteckt und bitter heruntergeschluckt, ein Nachgeschmack bleibt. Da stehe ich nun im Hotelzimmer und sage mir alles vor, was ich einstmals hätte sagen sollen, aber versäumt habe zu sagen – aus Torheit, aus Mangel an Geistesgegenwart, aus Furcht ... Jetzt hole ich alles nach. Ich sage:

„Achttausend Mark, zahlbar am ersten Januar. Etwas andres kommt gar nicht infrage." – „Tun Sie nur erst Ihr Mögliches, Herr – das Weitere wird sich finden!" – „Deinen Ring, Lisa." – „Hier liegt wohl ein Missverständnis vor, ich habe Sie um eine sachliche Angabe, nicht um private Meinungsäußerungen gebeten." Da war ein Brief … den habe ich nicht geschrieben, ich schreibe ihn jetzt. Ich gebe es allen ordentlich – sie fragen so recht dummdreist, und meine Antwort kommt wie aus der Pistole geschossen.

Wie dunkel es ist und wie kalt. Sie könnten hier wirklich heizen, das schadete gar nichts. Aber dieser Repräsentationskamin da … pah! Ich mag morgen gar nicht aufstehen. Soll ich krank werden? Ich werde einfach sagen: Ich bin krank. Dem Führer mit seinen Pferden wird das übrigens gleich sein, denn er ist bestellt, und ich muss ihn bezahlen. Und hier im Hotel macht das Kranksein auch keinen rechten Spaß. Aber ich gehe ganz früh zu Bett, das sage ich dir. Wem …? Das sage ich dir.

Wenn sie guten Rotwein haben, werde ich mir fürchterlich einen ansaufen. Vielleicht gibt es Vieux Marc, aber nicht in diesen kleinen Gläsern.

Jetzt ist es blaudunkel.

Wenn jetzt einer hereinkäme und mich fragte: „Sagen Sie mal, was machen Sie eigentlich hier –?", ich müsste antworten: „Ich vertreibe mir so mein Leben."

Die Republik Andorra

Sie waren vier Schwestern: Andorra, Liechtenstein, San Marino und Monaco – und wir durften sie beim Roten in der Geografiestunde rasch aufsagen: Andorra, Liechtenstein … und die Hauptstädte – und aus. Inzwischen hat sich die Familie bedeutend vermehrt, denn was wir da alles an kleinen Staaten in Europa dazubekommen haben, tut diesen vieren keinen Abbruch, sondern macht sie zu ganz respektablen Anwesen.

Die Andorraner sind 5200 Menschen, also ein paar Straßen voll. Aber die Täler, die sie bewohnen, sind nun einmal seit

Jahrhunderten eine Republik, eine selbstständige Sache – zuletzt wurde das im Jahre 1806 geregelt, und Spanien und Frankreich bekommen das Überbleibsel eines Tributs: An den Präfekten der Ostpyrenäen gehen 900 Francs im Jahr, an den Bischof von Urgel 450 Pesetas. Im Übrigen lässt man die Andorraner in Ruhe.

In Bourg-Madame ging ich über die Grenze – zunächst nach Spanien. Eine hellgelbe Baumallee durchfuhren wir, der Herbst setzte ein, und die Blätter schrien im Licht. In Puigcerda standen die Bauern auf dem Markt, von wegen Sonntag – und ein altes Überlandauto nahm mich auf, ein Kasten, der kurz vor Erfindung des Automobils in Gebrauch genommen worden war. Es war aber erstaunlich, wo diese Arche fahren konnte! Mit einem Pferdewagen wäre es auf den spanischen Landstraßen schon nicht sehr heiter gewesen, aber nun –! Das riesige Boot schwankte und taumelte von einer Seite auf die andre, der Hund, der auf dem Verdeck angebunden war, machte sich vor Angst in die Hosen, und nun regnete es – und die Fahrt nahm nie ein Ende. Aber sie war schön. Wir fuhren, dreiunddreißig Bauern und Bauersfrauen, neunundneunzig Bündel, Stücke, Körbe, Koffer, Kisten, Käfige ... wir fuhren in eine weite Ebene, die großen, weißen Wolken standen da oben unbeweglich, und ich war so froh, einmal aus dem Gebirge herausgekommen zu sein, seit Monaten, und endlich wieder die flache Erde zu sehen. Wir passierten zweihundert Gendarmen und dreihundert Pfaffen. Hier und da sah man auch Menschen.

In Seo de Urgel, dem Bischofssitz, war umzusteigen. Ein riesiges Bischofshaus stand da, es sah aus wie eine Kaserne, und das war es ja wohl auch. Und dann blätterte noch einmal ein spanischer Gendarm in meinem Pass, kratzte sich hinterm Ohr, holte sich eine Fibel, lernte rasch die großen Buchstaben ... und dann war ich in Andorra.

Die Täler sahen aus wie alle Pyrenäentäler dieser Gegend –

aber als wir nach Andorra-la-Vella kamen, der Hauptstadt, da sah ich den Unterschied. Die Hauptstadt hat fünfhundert Einwohner, und diese Belegschaft eines Berliner Ackerstraßenhauses verteilt sich in graubraunen, primitiv gebauten Häusern, die Feldsteine sind nicht übertüncht, sondern liegen nackt. Die Ritzen sind mit Erde verstopft.

Es war später Nachmittag. Ich klapperte durch die grob gepflasterten Straßen, und was nie in Frankreich geschehen war, geschah hier: Kinder bettelten mich an. Bitten, ausgestreckte Hände – und ein paar ganz kleine Steinchen. Das Hotel war ein altes Haus wie die andern auch, der Wirt sprach katalanisch, wie alle Leute in Andorra, aber wir kamen einigermaßen zurecht miteinander. Ich wollte „das Haus" sehen. „Das Haus" – als ob es nur dies eine gäbe; Casa de la Val ist das Regierungsgebäude.

Es war grade keiner drin. Es erschien ein riesiger Schlüssel mit einem Mann hintendran, beide schlossen auf. Außen war ein bisschen Latein an der Tür und sonst nichts Bemerkenswertes, innen nur ein Schulraum mit alten Fresken und nackten Bänken und einem Lehrertischchen. Daneben das Beratungszimmer des Rats. Es sind vierundzwanzig Männer, die das Land verwalten, vier aus jeder der sechs Gemeinden: Canillo, Odeillo, La Masana, Encamps, Andorra, San Julia de Loria. Dieser Rat wird alle zwei Jahre zur Hälfte erneuert; das ist seit Jahrhunderten so. Zwei Vögte führen die Verwaltungsgeschäfte, einer ist von den Franzosen, der andre von den Spaniern ernannt. Sie sind Chefs der Landesmiliz. Es gibt aber keine.

Neben dem Beratungszimmer lagen der Esssaal und eine kleine Kapelle. Ich wusste, was sich in dieser Kapelle befinden musste, und ich suchte es mit den Augen. Eine alte Kopierpresse lag in der Ecke, das konnte es nicht sein, ich getraute mich nicht recht zu fragen … Da hob der Schlüsselmann die Presse in die Höhe und sagte, das wäre es. *La garotte:* die Schraube, mit der man Leute erwürgen kann, wenn man will. Der Schlüsselmann sagte, er hätte das noch in seiner Jugend mit angesehn.

Und er zeigte mir die Amtskleidung der Räte, die Galaröcke der Vögte, ihre Dreispitze – alles zeigte er mir. Trutz'ge Bauern, die da ihre stolze Unabhängigkeit bis auf den heutigen Tag bewahrt haben. Aber auf der Pappschachtel, in der die guten Staatshüte lagen, stand: COLUMBIA U. S. A. Ich sah ein, dass ich dem deutschen Ideal ganz nahe war: Mittelalter GmbH. Ja, trotz aller Sprüche der Andorraner: *Toca hi so goses* heißt einer – etwa: *Fire, but don't hurt the flag!* – es sind doch keine Ritter mehr. Ritter bezogen nur ganz selten ihre Hüte aus Amerika. Und dann ging ich wieder auf die Gasse.

Die war mittlerweile dunkel geworden, und ich schlich mich auf den kleinen Marktplatz, der sonderbar und finster dalag. An der Kirche vorbei … Das Pfarrhaus lag am Marktplatz, und eines der Häuser war so wunderlich bemalt mit blassen Farben und Figuren … Die Traumstadt „Perle" von Kubin gibt es nicht, aber hier liegt sie. Eine Katze huschte an meinen Füßen vorbei. Ich drehte mich um: durch die krummen Gassen schleifte die Cholera ihre Gewänder, ein Laken fegte um die Ecke … es wäre ein bisschen kalt, fand ich, man könnte wohl nach Hause gehen.

Es gab, mit einem süßen spanischen Wein, so viel zu essen, dass mir himmelangst wurde. Ein spanischer Handlungsreisender war auch da, und wir begannen eine merkwürdige Unterhaltung, die ihr Fundament in romanischen Wörtern eigener Prägung hatte … Es war nicht leicht. Am nächsten Morgen ritt ich ab.

Ich zog mit einem Führer die Nationalstraße Andorras entlang; sie ist ein Meter fünfundsiebzig breit und höckrig. Eine Fahrstraße durch das Land gibt es nicht. Die Staatspost ging mit uns und erzählte sich ellenlange Geschichten mit dem Eselstreiber; sie marschierten in gleichmäßigem Schritt und dabei sprachen sie ununterbrochen. Ich verstand kein Wort – aber wenn sie ihre Feinde nachahmten, das verstand ich gleich. In ihrer Rede kam nach dem schreienden Diskant des Gegners der ruhige Männerton zur Geltung – das war dann der Bericht-erstatter selbst, der gesprochen hatte, ein umsichtiger, vernünf-tiger Mann.

Wir kamen an Eskaldas vorbei, einem kleinen Flecken mit etwas feinern Häusern; ein schwacher Ansatz war zu bemerken, das Ding als Badeort auszugeben, aber sie schämten sich wohl selbst ein bisschen, und so blieb es bei einigen Aufschriften. La Mosquera erschien und Meritxell, da stieg ich ab. Ich wollte die Kirche sehen, zu der die Leute wallfahren kommen. Es war eine weiß getünchte kleine Bergkirche, mit hübschem gedecktem Gang draußen vor der Tür; drin stak alles voll Weihgeschenken und frisch gekauften Statuen. An einer versteckten Stelle schien die Sonne hindurch und warf ein hellgrünes Mondantlitz auf die gegenüberliegende Wand, das war offenbar ein himmlisches Gesicht. In Soldeu blieb ich sitzen.

Der Briefträger und der Eselstreiber aßen mit mir zusammen Mittag – um wie viel anständiger benehmen sich oft Romanen als manchmal andre Leute! Es waren doch Bauern, aber da war nichts Schmeichlerisches und nichts Rohes – es war ein Mittag-essen unter drei Gleichberechtigten, und sie hatten gute Tisch-manieren und aßen appetitlich. Nur mit dem Trinken war das nicht einfach; da gab es so eine Glasflasche mit einem dünnen Rohr, das hielt man sich einen Spann breit vom Gesicht weg, und dann ergoss sich ein dünner Strahl in den Mund. Bei mir auf den Fußboden. Nachmittags legte ich mich ins Gras.

„Jede Provinz, jeder Winkel auf der Erde gibt dem Vorüber-kommenden, der keine Zeit hat, lange zu verweilen, etwas mit, was ich ein Stückchen Herz nennen möchte. Manchmal ist es ein Schritt Tanzender … ein paar Töne, vom Fels zurückgewor-fen oder vom Wind getragen, ein Nichts … irgendetwas ganz

Simples … ein Stein, das bemooste Kreuz an der Straße, ein
verfallenes Grab … das alles spricht." So stand in einem Reiseführer durch Andorra, und das ist richtig. Was war es denn –?

Ein heißer Tag und das herrliche Gefühl, in der roten Hitze
eisig kaltes Wasser aus einem blitzenden Glas zu trinken; die
Müdigkeit nach dem Ritt und dann die Ruhe im Gras. Eine
Stute beschnupperte mich und ging langsam weiter; ein paar
Schweine kamen und brachen mit großem Gegurgel einen
Kohlgarten auf, daraus verjagte sie die Bauersfrau: *„Hé, Hé!
Porc! Porc!"* Das bezogen die Schweine auf sich und liefen eilig
davon; dann schlief ich ein. Als ich aufwachte, stand die Sonne
schon tiefer, und drüben, auf der andern Seite des Tales, sang
eine helle Männerstimme ewig dieselben sechs traurigen Töne:
d, b, g; c, as, f … Die kleine Melodie verwob sich mit dem Gril-
lenzirpen und dem leisen Wind zu einem weichen Netz …

Dann überkam mich unbändige Lachlust: Ich musste an das
Buch von Isabelle Sandy denken: *„Andorra oder Die Männer aus
Erz."* So sah das Land grade aus. Es war die Räubergeschichte
von einer Andorraner Familie, die wegen des Erbrechts, mit
dem es ähnlich stand wie bei den Basken, viel Sorgen hatte.
Der Vater wollte den Jüngern zum Erben, also zum Alleinerben
machen, und der Ältere tötete und mordete wie ein Marder
die ganze Konkurrenz, die ihm in den Weg kam. Da ging es
zu –! Geballte Fäuste, geknirschte Zähne, mit Pulver gefüllte
Holzscheite für den heimischen Herd; verführte Mädchen, er-
schossene Schmuggler, geschluchzte Gebete und zum Schluss
Absprung des Bösewichts in den Schlund der Hölle. Von dem
Edelmut, mit dem das uneheliche Kind heimlich mit Land do-
tiert wurde, gar nicht zu reden.

Nun, die andorranische Jugend in Andorra-la-Vella hatte am
Sonntag zum Klang eines mechanischen Klaviers Onestep getanzt, und was die Rechnungen dieser treuherzigen Landbevöl-
kerung anbelangt, so hatte man das Gefühl, unter die Räuber

gefallen zu sein. Sie machten kräftige Frankenpreise und setzten hinter die Ziffer: Peseta. Was eine romantische Multiplikation mit dreieinhalb bedeutete.

Man kennt ein Land natürlich nicht, wenn man es nur bereist, ohne darin zu leben. Aber Salontiroler … nein: Die ganze Sehnsucht einer zu kurz gekommenen Klavierlehrerin sprach aus dem Band, die Verachtung, mit der die poesielose Stadt Paris beiseitegeschoben wurde – da droben, bei euch, ihr Starken, da wohnt das Glück! Heirate, mein gutes Kind. Aber das macht den Leuten in der Stadt so unendlich viel Vergnügen, Romane in die Natur zu verpflanzen. Bäuerliche Heldenverehrung ist die Romantik der Dummen.

„Wenn ich den Wald besinge, tue ich das deshalb, weil die Fabrik wütet …" So Isabelle Sandy. Wo wolltest du leben? In dem muschelförmigen Tal Andorras, umgeben von Faunen und Waldgöttern? Gegen Morgen hätten sie dir eine Rechnung präsentiert:

Eine Waldorgie … 85 Pesetas.

Von Hospitalet, im Französischen, ging früh ein Auto ab, das musste ich haben. Dazu war es nötig, nachts zu marschieren. Ich verabredete mit dem zweiten Briefträger der Staatspost das Nötige und verließ den Ort morgens um vier Uhr.

Der Mond hing hoch über dem Tal, es war kalt, und alle Sterne flimmerten. Totenstille. Den Weg hatte ich nach der Karte auswendig gelernt; verfehlte ich ihn, war ich meinen Briefträger los, der hinter mir herstieg. An verschlossenen Häusern kam ich vorbei, an einer dunkeln Scheune und an einem Steinbruch. Er bewegte sich. Da lag, im kalkbleichen Mondschein, eine Schafherde im Pferch, wie versteinert ruhten sie, nur die vordersten kauten leise und hoben die Köpfe. Ich blieb stehen – hundert Augen sahen mich an.

Dann entfärbte sich der Himmel, auf den Hügeln wurde es

licht, jetzt stieg der Weg an, und nun hörte ich unten den Briefträger pfeifen. Ich wartete. Dann wurde es immer heller, die Felsen gegenüber waren rosenrot, der Mond blieb oben stehen, um
ja nichts zu versäumen – jetzt musste die Sonne aufgegangen
sein, aber wir sahen sie noch nicht, der Pass verdeckte sie.

Der Briefträger legte ein Tempo vor … Er ging, wie Älpler gehen: ganz leicht. Man sah ihm an, dass er sich nicht anstrengte,
weil sein Schritt von vollendeter Gleichmäßigkeit war, herauf,
herunter, kein Unterschied. Ganz oben auf dem Pass lag Reif.

Wir stiegen zu Tal. Wir kamen an die kleine graue Brücke:
die Grenze. Nun war ich wieder in Frankreich, und das freute
mich. Der Mann lief, aber man sah das nicht, welche Beine –! Die
Sonne ergoss sich noch purpurrot auf den breiten Weg, die Täler lagen still, nur einmal begegneten wir ein paar Füllen. Hoch
oben stand das Eingangshaus zu einer verlassenen Eisenmine.

Die Fünftausend da hinter mir sind Bauern, und kleine Bauern. Es gibt etwa sieben oder acht wohlhabende Familien – der
Rest schlägt sich so durch. Die Gemeinden nehmen durch die
Pacht der Berghalden dies und jenes ein – großer Wohlstand
herrscht da jedenfalls nicht. Was die Viehzucht nicht bringt,
macht natürlich der, sagen wir, Transithandel. Da gab es einfache
Andorrabauern, die bestellten sich aus Frankreich die teuersten
Mähmaschinen, die mehr kosteten, als ihr ganzer Besitz wert
war. In Andorra wurden diese Maschinen auseinandergenom-
men und nach Spanien über die Berge getragen: auch hier eine
große Kraftanspannung, körperliche Arbeit, Mut – und eine
elende Bezahlung. Alle Welt weiß das, hier an der Grenze erzählten mir zwei französische Gendarmen voller Bonhomie die
schönsten Schmugglergeschichten und suchten mit ihren Fern-
gläsern die kahlen Bergwände ab. Es kam aber keiner, und in
meinen Morgenschuhen war kein Tabak.

Republik Andorra …! Dieser Staat hat – im Gegensatz zu
Hamburg – in Berlin keinen Gesandten. Wenn aber die Repu-

blik Andorra in Deutschland läge, hätte sie einen, aber dann
wäre es keine Republik.

Waren die Mädchen Andorras eigentlich hübsch –? So sehr
nicht, aber schließlich … Die Andorraner brauchen nicht zu
dienen – weder in Spanien noch in Frankreich. Und wenn man
eine Andorranerin heiratet, dann erwirbt der Mann ihre Staatsangehörigkeit.

Ewig werde ich mich nach den Frauen dieses Landes zu-
rücksehnen. Welcher Seelenadel! Welcher Zauber –! Welches
Feuer –! Und welch schöne Staatsangehörigkeit.

Auf der Wiese

Nun bin ich aus den stillen, kalten Tälern heraus, in einem
großen Halbkreis bin ich durch Andorra gezogen, und da
stehe ich nun wieder in Bourg-Madame. Die weite Ebene –

Die Hitze brennt, ich habe den ganzen Vormittag Zeit; der
kleine elektrische Zug, der nachher rings um dieses ungeheure
Loch in den Bergen herumfahren wird, ist noch nicht da. Jetzt
liege ich auf der Wiese unter den blitzenden Bäumen, ziehe
Grashalme aus dem Boden und freue mich meiner Faulheit.

Das sind also die Pyrenäen? Sieh an. Wollen wir noch mal
zurück – bis zum Ozean? Es war doch ein weiter Weg, wie?
Wenn ich jetzt ganz grade in die Luft aufstiege, kerzengrade,
sagen wir: tausend Meter hoch – dann sähe ich mit einem Zau-
berauge alle kleinen Kirchen in den Bergen. Es waren hübsche
alte Gotteshäuser dabei – merkwürdig, was die Geistlichen damit machen. Immer steht neben den schönsten Schnitzereien
Schund aus dem Fünfzig-Pfennig-Basar – sehen sie das nicht?
Nein, sie sehen es wohl nicht. Was mögen das für Leute sein,
diese Geistlichen?

Einmal, bei St. Girons, saßen drei in dem Verkehrsmittel, mit dem ich fuhr. Die Mutter dieses Wagens war eine Kleinbahn, der Vater ein Tourenomnibus. Da saßen sie also und beteten aus ihren Gebetbüchern. Sie hatten bäurische Gesichter. Und der Landmann verleugnete sich bei keinem; stand eine Kuh auf den Schienen, wurde eine Gänseherde vorbeigetrieben, dann ließen sie das Brevier sinken, der Geistliche sank mit, und zum Fenster sah ein interessierter Bauer heraus, der die ländlichen Dinge kannte, sie scharf ins Auge fasste und abschätzte ... Und dann beteten sie wieder. Einer blies die Luft von sich, als er fertig war: Uff! das wäre nun glücklich überstanden! Aber es sind tüchtige politische Agenten.

Und junge Geistliche habe ich gesehen, nein, Küken von Geistlichen, unsicher schwankend in den faltigen Röcken, unten sahen ein paar riesige Füße heraus. Es waren noch Jungen, man konnte sich diese Gesichter ganz gut bei einem Kellner, einem Handwerker, bei einem jungen Kaufmann denken ... Aber wenn sie ein bisschen älter waren, dann lag auf dem Gesicht schon eine dünne Patina von Katholizismus: besonders um den Mund war das andre, etwas, das früher nicht dagewesen war, dieser Mund war wohl viel gebraucht worden. Und alle fünf Minuten verloren sie ihre Würde, wie man eine Mütze verliert, und wenn sie das merkten, setzten sie die Würde rasch wieder auf und sahen sich erschrocken um, obs auch keiner gemerkt hätte.

Die Armen! Werden sie wirklich niemals erfahren, was Frauenliebe ist –? Der katalanische Bauer sagt: *„A oune femme faut oun homme, soit oun mari, soit oun amant, soit oun directeur de conscience."* Oun heißt ein – und das andre dürfte ja international verständlich sein.

Da hinten, in Bourg-Madame, schreit ein Esel. Der Kerl, der aufgebracht hat, dass Esel „I-a" schreien, stammt aus der Stadt. Ein Bauer wäre auf solche Dummheit niemals verfallen. Ein Esel schreit überhaupt nicht – er pumpt. Er hat eine Pumpe im Hals und zieht Luft aus einem tiefen Brunnen. „Hüü – bcha ...

Hüü – bcha …" Vielleicht muss man hinten am Schwanz ziehen, damit er vorn so jämmerlich schreit.

Den Esel konnte man nicht sehen – der Eisenbahndamm lag
davor. Das war eine merkwürdige Eisenbahn. In Aix-les-Ther-
mes endet die Strecke, die vom Norden über Foix kommt; bis
Bourg-Madame an der Grenze gibt es dann nichts mehr. Aber
die neue Transpyrenäische Bahn ist stückweis schon da: Da steht
ein Tunnel von sieben Kilometern fix und fertig, die Eisenbahn-
dämme sind aufgeschüttet, die kleinen Brücken über den Straßen und die Bahnübergänge, alles ist schon gebaut. Sogar die
Schranken. Nur die Schienen liegen noch nicht da. Aber das
Allermerkwürdigste war, dass um diese Bahn, die gar nicht vorhanden ist, schon eine Luft lag, wie wenn sie da wäre: die Straße
am Bahnhof sah aus wie die Bahnhofsstraße, es roch nach Rauch,
die Gegend unmittelbar an den Orten, wo die Schienen einmal
hinkommen sollten, war langweilig.

Diese Bahn wird die Gegend aufschließen – daran ist gar kein
Zweifel. Auch Andorra wird sein Teil abbekommen, denn wenn
man so bequem nach Hospitalet fahren kann, werden viele Leute
die kleine Republik besuchen. Glückliche Reise –! Und das ganze
Land wird in Hotels ersaufen – denn es ist ein schönes Land, die
Berge sind nicht zu hoch und nicht zu niedrig: Es ist grade so
etwas für Leute, die sich erholen wollen. Das liegt heute alles so
versteckt … Frankreich stellt sich nicht hin und ruft: Seht! Wie
schön ist es bei mir! Kommt einmal alle hierher! Nein, wenn du
die Schönheit des Landes aufsuchen willst, dann musst du sie
suchen – findest du sie, ist es gut, findest du sie nicht, ists den
Franzosen auch gleich. Aber das ist ja in Paris genau dasselbe.
Frankreich liegt nicht auf dem Präsentierteller.

Es ist ein großes Werk, das da in den Pyrenäen im Entstehen
ist: die Elektrifizierung der Eisenbahn. Überall laufen riesige
Rohre zu Tal, in denen das Wasser herunterpoltert, die Rohre
sind fast alle braun und grün gefleckt, sodass sie von oben aus-

sehen wie Landwege. Fliegerdeckung. Denn es gibt ja nichts, was nicht gegen die Zerstörung durch den schlimmsten Moloch der Welt geschützt werden müsste. Im Jahre 1910 haben sie mit der riesigen Arbeit begonnen. Zwei große Elektrizitätswerke sollen die Strecke versorgen: eins in Eget, beim Cirque de Troumouse, und das andre in Soulom, das nimmt die Wasser von Cauterets und Pau auf. Das zweite verfügt über etwa zwanzigtausend Pferdekräfte. Viele Strecken sind bereits elektrifiziert, und so wächst da in aller Stille eine moderne Eisenbahn.

Das nimmt natürlich den Gebirgsbächen, den Gaves, mitunter die Kraft – und manchmal sieht man in den schönsten Tälern einen stillen Bach dahersäuseln: sein Bett ist ihm drei Nummern zu groß, er fließt artig dahin, mit wenig Wasser und ohne unnötiges Gebrause, es ist, als ob er sonntags zur Kirche fließt. Dem haben sie das Wasser abgegraben, und mit dieser Kraft kann ich oben schnell an ihm vorbeifahren.

Zerstört die Bahn die Poesie? Keine Spur. Sie verwandelt sie nur. Aber der Grund des Landes bleibt doch derselbe. Raymond Escholier, der lustig und bunt das Bauernleben beschreibt, erzählt einmal im „Cantigril" von den zahllosen Kommissionen und Aufträgen, die so ein Postillon der alten Schule mit auf den Weg bekam. Die Pferde ziehen schon an, da wird ihm noch nachgerufen: „He! Sag Finotte, das Schwein beim Schwiegervater wird Donnerstag geschlachtet! Hörst du? Donnerstag …!" Und da ist die Postkutsche schon davongerasselt. Nun, das hat sich gar nicht geändert. Auf einer Kleinbahnstation stand im rinnenden, nachtdunkeln Regen der Zug, und im Lichterschwenken rief eine grelle Frauenstimme grade vor dem Wagen, in dem ich saß, den Schaffner an: „Was ist mit der Salbe für den Hund? Die ist wieder nicht mitgekommen! Sag doch, der Hund wär so krank –!" – „Abfahren!", pfiff der Schaffner, aber ich konnte doch noch sehen, wie er ernsthaft mit dem Kopf nickte … Ob er sie mitgebracht hat –? Darüber schlafe ich ein.

Als ich wieder aufwache, sagt mir der Wegweiser unter den Bäumen, wo ich bin. NACH BOURG-MADAME 0,2 KM … Wegweiser … Viel habe ich in den Bergen nicht getroffen. Auf manchen stand: GESCHENK VON CITROËN – und viele stammten vom Touring Club de France. Der nimmt heute noch keine Deutschen auf, steht also an kleinbürgerlichen Vorurteilen dem Deutschen Alpenverein keineswegs nach. Es sind wohl überall dieselben Kommerzienräte und Geheimen Oberbaudirektoren, die den Ausschlag bei solchen Dummheiten geben.

Da kommt ein Mistkäfer angekrochen. Ich frage ihn, ob er weiß, wie er auf Lettisch heißt. „Nein", sagt er. Ich sage ihm: „Sie heißen *sudebambel.*" Ob er keinen andern Namen bekommen könne? Nein. Da kriecht er weiter –

Auf dem Weg geht eine Bauersfrau mit einem erheblichen Popo. In Andorra-la-Vella … da war im Gasthaus eine Frau bedienstet, die hatte eine leichte Andeutung von Steatopygie. (Der Deutsche Sprachverein: „Warum sagen Sie das nicht deutsch?" – Ich kann nicht. – „Warum nicht?" – So … – „Sagen Sies!" Fettsteiß. Sprachverein ab.) Dergleichen kommt bei Spanierinnen manchmal vor – ich weiß das aus den Büchern.

Ich weiß so viel aus Büchern über die Pyrenäen. Aber was habe ich gesehen? Was kann überhaupt ein Fremder sehen?

Ich denke immer, wenn ein Berliner die Schilderung eines Amerikaners über seine Stadt liest, dann ist er amüsiert, gekränkt, geschmeichelt – aber letzten Endes ein bisschen unbefriedigt. Der Midi-Mann, der dieses Buch vielleicht in die Finger bekommt, der Pariser, dem ich zeige, was ich aus seiner Stadt nach Hause berichte – sie sagen bestenfalls: „Es sind keine groben Fehler in Ihrer Arbeit. So ungefähr sieht es aus." Aber – aber es ist nicht „das". (*Ce n'est pas ça* ist ein sehr guter französischer Ausdruck.) Es fehlt für den einheimischen Leser irgendetwas, er kennt das doch anders; es ist eben der Fremde, der das geschrieben hat, einer, der „Sie" zu Paris sagt.

Der Engländer fährt durch Driesen an der Drüse und sieht, dass es ein kleines Amtsgericht hat, und schreibt sich das auf. Aber von dem Antrittsbesuch des Referendars, der da seine erste Station abmacht, von der einmaligen Wintergesellschaft bei Amtsrichters, vom Stammtisch und dem Knatsch mit dem Apotheker ahnt er nichts. Und wenn man es ihm zeigte, verstände ers nicht. Und wenn ers verstände, könnte ers nicht richtig wiedergeben. Und gäbe ers richtig wieder, dann fassten es seine Leser nicht. Weil es fremd ist, vom andern Ufer, und weil sie unter der abweichenden Form das Gemeinsame nicht wiedererkennen. Berliner Weißbier ist nicht exportfähig.

Ich habe immer Furcht, dass mich ein Baske, ein Katalane, ein französischer Unterpräfekt eines Tages auf der Straße anhalten wird, sich meine Notizen geben lässt, sie liest und dann spricht: „Mensch, was weißt denn du –!"

Ist einer eine langweilige Type, dann nimmt er alle Tatsachen korrekt auf und darf schreiben: „Reise durch die Pyrenäen." Jeder kann den Wittenbergplatz fotografieren, damit hat er alles gesagt und nichts.

Ist einer ein Kerl, dann steht er sich selbst im Wege, bei allen Schilderungen, und wenn er fertig ist, darf er nicht sagen: „Reise durch die Pyrenäen." Er müsste sagen: „Reise durch mich selbst."

Das Fort

Von Bourg-Madame nach Villefranche-de-Conflent führt eine Aussichtsbahn erster Ordnung.

Villefranche ist von alters her befestigt und hats schwer, sich auszudehnen; das Tal ist an dieser Stelle sehr schmal. Oben, hundertundachtzig Meter über der Stadt, liegt das Fort.

Vauban, der Baumeister Ludwigs des Vierzehnten, hat es verstärkt, und es ginge mich ja weiter nichts an, wenn da oben nicht deutsche Gefangene gesessen und einen Fluchtversuch gemacht hätten, von dem das Land heute noch weiß und der nur einem geglückt ist. Das wäre anzusehen.

Man kann in Serpentinen nach oben steigen, aber weil die Dämmerung schon da war, schlug die Pförtnerstochter vor, innen hinaufzusteigen. Innen?, sagte ich. Ja, es führten tausend Stufen herauf, das Fort ist mit der Stadt durch eine Treppe im Fels verbunden. Ich rechnete rasch nach. Tausend Stufen – das waren gut und gern acht Mietshäuser vom Keller bis zum Boden – hm. Nun, wenn es keinen Fahrstuhl gäbe … Nein, einen Fahrstuhl gäbe es nicht.

Das Mädchen Schloss unten die große Bohlentür auf, noch eine Tür, und dann stiegen wir in einem hohlen Gang kerzenbeleuchtet auf Treppen nach oben. Das war eine massiv gebaute Sache, ich sah keinen abgebröckelten Stein. Mit den damaligen Kanonen war die unterirdische Verbindung unerreichbar. Wenn wir pausierten, gingen meine Schulterblätter auf und nieder, und um zwei Pfund leichter kam ich oben an.

Da sperrte die nächste Tür. Die Pförtnerstochter stemmte sich dagegen, ich half ihr – nichts. Etwa drei Meter über dem Boden stand ein Fenster auf. „Ich werde hinaufklettern!", sagte die Pförtnerstochter. Sie stellte also eine alte Tür gegen die Mauer, kletterte und eskaladierte die Wand hoch. Ich stand dick und dumm daneben. (Edschmid wäre mit der Riesenwelle nach oben geflogen, Ewers hätte der Dame ein Kind verursacht, und Bonsels hätte in ihrer Seele geblättert.) Ich stand also daneben. Sie kam hinauf, schwang sich durch das Fenster, ich hörte einen dumpfen Sprung, dann öffnete sie die Pforte. Welch ein Mädchen –!

Da waren wir im Fort. Das Fort ist eine kleine Stadt für sich, mit Kasernen und Wirtschaftsgebäuden und Wachthäuschen und Türmen. Und da hatten die Deutschen gelegen.

Am 9. Oktober 1916 lösten sie oben die Alarmkanonen. Zwölf Gefangene waren entflohen. Sie hatten unter der Latrine einen Gang ins Freie gegraben, das war eine monatelange Arbeit gewesen, man kann noch die Stelle sehen, denn man hat sofort nach der Flucht umgebaut. Dann hatten sie sich gegen sechs Uhr abends an einem Strick aus Betttüchern am Felsen heruntergelassen, ein paar Meter, nun standen sie auf dem Weg. Und von da waren sie im Dunkel heruntergeklettert. Einer ging die Bahnschienen entlang, den fingen sie gleich. Die andern wurden in den Bergen gefunden, und nur ein einziger, erzählte die Pförtnerstochter, sei über die Grenze entkommen. Was wäre, wenn ich ihr jetzt ganz still sagte: „Ja, Fräulein, das war ich"? Aber ich war es nicht. Die elf kamen dann in die Festung Cette.

Ich sehe die Zimmer, in denen die Deutschen gewohnt hatten; an einer Tür steht noch ein Zettel: Leutnant Kieffer. Und das hier waren ihre Gemüsebeete, sie haben auch Kaninchen gehabt. Was war das für ein Gefangenenlager?

Es war ein Offizier-Gefangenenlager. Und nun ist meine Neugier fast ganz verglommen. Du lieber Gott: Sie hatten ihre Ordonnanzen, die gingen in Zivil zur Stadt und kauften für sie ein, sie hatten alle möglichen Freiheiten, und so wenig es irgendeinem Menschen einfallen wird, sie glücklich zu nennen: Die Stuben waren ganz passabel und mit den Baracken in den großen Mannschaftslagern nicht zu vergleichen.

Denn dieser Stand ehrt sich nach absonderlichen Gesetzen, die er sich selbst gemacht hat, und schützt noch Kollegen von der andern Firma, ohne den es keine Existenzberechtigung für ihn gäbe. Dass es Volksheere sind, die sich da auf Befehl der Geldgeber totschießen – davon wissen sie nichts. Sie spielen noch immer Landsknecht, und die gefangenen Offiziere halten Kaninchen und pflanzen Gemüsebeete. Der Disziplin wegen. Die Berichte der deutschen Mannschaften, die in Frankreich gefangen gewesen sind, klingen erheblich anders.

Worauf wir wieder den kleinen Eiffelturm im Felsen heruntersteigen – manchmal sieht man durch Fensterchen ins Freie. Da glitzern die Lichter im schwarzblauen Tal, ein schwacher Peitschenknall ertönt, und die Fledermäuse schwirren um das Fort. Gute Nacht, schöne Pförtnerstochter (ohne Kuss).

EINE HALBE STUNDE von Villefranche, in den Bergen, liegt Vernets-le-Bains. Unterwegs, in Corneilla, kann man in die uralte Kirche eintreten, wo schöne Madonnenfiguren lieblos in die Ecke gestellt sind. Von Vernet hat man auf den Canigou zu klettern.

Das war ein Gebirgsmarsch wie aus dem Bilderbuch. Der Nachtportier schließt frühmorgens das Hotel auf, im Rucksack ist das Frühstückspaket, weil ich nicht weiß, wann ich wieder herunterkommen werde, und kaum sind acht Stunden vergangen, bin ich oben. Mir war das Meer versprochen worden, doch dick verhängt lag das Land. Aber darauf kam es ja gar nicht an. Unterwegs war es viel schöner als oben.

Unterwegs gab es lange Grashalme, die absonderlich schmeckten, aber ohne Grasstängel im Mund kann man nicht marschieren. Unterwegs war eine Rinderherde mit Kühen, Ochsen und Ochsen mit Gebommel. Die Kälber liefen vor mir weg, ich sprach mit den noch rüstigen Vätern, und wir kamen überein, uns gegenseitig nichts zu tun. Der Weg war da durch ein Gatter abgeteilt, damit sie nicht vorzeitig nach unten liefen, und alle wollten mitkommen, und sie sahen mir lange nach. Unterwegs waren drei Quellen, eine immer frischer als die andre. Ich füllte die Thermosflasche in der obersten und trank noch unten im Tal das eisige Quellwasser. Unterwegs war ich ganz allein, und weil dann nichts passieren kann, sang ich schöne Lieder. Unter anderm das Soldatenlied, das ich aus dem wahrhaftigen Kriegsbuch „Gaspard" gelernt habe:

Paraît que la cantinière.
A de tous les côtés,
Par devant, par derrière,
Des tas de grains d'beauté.
Elle en a des pieds jusqu'au seins;
On raconte un tas de machins …
Vous n'y qui qui
Vous n'y com com
Vous n'y comprenez rien!

Und alle Sträucher riefen: „Nochmal!", wenn ich vorbeikam, und dann sang ich es nochmal und nochmal, und unten lagen die kleinen Städte im Tal, Prades und die Eisenbahn. Und weil ich wusste, dass dies der letzte Marsch in den Pyrenäen sein würde, deshalb presste ich das letzte Glückströpfchen aus allen Wegen und trank mein Eiswasser und zerbrach beinahe meinen Stock und war sehr glücklich.

Französische Provinz

Das Hotel heißt Hôtel de France, und das Café heißt Café du Commerce; der Bahnhof liegt meistens draußen vor der Stadt, wo die neuen Häuser stehen, als schämte man sich seiner, und von da rumpelt ein Omnibus bis zum Marktplatz. Wenn das Rathaus alt ist, ist es schön, wenn es neu ist, weniger. Am Fuße der Kirche steht eine blecherne, runde Anstalt. Der Gendarmerie hängt eine rote Fahne zum Halse heraus. Das ist die Schule, das ist die Sparkasse, das ist die Post. Noch etwas –? Nein, nichts weiter. Keine Sehenswürdigkeiten, keine historischen Gedenkstätten, keine Aussichtstürme – gelobt seist du, kleine Stadt!

Der erste Eindruck der Dörfer und der ganz kleinen Städte in den Pyrenäen ist: tot. Das macht, die Leute halten die Fenster mit ihren Holzläden zu, die mitunter aus zwei groben Planken bestehen, der Fliegen wegen, des Lichts wegen, damit die Luft auf den Plätzen frisch bleibt – ich weiß nicht. Aber am hellerlichten Vormittag in einen Flecken zu kommen – das ist gespenstisch. Abends gehts noch an: da sitzen die Menschen vor den Türen, spazieren auch wohl herum und gehen vor dem Café auf und ab.

Unter den abendlichen Bäumen warte ich das Menü ab. Ich weiß schon, was da aus den offenen Fenstern herausschmurgelt: eine Suppe mit weichem Brot, ein Scheibchen Wurst als Hors und ein Scheibchen Sardelle als d'œuvre, gebratene Fische, Rindfleisch, Huhn, meist beides nacheinander, wenn man dann dem Ersticken nahe ist, eine kräftige Schüssel Gemüse, und ein bisschen Käschen, Obstchen, Nachspeischen und Kaffeechen. Dazu, wenns schiefgeht, rauchende Salpetersäure; sonst einen angenehmen Landwein.

Da sitze ich nun und lese meinen französischen Roman, in dem unweigerlich vorkommt: *„Il huma l'air frais"*, dann spiele ich das Nationalspiel und versuche, mir mit den Regiestreichhölzern die Zigarette zu verderben: Die Streichhölzer sind aus Schwefelwasserstoff und imprägniertem Holz angefertigt – brennen sie nicht, so riechen sie doch schön.

Soll ich in das *Syndicat d'Initiative*, ins Reisebüro, gehn, das es in jeder Stadt gibt? Sie sind groß an freundlicher Bereitwilligkeit und klein an Bücherbestand, und um Landkarten zu haben, muss man wahrscheinlich den Ministerpräsidenten selbst bemühen. Es gibt schöne Karten, aber es gibt sie nicht. Erst habe ich versucht, mich anhand der Generalstabskarte zurechtzufinden. Wenn die Franzosen mit denselben schwarz besprenkelten Drucken den Krieg geführt haben, so ist das eine ganz große Leistung. Diese Karten sind wohl, wie so viele weibliche Gegenstände im Kriege, nur für Offiziere bestimmt gewesen.

Dann habe ich eine Karte entdeckt, die das französische Ministerium des Innern herausgebracht hat, und die ist vollendet: in
Druck, Klarheit, Aufmachung. Aber sie ist nirgends zu haben.

Mit dem „Guide Bleu" von Hachette versuche ichs erst gar
nicht. Das ist eines von jenen Reisebüchern, deren Verfasser man
immer gern bei sich hätte, um sie mit der Nase an alle Mauern
zu stoßen, die man einrennen würde, wenn man ihre törichten
Ratschläge befolgte. Das Kartenmaterial ist mäßig, die Stadt-
pläne sind voller Fehler, die Angaben über die Hotels unzuver-
lässig, die Wegbeschreibungen von entwaffnender Kindlichkeit,
das Nachschlageverzeichnis wimmelt von Druckfehlern. Das
hübsch ausgestattete Bändchen kostet, in schmiegsames, blaues
Leinen gebunden, fünfundzwanzig Francs. Nun wird es wohl
Zeit zum Abendessen.

Suppe mit weichem Brot, Wurstscheiben und Sardellen, gebratene Fische … schade, dass es kein französisches Wort für
„Mahlzeit!" gibt. Man soll nicht undankbar sein: Mein Seufzer
ist der Tadel eines ächzenden Schlaraffen.

Im Hotel essen die Junggesellen und auch ein paar verheiratete Herren aus der Stadt. Man sieht an ihren Servietten, dass
es Stammgäste sind. Sie führen ihre ernsten Gespräche; an den
ganz wichtigen Stellen beugen sie sich vor, und ihre Augen sehen umher: Hast du auch nichts gehört –? Ich habe nichts gehört, und ich sage nichts weiter. Einer präpariert einen Mords-
spaß: Er legt auf den Platz des Nachbarn, der noch nicht da ist,
ein kleines Paketchen neben den Teller. Alle haben es gesehen
und schmunzeln. Sagen Sie, sind eigentlich Frauen auch so anständig und nett miteinander, wenn man sie allein lässt?

Und dann gehe ich auf mein Zimmer.

Das Auge bekommt ein Hotelzimmer für eine Person allein
zu mieten – das Ohr nicht. Hotels sind die lautesten Niederlas-
sungen der Menschen: Da, wo die Tür sitzt, ist das Brett einer
Streichholzschachtel angebracht, damit man gut hört, wann

nachts der böse Dieb kommt; morgens früh, wenn die Hausdiener krähn, fährt schwere Artillerie im Korridor auf, und nebenan gurgelt sich jemand ausführlich den Rachen. Oben, eine Etage höher, geht ein Gewitter nieder. Man schläft eigentlich mit allen zusammen, wie in einer Scheune. Nein, es ist nicht nur das Ohr. Jedes gute Hotelzimmer hat mindestens drei Türen, damit man sich nicht so allein fühlt – und mindestens drei davon haben Glasscheiben. Dein Licht darfst du auslöschen, das der andern hast du umsonst. Aber das liegt wohl so im Wesen aller Hotels, mit Ausnahme der ganz vornehmen, in denen Boxer, Diplomaten, Verleger und andre feine Leute wohnen, und die französischen sind im Allgemeinen nicht eben schlecht. Man muss nicht in alle Küchen gucken, wo man zu Gast ist – aber ich komme aus der Literatur und weiß das.

Stille. Wenn einen nicht das Sinnloseste stört, das es auf Gottes Erdboden gibt: Hundegebell. Meine Freundin Grete Walfisch hat mir neulich geschrieben: „Kein Hund bellt ohne Grund. Das ist eine alte Bauernregel, die Du ohne vorlaute Bemerkungen anzuerkennen hast." Sicherlich hat er Gründe. Aber sie gehen mich nichts an, und die Beharrlichkeit, mit der er Löcher in die Stille bauhaut … Ich muss wohl ein schlechter Mensch sein. Ich mag keine bellenden Hunde. Aber man sollte nicht den Hunden einen überziehen, sondern ihren Besitzern, die sie anbinden.

Lärm sackt tief ins Gehirn, das saugt ihn auf wie Löschpapier das Wasser. Zum Schluss ist man ganz durchtränkt mit Lärm, niedergeknüppelt und unfähig, zu denken.

Nebenan brabbeln zwei Stimmen: Eine Engländerin spricht und spricht und hört nie wieder auf. Wie kommt es, dass ich sie nicht mag? Dass mir der Satz: „Ich bin fest überzeugt: ein fluchender Franzose ist ein angenehmeres Schauspiel für die Gottheit als ein betender Engländer" aus dem Herzen geholt ist, und dass ich derselben Meinung wie sein Verfasser über den tiefen Grund dieser Abneigung bin:

Ich gestehe es, ich bin nicht ganz unparteiisch, wenn ich von Engländern rede, und mein Missurtheil, meine Abneigung, wurzelt vielleicht in den Besorgnissen ob der eignen Wohlfahrt … Und jetzt ist England gefährlicher als je, jetzt, wo seine merkantilischen Interessen unterliegen – es giebt in der ganzen Schöpfung kein so hartherziges Geschöpf, wie ein Krämer, dessen Handel ins Stocken gerathen, dem seine Kunden abtrünnig werden und dessen Waarenlager keinen Absatz mehr findet.

Was ist das für eine Orthografie? Das ist die deutsche Orthografie aus dem Jahre 1842, die man auch anwendete, wenn man in Paris saß. Nein, nicht Börne. Der andre. Der andre.

Am nächsten Morgen klettere ich noch ein bisschen umher.

An einer Mauer klebt ein altes Wahlplakat. Immer, in jedem Dorf, unweigerlich.

MES CHERS CONCITOYENS! Und nun gehts los. Bis zum heutigen Tag hat noch nie ein Deputierter die Interessen des Distrikts wahrgenommen – das muss anders werden. *AGRICULTEURS! QU'A-T-ON FAIT POUR VOUS? RIEN. PETITS PROPRIÉTAIRES! QU'A-T-ON FAIT POUR VOUS?* Das frage ich mich auch. Aber der Neue wirds ihnen schon besorgen: Er ist für Ordnung, Privateigentum, den Schutz der wirtschaftlich Schwachen, die Besteuerung der andern – es ist ganz großartig. Unterschrift: *JEAN LENOIR, ANCIEN DÉPUTÉ, MAIRE DE CAPOTANVILLE, PRÉSIDENT DE LA LIGUE POUR L'ORDRE ET LA LIBERTÉ.*

Trommelwirbel. Schade, dass das Plakat der vorigen Wahl nicht noch dahängt. Demokratie in der Praxis ist eine lustige Sache.

Das mit den Wahlplakaten ist übrigens halb so schlimm; die Wahlbeteiligung war nicht schlecht, aber bei den Bauern auch nicht übermäßig stark, und so haben sie am 11. Mai 1924 gewählt:

Basses Pyrénées:	1 Cartel des Gauches
	1 Bloc National
	4 Liste des Droits
Hautes Pyrénées:	2 Bloc des Gauches
	1 Bloc National
Haute-Garonne:	4 Sozialisten
	1 Radikal-Sozialist
	1 Bloc National
Ariège:	3 Radikal-sozialistische Liste
Pyrénées Orientales:	3 Bloc des Gauches.

Bei aller Lauheit des politischen Lebens: immerhin ist hier in der Provinz der große Umschwung in der parlamentarischen Politik des Landes vorbereitet worden. Was nachher freilich die Parlamentarier damit anfangen …

In fast allen Pyrenäenstädten herrscht eine weiche, geruhsame Luft, besonders in den hübschesten unter ihnen, die am Anfang der Ebene liegen – freundlich geht es da zu. *„T'en fais pas!"*, ist ein schöner Grundsatz. Bring dich nicht um! Nun, hier bringt sich keiner um.

Ab und zu trifft man auf Fabriken, aber das ist, wenn man von gewichtigen Ausnahmen absieht, nicht gar so erheblich. Die Bedürfnisse der bürgerlichen und bäuerlichen Provinzfranzosen sind nicht übermäßig groß, viel wichtiger ist ihnen: zu leben. Sie wissen alle, wozu sie da sind, hienieden. Und es ist gar kein Zweifel, dass sie mit solchen Gaben mehr vom Leben haben als jene, die sich abrudern. Alle diese Städtchen, Oloron und Mauléon und Tarbes und St.-Girons und Gaudens und Foix und Perpignan, erinnern mich immer an die Sonntagnachmittage zu Stettin, an denen mein Vater auf dem Balkon saß, eine Pfeife rauchte und auf die Sonntagsausflügler sah, die da furchtbar eilig auf den Paradeberg wallen mussten. Er sprach das Wort, das ich von ihm geerbt habe, mehr vielleicht, als gut

ist: „Wie sie rennen! Wie sie rennen!" Die Leute in der französischen Provinz rennen nicht. Sie leben.

Man darf nicht übertreiben. Bis zur reinen Idylle gehts doch
nicht immer. Wenn ich so bei dem entzückenden Francis Jammes – etwa im „Monsieur le Curé d'Ozéron" – zu lesen bekomme, wie heiter, wie blumig, wie lächelnd sonnig es in diesen Gefilden zugeht, so überkommt mich ein leiser Zweifel. Ich
weiß doch nicht recht … Der „Hasenroman" von Jammes ist
eine reizende Idylle, die man gern genießt, im schönen „Dichter Ländlich", wie die deutsche Übersetzung glücklich genannt
ist, gehts noch an – aber dieser gute Curé: Das ist ein bisschen
viel. Ja, gewiss, auch bei Jammes gibt es wohl schon Zinsen
und Kapital und Banken und Ausschweifungen mit wollüsti-
gen Tänzerinnen, aber das liegt weit, weit dahinten … bis nach
Ozéron dringt das gar nicht, hier herrscht eitel Herzenseinfalt.
Und wenn einmal von diesen andern Dingen der wilden Welt
die Rede ist, dann mit einer so geschickt linkischen Unbehol-
fenheit, etwa wie die Kindersprache einer verheirateten Frau,
die sich zur Abwechslung ein bisschen niedlich machen möchte,
hasche mich, ich bin der Frühling … Selbst der Böse ist noch
lackiert und eigentlich gar kein Böser. Dieses Buch ist stellenweise nicht mit Zucker, sondern mit Sacharin bestreut.

Aber die französische Provinz in den Pyrenäen ist doch nett.
Wenn man abends ankommt, verhüllt nur die wohltätige Dunkelheit die dunkle Masse, die da auf dem Marktplatz steht, und
sie steht immer da. Das Kriegerdenkmal. Die französischen
Kriegerdenkmäler sind nicht weniger schauerlich als die unsern – aber nicht so aggressiv. Oft haben sie einfach auf einem
schlichten Obelisk nur die Namen der Gefallenen … mir wurde
jedes Mal heiß, wenn ich das las; welche Listen in den kleinsten Orten! was hat dieses Land gelitten! – Wenn sie mehr als
das aufgerichtet haben, dann sind sie sentimental und rührend
empfindsam. In Mauléon zum Beispiel steht so eine Gedenk-

tafel – und da ist gleich der ergriffne Beschauer mitgemeißelt worden: ein alter Bauer mit einem Kind an der Hand, die sich dem Denkmal grade nähern. Man schämt sich zu lächeln – aber man muss doch. Meistens freilich ragt, besonders vor Kirchen, irgendein Soldat auf, fix und fertig aus der Fabrik, derselbe mit Friedenspalme 2500 Francs. Fracht zulasten des Bestellers.

Es sind freundliche Städtchen, und man ist gern in ihnen. Liegen sie weit entfernt vom Brausen der Welt? Aber das ergreift sie ja mit. Wissen sie das? Nein, die meisten Menschen wissen das nicht. Das Neue ist schon da. Es hat sich nur noch nicht herumgesprochen. So hat das Trotzki formuliert: „Das Alltagsleben setzt sich zusammen aus der angesammelten spontanen Erfahrung der Menschen, es verändert sich ebenso spontan unter der Wirkung von Stößen, die von der Technik ausgehen oder von gelegentlichen Stößen seitens des revolutionären Kampfes, und" – hier sitzt es – „spiegelt in summa viel mehr die Vergangenheit der menschlichen Gesellschaft als ihre Gegenwart wider." Und daher wirken diese kleinen Städtchen so idyllisch.

Die Republik, hat ein witziger Franzose gesagt, war nie so schön wie unter dem Kaiserreich.

Paris ist nie so schön wie in der französischen Provinz.

Abschied von den Pyrenäen

Das ist mein Abschied von den Pyrenäen:
Aus Perpignan fährt die Bahn nach der spanischen Grenze – bis Cébère. Da kommt das tiefe Tunneltor, drüben, hinter den Bergkuppen liegt Spanien. Hier stoßen die Pyrenäen an die See.

Schiffer fahren mich auf dem Meer spazieren, wir führen ernste Gespräche und unterhalten uns über die teuern Boden-

preise in Cébère, wo alle Welt Grenzhandel treibt und alle Welt
Geld verdient. Und davon reden wir, dass da im Norden Banyuls
liegt, wo neulich Abend das Kutterboot gekentert ist.

Da fahren wir nun in eine Grotte am Wasser – es ist eine
kleine, kümmerliche Höhlung im Stein, das Boot schaukelt zwischen den Felswänden. Hinten brummt dumpf das Wasser – es
hört sich an, wenn es im Fels rollt, als ob er einstürzen wollte.

Und mit meinen Händen befühle ich noch einmal, zum letzten Mal, den nassen Stein, den Berg in den Pyrenäen. Durch die
Erde sehe ich hindurch bis zum andern Ende, bis zum Ozean,
nach Hendaye und Bayonne. Höhlen liegen dazwischen – unten in Bétharram stand, fünfzig Meter tief unter der Erde, ein
Grenzstein mit zwei Tafeln:

BASSES-PYRÉNÉES / HAUTES-PYRÉNÉES

Es ist die Departementsgrenze. Ordnung muss sein.

Wann wieder, Berge –?

Die Fischer stoßen ab, sie rudern noch ein bisschen um das
Kap herum – in die offene See … Und dann sind wir in dem kleinen Häfchen von Cébère. Oben laufen die Zollbeamten auf dem
Bahnsteig auf und ab und befühlen die Koffer – und die Gendarmen prüfen die Pässe und tun recht geschäftig und staats-
erhaltend. Der Zug pustet Rauch aus.

Da verschwinden die Berge im dunstigen Blau, längs der Eisenbahn werden sie immer niedriger, jetzt sind wir wohl schon
in der platten, unendlich weiten Ebene. Sieh – eine Station!
Palau-del-Vidre. Und die Höhenzahl: 22 m 706 mm über dem
Meeresspiegel.

Es ist aus.

Erlöst vom Gebirge – erlöst vom Steigen und Klettern.

In meinem Herzen liegt eine kleine Flocke, eben geboren, ein
Ei: Sehnsucht nach den Pyrenäen.

Einer aus Albi

Zugabe. Über Toulouse muss gefahren werden – da kann der kleine Abstecher nur Freude machen. Umso mehr, als Toulouse um drei Karat hässlicher ist als Lyon. Unglücklicherweise ist es auch noch Sonntag und auf den Straßen spazieren: achthundert Francs Monatsgehalt und neuer Sonntagsanzug; kalte Verlobung mit Wohnungseinrichtung; achtundvierzig Jahre Buchführung mit kleiner Pension und eigener Zusatzrente – die Leute wissen nicht recht, was sie mit ihrem freien Nachmittag anfangen sollen, sie gehen so umher: kurz, eine Stadt, wie Valéry Larbaud formuliert, *ou l'on sent tout l'après-midi une désespérante odeur d'excrément refroidi.* Also: Albi.

Als ich abends ankomme, liegt der Ort grade in tiefem Dunkel, nur am Gefängnis brennt einladend eine kleine Laterne. Es muss doch nicht leicht sein, ein Elektrizitätswerk zu leiten. Im Hotel brennt eine Kerze auf einem Tisch. Ich trete in die Tür, strahlendes Licht flammt auf – kein schlechter Auftritt. Im Speisesaal steht noch eine schöne Table-d'hôte, dieser Kotillon der Mahlzeiten. Alle Provinzherren stopfen sich die Serviette in den Hals und werden nun hoffentlich gleich rasiert.

Am nächsten Morgen gehe ich langsam durch die gewundenen Straßen, an den Häusern de Guise und Enjalbert vorüber, zwei Renaissance-Bauten mit herrlichen Portalen.

Da steht die Kathedrale.

Ich bin kein weit gereister Mann und kann nicht nachlässig hinwerfen: „Das Haus des Dalai-Lama in Tibet erinnert mich an der Nordseite etwas an die Peterskirche in Rom …" Diese Kathedrale in Albi hat mich an gar nichts erinnert – doch: an eins. An Gott. Ihr Anblick schlägt jeden Unglauben für die Zeit der Betrachtung knock-out.

Wie ein tiefer Orgelton braust sie empor. Sie ist rot – die ganze Kirche ist aus rosa Ziegeln gebaut, und sie ist eine wehrhafte Kirche, mit dicken Mauern und Türmen, ein Fort der Metaphysik. Hier ist der Herrgott Seigneur in des Wortes wahrster Bedeutung. Ihr Bau wurde im dreizehnten Jahrhundert begonnen – ihr Stil ist so etwas wie eine Gotik aus Toulouse. Der riesige Turm verjüngt sich nach oben, die Fenster daran werden immer kleiner und täuschen eine Höhe vor, die in Wirklichkeit gar nicht da ist. Ach was ... Wirklichkeit! Diese Kathedrale ist nicht wirklich. Sie ist, im Gegensatz zu den Ereignissen in Lourdes, ein wahres Wunder.

Und rosa schimmern die Bischofsgebäude, die danebenstehen, der Himmel nimmt eine rosa Färbung an –

Innen ist die Kathedrale nicht so schön, es gibt zwar gute Einzelheiten, aber es ist eben eine hohe Kirche, deren Raum man leider aufgeteilt hat. Ich trete wieder heraus und gehe zwergenhaft von allen Seiten an dieses Monstrum heran. Es ist zum Erstarren.

Die Gärten des erzbischöflichen Schlosses liegen im Herbstlaub, mit rosa Ziegeln als Fond. Von drüben schimmert der Fluss, le Tarn, ich sauge das alles in mich auf.

Im erzbischöflichen Schloss ist ein Museum, eine Bilderausstellung; ach, wer wird denn das jetzt sehn wollen! Aber da fällt mein Blick auf ein kleines Ausstellungsplakat – ich muss mich wohl verlesen haben. Nein. *LA GALERIE DE TOULOUSE-LAUTREC.*

Toulouse-Lautrec? Hier? Im Bischofsschloss? Und da stak ich nun den ganzen Tag.

In Albi ist Toulouse-Lautrec geboren, in Albi ist er gestorben (1901). Und ihm zu Ehren haben sie diese Ausstellung von drei Sälen zusammengebracht. Da hängen:

Die großen Plakate mit Aristide Bruant, das rote Tuch verachtungsvoll-königlich um den Hals; La Goulue, die die Beine

wirft, dass man ihr in die Wäscheausstellung sehen kann; ein
altes Schwein, das sich über ein junges Gemüse beugt; die harten Fressen strahlend blonder Luder; der Urgroßvater des Jazz:
Cake-walk in einer Bar; ein Kostümball, auf dem Börsenmak-
ler als Marquis Posas mit Pincenez mäßig amüsiert schwitzen;
ein kalkiger Jüngling auf grauem Karton, in schlaffer, käsiger
Mensch, sein ganzes Leben ist auf den paar Quadratzentimetern
aufgezeichnet – und Yvette.

Yvette Guilbert, saluant le public. Ich bin kein Bilder-
dieb – außerdem war das Bild zu groß. Sie stand da, den Oberkörper etwas vorgebeugt, und stützte sich mit einer Hand am
zusammengerafften Vorhang. Die langen schwarzen Hand-
schuhe laufen in Spinnenbeine aus. Sie lächelt. Ihr Lächeln sagt:
„Schweine. Ich auch. Aber die Welt ist ganz komisch, wie?"
Durchaus „halb verblühende Kokotte, halb englische Gouver-
nante", wie Erich Klossowski sie charakterisiert hat. Es ist da
in ihr ein Stück Mann, das sich über die Frauen lustig macht,
selbst eine ist, durchaus – und ganz tief im Urgrund schlummert ein totes kleines Mädchen. Dieser Mund durfte alles sagen. Und er hat alles gesagt.

Und auf jedem zweiten Blatt immer wieder das Theater –
das Theater, das Toulouse-Lautrec mit Hassliebe verfolgt hat,
ausgezogen, wieder angezogen, abgeschminkt geküsst und geschminkt verhöhnt hat. Weiche Mimen legen vor einem Spiegel
Rouge auf; ist das eine lächerliche Profession, sich abends, wenn
die Lampen brennen, in schmutzigen, kleinen Ställen Butter ins
Gesicht zu schmieren! Da liegt seine Palette, da ein Lithografie-
stein mit dem Bart Tristan Bernards. Spitze Schreie steigen von
diesen Blättern auf, Brunst, Inbrunst, Ekel, Genuss am Ekel, in
der vollendeten Vollkommenheit liegt der Ton auf vollendet.

Ein weher Mund sieht dich an, sah ihn an – alles andre in
diesem Frauengesicht ist dann hingeworfen, wegen dieser Lippen ist es gezeichnet. Zarte Pastellkartons: Ein weißes Jabot ist

so auf Grau gesetzt, dass man den hauchdünnen Stoff abheben kann, und alle ernsthaften Bilder zeigen, was dieser Mann an technischem Können, an Fleiß, an Gewissenhaftigkeit des Handwerks in sich gehabt hat. Den Ungarn, die ihn heute in Paris frech nachschmieren, sollte man ihre Blätter um die Ohren wischen – es genügt eben nicht, in ein „Haus" zu gehen und grinsend zu kolportieren. Ah, davon ist hier nichts.

Tierstudien sind da, von einer Einfühlung in die Form, Porträts, kleine Landschaften – und immer wieder Pferde, deren Bewegung er so geliebt hat. Dazwischen alte Kanaillen mit halb entblößter Brust; wie haargenau sind die Quantitäten von Verfall, gesundem Menschenverstand, ja selbst so etwas wie anständigem Herzen ausbalanciert …! Eine hat etwas Mütterliches. Und ein ganzer Salon ist da, der große Empfangssalon im Parterre, da sitzen die Damen, bevor sie nach oben steigen. Ein Salon –? Es ist der Salon. Die Totenmarie und die Stupsnase und das dicke hübsche Mädchen, und die Gleichgültige und die, die ewig nackt umherläuft … Und das Schönste von allen: ETUDE DE FEMME 1893. Ein junges Ding lässt frierend das Hemd gleiten, eine Brust sticht gespitzt in die Luft. Ein herbstlicher Frühling.

Drum herum Gemälde. Zweimal: seine Mutter. Porträts des Malers, Porträts von anderen: ein bärtiges Gesicht mit Kneifer und aufgeworfenen Lippen. Einmal eine Verspottung seines verwachsenen Körpers.

Er ist in Albi geboren und gestorben. Wo?

Die Straße heißt heute „Rue de Toulouse-Lautrec", es ist das Haus Nummer 14. Außen eine glatte Front, eine hohe verschlossene Tür … Sein Vetter, der Doktor Tapie de Céleyran, empfängt mich.

Es ist ein älterer Herr mit schwarzem Käppchen auf dem Kopf; er führt mich ins Allerheiligste. Da liegt in Kästen: das Œuvre Lautrecs – die Lithografien, die Originale und viel Unveröffentlichtes. Und er zeigt mir eine Geschichte, die der Knabe illustriert hat – seltsam gemahnen die angetuschten Federzeichnungen an Kubin. Er hat so viel gearbeitet … Und ich bekomme zu hören, dass die Familie und der Hauptverwalter des Nachlasses, Herr Maurice Joyant in Paris, der an einem großen Werk über den Maler arbeitet, seine Einschätzung durch das Publikum nicht lieben. „Er ist nicht nur der Zeichner der Dirnen gewesen, des Zirkus, des Theaters –! Er hat so viel andres gekonnt!" Zugegeben, dass sich ein Teil seiner Bewunderer stofflich interessierten. Aber hier liegt das Einmalige des Mannes, der bittere Schrei in der Lust, der hohe, pfeifende Ton, der da herausspritzt … Dass dahinter eine Welt an Könnerschaft lag, wer möchte das leugnen –! Und dass Toulouse-Lautrec kein wollüstig herumtaumelnder Zwerg war, oder ob er es war … gebt volles Maß! Und wir scheiden mit einem Händedruck.

Nachmittags bekomme ich im Museum zu sehen, was nicht ausgestellt ist: Entwürfe über Entwürfe, hingehuschte Skizzen, Angefangenes, Wiederverworfenes und Schulhefte, in denen die lateinischen und griechischen Exerzitien ummalt sind von Girlanden und Figuren. Da ist die Feder träumerisch übers Papier geglitten, weit, weit weg von Cicero, und hat Pferde im Sprung aufgefangen, Füchse … die Männerchen, die der hier gemalt hat, sind schon kleine Menschen.

Und als der freundliche Konservator alles wieder zusammengepackt hat, gehe ich noch einmal in die hohen Zimmer da drinnen und nehme Abschied, von Yvette Guilbert, von den zarten Farben und von dem dröhnenden Schlag eines Spazierstockgriffs auf einen Sektkühler. Es gibt das alles nicht mehr; man ist heute anders unanständig. Mit der Zeit – das geht so schnell – sinken Gefühle zu Boden, optische Anspielungen, nur von denen einmal verstanden, die sich mitgekitzelt fühlten. Vor manchem stehe ich nun und kann es nicht mehr lesen. Aber ich verstehe es mit dem andern Nervensystem, dem Solarplexus – es springt da etwas über, von dem ich nur weiß, dass es zwinkernd, züngelnd, und doch nicht verrucht ist. Es ist das Knistern, das entsteht, wenn sich Menschen berühren: Hassknistern, Spott – und eine etwas lächerliche Formalität. Die Liebe *after dinner*.

Von Albi sehe ich dann gar nichts mehr. Oder wenigstens: Ich habe alles vergessen. Ich weiß nur noch, dass ich in eine Flaschenfabrik hineingehen wollte, wie mögen wohl Flaschen gemacht werden, dachte ich – und da standen zwei ältere Arbeiter vor dem Portal. Sie sagten: „Heute nicht." – „Warum nicht?", fragte ich. „Es wird gestreikt", sagten sie, „Marokko." Nun, – es war das ein Teilstreik, und sie wussten das auch sehr genau. Sie sagten, es nütze ja doch nichts. Ich schwieg – denn ich bin in Frankreich. Aber ich wusste: es nützt immer. Nichts ist verloren. Es ist ein Steinchen, wenn ein paar Fabriken gegen den Staatsmord protestieren, es nicht mehr wollen, wenn die Arbeiter ihre Söhne nicht mehr hergeben wollen …

Und dann fuhr ich nach Toulouse zurück. Da wohnte noch jemand, den ich zu besuchen hatte.

Eine alte Dame empfing mich in ihrer Wohnung, die in einer stillen Straße liegt. Die Comtesse de Toulouse-Lautrec ist heute vierundachtzig Jahre alt. Sie geht langsam, sie ist frisch, freundlich, gut. Da kam sie auf mich zu, sah mich durch ihre Stahlbrille an … und dann begann sie, von ihrem Sohn zu sprechen.

Sie spricht von seiner Jugendzeit, als er so fleißig in Paris gelernt hat; von seinem festen Willen, und –: „Er war ein so guter Schwimmer, wissen Sie!", sagt sie. Und nun wird sie lebhafter und macht mich auf die Kohlezeichnungen aufmerksam, die da hängen: Die Köpfe zweier alter Damen, es sind die Großmütter Lautrecs. Wieder sehe ich:

In der Kunst gibt es kein Mogeln. Der Mann war in seiner Ausbildung ein Handwerker, ein Akademiezeichner wie Anton von Werner, und auf diesem Grunde hat er gebaut. Wissen die Leute, dass George Grosz zeichnen kann wie ein Fotograf? Man kann nur weglassen, wenn man etwas wegzulassen hat. Mogeln gilt nicht.

Und sie zeigt kleine Bildchen, Illustrationen zu einem Werk Victor Hugos, niemals vollendet; der Verleger machte Geschichten, und Lautrec zerriss langsam das Bild, das er grade unter den Händen hatte. Und ein Album mit den ungelenken Zeichnungen des Knaben, schon sieht hier und da etwas andres heraus als nur die Kinderhand, die das Zeichnen freut.

Und sie spricht von seinem Leben und erzählt seine kleinen Schulgeschichten. Wie er stets gearbeitet hat – „Ich bin immer nur ein Bleistift gewesen, alle meine Tage", hat er einmal von sich gesagt – und wie er niemals ohne Notizbuch ausging, in das er eine Unsumme von Details aufzeichnete; wie er lebte, und wie sie ihn doch nicht lange gehabt hat. Er starb mit siebenunddreißig Jahren. Zum Schluss, als er so krank war, hat sie eine Reise nach Japan mit ihm machen wollen – er liebte Japan, da hängt noch ein japanischer Druck, den er sich gekauft hat. Aus der Reise ist nichts mehr geworden. Und die alte Dame sagt: *„Il est si triste d'être seule."*

Und dann gehe ich von der, die diesen Meister geboren hat.

WENN Er bläst, wird das Jüngste Gericht gerechter sein als die Verwaltungsbehörden auf Erden, die sich für Gerichte ausgeben? Wenn Er bläst, wird auch dieser kleine, etwas vornehme Mann erscheinen. „Henri de Toulouse!", ruft der Ausrufer. „Huse –" macht es. „Lautrec!", ruft der Ausrufer. „Meck-meck!" – lachen die kleinen Teufel. Da steht er.

„Warum hast du solch einen Unflat gemalt, du?", fragt die große Stimme. Schweigen.

„Warum hast du dich in den Höllen gewälzt – deine Gaben verschwendet – das Hässliche ausgespreizt – sage!"

Henri de Toulouse-Lautrec steht da und notiert im Kopf rasch den Ärmelaufschlag eines Engels.

„Ich habe dich gefragt. Warum?"

Da sieht der verwachsene, kleine Mann den himmlischen Meister an und spricht:

„Weil ich die Schönheit liebte –", sagt er.

Dank an Frankreich

Ich vermisse von Ihnen noch immer den hemmungslosen und kritiklosen, tiefen und erlösenden Aufschrei über das unendliche Glück, in Frankreich leben zu dürfen.

Aus einem Freundesbrief

Der lange D-Zug-Wagen schaukelt sanft von der Gare d'Austerlitz bis zur Gare d'Orsay. Ohne Ruck hält er. Das weiße Deckchen auf dem Polster ist verrutscht, ich streiche es sorgsam glatt. Und steige aus.

Da rollt und flimmert Paris. Die kleinen roten Lampen an den Autos glitzern wie funkelnde Rubine, die Hupen gellen, hinterher seufzen sie so sonderbar erschöpft auf; der kleine Nebenton sagt: Guten Tag! – Guten Tag, sage ich.

Und da gehe ich ganz allein über die Brücken der Seine und sehe, wie die Ausstellung noch immer illuminiert ist, und wie der Concorde-Platz im bleichen Licht daliegt, auf ihm die Inselchen der rollenden Wagen … Guten Tag.

Und jetzt, wo niemand es hört, bewegen sich ganz leise meine Lippen, eine warme Welle schießt mir zum Herzen auf, und ich sage: Dank.

Dank, dass ich in dir leben darf, Frankreich. Du bist nicht meine Heimat, und ich bin kein alter Franzose, der auf einmal kein Deutsch versteht. Ich habe deine Kinderverse nicht auswendig im Kopf, ich muss mir erst vieles übertragen – nicht bei dir habe ich Männerchen auf die Zäune gemalt und eine lange ungehörige Zeichnung auf das Häuschen an der Ecke. Nicht bei dir bin ich verliebt durch die Straßen gelaufen, mit einem kleinen Brief in der Brusttasche und einem großen Schauder über den Rücken … Keine Ecke sagt: hier bist du einmal … kein Haus sagt: hier oben hat sie einmal … Und doch bin ich bei dir zu Hause.

Du warst gastlich vom ersten Tage an. Du hast niemals den Fremden verspottet, wenn er Vokabeln, Bräuche, Stadtviertel verwechselte. Du hast dich nie gespreizt, aber du hast dich nie versagt. Wer dich zu suchen ausgeht, kann dich finden.

Du siehst von außen mitunter besser aus als du bist – in einer Parfümfabrik riecht es nicht immer sehr gut. Du liegst in Europa, man kann dich nicht losgelöst von Europa betrachten, und du bekommst es nun zu fühlen, dass du dazugehörst, auch wenn du dich einen Teufel um das Fremde scherst. Ich kann nicht zu allem, was hier geschieht, ja sagen – hätte man mich nach meiner Meinung gefragt. Auch du hast deine Justiz, deine Verwaltung, deine Eisenhüttendirektoren und deine Arbeiter … Das ist deine Sache.

Darüber schwieg ich stets – aus Liebe. Und ich bekam es von Zuhause nicht schlecht zu hören: Franzosenliebling, Französling, landfremdes Element, Undeutscher. Und ich bekam nicht schlecht zu hören: Er lobt nicht alles, was in Paris geschieht – er versteht nichts von dieser himmlischen Stadt. Nein, ich lobte nicht alles in dieser himmlischen Stadt.

Aber heute Abend, wo ich auf der Brücke stehe und ins strahlende Wasser sehe, heute Abend, wo ich wieder da bin, diese feine, graue Luft einatmen darf, das Brausen der Stadt höre, die Laute, die ich kenne und zutiefst fühle – heute Abend lass mich dir danken.

Ja, du hast das größte Glück gegeben, das eine Umgebung verleihen kann. Lieben kann man überall, Geld gewinnen kann man überall, das äußere Wohlsein erreichen kann man überall. Aber über nichts glücklich sein, durch die Straßen streichen und die Häuser mit dem Blick umfangen: Gott sei Dank, dass ihr alle da seid! Zum Nachbar ja sagen, immer nur runde Ecken vorfinden, betrunken sein, weil man diese Luft einatmet: Das kann man nur bei dir. Deine Vergnügungen sind es nicht, deine Frauen sind es nicht, deine Kunstwerke sind es nicht. Nichts ist es und alles zusammen – du bist es.

Und deine Menschen sind es.

Oft, wenn wir an die Frage kamen: „Und Sie sind … Engländer?", und ich sagte dann das Wort, dann entstand eine winzig kleine Pause, und eine Welt war in der Stille. Eine Welt von vier Jahren. Aber nie, nie, nie mehr als das – nie ein böses Wort, nie eine heftige Anspielung, ein Versuch, den Krieg nun noch einmal unter vier Augen zu gewinnen. Wer nicht mit Deutschen umgehen will, tut es nicht. Wer sich über den Nationalkram hinwegsetzt, tut es. Die Majorität ist neutral und hat Herzenstakt.

Und es sind besonders „die kleinen Leute", die so liebenswert sind – Gevatter Epicier und Handschuhmacher, Herr Un Tel, Herr Chose, Herr Machin. Sie denken mit dem Herzen, sie fühlen mit dem Kopf, es sind vor allen Dingen einmal Menschen – *on s'arrange.* Ja, es gibt sogar höfliche Polizeikommissare.

Manchmal habe ich fast vergessen, wie gut ichs hatte. Es begann, selbstverständlich zu sein, und ich fing an, undankbar zu werden. Ich will das wiedergutmachen.

Ich habe mich nicht in dir verloren – ich habe mich wiedergefunden, wenn ich mich verloren hatte. Du hast gegeben und gegeben, geliehen und verschenkt … ich war so arm. Ich bin so reich. Und nun gibt es keine Vorbehalte mehr, keine Kritik und keine Betrachtungsweisen –: Da stehe ich auf der Brücke und bin wieder mitten in Paris, in unser aller Heimat. Da fließt das Wasser, da liegst du, und ich werfe mein Herz in den Fluss und tauche in dich ein und liebe dich.